Die Sehnsucht der Atome

Linus Reichlin

Die Sehnsucht der Atome

Kriminalroman

Eichborn BERLIN

Wir danken Richard Prince
für die freundliche Genehmigung des Covermotivs.

Richard Prince, Untitled (fashion), 1982–84
Ektacolor photograph, 24 x 20 inches (61 x 50.8 cm)
30⅞ x 23¼ inches (78.4 x 59.1 cm) framed, Edition of 2 + 1 AP

2 3 4 09 08

Umschlaggestaltung: Christiane Hahn
Covermotiv: Richard Prince, Untitled (fashion), 1982–84,
Copyright Richard Prince 1982, Courtesy Gladstone Gallery, New York
Lektorat: Esther Kormann
Layout: Cosima Schneider
Satz: Fuldaer Verlagsanstalt, Fulda
Druck und Bindung: Clausen & Bosse, Leck
Eichborn Berlin

ISBN 978-3-8218-5835-7

Eichborn Verlag, Kaiserstraße 66, D-60329 Frankfurt am Main
Mehr Informationen zum Programm von Eichborn Berlin und
Eichborn finden sie unter
www.eichborn-berlin.de und www.eichborn.de

1

Am ersten seiner fünf letzten Tage saß Jensen an seinem Pult, und draußen stand eine Kutsche im Regen. Der Kutscher, eingewickelt in eine schwarze Pelerine, saß vornübergebeugt auf dem Bock. Der Hut war ihm ins Gesicht gerutscht, er schien zu schlafen. Die Pferde schüttelten sich, sie waren unruhig, sie stießen kleine Nebelwolken aus ihren Nüstern.

Etwas stimmt nicht, dachte Jensen.

Er schaute auf die Wanduhr. Seit acht Minuten beobachtete er den Kutscher, und während dieser Zeit hatte sich dessen Oberkörper zusehends stärker nach vorn geneigt, bald würde dem Mann der Hut vom Kopf fallen. Jensen konnte sich nicht erklären, weshalb der Kutscher ausgerechnet vor dem Polizeigebäude auf Touristen wartete. Es war das hässlichste Gebäude von Brügge, die Touristen kamen in diese Gegend nur, um den Diebstahl ihrer Handtasche zu melden. Davon abgesehen regnete es seit drei Wochen, das musste dem Kutscher doch aufgefallen sein. Es gab keine Touristen in diesem August, allerdings auch keine Wespen. Dieser Kutscher musste ein Optimist sein, ein unvernünftiger Mensch. Einer, der auf dem Kutschbock im Regen schlief, weil er an glückliche Wendungen glaubte, an einen unvermuteten Wetterumsturz, plötzlichen Sonnenschein, der Touristen aus dem Boden sprießen ließ und mit ihnen die Kleinkriminellen, die ihnen die Handtasche entrissen, sodass die

Touristen gezwungen sein würden, hierher zur Polizeistation zu kommen, wo er auf seinem Bock auf sie wartete, nass, aber ausgeschlafen.

So stellt er sich das wahrscheinlich vor, dachte Jensen verärgert.

Er wandte seinen Blick von dem Kutscher ab, er schaute auf die Wanduhr: Weitere siebeneinhalb Stunden galt es zu erschlagen.

Die anderen, die Kollegen, beugten sich über unerledigte Akten, manche stützten mit den Händen ihren Kopf, der vor Langeweile schwer geworden war. Die Bürosessel knackten, wenn die Kollegen ihr Gewicht verlagerten. Man konnte nicht immer in derselben Stellung sitzen, das wäre Yoga gewesen, und die Kollegen waren Bewegungsmenschen. Sie wären gern über Hecken gesprungen oder zur nächsten Deckung, ein Spurt über das Brügger Kopfsteinpflaster, einem Taschendieb auf den Fersen, dafür waren ihre Körper weit besser geeignet als für das Sesselfurzen. Sie nannten es so, weil sie tatsächlich, wenn sie zu längerem Herumsitzen gezwungen waren, unter erhöhter Flatulenz litten.

Jensen schaute wieder aus dem Fenster. Der Kutscher hatte seinen Hut noch auf, wenngleich dessen Schräglage sich verstärkt hatte.

Wenn er ihm vom Kopf rutscht, dachte Jensen, gehe ich runter und schaue nach, ob er wirklich nur schläft.

Ein Kollege räusperte sich. Dann war es wieder still.

Stassen, der am Pult vor Jensen saß, kratzte sich mit einem Bleistift am Rücken. Mit der Bleistiftspitze, wohlbemerkt. Er verkritzelte sein blaues Uniformhemd.

Bleistift geht schwer raus, dachte Jensen. Als jemand, der selber wusch, wusste er das.

Noch fünf Tage, immer noch. Da die Zeit mit dem Raum untrennbar verbunden war, hätte gemäß der Speziellen Relativitätstheorie einzig eine sehr schnelle Bewegung durch den Raum diese fünf Tage auf ein erträgliches Maß schrumpfen lassen, aber eben gerade nicht für den, der sich schnell bewegte, das war die Crux an der Sache. Es war hoffnungslos. Jensen musste die Zeit auf andere Weise als durch Raumflüge bewältigen; er entschied sich für müßige Gedanken. Er dachte an die kleine Glasplatte, die er sich hatte anfertigen lassen, als Trennwand für das Doppelspaltexperiment. Dieses Experiment war sein einziges Projekt für die Zeit nach der Frühpensionierung. Der Physiker Richard Feynman hatte einmal gesagt, das Experiment beinhalte das ganze Geheimnis der Quantenphysik und damit das der Beschaffenheit der Welt schlechthin. Es im eigenen Keller durchzuführen war also eine lohnende Aufgabe, fand Jensen, für jemanden, der im Alter von fünfzig Jahren den Dienst quittiert hatte.

Nur musste zuvor noch die Verabschiedungsrede überstanden werden. Stassen skizzierte sie mit seinem Bleistift wahrscheinlich soeben auf einem Blatt Papier.

Jensen schloss die Augen.

Er stellte sich vor, was Stassen nach Ablauf der fünf Tage sagen würde, wenn es soweit war, wenn die Kollegen sich im Halbrund um Jensen versammelten, jeder mit einem Glas Orangensaft in der Hand: die Verabschiedungsrede.

Inspecteur Hannes Jensen, würde Stassen sagen. Geboren und aufgewachsen in Konstanz. Das ist eine Stadt in Deutschland, wie ihr vielleicht wisst. Ja, er ist Deutscher, aber inzwischen spricht er besser Flämisch als manch einer von uns. Wenn man einmal von seinem Akzent absieht und den Wörtern, die ihm manchmal fehlen, und die er dann durch deutsche Wörter ersetzt, weil er natürlich weiß, dass wir alle sehr gut Deutsch sprechen, im Grunde unseres Herzens. Wenn vielleicht der Krieg nicht gewesen, wenn der von uns allen geschätzte

Großvater von Hoofdcommissaris Dupont nicht von den Deutschen aufgehängt worden wäre, ja dann. Dann wäre ich womöglich nicht der einzige Kollege, dem es ein Anliegen ist, diese Rede überhaupt zu halten. Einige von euch werden jetzt denken: Kein Wunder, Stassen ist ja selbst ein halber Deutscher, man braucht sich nur einmal seine Mutter anzusehen. Denen kann ich nur sagen: Leckt mich am Arsch! Es war die Liebe, die meine Mutter nach Flandern gebracht hat, und nichts anderes als die Liebe hat auch unseren Kollegen vor fünfzehn Jahren nach Brügge geführt. Die Liebe zu Margarete Streuper, der Tochter des uns noch allen wohlbekannten Stadtrates Jan Streuper, durch dessen Protektion unser Kollege zu seinem Posten als Inspecteur gekommen ist. Ich nenne es Protektion, um es nicht Mauschelei nennen zu müssen, Vetternwirtschaft oder gar Korruption. Und nun möchte ich dich fragen, lieber Freund Hannes: Wovon wirst du nach deinem ungewöhnlich frühzeitigen Ausscheiden aus dem Dienst leben? Von Margaretes nicht unerheblichem Erbe? Sehe ich das richtig? Wäre es nicht an der Zeit, dass du aussprichst, was hier alle denken?

Jensen riss die Augen auf, ein Schauer lief ihm über den Rücken.

Ich habe das Geld all die Jahre nicht angerührt, dachte er. Und ich werde es auch jetzt nicht tun. Mochten die anderen denken, was sie wollten.

Er blickte zum Fenster hinaus. Es hatte sich etwas Entscheidendes verändert. Der Kutscher lag jetzt auf dem Boden, die Pferde zerrten aufgeregt am Geschirr, sie wären gern geflohen. Zwei Frauen unter roten Regenschirmen standen unschlüssig auf der Straße und schauten auf den Kutscher hinunter. Eine drehte sich um, und als sie Jensen hinter dem Fenster sah, winkte sie ihm heftig zu. Ein Blitzgeflecht fraß sich durch die Wolken.

»Da draußen liegt einer«, sagte Jensen laut. »Der Kutscher.«

Die Kollegen drehten sich zu ihm um.

»Welcher Kutscher?«, fragte Stassen.

»Das ist ja jetzt egal«, sagte Jensen. »Ihr solltet euch um ihn kümmern. Er liegt draußen, vor dem Revier.«

Die Kollegen eilten zu den Fenstern. Ihre Körper spannten sich. Es war etwas geschehen, wer an Gott glaubte, dankte ihm. Alle eilten hinaus, um dem Kutscher zu helfen. Jensen blieb als einziger im Büro zurück, nun tickte die Wanduhr nur für ihn.

Mildtätig, dachte Jensen.

Er war mildtätig gewesen. Barmherzig. Er hätte es den andern verschweigen können, hätte allein hinausgehen und sich persönlich um den Kutscher kümmern können. Aber die Arbeit war ein knappes Gut, sie stand jenen zu, die noch Jahre vor sich hatten, während es bei ihm nur noch fünf Tage waren, eine erträgliche Ewigkeit. Jedenfalls für ihn, vielleicht aber nicht für Hoofdcommissaris Dupont.

Jensen blickte hinüber zum Aquarium, jenem gläsernen Kabäuschen, in dem Dupont gerade mit jemandem telefonierte, vermutlich mit seinem Hausarzt. Dupont war ständig in Sorge um seine Gesundheit, auf seinem Schreibtisch stand ein mit Tabletten gefülltes chinesisches Porzellanschälchen aus dem 19. Jahrhundert, er aß seine Pillen mit Stil. Als Dupont bemerkte, dass Jensen ihn beobachtete, stand er auf und ließ die Jalousie hinunter.

Draußen drängelten die Kollegen sich um den Kutscher, es gab einen inneren und einen äußeren Kreis; die Kollegen im äußeren Kreis mussten sich damit begnügen, die Aktionen der Kollegen im inneren Kreis kritisch zu kommentieren. Der Regen fiel lotrecht, die beiden Frauen, die als einzige Schirme besaßen, standen am

Rand des äußeren Kreises, wahrscheinlich freuten sie sich darüber, wie gut es ihnen ging: Sie wurden nicht nass und lagen nicht auf der Straße.

Stassen, der Dienstälteste, richtete den Kutscher gerade vorsichtig auf, als Jensens Tischtelefon klingelte. Es war Geldof, der seit einer Hüftoperation für den Außendienst nicht mehr infrage kam und stets betonte, wie sehr ihn der Schalterdienst ausfüllte.

»Hier bei mir ist einer«, sagte Geldof. »Ein Tourist. Und du bist der einzige, der da ist. Die anderen sind alle draußen. Also schicke ich den Herrn zu dir. Er sagt, er werde bedroht. Spricht aber nur englisch, und du weißt ja. Vielleicht meint er auch etwas anderes. Ich schicke ihn dann also rein.«

Jensen, verwundert darüber, dass die Ereignisse sich überschlugen, sagte: »Ich weiß nicht. Es wäre mir lieber, du würdest einen Kollegen hereinrufen. Die sind ja nicht weit weg.«

»Er ist schon auf dem Weg. Betrachte es einfach als kleines Abschiedsgeschenk.«

Geldof legte auf, und der Mann, von dem er gesprochen hatte, betrat das Büro, eine rundliche Gestalt mit Dirigentenfrisur, volles, jetzt aber nasses Haar, das der Mann sich mit großer Geste aus der Stirn strich. Seine Schuhe quietschten bei jedem Schritt, der Mann war ohne Schirm aufgebrochen. Es regnete seit Tagen ohne Ende, und es gab Taxis. Doch dieser Mann war zu Fuß hierhergekommen, seiner wenn auch durchnässten Kleidung nach aus einem der teuren Hotels, De Tuilerieën, De Swan, die Orangerie: Von jedem dieser Hotels aus war man eine gute Viertelstunde unterwegs, wenn man zum Revier wollte. Weshalb also hatte er keinen Schirm?

»Ich bin angemeldet«, sagte der Mann in breitem, nasalem Englisch.

Ein Amerikaner, dachte Jensen. Aus dem Süden.

»Ja«, sagte Jensen. »Man hat mich informiert.«

Er wies auf den Besucherstuhl, und der Mann setzte sich ihm gegenüber. Er füllte den Raum zwischen den beiden Stuhllehnen vollkommen aus. Seine Brille war beschlagen, er wischte sie mit der Krawattenspitze trocken.

»Ein fürchterliches Wetter«, sagte der Mann. Für jemanden, der sich bedroht fühlte, wirkte er sehr gelassen. »Wie kann man nur in einem solchen Land leben. Es ist Sommer! Aber hier in Belgien gibt es kein Licht. Selbst im Hotel nicht. Ich habe versucht, ein Buch zu lesen, es ist unmöglich. Um elf Uhr morgens ist es schon dunkel, und überall diese napoleonischen Lampenschirme. Sie filtern das Licht, man muss sie abschrauben, um ein Buch lesen zu können.«

De Tuilerieën also, dachte Jensen. Dieses Hotel berief sich, was die Innenausstattung betraf, auf Napoleon den Ersten.

»Aber deswegen sind Sie nicht hier«, sagte Jensen.

Der Mann schwieg einen Moment, er schien nachzudenken.

»Sie haben recht«, sagte er. »Deswegen bin ich nicht hier.«

Er streckte Jensen die Hand hin.

»Mein Name ist Brian Ritter.«

Jensen schüttelte die Hand, sie war weich und nass.

»Ich bin amerikanischer Staatsbürger. Aus Holbrook, Arizona. Ich bin mit meinen zwei Söhnen hier, ich zeige ihnen die fünf Kontinente. Aber das werden Sie nicht verstehen. Es ist eine interne Angelegenheit.«

Brian Ritter, dachte Jensen. Deutsche Vorfahren, und er zeigt seinen Kindern die fünf Kontinente. Und ich werde das nie verstehen.

»Mister Ritter«, sagte er. »Weshalb sind Sie hier?«

»Aus einem ganz bestimmten Grund. Ich habe nämlich die Vögel beobachtet. Ein ... ein Indianer hat es mich gelehrt. Vor wichtigen Entscheidungen beobachtet man den Flug der Vögel. Ich war mir nicht sicher, ob ich die Polizei um Hilfe bitten sollte, aber drei Möwen flogen von links über dieses Gebäude hinweg. Es ist übrigens in meinen Augen der architektonische Schandfleck dieser Stadt. Aber ich sehe, Sie hören mir nicht zu. Sie denken, dass ich nicht ganz bei Trost bin. Meinetwegen. Aber vergessen Sie nicht, dass es absurdere Dinge gibt als vor einer Entscheidung die Vögel zu beobachten. Haben Sie schon einmal von Padre Pio gehört? Kennen Sie diesen Mann? Millionen von Christen glauben, er habe Stigmata gehabt und Wunder gewirkt. Er wurde vom Vatikan offiziell heiliggesprochen, stellen Sie sich vor, ein Mann, von dem behauptet wird, er besitze die Gabe der Bilokation, er könne an zwei Orten gleichzeitig sein! Wenn ich nun gesagt hätte: Ich habe zu Padre Pio gebetet, und plötzlich fühlte ich, dass es richtig ist, zur Polizei zu gehen, würden Sie dann auch denken, dass ich verrückt bin?«

Betrunken, dachte Jensen. Schon am frühen Morgen.

Eigenartig, dass es ihm erst jetzt auffiel. Er erkannte einen Säufer sonst auf große Distanz. Doch dieser hier war anders, zu korpulent, das Haar glänzte, es war nicht matt und dürr wie bei den anderen, und es fehlte die Säuferkerbe, jenes Sturzmal auf dem Nasenrücken. Es fehlten die geäderte Nase und der starre, hohle Blick. Vielleicht hatte die Flasche ihn erst seit kurzem im Griff.

»Mister Ritter«, sagte Jensen. »Sie befinden sich hier auf einem Polizeirevier. Wir sind nicht zuständig für religiöse Fragen. Als Sie sich vorhin am Schalter meldeten, sagten Sie, dass jemand Sie bedroht. Dafür wären wir zuständig. Also, werden Sie bedroht? Und von wem und warum?«

»Ja, ich werde bedroht.«

Ritter rückte auf seinem Stuhl näher an Jensens Pult heran. »Jemand will mich töten. Und das ist nicht einfach eine Vorstellung in meinem Kopf. Es gibt einen Brief, einen Drohbrief. Ich habe ihn heute morgen erhalten. Er liegt in meinem Hotelzimmer, und ich möchte, dass Sie ihn sich ansehen. Ich habe nichts verändert. Sie wissen ja, man darf die Spuren nicht verwischen.«

»Und was steht in dem Brief?«

»Sie sollten es sich selbst ansehen. Dann gibt es vielleicht eine Chance.«

»Wofür?«

»Dass ich überlebe natürlich. Dass ich morgen noch atme. Dass ich noch einmal warm scheiße. Ich warne Sie!« Ritter hob den Zeigefinger. »Das hier ist eine sehr ernste Angelegenheit. Ich trinke sonst nie so früh am Tag. Jetzt bin ich möglicherweise ein wenig betrunken. Aber das ändert nichts daran, dass ich es spüre. Ich möchte vor allem, dass Sie mit meinen Kindern sprechen. Sie haben Angst, sie befürchten, dass ihrem Vater etwas zustoßen könnte. Das ist ganz verständlich. Wenn Sie mit ihnen sprechen, wird sie das beruhigen. Sie wissen dann, dass die Polizei mich beschützt. Also bitte tun Sie mir den Gefallen!«

Ritter holte eine Taschenflasche hervor. Alles sprach jetzt für große Erfahrung: die genau bemessene Drehung, mit der er den Verschluss aufschraubte, und schließlich die Unbekümmertheit, mit der er vor fremden Augen trank.

»Ich trinke sonst nie so zeitig«, wiederholte er, als er fertig war. »Aber wenn man vielleicht bald tot ist …« Er fixierte einen Punkt in der Ferne. »Dann spielt es keine Rolle.«

Das Blaulicht des Ambulanzwagens irrlichterte über Ritters Gesicht. Jensen blickte aus dem Fenster. Ein Notfallwagen des Sint-Jan-Krankenhauses. Ohne Sirene. Vielleicht war der Kutscher also tot, vielleicht war aber auch nur der Verkehr schwach gewesen und die Sirene deshalb nicht nötig.

»Ja«, sagte Jensen.

Ihm fehlte eine Idee, er wusste nicht, was er tun sollte. Wären nicht Kinder im Spiel gewesen, hätte er Ritter freundlich verabschiedet. Gehen Sie und saufen Sie sich außerhalb meines Blickfeldes tot. Beobachten Sie die Vögel und beschweren Sie sich, was Padre Pio betrifft, bei der entsprechenden Kongregation des Vatikans.

»Wie alt sind Ihre Kinder?«, fragte Jensen.

»Zehn. Beide. Es sind Zwillinge. Hunahpu und Ixbalanke.«

»So heißen sie?«

»Nein. Sie heißen Rick und Oliver.«

Zwei zehnjährige Buben. Es war eine Verpflichtung, er musste es auf sich nehmen, die eiserne Tür aufschließen und hinuntersteigen in das Gewölbe, das er sonst nur noch in seinen Träumen betrat, Träumen voller Verzweiflung darüber, dass es noch immer nicht zu Ende war.

Ich will ganz ehrlich sein, wollte er sagen. Ich glaube nicht, dass Sie sich in Gefahr befinden, es sei denn durch sich selbst.

Aber Jensen ließ es unausgesprochen. Säufer litten oft unter Verfolgungswahn, und es hatte keinen Sinn, mit ihnen darüber zu diskutieren. Es blieb dabei: Den Kindern zuliebe musste er sich der Sache annehmen, zumindest sich vergewissern, dass es ihnen den Umständen entsprechend gut ging.

2

»Der Privatsekretär meiner Frau hat das Hotel ausgesucht«, sagte Ritter, als sie in Jensens Dienstwagen zum De Tuilerieën am Dijver-Kanal fuhren. »Er versteht unter Romantik einen Mann in Damenunterwäsche, der Oscar Wilde zitiert. Das ganze Hotel verströmt diesen schwulen Mief, aber ich halte mich an die Befehle.«

»Sie sagten, Sie zeigen Ihren Kindern die fünf Kontinente. Was genau meinen Sie damit? Eine Weltreise?«

Ritter verschränkte die Hände, was ihm nicht leichtfiel, denn er besaß außergewöhnlich kurze und nahezu fette Finger mit seltsam platten Nägeln. Es waren unangenehme Finger, man konnte sie sich gut in widerlichen Situationen vorstellen, gierige, unreife Finger.

»Eine Weltreise, ja«, sagte Ritter. »Gewissermaßen. Eurasien ist der erste Kontinent, als Nächstes kommt Afrika. Möchten Sie einen Schluck? Keine Angst, ich habe nichts Ansteckendes. Höchstens Gehirnschwund.«

Er lachte und bot Jensen die Taschenflasche an.

»Danke, nein.«

»Weshalb nicht? Haben Sie ein Magengeschwür?«

»Ich bin im Dienst«, sagte Jensen.

»Ich doch auch! Ich bin nicht zum Vergnügen hier. Und sehen Sie nur, wie ich trinke. Es macht mir gar nichts aus, Dienst hin oder her.«

Ritter trank und wischte sich mit dem Ärmel über den Mund.

»Wieder ein paar Zellen tot«, sagte er munter. »Es wird meinem Arzt nicht gefallen. Er drohte mir kürzlich mit Gehirnschwund, wie ich schon sagte. Ich dachte immer, nur die Leber schrumpft. Aber offenbar tut es das Gehirn auch. Ich bin gespannt, wie sich das auswirkt.«

Er hat schon vergessen, dass er glaubt, jemand wolle ihn töten, dachte Jensen. Ritters Unbekümmertheit ärgerte ihn, und so sagte er: »Sie sollten Ihren Arzt ernst nehmen. Bei fast allen Alkoholikern verringert sich über kurz oder lang das Gehirnvolumen. Sie verblöden.«

»Ja. Aber vorher gelangen sie zu Einsichten, um die die Abstinenzler sie beneiden. Schauen Sie sich beispielsweise diese Stadt an, Brügge.«

Ritter wies auf die Häuser entlang der Ringstraße.

»Es ist eine reizende Stadt«, sagte er, »für Leute, die die Geruhsamkeit vergangener Zeiten suchen, in denen die Menschen hinter diesen hübschen Backsteinfassaden Blut auf die Stickereien gehustet haben, die sie für einen Hungerlohn anfertigen mussten. Mein Vater war Hilfsmetzger im Schlachthof, ich weiß, wovon ich spreche. Ich rieche die Armut auch dort, wo sie zur Touristenattraktion geworden ist. Dieses Brügge ist eine widerliche weil verlogene Stadt, und ich wette, die Einheimischen sind ganz besonders mürrisch und unfreundlich. Ist es nicht so?«

»Es geht«, sagte Jensen.

»Sie sind mürrisch, weil sie jahraus, jahrein ihre Heimat mit Fremden teilen müssen, die mit verzücktem Blick die Kirchtürme betrachten und jede verfluchte Ente fotografieren, die den Abfall frisst, der in den lauschigen Kanälen schwimmt. Es ist auf die Dauer unerträglich, von Menschen umgeben zu sein, die alle Schönheiten zum ersten Mal sehen, während man selbst sich weit weg wünscht.«

Nicht ganz falsch, dachte Jensen.

»Aber was kümmert's mich«, sagte Ritter und trank erneut aus seiner Flasche, die nicht leer werden wollte.

Jensen öffnete beide Vorderfenster, es musste dringend gelüftet werden. Der Regen spritzte nun zwar durch die Fenster herein, aber es stank im Wagen einfach zu sehr nach Schnaps.

»Ich werde nass«, beschwerte sich Ritter. »Und sollten wir überhaupt nicht schon längst da sein?«

»Gleich.«

»Wo man hinschaut, sieht man Kirchtürme!« sagte Ritter angewidert. »Man kann nur hoffen, dass euer Herrgott sich nicht hinsetzt. Es würde ihn ganz schön im Arsch pieksen. Sie sind doch katholisch? Oder irre ich mich?«

»Auf dem Papier«, sagte Jensen.

»Mein Vater hat uns oft Schweineherz mitgebracht, eingewickelt in Papier. Papier kann also dem Herzen sehr nahe sein. Sie sind Katholik. Das wird meine Kinder ja freuen. Die beiden sind nämlich auch katholisch. Geworden, muss ich sagen. Das macht die Nähe zu Mexiko. Es gibt bei uns in Holbrook viele Nassärsche, ich meine Mexikaner. Wir lassen sie ins Haus, damit sie unsere Fenster putzen und den Urinstein aus der Toilettenschüssel kratzen. Und am Ende brennen im Kinderzimmer Marienkerzen, und unter der Playstation findet man einen Rosenkranz, den die Kinder dort versteckt haben. Meine Kleinen beten heimlich zu ihrem Gott auf der Wolke, und ich kann Ihnen sagen, wenn es diesen Gott wirklich gäbe, wäre ich schon längst tot.«

Ritter lachte, er klatschte in die Hände vor Vergnügen.

»Das war nur ein Scherz«, fügte er hinzu.

Wer weiß, dachte Jensen.

Die eiserne Tür stand bereits weit offen. Er konnte seine Mutter riechen, ihren Bademantel, eine Art Tagebuch ihres Lebens. Die Kotze war in den Stoff hineingeschrieben, der verschüttete Gin, das süßliche Parfüm, mit dem sie sich selbst zu täuschen versuchte.

Endlich erreichten sie das De Tuilerieën. Jensen fuhr durch eine schmale Gasse zur Rückseite, der Parkplatz war durch ein schmiedeisernes Tor gesichert.

Jensen stieg aus, drückte den Knopf der Gegensprechanlage und sagte nur: »Polizei.«

Das Tor öffnete sich augenblicklich.

Das werde ich vermissen, dachte er.

Er parkte den Wagen. Ritter stieg aus und schlug die Wagentür zu schnell zu, sein Jackett wurde eingeklemmt, er zerrte daran, der Stoff riss. Ritter zog das Jackett aus und warf es auf die Motorhaube. Ohne auf Jensen zu warten stapfte er in einem durchnässten ärmellosen Hemd durch die Pfützen in den Wintergarten, durch den man ins Hotel gelangte.

Im Aufzug sagte Ritter: »Die werden sich wundern.«

»Wer? Ihre Kinder?«

»Wer sonst. Haben Sie eine Waffe dabei? Sie müssen sie ihnen zeigen.«

Dir möchte ich sie zeigen, dachte Jensen.

Ritter öffnete die Zimmertür, und mit einer affektierten Bewegung bat er Jensen hinein, der der Aufforderung nur zögernd nachkam. Denn er erkannte das Zimmer sofort, es war das Abbild des Schlafzimmers seiner Mutter, der Geruch sprang Jensen an wie Hunde in einem Albtraum. Am helllichten Tag herrschte in dem Zimmer die Abendatmosphäre, die seine Mutter stets umgeben hatte, die zugezogenen Vorhänge, während draußen die Vögel zwitscherten, das zerwühlte Bett, das zu jeder Zeit benutzt wurde, auch am Heiligabend, wenn der Vater seinen Kindern mit Tränen in den Augen schief geschnittene Fleischstücke auf den Teller häufte.

Das Fleisch war innen roh, ich kann nicht kochen, sagte der Vater, ich kann es einfach nicht. Dann musst du es lernen, sagten die Kinder, bitte.

Hilf uns.

Auf dem Nachttisch der Kinder standen leere Magenbitterfläschchen. Jensen schloss die Augen. Das konnte doch nicht sein. Er öffnete sie wieder, die Fläschchen existierten.

Ritter sagte etwas, Jensen hörte nicht zu. Die Erinnerungen abzuwehren nahm all seine Aufmerksamkeit in Anspruch. Auch die beiden Buben, die auf dem Bett saßen, waren Erinnerungen, an ihn selbst und seine zwei Schwestern. Er hielt es für ganz natürlich, dass sie ihn nicht grüßten, keinerlei Notiz von ihm nahmen.

»Sind Sie taub?«, sagte Ritter und schlug mit der Faust auf eine Kommode. Darauf stand ein aus Legosteinen gebautes Piratenschiff, dessen Masten nun unter der Wucht des Schlages zerbrachen. »Ich rede mit Ihnen!«

Jensen eilte zum Fenster, es konnte ihm nicht schnell genug gehen. Er schwitzte, es war heiß, er zog die Vorhänge auf und ließ frische Luft ins Zimmer. Draußen auf dem Parkplatz rauchte eine Frau eine Zigarette, unter ihrem Schirm quoll der Rauch hervor, und in der Ferne ragte der plumpe, wehrhafte Turm der Salvatorkirche in den grauen Himmel. Er war in Brügge, zehn Gehminuten von seinem Haus in der Timmermansstraat entfernt, er konnte dieses Zimmer jederzeit verlassen, er war erwachsen, er war frei.

»Na gut, dann eben nicht«, sagte Ritter. Er riss eine der Schubladen der Kommode auf und entnahm ihr eine Flasche. »Aber einen kleinen Schluck werden Sie jetzt mit mir trinken, das gebietet die Gastfreundschaft. Oliver, hol dem Inspektor und mir zwei Gläser!«

Die beiden Buben schauten Jensen an. Sie waren sich einst wohl sehr ähnlich gewesen, aber dann hatte der unterschiedliche Umgang mit dem Leid sie äußerlich verändert. Der eine, Oliver, wirkte ängstlich, er duckte sich unter den Worten seines Vaters und wollte vom Bett steigen, um den Befehl zu erfüllen. Der andere, Rick, wie sich Jensen erinnerte, hielt ihn aber zurück. Er sah müde und abgekämpft aus, aber seine Augen waren nicht vom Weinen gerötet wie die seines Bruders, sondern von der Anstrengung des Widerstands. Der eine hatte aufgegeben, der andere kämpfte noch.

»Hol sie dir selber«, sagte Rick. »Wir wissen nicht, wo sie sind.«

»Es ist auch nicht nötig«, sagte Jensen. »Ich will nichts trinken.« Die frische Luft und das Licht hatten das Gespenst seiner Mutter verscheucht, es kauerte jetzt in der Ecke, Jensen konnte sich darüber erheben.

»Ich möchte jetzt mit Ihren Kindern sprechen. Allein.«

Oliver warf ihm einen erstaunten Blick zu. War es möglich, dass jemand gekommen war, um zu helfen?

Mach dir keine Hoffnungen, dachte Jensen und lächelte ihm zu.

»Warten Sie bitte solange im anderen Zimmer«, sagte Jensen. »Sie haben doch ein eigenes Zimmer?«

»Natürlich«, sagte Ritter. »Ich miete immer zwei Zimmer. Schauen Sie sich doch hier einmal um! Diese Unordnung! Glauben Sie etwa, ich schlafe im selben Zimmer wie diese Ferkel?«

Es lag ein Bademantel auf dem Boden, mehrere Herrenschuhe, Unterwäsche, eine Krawatte, leere Flaschen, nichts davon stammte von den Kindern.

»Aber vertreiben lasse ich mich nicht«, fügte Ritter hinzu. »Wenn Sie mit meinen Kinder reden wollen, nur zu. Ich werde nicht stören. Und wisst ihr eigentlich, weshalb der Inspektor mit euch reden will?«

Ritter setzte sich zu den Buben aufs Bett. Rick rückte weg. Oliver senkte den Kopf.

»Er ist hier, um mich zu beschützen«, sagte Ritter. »Er will zwar nicht mit mir trinken, aber er beschützt mich. Wenn mir jemand etwas antut, wird er ihn verhaften und ins Gefängnis stecken. Ist es nicht so, Herr Inspektor? Zeigen Sie ihnen Ihre Waffe. Na, los, ich erlaube es ausdrücklich. Im Sinne einer Erziehungsmaßnahme.«

Ritter griff nach Rick, drückte ihn an sich und trank aus der Flasche. Rick machte sich aus der Umarmung frei, er sprang vom Bett herunter, behände wie eine Katze.

»Du kannst vor den Konsequenzen nicht weglaufen!« rief Ritter ihm nach. »Jede Tat hat Konsequenzen. Auch heimliche Taten. Auch solche, die man nur murmelt, wenn man glaubt, dass niemand zuhört. Mord ist Mord, und wer mir etwas antut, der wird im Gefängnis landen. Oliver, du bist klüger als dein Bruder. Du hast das verstanden, davon bin ich überzeugt. Komm, zeig mir, dass du es verstanden hast. Zeig dem Inspektor, dass du weißt, wovon ich spreche.«

Oliver nickte. Seine kleine Hand lag in der anderen, die sie fest umschloss, er nickte und wiegte den Oberkörper vor und zurück. Rick hatte sich abgewandt, er baute die Masten des Piratenschiffs wieder auf, trotzig, mit zitternden Fingern.

»Und jetzt zeigen Sie ihnen endlich Ihre verdammte Waffe!« schrie Ritter. Er stand vom Bett auf, trank mit zurückgeworfenem Kopf aus der Flasche und stellte sie dann wuchtig neben dem Piratenschiff ab. Eine Bordwand brach zusammen. Ritter hob die Flasche und schmetterte sie erneut auf die Kommode. Das Schiff zerbrach jetzt gänzlich. Rick fegte die Teile von der Kommode und rannte ins Badezimmer, mit Schwung schlug er die Tür zu.

Es überträgt sich auf jeden, dachte Jensen.

Ihm war alles, was hier geschah, auf entsetzliche Weise vertraut. Er hätte etwas unternehmen müssen, aber das Gespenst hatte seine Kraft zurückgewonnen und wickelte sich um seinen Hals. Schau nur, flüsterte es, die besoffene Frau Jensen.

Das ist nicht meine Mutter, sagte Jensen.

Das Gelächter der Klassenkameraden klang ihm in den Ohren.

Das ist nicht meine Mutter! schrie er, und sie lachten noch lauter. Am Besuchstag torkelte sie ins Schulzimmer, die Lehrerin verstummte, und dann fragte sie: Ist Ihnen nicht gut, Frau Jensen? Ganz Konstanz redete darüber, die ganze Welt wusste es. Deine Mutter ist krank, sagte die Lehrerin. Es war die Zeit, in der man Neger Schwarzafrikaner zu nennen begann und im selben Atemzug Säufer Kranke, als habe das eine etwas mit dem anderen zu tun.

»Sie sind nicht krank«, hörte Jensen sich sagen.

»Ich?«, fragte Ritter. »Ja, da haben Sie völlig recht. Ich bin gesund, vorläufig noch. Oliver hat es jetzt begriffen. Aber der andere, der kleine Rosenkranzbeter da im Badezimmer, bei dem bin ich mir nicht ganz sicher. Also warum zum Teufel zeigen Sie ihm nicht endlich Ihre Dienstwaffe? Ich weiß, wovon ich rede. Ich kenne ihn. Er begreift alles immer erst, wenn er es sieht.«

»Sie sind erst erkrankt, nachdem Sie eine Entscheidung getroffen haben«, sagte Jensen. »Für die Flasche und gegen alles andere. Ihre Kinder schämen sich für Sie, es ist Ihnen egal. Als Sie vorhin zur Tür hereinkamen, versuchten Ihre Kinder abzuschätzen, wie betrunken Sie schon sind. Sie stecken nicht nur sich selbst in die Flasche, sondern auch Ihre Kinder. Aber es ist Ihnen egal. So stehen die Dinge.«

Ich schwöre euch, hörte Jensen seine Mutter sagen, ich schwöre euch beim Leib Christi, das war mein letztes Glas! Der Leib Christi war geduldig, er schaute von seinem Kreuz auf die Mutter hinab, die mit blutiger Stirn auf der Treppe lag, das letzte Glas ihres Lebens in der Hand.

»Ach, so einer sind Sie«, sagte Ritter. »Ein gebranntes Kind. Das dachte ich mir schon. Wer hat sich zu Tode gesoffen, Ihr Vater? Ihre Mutter? Beide? Und nun denken Sie, dass die Welt sich nur noch um Ihre schlimme Kindheit dreht. Aber das ist ein Irrtum. Sie verwechseln mich mit jemandem. Die Wahrheit ist, dass Sie keine Ahnung haben, nicht die geringste. Und wissen Sie was? Ihr Moralgeschwätz macht mich besoffener als das hier!«

Er nahm einen tiefen Zug, sein ganzer Körper war mit der Flasche beschäftigt. Jensen fühlte sich matt und kraftlos. Er sah Ritter beim Trinken zu, als habe sich ein Verhalten von selbst wieder aktiviert, das Verhalten als Kind, das Zuschauen, wenn sie trank, das Schweigen, das Beseitigen der Spuren hinterher, Wegräumen der leeren Flaschen, die Scherben zerbrochener Gläser in Zeitungspapier einwickeln und in den Müll stecken. Während andere Kinder draußen Himmel und Hölle spielten, reinigten seine Schwestern und er die Wohnung, ein Säufer macht viel Dreck.

»Gehen Sie jetzt«, sagte Jensen. »Warten Sie in Ihrem Zimmer auf mich. Ich werde Sie nicht noch einmal darum bitten.«

»Ist das eine Drohung?«, fragte Ritter. Er schaute mit einem Auge in die Flasche. »Dann ist sie so leer wie diese Flasche hier. Aber gut. Ich beuge mich Ihrer Vergangenheit, Ihrer bösen Kindheit. Denken Sie mal darüber nach. Ich gehe jetzt in mein Zimmer. Und du«, sagte er zu Oliver, »du betest noch ein Vaterunser für den Herrn Inspektor. Er ist Katholik, das wird ihm gefallen. Na los, bete!«

Oliver saß auf dem Bett, er faltete die Hände, Tränen tropften auf seine Finger, er sagte leise: »Vater unser im Himmel. Geheiligt werde dein Name. Dein Reich komme.«

Er muss hier raus, dachte Jensen.

»Ich werde Sie in Ihr Zimmer begleiten«, sagte er und packte Ritter am Arm. Er bog ihm den Arm auf den Rücken, das Knacken der Knochen hätte er gern gehört, beherrschte sich aber.

»Das ist illegal«, keuchte Ritter. »Und es verstößt gegen das Gebot der Nächstenliebe. Aber vielleicht gefällt es mir ja sogar.«

Jensen stieß Ritter ins angrenzende Zimmer. Der Schlüssel steckte außen, Jensen verschloss die Tür.

»Es tut mir leid«, sagte er zu Oliver. »Aber es war notwendig.«

Oliver reagierte nicht, er vollendete sein Gebet: »Denn dein ist das Reich und die Kraft und die Herrlichkeit in Ewigkeit. Amen.« Er bekreuzigte sich und drückte dann sein Gesicht ins Kissen.

Jensen ging ins Badezimmer. Rick saß mit angezogenen Beinen unter dem Spülbecken.

»Komm«, sagte Jensen. »Setz dich aufs Bett zu deinem Bruder. Ich möchte mit euch etwas besprechen.«

Rick stand auf, ging zum Bett und streichelte seinem Bruder übers Haar.

»Du sollst doch nicht immer weinen«, sagte er sanft. »Darauf wartet er doch nur.«

Jensen zog einen Stuhl heran und setzte sich zu den Buben ans Bett. Sie waren beide schmächtig und bleich, sie aßen zu wenig oder nur aus Tüten. Als Erstes zerbrach immer der Esstisch unter der Last eines Vaters oder einer Mutter, die die Speisen von sich schob und nur noch den Wein trank. Das Esszimmer verwaiste, jeder aß für sich in den Gefechtspausen, wenn die Betrunkene gerade schlief oder aus dem Fernsehsessel nicht mehr hochkam.

»Wisst ihr, weshalb ich hier bin?«, fragte Jensen.

Rick schüttelte den Kopf. Oliver setzte sich aufrecht hin und wischte sich mit beiden Händen die Augen trocken.

»Weil wir beten?«, fragte er.

Jensen lächelte.

»Nein«, sagte er. »Nicht weil ihr betet. Sondern weil euer Vater glaubt, dass ihm jemand etwas antun will. Er behauptet, jemand habe ihm einen Brief geschrieben, einen Drohbrief. Hat er euch davon nichts erzählt?«

»Nein«, sagte Rick.

Die Glocken der Salvatorkirche spielten eine bekannte Melodie, aus einer Operette, es war zwölf Uhr. Es klang hübsch, und einen Moment berührte der Zauber des Glockenspiels heilend alle, die in diesem Zimmer saßen, vielleicht sogar Ritter im verschlossenen Zimmer drüben.

»Nun, ich denke, es ist nichts Ernstes«, sagte Jensen. »Was meint ihr? Könnt ihr euch vorstellen, dass jemand eurem Vater etwas antun will?«

Sie schüttelten beide die Köpfe.

»Kennt euer Vater hier in Brügge jemanden?«

Sie hörten nicht auf, die Köpfe zu schütteln.

»Und er macht eine Weltreise mit euch? Habe ich das richtig verstanden?«

»Er will uns die fünf Kontinente zeigen«, sagte Rick. »Nennt man das Weltreise?«

»Man kann es so nennen, ja. Ihr macht also eine Weltreise. Und eure Mutter? Ist sie zu Hause?«

»Sie arbeitet«, sagte Rick.

»Ich verstehe. Dann hatte sie also keine Zeit, um auf die Reise mitzukommen?«

»Sie hat keine Zeit«, sagte Rick.

»Darf ich euch etwas fragen?«

Beide nickten.

»Eure Mutter«, fragte Jensen, »trinkt sie auch?«

»Nein«, sagte Oliver. »Sie ist nie betrunken. Warum fragen Sie das alles?«

»Ich bin Polizist. Polizisten müssen Fragen stellen, ich verdiene mein Geld damit. Ich bekomme zehn Euro pro Frage. Das sind etwa sieben Dollar. Ich finde, das lohnt sich. Ihr nicht?«

Er zwinkerte den beiden zu. Sie schauten ihn ernst an, ernst und enttäuscht. Ein Polizist, der Scherze machte, war das Letzte, das sie gebrauchen konnten.

»Das war nur ein Spaß«, sagte Jensen. »Ich stelle euch diese Fragen, weil ich wissen möchte, was hier vor sich geht. Ich will ganz ehrlich sein: Euer Vater macht mir Sorgen. Aber ich kann nichts tun. Es ist leider nicht verboten, soviel zu trinken wie er trinkt. Auch ein Vater darf das. Versteht ihr? Das Gesetz verbietet es nicht. Aber falls er euch schlägt oder euch etwas anderes antut, etwas, von dem ihr wisst, dass es nicht so sein sollte, und wenn ihr mir das jetzt sagt, dann kann ich etwas unternehmen. Dann kann ich euch helfen. Deshalb bin ich hier.«

Sie schauten beide auf ihre Hände, sie zählten ihre Finger.

»Ihr könnt es mir ins Ohr sagen«, flüsterte Jensen, »wenn ihr es nicht laut aussprechen möchtet. Aber es ist wichtig, dass ihr es sagt, wenn es da etwas zu sagen gibt.«

Rick beugte sich vor und flüsterte Jensen ins Ohr: »Wir brauchen keine Hilfe. Gott hilft uns.«

»Was hast du ihm gesagt?«, flüsterte Oliver.

»Dass Gott uns hilft«, sagte Rick leise.

Oliver nickte.

»Ja«, flüsterte er. »Wenn wir Hilfe brauchen, beten wir zu Gott, und er schickt seinen Engel. Den mit dem Schwert.«

»Angeber«, sagte Rick. »Das können wir ja noch gar nicht. Das kann nur Esperanza. Sie betet für uns zu Gott.

Bis wir es selbst können. Dann beten wir, dass er uns in Ruhe lässt. Für immer. Und Gott wird das Gebet hören.«

Jensen wurde ganz elend. Das Gespenst war ihm wieder nahe, er fühlte seinen kalten Hauch im Nacken.

»Wer ist Esperanza?«, fragte er, um sich aus der Beklommenheit zu befreien.

»Jemand«, sagte Rick schnell. »Es ist ein Geheimnis. Wir dürfen nicht darüber reden.«

»Okay«, sagte Jensen. »Ich möchte euch jetzt eine Geschichte erzählen.« Es musste ausgesprochen werden, jetzt, zum ersten Mal überhaupt. Er hatte es sein Leben lang niemandem erzählt, selbst seinen Schwestern nicht. Aber nun schien es ihm, als geschehe dies alles hier nur, um ihm die Möglichkeit zu bieten, es endlich jemandem anzuvertrauen, diesen beiden Buben, zur Warnung.

»Als ich elf Jahre alt war«, sagte er, »lag ich eines Nachts im Bett. Ich hörte meine Mutter im Wohnzimmer schreien. Sie schrie meinen Vater an, sie war betrunken, wie immer. Sie schrie: Du Schwein. Du Schwein. Sie wiederholte es so oft, dass ich dachte, sie ist verrückt geworden. Sie hat den Verstand verloren. Es wird nie enden, dachte ich. Es wird nie aufhören, sie wird immer betrunken sein, und sie wird nie aufhören, meinen Vater anzuschreien: Du Schwein. Du Schwein. Und in diesem Moment setzte ich mich im Bett auf, und ich faltete die Hände und betete zu Gott. Lieber Gott, bitte mach, dass meine Mutter stirbt. Ich betete es, wie ich noch nie zuvor gebetet hatte, ich flehte Gott an, bitte mach, dass meine Mutter stirbt. Bitte mach, dass es endlich aufhört, dass niemand mehr Angst zu haben braucht, dass ich Freunde nach Hause einladen kann.«

Plötzlich war Jensen sich nicht mehr sicher, ob es richtig war, den Buben dies alles zu erzählen, ihnen oder überhaupt jemandem. Aber Rick drängte.

»Und dann?«, fragte er. »Hat das Gebet geholfen?« Seine Augen blitzten vor Neugier, und es war auch ganz deutlich, dass er sogar hoffte, das Gebet möge gewirkt haben.

Ich bin zu weit gegangen, dachte Jensen.

»Nein«, sagte er. »Natürlich nicht. Gebete können ein Trost sein, für den, der an sie glaubt. Aber sie bewirken nichts.«

»Das stimmt nicht!«, sagte Rick. »Sie wissen ja gar nichts. Sie können nicht beten. Sonst wäre Ihre Mutter gestorben, Gott hätte sie bestraft!«

»Es tut mir leid«, sagte Jensen. Er stand auf, seine Hände zitterten. »Ich hätte euch das nicht erzählen sollen. Es war dumm von mir. Ich werde jetzt jedem von euch meine Karte geben, da steht meine Telefonnummer drauf. Solange ihr in Brügge seid, könnte ihr mich jederzeit anrufen, wenn ihr Hilfe braucht, auch nachts. Ich werde kommen, das verspreche ich euch.«

Er klaubte umständlich zwei Visitenkarten aus dem Portemonnaie.

»Habt ihr schon ein eigenes Handy?«, fragte er.

»Nein«, sagte Rick, und die Karte lehnte er ab, er verschränkte die Arme. »Wir brauchen Ihre Nummer nicht.«

»Dann nimm du eine«, sagte Jensen zu Oliver und hielt ihm die Visitenkarte hin. Aber auch in Olivers Augen hatte er offenbar seine Glaubwürdigkeit verloren.

»Na gut«, sagte Jensen. »Ich lege die Karte hier auf die Kommode. Und jetzt werde ich mit eurem Vater reden.«

»Lebt Ihre Mutter noch?«, fragte Oliver. Etwas Lauerndes lag in seiner Frage, Jensen zögerte, bevor er antwortete.

»Nein. Sie ist tot.«

»Ist sie gestorben, als Sie elf Jahre alt waren?«, fragte Rick.

Ja, dachte Jensen. Am Tag, der auf die Nacht folgte, in der ich gebetet hatte. Sie stürzte die Treppe hinunter, sie brach sich das Genick. Der leidende Christus am Kruzifix schaute auf ihren Körper hinab, und ich war starr vor Entsetzen, ich glaubte, im Christusgesicht ein Lächeln zu sehen. Es galt mir, es sagte: Wir beide wissen mehr als die anderen. Ich war es nicht! schrie ich und rannte hinunter in den Garten und suchte ein Versteck. Es sollte ein endgültiges Versteck sein, nie mehr wollte ich mein Gesicht einem Menschen zeigen. Ich verkroch mich im Geräteschuppen, bei den Spinnen und Kellerasseln, und es dauerte lange, bis mein Vater mich fand. Er sagte: Es ist für uns alle ein Schock. Er sagte es tonlos, er log. Er bedeckte mit den Händen sein Gesicht, um seine Erleichterung zu verbergen. Beim Abendessen sprachen meine Schwestern und er kein Wort, aber es war, als flute zum ersten Mal seit Jahren wieder Licht durch unsere Wohnung, als seien sie alle von einer drückenden Krankheit genesen, jedoch noch zu schwach, um laut zu schwatzen und zu lachen. Sie erholten sich schnell, schon nach dem Begräbnis bewegten sie sich anders, freier, meine Schwestern hüpften ins Auto, in dem wir zurück in die Wohnung fuhren. Mein Vater legte eine Schallplatte auf, etwas von Bach, er saß mit geschlossenen Augen in seinem Sessel; Bach war seine Art, Gott zu danken. Er hatte einmal gesagt: Wenn Gott die Menschen liebt, dann für das Präludium der Kantate »Jesus bleibet meine Freude«. Aber für mich, für mich als einzigen, war der Schrecken nicht zu Ende, er hatte nur eine andere Gestalt angenommen. Er war zu etwas Ätzendem geworden, von dem ich fühlte, dass es mich innerlich zerfraß. Der Anblick des lächelnden Christus war mir unerträglich, ich riss das Kruzifix nachts von der Wand und grub im Garten mit den Händen ein Loch ins Kräuterbeet. Ich beerdigte Christus neben dem Meerschweinchen, das vor einigen Monaten gestorben war, und mir gefiel der Gedanke, dass der Gottessohn nun in einem unwürdigen Grab ruhte, dass die Streben seines Kreuzes die gelben Nagezähne eines Meerschweinchens berührten. Im Religionsunterricht, wenn der Pfarrer von der Gerechtigkeit Gottes schwafelte, lachte ich bitter in mich hinein. Ich war überzeugt, dass Gott mich, wenn die Engel die Trompeten bliesen und die Toten aus ihren Gräbern krochen, in die Hölle hinabstoßen würde für das, was er selbst getan hatte. Ich hatte nur gebetet, er aber hatte mich erhört. Es war seine Entscheidung gewesen. Bei meiner Firmung urinierte ich heimlich an die Kirchenmauer, doch später begriff ich, dass der größte Feind Gottes die Vernunft war. Ein Gott, der einen Menschen auf das Flehen eines anderen hin tötete, verspielte damit jeglichen moralischen Anspruch. Du sollst nicht töten, lautete das fünfte Gebot, und da Gott gegen sein eigenes Gebot verstoßen hatte, wurde er zum Widerspruch seiner selbst. Er hob sich selbst auf, folglich existierte er nicht mehr. Übrig blieb von ihm nur eines: der Zufall. Dieser Gedanke erlöste mich endlich, vier Jahre nach dem Tod meiner Mutter. Das Zusammentreffen von Gebet und Tod war eine Koinzidenz gewesen, die zufällige zeitliche Kongruenz zweier Ereignisse, die noch dazu erst durch die Bedeutung, die der Mensch ihnen verlieh, überhaupt in einer Beziehung zueinander standen. Die Vernunft und ihre Wissenschaft, die Physik, sagten mir unzweifelhaft, dass es so war. Aber das Gefühl der Erlösung wich mit den Jahren der Erkenntnis, dass auch die Vernunft einen größten Feind hat: die Träume. In meinen Träumen hat sich nichts geändert, ich bete, die Mutter stirbt, und ich erwache mit einem Gefühl der Schuld, das so frisch ist wie damals, als es entstand, dachte Jensen.

Rick wartete noch immer auf eine Antwort.

»Nein«, sagte Jensen. »Ich war nicht elf, als sie starb.«

Ich bin fünfzig, dachte er, und gerade vor zwei Nächten ist sie wieder gestorben.

»Und vergesst nicht, mich anzurufen, wenn ihr Hilfe braucht. Ihr habt sonst niemanden, der euch hier in Brügge hilft, wenn es nötig ist. Ihr könnt natürlich beten, wenn ihr wollt. Aber im Gegensatz zu Gott habe ich eine Telefonnummer. Und ich kriege auch nicht so viele Anrufe wie er Gebete. Deshalb bin ich vielleicht ein bisschen schneller hier als er.«

»Sie können nicht schneller hier sein als der Engel«, sagte Rick. »Mit einem Flügelschlag ist er vom Himmel hier.«

»Das stimmt«, sagte Oliver.

Es war nichts zu machen. Jensen strich den beiden übers Haar und schloss dann die Tür zu Ritters Zimmer auf.

»Spät kommt er, doch er kommt«, lallte Ritter. Er saß, eine Flasche in der Hand, auf der Bettkante und klaubte eine Tablette aus den Falten des Überwurfs.

»Eine gefährliche Mischung«, sagte Jensen.

»Was?«

»Tabletten und Alkohol.«

»Ja, Herr Inquisitor. Ich gestehe meine Schuld. Mea culpa, mea culpa, mea maxima culpa.«

Er klopfte sich mit der Flasche an die Brust.

»Und? Was haben die beiden Schätzchen Ihnen erzählt? Dass ich sie prügle? Ich will Ihnen jetzt etwas sagen. Durch Schläge ist noch kein Esel zum Pferd geworden. Das weiß jeder guter Vater. Sind Sie eigentlich auch ein Papa?«

Jensen schwieg, wie stets, wenn ihm diese Frage gestellt wurde. Es gab keine Antwort, die der Wahrheit entsprach. Ja, er hatte ein Kind gehabt. Nein, es war nie geboren worden.

»Wo ist der Brief?«, fragte er.

Ritter kicherte.

»Papa, paperlapappa. Der Brief«, sagte er. Er versuchte, vom Bett aufzustehen, es gelang ihm nicht. »Der Brief ist unwichtig. Das sage ich Ihnen im Vertrauen. Jetzt wissen sie es ja.«

»Wer weiß was?«

»Na die da drüben. Sie wissen, dass Sie hier waren. Das wird ihnen eine Warnung sein, das gebe ich Ihnen schriftlich, wenn es sein muss.«

Er sprach mit halb geschlossenen Augen, selbst im Sitzen schwankte er. Sinnlos eigentlich, sich jetzt noch mit ihm abzugeben. Binnen zwei Stunden hatte er sich vollständig zugesoffen, die Tabletten verliehen seinem Rausch etwas Narkotisches, er würde bald nur noch halblaut vor sich hin reden wie ein Morphinist. Dennoch, aus einem Pflichtgefühl heraus, verlangte Jensen noch einmal den Brief zu sehen.

»Der Moor hat seine Schuldigkeit«, sagte Ritter, »seine verdammte Schuldigkeit hat er getan. Und jetzt kann der Moor gehen. Ich kenne Schiller.«

Jensen fand den Brief auch so, er lag auf dem Schreibpult. Nur ein Satz stand darin: BRIAN RITTER, WIR WERDEN SIE TÖTEN.

Es war läppisch. In authentischen Drohbriefen wurde kaum je die Höflichkeitsform benutzt, man duzte den, dem man schaden wollte. Auch die Verwendung des Plurals, WIR WERDEN SIE TÖTEN, war ungewöhnlich, zumal eine Signatur fehlte. Wenn zwei oder mehr Leute jemanden bedrohten, legten sie Wert darauf, als Gruppe wahrgenommen zu werden, sie unterschrieben den Brief mit irgendeinem blumigen oder pathetischen Fantasienamen, die Hüter der weißen Rasse, Kommando Che Guevara, Sektion Flandern. Das hier war eine Nachahmung, übrigens geschrieben auf hoteleigenem Briefpapier, wie Jensen jetzt feststellte. Man hatte den Briefkopf mit dem Hotelemblem weggeschnitten, aber das auffällig geriffelte Büttenpapier war dasselbe wie jenes in der Schreibmappe auf dem Pult.

Die Kinder, dachte Jensen.

»Das ist keine Morddrohung«, sagte er. »Nur ein schlechter Scherz.«

Ritter sagte etwas, mit schwerer, störrischer Zunge, es war unverständlich.

Oder aber er hat ihn selbst geschrieben, dachte Jensen. Das schien ihm nun doch wahrscheinlicher zu sein.

»Haben Sie den Brief geschrieben?«

»Ich«, sagte Ritter. »Ich bin nur ein Rad. Und wenn man mir die ...« Er rülpste. »Die Speichen. Wenn man ein Rad von einem Wagen entfernt, sind immer noch zwei andere dran. Genau zwei, merken Sie sich das. Zwei. Ja lacht nur!«, schrie er plötzlich. »Lacht nur!«

Ritter kroch in Kleidern unter das Bettlaken, und im nächsten Moment hatte der Schlaf ihn geholt. Sein Mund stand offen, Speichel rann aufs Kissen.

Auf dem Nachttisch stand ein großformatiges, aufwendig gerahmtes Foto einer attraktiven Frau mit auffallend großen blauen Augen, eisblau und ebenso kalt. Es war vermutlich Ritters Frau, die Mutter der Kinder, die zu Hause geblieben war, weil ihre Arbeit sie so sehr in Anspruch nahm. Eher schon hatte sie verständlicherweise wenig Lust gehabt, ihren Mann auf einer langen Reise zu begleiten. Vermutlich genoss sie jede Stunde seiner Abwesenheit. Nur seltsam, dass sie es den Kindern zumutete. Jedenfalls hätte ein Anruf von Jensen sie wahrscheinlich kaum dazu bewegt, nach Brügge zu reisen und nach dem Rechten zu sehen. Mein Mann ist betrunken, er schwatzt wirres Zeug, er fälscht Drohbriefe, die Kinder sind allein mit ihm, alles sehr schlimm. Aber was erwarten Sie von mir, Inspektor? Die zuverlässigsten

Komplizen eines Alkoholikers waren stets die Ehepartner. Also verwarf Jensen den Gedanken, sie anzurufen. Der Notfallpsychiater war gleichfalls keine Option. Es fehlte die erwiesene Gewaltbereitschaft. Ritter verhielt sich eigenartig, zeigte paranoide Züge, aber letztlich war es die übliche Paranoia des Säufers im Endstadium. Jensen waren die Hände gebunden, es gab für ihn hier nichts mehr zu tun, außer den Kindern noch einmal einzuschärfen, ihn unbedingt anzurufen, falls ihr Vater gefährlich wurde.

Er ging hinüber in ihr Zimmer, aber nun schliefen auch sie, am frühen Nachmittag um halb ein Uhr lagen sie Kopf an Kopf auf dem Bett, zwei kleine Gefangene ihres Vaters, die ihre ganze Hoffnung in einen Engel setzten. Jensen legte zusätzlich zu der Visitenkarte auf der Kommode noch einmal zwei auf das Nachttischchen, und eine steckte er im Badezimmer ins Zahnputzglas. Sie sollten Rick und Oliver an sein Versprechen erinnern.

3

Jensen setzte sich in den Wagen, und weil er sich nach Tröstung sehnte, schob er eine Dinu-Lipatti-CD in den Schlitz. Er fuhr durch den Regen, die Scheibenwischer fegten heftig, und Dinu Lipatti spielte Bach. Die Klänge lösten sich von ihrem Ursprung, dem mit Saiten bespannten Rahmen eines Flügels, nicht länger war das Instrument der Resonanzraum, sondern Jensen selbst, in ihm entfaltete sich die Musik, und wenn er nun nach draußen schaute, sah er alle Dinge gemildert und besänftigt und durch die Musik veredelt zu reiner Poesie. Er sah einen Fahrradfahrer, der sich auf dem Sattel geduckt durch das Unwetter kämpfte, mit einer Hand die Kapuze seiner Pelerine festhaltend. Der Mann war nass, er fror, er wollte nur eilig nach Hause, doch die Musik enthob ihn aller Mühen, sie verlieh seinen alltäglichen Bewegungen eine melancholische Schönheit. Und so war es mit allem, das Jensen während der Fahrt sah, alles verstummte, wie eine nächtliche, eingeschneite Stadt, und zu den Klängen von Bachs Musik zeigten die Dinge nun ihr wahres Wesen. In solchen Momenten glaubte Jensen zu erkennen, was die Welt war, in ihrem Innersten: vollkommene Schönheit.

Die Wunden schlossen sich, zurück blieb ein schlechtes Gewissen. Als Jensen den Wagen vor dem Revier parkte, machte er sich Vorwürfe, nicht genug getan zu haben für die Kinder. Tatsächlich wäre er aber gar nicht befugt gewesen, irgendetwas Entscheidendes zu unternehmen. Er wusste das, und dennoch quälte ihn sein Gewissen.

Ich werde die Kinder heute Abend anrufen, dachte er.

Auf dem Revier hing wieder Schlaf in der Luft, die Kollegen beugten sich über die leeren Schreibtische. Stassen hatte aus der Aluminiumfolie, in der sein Mittagessen eingepackt gewesen war, einen Engel geformt, der nun schief auf dem Bildschirm seines Computers stand.

»Wie geht es dem Kutscher?«, fragte Jensen.

»Ein Hirnschlag vermutlich«, sagte Stassen. »Er ist auf der Fahrt ins Krankenhaus gestorben. Er war noch nicht einmal sechzig.« Stassen blickte besorgt den Aluminiumengel an. »Manchmal frage ich mich, ob du nicht recht hast. Dass du so früh aufhörst, meine ich. Wenn ich ledig wäre, wie du ...« Er schwieg. Und wenn ich zwei Millionen geerbt hätte, oder sind es drei, fünf?

»Entschuldige«, sagte er.

Jensen nickte und setzte sich an sein Pult, um den Rapport zu schreiben. Das Klappern seiner Tastatur machte die anderen nervös, es erinnerte sie daran, dass sie selbst wieder nichts zu tun hatten. Die jüngeren Beamten wünschten sich jetzt wahrscheinlich, Polizist in Antwerpen oder einer anderen großen Stadt zu sein, in der das Verbrechen weniger wetterabhängig war als hier.

Brian Ritter, tippte Jensen, amerikanischer Staatsbürger. Selbstverfasster Drohbrief. Schwerer Alkoholiker. Wahnvorstellungen. Keine Anhaltspunkte für akute Suizidgefahr oder Gefährdung Dritter.

Jensen überlegte sich, den letzten Satz zu ändern. Konnte er sicher sein, dass die Kinder nicht doch in Gefahr waren? Sein Gefühl sagte ihm, dass Ritter sie nicht schlug, aber sexueller Missbrauch? Viele Alkoholiker machten sich dessen schuldig, aber ebenso viele nicht, vor allem jene nicht, die wie Ritter in den Rausch hinein Tabletten schluckten. Sie waren oft schlicht zu nichts mehr fähig, weder zur Gewalt noch zu sexuellen Übergriffen. Aber letztlich gab es in dieser Hinsicht keine Sicherheit, und für ein abschließendes Urteil kannte Jensen die Umstände zu wenig. Er strich deshalb den Satz, es wurde ein kurzer Rapport, zumal es ihm widerstrebte, die Kinder zu erwähnen. Es war nicht nötig, er würde sich persönlich um sie kümmern. Er rechnete damit, dass Ritter zwei, vielleicht drei Stunden schlief, längere Schlafphasen waren Säufern selten vergönnt. Um fünf Uhr also würde er erwachen, und um sechs wollte Jensen dann im Hotel anrufen und mit den Kindern sprechen.

Keine weiteren Maßnahmen nötig, schrieb er und unterzeichnete den Rapport, vielleicht den letzten seines Berufslebens, er empfand nichts dabei. Kein Bedauern, keine wehmütigen Erinnerungen an den ersten Rapport, damals noch in Konstanz geschrieben, machten aus dieser Unterschrift etwas Denkwürdiges. Er kritzelte einfach sein Kürzel aufs Papier und legte den Rapport in Duponts Ablage. So einfach und unfeierlich ließen sich fast dreißig Berufsjahre ablegen. Er war gern Polizeibeamter gewesen, aber er aß auch gern ungarische Salami, die fetteste und ungesündeste aller Dauerwürste. Gerade das, was man gern tat, schadete einem oft am stärksten.

Also Adieu! dachte Jensen mit einem letzten Blick auf den Rapport, der im ansonsten leeren Ablagefach Duponts rein optisch enormes Gewicht besaß.

Er setzte sich zurück an sein Pult und betrachtete die Wolken. Die unterste Schicht, grau und amorph, wurde brüchig, durch die Risse konnte er die nächste Schicht sehen, gleichfalls grau, aber strukturierter, man konnte einzelne Wolken als solche erkennen, und schon bald teilten sie sich, wie ein Vorhang im Theater: Auftritt des blauen Himmels. Die Sonne bestrich die Fassaden gegenüber, ein Regenbogen spannte sich von der alten in die neue Stadt. Es blickten jetzt alle im Büro zu den Fenstern hinaus, und ohne die Kenntnis des neusten Wetterberichts wäre vielleicht Freude ausgebrochen. Da aber alle wussten, dass für den Abend wieder heftige Regenfälle prognostiziert waren, gelang es keinem, die Sonnenstrahlen zu genießen. In Zeiten der Fünftages-Prognosen war es schwierig, in der Gegenwart zu leben.

Jensen allerdings beschloss, die Gelegenheit zu nutzen. Es wurde von ihm ohnehin nichts mehr erwartet, und so schaltete er seinen Computer aus und ging zu Stassens Pult.

»Ich fahre zum Friedhof raus«, sagte er. »Das Wetter ist gerade gut. Falls etwas ist, ruf mich an.«

Er parkte den Wagen vor dem Blumengeschäft gegenüber der Sint-Michiels-Kirche, einem gedrungenen, militärischen Bau, der wie alle Kirchen Brügges die düstere Stimmung einer Belagerung mit schweren Waffen verbreitete. Hell und freundlich hingegen war das Blumengeschäft der Sinja Dillen, einer hübschen jungen Floristin. Jensen hatte sie noch nie mit einer Zigarette im Mund gesehen, aber sie musste eine starke Raucherin sein, denn die Düfte ihrer Blumen wichen zurück, wenn sie hinter die Kasse trat und lächelnd nach Rauch roch.

»Das Übliche?«, fragte sie ihn.

»Das Übliche«, sagte er, und sie verschwand in einem Nebenraum, der Zigarettengeruch bewachte solange die Kasse. Beladen mit einem Topf Bambus kehrte sie nach einer Weile zurück.

»Fargesia jumbo«, sagte sie. »Ich habe diesmal gleich drei Töpfe bestellt. Vielleicht behalte ich einen für mich. Ich beginne mich allmählich daran zu gewöhnen. Sie brauchen allerdings zwei bis drei Jahre, um sich zu etablieren. Erst dann wachsen sie zu voller Höhe.«

»Irgendwann wird Vanderpoorten aufgeben«, sagte Jensen.

Sinja Dillen lachte.

»Ich finde das schön«, sagte sie, und in ihrem Blick lag für einen kurzen Moment etwas Persönliches, Verträumtes, ein Wunsch. »Ich meine, ich finde es schön, was Sie tun.« Verlegen strich sie sich die Haare aus der Stirn und sagte: »Das wären dann vierunddreißig Euro fünfzig.«

Jensen trug den Topf hinüber zum Friedhof, zum Grab in Reihe neunzehn. Die Sonne kam und ging, der Meerwind trieb ihr beständig neue Wolken zu. Neben dem Weihwasserbehälter am Fuß des Grabes lag mit einem Stein beschwert ein Klarsichtmäppchen, das den üblichen Zettel enthielt.

GRAB No. 19/23 BEI FRIEDHOFSVERWALTUNG MELDEN!

Jensen entfernte die Mitteilung und stellte den Bambus auf Margaretes Grab. Der Wind raschelte in den dünnen Lanzettblättern. Es waren nur wenige Halme, entsprechend bescheiden war das Rascheln. Es hätte Margarete nicht genügt, sie hatte sich einen Bambushain gewünscht, in dem Kinder spielen konnten und dessen Blätter rauschten wie die Brandung des Meeres.

Es wird mir noch gelingen, dachte Jensen, das verspreche ich dir.

Er versprach es ihr seit zwölf Jahren, aber die Zeit spielte keine Rolle, sie stand still seit jenem Tag, als Margarete den Kopf in den Nacken legte und für immer in den blauen Himmel über Oostende schaute. Sie hatte nie etwas erwähnt, was ihr Grab betraf, wie sie es sich wünschte, sie war zu jung gewesen für solche Überlegungen. Den Tod hatte sie als Tatsache akzeptiert, wie jedermann, aber noch nicht als Gewissheit begriffen, wie jetzt Jensen, der seine fünfzig Jahre manchmal morgens beim Aufstehen bereits als Gewicht empfand, das ihn zurück ins Bett drücken wollte, nach unten, in eine liegende Position, ein Vorspiel der ewigen Ruhe.

Jensen grub mit der Hand ein Loch, groß genug, um den Bambusballen aufzunehmen. Er pflanzte den Ballen ein, an der üblichen Stelle, in der Mitte des Grabes. Die Halme waren nicht sehr hoch, einen halben Meter, aber in ihnen steckte die Kraft, sich zu einem Hain auszuwachsen, vier Meter hoch, im Wind rauschend, und dahinter verborgen Margaretes Grabstein. Wenn ein böiger Windstoß die Halme teilte, würde man den Grabstein für einen Augenblick sehen, er würde kurz aufscheinen und dann wieder von den sich beruhigenden Halmen verhüllt werden.

So muss es sein, dachte Jensen, so hätte sie es gewollt.

Sie hätte etwas gewollt, das gemäß Friedhofsreglement verboten war, und so kämpfte Jensen seit zwölf Jahren gegen den alten Vanderpoorten mit seinen riesigen, schrundigen, vom lebenslangen Umgang mit Erde und Wurzelwerk selbst wurzelhaft gewordenen Händen, Vanderpoorten, der jede Woche den von Jensen gepflanzten Bambus ächzend wieder aus der Graberde riss, um danach einen Zettel zu hinterlegen.

DIE BEPFLANZUNG DER GRÄBER MIT BAMBUS IST AUCH POLIZISTEN VERBOTEN!

Es war ein sinnloses Tauziehen, was Jensens Gewinnchancen betraf. Vanderpoorten war ein strenger Friedhofsaufseher, er verwaltete die Toten strikt nach Reglement, schiefe Grabsteine brachte er ins Lot, Blumengebinde, die ihm nicht passten verschwanden im Kompost, kaum hatten die Trauernden den Friedhof verlassen. Dennoch gab Jensen nicht auf, denn indem er sich für Margarete einsetzte, entglitt sie ihm nicht ganz in die Erinnerungen, sie blieb auf eine Weise anwesend, so als würde er für eine Freundin, die verreist ist, die Blumen gießen.

Er strich über die Blätter des Bambus, dann ging er, das Entscheidende war getan. Nie hielt er sich lange am Grab auf, denn das Grab selbst hatte für ihn keine Bedeutung, es war nur eine Uhr mit zwei Jahreszahlen, von denen die zweite die Zeit anzeigte, die seit Margaretes Tod vergangen war. Zu Beginn war er drei Jahre älter gewesen als sie, mittlerweile waren es fünfzehn. Sie wurde jünger, er älter. Manches an ihr kam ihm jetzt, wenn er zurückdachte, unreif vor, und sie wiederum hätte sich nie mit einem Mann seines Alters eingelassen.

Jensen schloss das Friedhofstor hinter sich und schaute noch einmal zurück.

Margarete und er hatten sich in Brüssel kennengelernt, an einem Kongress zum kurios formulierten Thema »Das organisierte Verbrechen der Europäischen Union«. Sie waren beide ranglose Provinzbeamte gewesen, sie aus Brügge, er vom Bodensee, und sie saßen ganz hinten im Kongresssaal, in der zweitletzten Reihe, andächtig und stolz darauf, überhaupt an einem internationalen Kongress teilnehmen zu dürfen. Am ersten Tag sprachen sie kein Wort miteinander, kritzelten eifrig Notizen in ihre Büchlein, die Ausführungen der Redner schienen ihnen von größter Wichtigkeit zu sein. Am Morgen des zweiten Tags grüßten sie einander, und gegen Mittag hörten sie den langfädigen Vorträgen schon nicht mehr zu, sondern unterhielten sich flüsternd, entdeckten Gemeinsamkeiten, lächelten, schwiegen, blickten sich an. Am dritten Kongresstag blieben ihre Sitze leer.

Drei Monate lang sahen sie sich nur an den Wochenenden, Jensen legte die Strecke Konstanz–Brügge in seinem Golf GTI in weniger als sechs Stunden zurück, sämtliche Radarfallen blitzten auf, wenn er zu Margarete eilte. An einem Sonntagabend, als sie sich unter der Tür aneinanderklammerten, weil ihnen wieder sechs Tage Sehnsucht bevorstanden, räusperte sich hinter ihnen Margaretes Vater, Jan Streuper, und sagte: »Entschuldigung. Ich will nicht stören. Aber darf ich Sie etwas fragen, Herr Jensen? Sind Sie katholisch?« Jensen bejahte es, denn er spürte, dass Jan Streuper sich das erhoffte, und nun breitete dieser die Arme aus und sagte: »Dann heiratet doch!« Er machte Jensen das Angebot, bei Van Linter, dem Korpschef von Brügge, ein Wort für ihn einzulegen bezüglich eines vakant gewordenen Postens bei der Kriminalpolizei. Jan Streuper war Stadtrat, Van Linter sein Schwager und Jensen zu verliebt, um der Verlockung der Vetternwirtschaft zu widerstehen.

Jensen blickte durch die Gitterstäbe des Tors auf den Friedhof, auf dem sie nun alle lagen, Jan Streuper, seine Frau Trees, Van Linter, sie waren einander alle hierhin gefolgt, einer nach dem anderen, zuletzt Margarete, vor zwölf Jahren. Vor einer Stunde.

Und als Nächster ich, dachte Jensen und ging. Er setzte sich in den Wagen, wusste aber einen Moment lang gar nicht, wohin er fahren sollte. Wo gehörte er hin? Nach Margaretes Tod war ihm Brügge keine Heimat mehr gewesen, nur noch ein Ort quälender Erinnerungen. Er packte damals seinen Koffer und verließ die Stadt fluchtartig, aber je mehr er sich von ihr entfernte, desto intensiver wurde der Schmerz. Es war, als habe ihm jemand ein Messer in den Bauch gerammt. Er durfte es nicht mit einem Ruck herausziehen, denn dann wäre er verblutet an seiner Trauer. An der deutschen Grenze kehrte er um, fuhr zurück nach Brügge, es war lebenswichtig. Das Messer musste behutsam entfernt werden, Jahr um Jahr ein Stück mehr, damit die Wunde von innen heraus heilen konnte. Jetzt, nach zwölf Jahren, war das Messer noch immer nicht vollständig entfernt, und womöglich gab es ja auch Wunden, mit denen man starb, bevor die Zeit sie heilen konnte.

Timmermansstraat, dachte er und fuhr los.

Um sechs Uhr die Kinder anrufen, rief er sich in Erinnerung.

4

Jensen wohnte in einem der alten Arbeiterhäuser von Brügge, aus Backstein gebaut wie die Herrenhäuser, aber niedriger und schmuckloser. Er schloss die Tür auf, und jetzt, um fünf Uhr nachmittags im Sommer, war es drinnen bereits düster, der Regen trippelte übers Dach.

Jensen knipste im Wohnzimmer die Stehlampe an und legte sich aufs Sofa. Noch vier Tage, dann die Abschiedsrede, und danach würde er das Doppelspalt-Experiment in seinem eigenen Keller durchführen. Die Glasplatte mit den zwei winzigen Spalten, jede nur fünf Hundertstel eines Millimeters breit, hatte er sich bereits herstellen lassen, für teures Geld, denn die Herstellung war aufwendig gewesen. Er benötigte allerdings noch eine Elektronenkanone und natürlich die Detektoren. Das Auftreiben dieser Geräte würde ihn nach seiner Frühpensionierung mindestens ein halbes Jahr lang beschäftigen, damit rechnete er fest. Vielleicht sogar länger, denn geeignete Elektronenkanonen wurden nicht in Warenhäusern angeboten. Es würde alles viel Zeit in Anspruch nehmen, und damit war er sehr zufrieden.

Er griff nach den zusammengehefteten Blättern auf dem Sofatisch, die Arbeit eines jungen Physikstudenten, er hatte den Text im Internet gefunden und ihn ausgedruckt. In keinem der populärwissenschaftlichen Bücher über Quantenmechanik, selbst nicht in dem hervorragenden von John Gribbin, hatte Jensen je eine so verständliche Beschreibung des Experimentes gelesen, wie sie dieser unbekannte Student vorlegte.

Das Experiment lieferte den Beweis dafür, dass sich die sichtbare Welt fundamental von den Teilchen unterschied, aus denen sie sich zusammensetzte. Der Teil folgte vollkommen anderen Gesetzen als das Ganze.

Wenn ich eine Elektronenkanone besitze, dereinst, dachte Jensen, werde ich zunächst einen der zwei Spalte der Glasplatte abdecken. Dann werde ich ein einzelnes Elektron auf die Detektorplatte jenseits der Trennwand abschießen. Das Elektron wird dort an einer bestimmten Stelle auftreffen und registriert werden. Und zwar so, als handle es sich bei dem Elektron um ein Teilchen, ein kleines, festes Kügelchen. Dann aber werde ich beide Spalte in der Trennwand öffnen. Und wenn ich nun wieder ein einzelnes Elektron abschieße, sagt mir der gesunde Menschenverstand, dass das Elektron durch einen der beiden offenen Spalte fliegen und auf der Detektorplatte entweder hinter dem linken oder dem rechten Spalt auftreffen wird. Und das wird dann der Moment des Staunens sein. Das Elektron wird nämlich nicht wie erwartet durch einen der beiden Spalte fliegen, sondern durch beide gleichzeitig. Und es ist nicht etwa so, dass das Elektron sich auf irgendeine Weise kurz vor den beiden Spalten teilt, womit dann ein halbes Elektron durch den linken und ein halbes durch den rechten fliegen würde, nein. Ein einziges, ganzes Elektron fliegt gleichzeitig durch beide Spalte.

Es besitzt, dachte Jensen amüsiert, jene Gabe, die Padre Pio gern besessen hätte, nämlich jene der Bilokation, des gleichzeitigen Erscheinens an zwei Orten. Der Logik des Vatikans folgend, wäre es eigentlich richtig gewesen, auch das Elektron heiligzusprechen.

Umso mehr, als man dessen Bilokation wissenschaftlich nachweisen konnte. Sie beruhte auf der eigenartigen Tatsache, dass Elektronen und alle anderen subatomaren Teilchen sowohl eine Welle waren wie auch ein Teilchen. Man konnte sich darüber gar nicht genug wundern, jedenfalls dann nicht, wenn man sich vergegenwärtigte, dass die physikalische Bedeutung der Aussage exakt der folgenden glich: Ein Stein kann ein Vogel sein und umgekehrt. Das Elektron war ein Stein, der auch ein Vogel sein konnte, und es war ein Vogel, der sich unter gewissen Bedingungen wie ein Stein verhielt, oder es war weder noch, weder ein Stein noch ein Vogel oder aber beides zusammen. Ein Elektron war pure Magie, in mathematische Formeln gegossen, Magie, die sich experimentell überprüfen ließ, beispielsweise eben im Doppelspaltexperiment, bei dem sich das Wunder der Zweifaltigkeit ereignete, weil das Elektron sich in zwei Wellen aufzuspalten vermochte; der Stein konnte zwei Vögel werden, und diese flogen dann einzeln durch die beiden Spalte.

Natürlich war in Wirklichkeit alles komplizierter, und im Grunde war jede Vereinfachung unzulässig. Es gab in der Welt der Atome keine Steine, die sich wie Vögel verhielten, ja es gab noch nicht einmal Elektronen. »Elektron« war nur eine Bezeichnung für etwas, von dem man wusste, wie es sich verhielt; was es aber war, wusste niemand.

Es war fünf vor sechs, in fünf Minuten musste Jensen die Kinder anrufen. Er stand vom Sofa auf und ging in die Küche, wo sich die Teller der letzten zwei Tage stapelten, Fruchtfliegen kreisten träge über den eingetrockneten Resten der Mahlzeiten. Die kleinen Fliegen nahmen bestimmt zu viele künstliche Zusatzstoffe, Ascorbinsäure und Lebensmittelfarben zu sich, denn Jensen kaufte fast nur Fertigprodukte aus der Tiefkühltruhe. Allerdings schien es den Fliegen gut zu gehen, obwohl sie doch, gemessen an ihrer Körpergröße, kiloweise chemische Hilfsmittel verzehrten.

Er nahm eine Coladose aus dem Kühlschrank, riss den Bügel ab und trank, es musste ein wenig brennen im Hals, dann war es richtig. Er schaute durchs Küchenfenster hinaus in seinen kleinen Kräutergarten. Insbesondere der Thymian, den er im Frühjahr gesetzt hatte, würde bei der anhaltenden Nässe sein Aroma verlieren und genau so schmecken, wie es draußen aussah.

Sechs Uhr.

Jensen setzte sich im Wohnzimmer auf den roten Ledersessel unter der Stehlampe. Er hob den Hörer ab und wählte die Nummer des De Tuilerieën. Man verband ihn mit Ritters Zimmer, glücklicherweise hob Rick ab und nicht sein Vater.

»Rick Ritter?«, sagte er. Seine Stimme klang am Telefon kindlicher als vorhin im Hotel.

»Ich bin es. Inspecteur Jensen. Ich wollte mich nur erkundigen, ob es dir und Oliver gut geht.«

»Ja«, sagte Rick. »Es geht uns gut. Und Ihnen?«

»Mir geht es auch gut. Danke. Und euer Vater? Ist er wach?«

»Ja, er ist wach. Soll ich ihn holen? Wollen Sie mit ihm sprechen?«

»Nein. Das ist nicht nötig. Habt ihr meine Karte aufbewahrt? Eine steckt noch im Zahnputzglas, nur für alle Fälle.«

»Haben wir gesehen.«

»Verliert sie nicht. Ich rufe morgen noch einmal an. Ist das okay?«

»Wenn Sie wollen«, sagte Rick.

»Dann bis morgen.«

Rick legte grußlos auf.

Es schien alles in Ordnung zu sein. Jensen versuchte sich zu entspannen, er schob eine CD von Bob Dylan ins Abspielgerät und versuchte mitzusingen, was bei Dylan stets schwierig war. Er dachte daran, vielleicht Stassen anzurufen, ein Feierabendbier im Celtic Ireland Pub. Er dachte abends oft daran, Stassen zu einem Bier einzuladen, wen denn sonst? In fünfzehn Jahren Brügge war Jensen, was Freundschaften betraf, gar nichts geglückt, außer eine seidenfadendünne Verbindung zu Frans Stassen, der aber leider ein äußerst häuslicher Mensch war.

Jensen stand auf, schüttete in der Küche den Rest der Coladose in den Ausguss und ging zum Bier über, drei Halbliterdosen erlaubte er sich pro Abend, und die erste trank er nun geduldig, in kleinen Schlucken, denn der

Abend hatte eben erst begonnen und lag vor ihm wie eine leere, einsame Landstraße.

5

AM NÄCHSTEN TAG traf Jensen erst gegen ein Uhr Mittags auf dem Revier ein, mit halbseitig taubem Gesicht. Eine Routineuntersuchung beim Zahnarzt hatte eine beunruhigende Wendung genommen, als der Zahnarzt eine kariöse Stelle an einem Weisheitszahn entdeckte, teilweise überlappt von entzündetem Zahnfleisch, deshalb schwierig zu bohren, und wenn Sie schon einmal hier sind, würde ich sagen, wir nehmen den raus. Jensen sah keine Möglichkeit, es zu verhindern, außer ein entschiedenes Nein, den Stuhl unter Protest verlassen: Er hätte sich nur lächerlich gemacht. Und der Zahnarzt versprach ihm ja auch, dass es schnell gehen werde, der Zahn sei gut greifbar. Schließlich musste er ihn in acht Stücke zersägen und diese dann einzeln herausreißen.

Jensen war jetzt noch schweißnass. Er setzte sich an sein Pult, die Kollegen drehten sich nach ihm um und starrten ihn unverhohlen an. Kein Wunder, dachte er, bestimmt sahen sie ihm die Strapazen der Extraktion an. Die Backe war ja auch geschwollen, es fühlte sich an, als habe ein Tier sich in seinen Kiefer verbissen.

Jensen spülte eine Schmerztablette hinunter und nickte dem einen und anderen Kollegen zu.

Eine der Neonröhren flackerte, die, deren Sicherung schon längst hätte ersetzt werden müssen. Sie flackerte seit Tagen, aber jetzt empfand Jensen es als Zumutung. Er schattete die Augen mit der Hand ab und blickte auf den leeren Schreibtisch. Es kostete ihn Mühe, seine Zunge davon abzuhalten, die neue Stelle im Mund zu erkunden; wie eine neugierige Katze zog es die Zunge zum Wundkrater im Unterkiefer.

»Dumme Sache«, sagte Stassen. Er stützte sich mit beiden Händen auf Jensens Pult und schüttelte den Kopf. »Verdammt dumme Sache.«

»Wenigstens habe ich es hinter mir«, sagte Jensen.

»Wie meinst du das? Hinter dir?«

»Er ist draußen, weg. Tut zwar noch weh, aber ich habe Pillen.«

»Du lallst ja«, sagte Stassen.

»Wegen der Spritze.«

Stassen schaute ihn an.

»Dann weißt du es noch gar nicht?« fragte er.

»Was?«

»Ich dachte, du wüsstest es. Aber wenn es so ist ...« Stassen hob die Hände. »Tut mir leid, aber ich glaube, du solltest dich bei Dupont melden. Du solltest gleich jetzt zu ihm rübergehen.«

»Warum denn? Ist etwas passiert?«

In diesem Moment riss Dupont die Tür seines Kabäuschens auf.

»Jensen!« rief er und winkte brüsk mit der Hand. »Sofort!«

»So eine Scheiße«, sagte Stassen. »Dass das jetzt noch passieren musste, so kurz vor dem letzten Tag ...«

Jensen war ein wenig gedämpft von den Schmerzmitteln, seinen Gedanken mangelte es an Schärfe. Er stand auf, und während er hinüberging zu Duponts Büro, versuchte er sich vorzubereiten. Was war geschehen? Es musste etwas Gravierendes sein, sonst würde Dupont ihn nicht so kurz vor Schluss noch zu sich zitieren. Es musste sich um einen unverzeihlichen Fehler handeln, aber Jensen war sich keiner Verfehlung bewusst, und so betrat er Duponts Büro in der Annahme, dass es sich um ein Missverständnis handele, allenfalls auch um einen letzten schikanösen Abschiedsgruss von Dupont.

»Setzen Sie sich!«, sagte dieser. Er saß aufrecht hinter seinem Schreibtisch, wie eine gespannte Feder. Er sah krank aus, bläuliche, aufgedunsene Lippen, schwarze Schatten unter den Augen; das chinesische Porzellanschälchen mit den Pillen stand in Reichweite neben einem Foto seiner Familie.

Jensen setzte sich auf den Stuhl und sagte: »Also gut. Was ist los?«

Dupont schlug eine Akte auf. Er schwieg und blickte Jensen an. Jensen konnte nicht sehen, was die Akte enthielt. Fotos? Er streckte den Hals. Ja, es waren Fotos, dem Format nach Tatortfotos. Mehr war aus der Distanz nicht zu erkennen. Was für ein Tatort denn? fragte sich Jensen. Es war doch seit Wochen mit Ausnahme einer häuslichen Schlägerei nichts vorgefallen. Es herrschte doch gerade ein Mangel an Tatorten. Ein alter Fall vielleicht? Irgendeine Ungereimtheit, die jetzt ans Licht gekommen war?

»Ich höre«, sagte Jensen. »Was ist los? Weshalb sitze ich hier?«

Dupont sagte: »Heute ist Dienstag. Am Freitag scheiden Sie aus dem Dienst aus. Und ich sage Ihnen ganz ehrlich: Ich halte es für bezeichnend, dass Sie uns so kurz vor dem Ende, das nicht nur ich mir seit Jahren herbeigesehnt habe, noch ein Ei legen. In Ihrer letzten Woche schaffen sie es noch, das ganze Revier in den Dreck zu ziehen. Denn schließlich wird es an uns hängenbleiben. An uns, die wir uns eine frühzeitige Pensionierung leider nicht leisten können. Wir verfügen leider nicht über das entsprechende Kleingeld.«

Es klang, als hätte Dupont diese kleine Rede schon seit längerem auf dem Herzen gehabt, er hatte sie wohl schon oft gehalten, unter der Dusche oder vor dem Einschlafen, und endlich saß Jensen in persona vor ihm, die Worte trafen endlich auf ihren Adressaten.

»Ich habe Sie nie gemocht«, fuhr Dupont fort, »und das ist weiß Gott kein Geheimnis. Es liegt nicht einmal nur daran, dass Sie ein Deutscher sind. Ihr habt ja auch eure Vorteile. Ihr seid pünktlich, gründlich und besitzt diesen besonderen Jagdinstinkt. Mein Großvater hat sich 1943 in einer kleinen Höhle versteckt, die außer ihm nur zwei Leute kannten, aber die Waffen-SS hat ihn trotzdem gefunden, das liegt euch im Blut. Ja, daran habe ich oft gedacht, Jensen. Dass es vielleicht Ihr Großvater war, der ...«

Jensen hörte nun nicht mehr zu. Das zweitschlimmste an der Vergangenheit, dachte er, waren die Leute, die noch immer in ihr lebten. Er beobachtete Duponts Mund, in dessen einem Winkel sich ein wenig Schaum gebildet hatte, schneeweiß und nicht einmal unappetitlich anzusehen.

Nach einer Weile sagte Jensen: »Und wann kommen Sie endlich zur Sache?«

»Ja, Sie haben recht«, sagte Dupont und schlug mit der flachen Hand auf den Tisch. »Ich vergeude mit Ihnen nur meine Zeit. Kommen wir zur Sache. Kommen wir zu dem hier!«

Er warf Jensen die Fotos aus der Akte hin, eines nach dem anderen, wie ein Kartenausteiler, und manche schleuderte er so heftig, dass sie vom Tisch fielen. Ein Foto landete in Jensens Schoß, und er hob es auf und starrte es an.

Brian Ritter lag halb auf dem Trottoir, halb auf der Straße, in einer seltsam verspielten Haltung, als habe er gerade die Hände hinter dem Kopf verschränken wollen, als der Tod die Bewegung unterbrach. Sein Gesicht war entspannt wie das eines in der Sonne Dösenden.

»Kommt Ihnen dieser Mann bekannt vor?«, fragte Dupont.

Jensen sah nirgends Blut, keine Verletzung; in der Brille, die Ritter aufs Kinn gerutscht war spiegelte sich eine Straßenlampe. Mit leerem Kopf betrachtete Jensen das Bild, er war zu keinem Gedanken fähig. Es war Ritter, und dennoch schien es unlogisch zu sein, lächerlich, abstrus.

»Ich habe Sie etwas gefragt, Jensen! Kennen Sie diesen Mann?«

Jensen nickte. Er sah sich die anderen Fotos an; wider alle Vernunft hoffte er, sich getäuscht zu haben, vielleicht war es doch nicht Ritter, nur jemand, der ihm sehr ähnlich sah.

»Wie heißt er?«, fragte Dupont. »Nennen Sie mir seinen Namen.«

»Es könnte ...« sagte Jensen. »Es könnte der Amerikaner sein, der gestern hier war. Brian Ritter.«

»Könnte? Was soll das, Jensen! Machen Sie sich doch nicht lächerlich!«

Dupont hielt Jensen eines der Fotos vors Gesicht.

»Das ist Herr Brian Ritter und niemand anders. Und das hier ist Ihr Rapport von gestern.«

Dupont legte den Rapport auf den Tisch und nagelte ihn mit seinem Zeigefinger fest.

»Ihr Rapport, in dem Sie schreiben, es seien keine weiteren Maßnahmen nötig. Ein Alkoholiker, Wahnvorstellungen! Von Ihnen könnte jeder Psychiater etwas lernen, Kompliment. Nur ist der Mann jetzt tot! Ein ungnädiges Schicksal hat es gewollt, dass er ausgerechnet an Sie geraten ist. Er erzählt Ihnen, dass er bedroht wird, aber das interessiert Sie natürlich nicht, Sie sind in Gedanken schon auf Ihrer Yacht oder in Ihrem Strandhaus in Oostende oder wo immer Sie Ihren vorzeitigen Ruhestand genießen wollen. Ein Mensch ist in Not, er braucht Hilfe, aber Sie haben selbstverständlich keine Lust, Ihre letzten Tage hier mit Arbeit zu verbringen, Sie möchten nur gern noch ein wenig herumhocken und die Minuten zählen. Also klopfen Sie dem armen Kerl auf die Schulter, er ist ja bloß eine Schnapsdrossel mit Wahnvorstellungen, nicht wahr?«

Jensens Mund war vollkommen trocken, die Zahnwunde pochte, sein Gesicht war heiß. Er fühlte sich krank.

»Ich brauche einen Schluck Wasser«, sagte er und stand auf.

»In dreißig Sekunden sind Sie wieder hier«, sagte Dupont. »Wir sind noch lange nicht fertig.«

Die leisen Gespräche der Kollegen verstummten, als Jensen aus Duponts Büro trat. Sie schauten ihn an, manche mitleidig, andere nur neugierig oder sogar angenehm erregt. Jensen ging zum Wasserspender, zog einen Plastikbecher aus dem Stapel, ungeschickt, einige Becher fielen zu Boden. Stassen eilte herbei und hob sie auf.

»Du siehst nicht gut aus«, sagte er leise.

»Nur ein Schluck Wasser, dann geht es mir besser.«

»Ich hätte dich anrufen sollen«, sagte Stassen. »Um dich darauf vorzubereiten. Tut mir leid.«

»Schon gut.«

Jensen trank den Becher in einem Zug leer.

»War es ein Unfall?«, fragte er Stassen. Ihm kam erst jetzt in den Sinn, dass es ja so hätte sein können: nur ein Unfall. Aber alles sprach dagegen, und so gab er sich die Antwort selbst. »Nein, kein Unfall. Natürlich nicht.«

»Ich weiß nur, dass er gestern Abend gegen elf Uhr tot aufgefunden wurde«, sagte Stassen. »Am Spiegelrei.«

»Ich sagte dreißig Sekunden!«, rief Dupont aus seinem Büro.

»Arschloch«, flüsterte Stassen.

Am Spiegelrei, dachte Jensen, als er sich bei Dupont zurückmeldete. Es war jetzt halb zwei. Ritter war gestern Nacht, also vor mehr als zwölf Stunden, gestorben.

»Kann ich den Obduktionsbericht sehen?«, fragte Jensen.

»Alles zu seiner Zeit«, sagte Dupont. Er nahm eine Pille aus dem Schälchen und schluckte sie ohne Wasser. »Im Augenblick sollte Sie nur die Frage interessieren, was ich mit Ihnen tun werde. Das kann ich Ihnen sagen. Ich werde ein internes Verfahren einleiten. Vernachlässigung der Dienstpflicht. Das wird Sie nicht besonders kümmern, Sie bleiben uns ja ohnehin schon bald erspart. Aber Ihr Abschied wird dann ein sehr unwürdiger sein.«

»Gibt es schon einen Obduktionsbericht oder nicht?«, fragte Jensen.

Dupont lehnte sich im Stuhl zurück, er lächelte.

»Ich erwarte ihn noch heute«, sagte er.

Jensen fühlte sich auf einmal sehr viel kräftiger. Der Wind hatte gedreht, er blies jetzt Dupont ins Gesicht.

»Sie kennen also die Todesursache noch gar nicht«, sagte Jensen. »Sie kennen Sie nicht und werfen mir aber vor, ich sei für den Tod dieses Mannes mitverantwortlich.«

Sein Herz machte Sprünge, Ritter war bestimmt an einer Krankheit gestorben.

»Können Sie das ausschließen?«, sagte Jensen. »Können Sie ausschließen, dass der Mann einen Hirnschlag erlitten hat wie gestern der Kutscher? Oder einen Infarkt? Kommen Sie, Dupont, ich sehe es Ihnen an! Sie wünschen sich, dass es Mord war, und Ihr Wunsch ist mit Ihnen durchgegangen. Ich sollte eine Entschuldigung von Ihnen verlangen, aber Sie sind mir die Mühe nicht wert.« Jensen erhob sich. »Wir sprechen uns wieder, wenn der Obduktionsbericht vorliegt. Sie wissen, wo Sie mich finden.«

»Man findet einen Mann immer dort, wo er steckt«, sagte Dupont. »Und Sie stecken in der Scheiße. Ich habe mit Balasundram gesprochen. Es war kein Unfall, und es war kein Infarkt. Es war das, wovor Sie sich fürchten. Und dafür werde ich Sie zur Verantwortung ziehen, sobald die Beweise vorliegen.«

Er weiß nichts Genaues, dachte Jensen. Er verließ das Büro.

»Sie können gehen«, rief Dupont ihm nach. »Vorläufig!«

Er weiß nichts Genaues, aber auch das ist seltsam.

Jensen nahm seinen Regenmantel vom Haken, er musste diesen Ort verlassen, an die frische Luft, er gehörte ohnehin nicht mehr hierher.

»Ich gehe«, sagte er zu Stassen. »Ich rufe dich an.«

»Mach's gut«, antwortete Stassen.

Die anderen Kollegen waren nur Gesichter, Jensen nickte jedem dieser Gesichter zu, schon bald würde er sich an sie nicht mehr erinnern können.

Draußen ging der Regen auf ihn nieder, Jensen schlug den Mantelkragen hoch, er verkroch sich so tief wie möglich im Mantel, darin für immer zu verschwinden war eine verlockende Vorstellung. Der Geruch des Geräteschuppens stieg ihm in die Nase, die Spinnen wippten in ihrem Netz hin und her, die Asseln flohen unter die Sohlen seiner Sommersandalen.

Aber das hier war anders. Hier stand noch gar nichts fest, außer dass Dupont eine vage Möglichkeit zu einer Gewissheit aufgeblasen hatte, um ihm zum Schluss noch einen Schuhtritt zu versetzen.

Jensen überquerte den Markplatz und bestellte in einem der Touristenbistros gegenüber dem Konzertgebäude einen Tomatensaft. Die Glasscheibe zur Straße beschlug sich von der Nässe, die er mitgebracht hatte.

Kein Unfall, dachte er, und Dupont weiß nichts Genaues. Weshalb aber nicht? Balasundaram, der Gerichtsmediziner, arbeitete üblicherweise schnell und präzise. Eine Schusswunde, eine Stichwunde, Spuren einer Strangulation, einen letalen Schädelbruch: Wenn es das gewesen wäre, hätte Balasundaram Dupont schon vor drei Stunden informiert. Eine gewaltsame Todesursache sprang selbst einem Laien sofort ins Auge, ein Fachmann wie Balasundaram würde doch nicht mehr als zwölf Stunden benötigen, um einen diesbezüglichen Bericht abzuliefern. Dasselbe galt aber auch für eine natürliche Todesursache. Auch in diesem Fall hätte der Bericht schon längst vorliegen müssen. Das war alles sehr eigenartig und beunruhigend.

Ritter ist tot, dachte Jensen.

Es erschien ihm noch immer unwirklich, so als hätte jemand etwas zwischen ihn und sein Leben geschoben, etwas, das da nicht hingehörte und dieselbe Substanz besaß wie die Dinge, die er manchmal sah, wenn er desorientiert aus dem Schlaf hochschreckte.

Die Kinder, dachte er. Die Kinder, wie hatte er sie nur vergessen können. Rick und Oliver, das musste doch als Erstes erledigt werden.

Jensen legte einige Münzen auf den Tisch und eilte aus dem Bistro. Sie wussten wahrscheinlich noch gar nicht, dass ihr Vater tot war. Dupont hatte sie nicht erwähnt, sie tauchten ja im Rapport nicht auf. War denn noch kein Kollege im De Tuilerieën gewesen, um sich nach Ritters Umfeld zu erkundigen? Bearbeitete überhaupt jemand diesen Fall, Herrgott noch mal? Offenbar nicht, denn sonst hätte Dupont von den Kindern gewusst und sie in seine Vorwürfe eingebaut: Und wissen Sie was, Jensen? Der Mann hatte zwei zehnjährige

Söhne. Wie können Sie denen jetzt noch in die Augen schauen?

6

Im Hotel De Tuilerieën drückte Jensen zweimal auf die Lifttaste, aber als der Aufzug nicht gleich kam, verlor er die Geduld und lief die hölzerne Treppe hinauf, drei Stockwerke, außer Atem klopfte er, oben angekommen, an die Zimmertür. Sein Herz pochte unangenehm heftig, und in seinem linken Arm spürte er einen kleinen Schmerz, vielleicht der Verbote einer beginnenden Angina Pectoris.

»Rick? Oliver? Ich bin es, Inspecteur Jensen.«

»Sind weg«, sagte eine Stimme.

Jensen drehte sich um. Ein afrikanisches Zimmermädchen lächelte ihn breit an, sie trug ein weißes Häubchen, das Jensen ärgerte, er fand es entwürdigend.

»Die beiden Buben«, fragte er die Afrikanerin, »wissen Sie, wo sie sind?«

»Sind weg«, wiederholte die Afrikanerin. »Heute am Morgen.«

»Weg? Wohin?«

»Weggereist. Fort.«

»Sind Sie sicher?«

Die Afrikanerin nickte. »Oh ja. Ich habe selber gesehen. Hier sind sie gegangen, hier.« Sie zeigte auf den Flur.

»Vielen Dank«, sagte Jensen und drückte ihr eine Zweieuromünze in die Hand. Die Afrikanerin schaute ihn begeistert an.

Wenn ihr nicht so viele wärt, dachte Jensen.

Er verabschiedete sich von ihr und eilte die Treppe hinunter, nahm zwei Stufen auf einmal, vielleicht waren sie ja noch hier, vielleicht hatte die Afrikanerin sich getäuscht, alles andere wäre ihm völlig unverständlich gewesen.

Hinter der Rezeption saß eine junge, füllige Frau. Als sie Jensen kommen sah, stand sie auf und lächelte ihn geschäftlich an.

»Jensen, Kriminalpolizei«, sagte er und zeigte ihr seine Dienstmarke. »Die beiden Kinder aus Zimmer ... ich habe die Nummer vergessen, Rick und Oliver Ritter. Kann es sein, dass sie abgereist sind?«

Die Frau trug am Revers ein Namensschild, F. Beersmans.

»Ja, die Herrschaften sind abgereist, heute früh.«

»Die Herrschaften? Wer denn noch außer den beiden Buben?«

»Niemand, nur sie. Sie sind allein abgereist.«

»Allein abgereist«, wiederholte Jensen. »Zwei zehnjährige Buben. Das kann doch nicht sein. Es muss sie doch jemand abgeholt haben.«

Die Beersmans stand steif und ernst hinter dem Rezeptionstresen.

»Ich dachte, dass sie auf dem Flughafen abgeholt werden«, sagte sie. »Ist es denn nicht so? Ist etwas passiert?«

»Nein, wahrscheinlich nicht. Machen Sie sich keine Sorgen. Sie sind also zum Flughafen gefahren? Brüssel oder Antwerpen?«

»Brüssel. Ich habe ihnen ein Taxi bestellt. Ich dachte, dass das alles abgesprochen war, mit ihrem Vater, und dass er sie auf dem Flughafen erwartet. Er hat ja gestern die Rechnung bezahlt. Ich dachte, er muss vielleicht beruflich nach Brüssel und lässt die Kinder einen Tag allein hier, das kommt ja vor, und jetzt wartet er in Brüssel auf sie. Ist denn etwas nicht in Ordnung?«

»Der Vater der Kinder ist tot«, sagte Jensen. Er fand es ungeheuerlich, dass Dupont die Hoteldirektion darüber noch nicht informiert hatte.

»Tot?« Die Beersmans schüttelte den Kopf. »Aber ich habe ihn doch gestern Abend noch gesehen. Er hat bei mir die Rechnung bezahlt. Das wusste ich doch nicht!« Sie bedeckte mit den Händen ihr Gesicht und setzte sich langsam auf ihren Bürostuhl. »Das ist ja schrecklich.« Sie weinte.

»Es tut mir leid«, sagte Jensen. »Aber ich muss Ihnen jetzt ein paar Fragen stellen. Wann genau sind die Kinder abgereist?«

»Um neun Uhr etwa«, antworte die Beersmans schluchzend. »Sie waren so fröhlich, sie haben einander in der Bar drüben mit Erdnüssen beworfen. Als sie auf das Taxi gewartet haben. Ich musste sie bitten, damit aufzuhören, überall lagen schon Erdnüsse. Und dann kam das Taxi, und dann sind sie abgefahren. Ganz allein!«

Die Beersmans wischte sich mit ihrem Seidenfoulard das Gesicht trocken. Sie zog die Nase hoch und sagte: »Ganz allein, verstehen Sie? Und ich konnte es doch nicht wissen.«

Es geht ihr ganz allgemein nicht gut, dachte Jensen. Sie weint aus einem privaten Grund.

»Niemand macht Ihnen einen Vorwurf«, sagte er. »Wurde heute oder gestern ins Zimmer der Kinder telefoniert? Ein Anruf von außen? Oder haben die Kinder telefoniert? Könnten Sie das bitte einmal nachprüfen?«

Die Beersmans schneuzte sich die Nase.

»Das ist alles so schrecklich«, sagte sie, während sie auf dem Computer die Anrufliste abrief. Sie atmete tief ein.

»Woran ist Herr Ritter denn gestorben?«

»Wir wissen es noch nicht genau. Vermutlich ein Schlaganfall«, sagte Jensen aufs Geratewohl.

»Mein Gott«, sagte die Beersmans. »Die Kinder warten auf dem Flughafen, die stehen doch jetzt dort, und sie warten auf ihren Vater, aber er kommt nicht. Und sie sind ganz allein! Man muss doch jetzt die Flughafenverwaltung informieren, damit sich jemand um sie kümmert.«

»Ja. Das werden wir tun«, sagte Jensen, um sie zu beruhigen. »Haben Sie schon etwas gefunden?«

»Nein. Es gab keine Anrufe. Aber ist denn das so wichtig? Man muss sich doch jetzt um die Kinder kümmern. Tun Sie doch etwas! Sie sind doch von der Polizei. Könnt ihr denn nur dastehen und Fragen stellen!«

Wieder weinte sie in ihr mit Frühlingsblumen bedrucktes Foulard, ihre Trauer und Verzweiflung legte sich wie ein schwarzes Tuch über alles, auch über Jensen, er fand es fast impertinent. Er hatte außerdem keine Zeit, er wollte unbedingt heute noch mit Balasundram sprechen, und der Nachmittag wurde alt.

»Ich muss jetzt gehen«, sagte er. »Machen Sie sich keine Sorgen wegen der Kinder. Ich glaube nicht, dass sie auf dem Flughafen warten. Sie sind sicher bereits auf dem Weg nach Hause. Haben Sie jemanden, den Sie anrufen können? Eine Freundin? Einen Freund, dem Sie alles erzählen können?«

Die Beersmans schüttelte den Kopf.

Jensen sah einen Pagen aus dem Lift kommen, einen jungen Marokkaner, der einen Kofferwagen vor sich herschob. Jensen sprach ihn an: »Kümmern Sie sich bitte um Ihre Kollegin dort, Frau Beersmans. Es geht ihr nicht gut.«

Der Page nickte verständnisvoll.

»Ihr Vater ist vor einem Monat gestorben«, sagte er leise.

Jensen verließ das Hotel, er trat hinaus in den Regen. Ihm schien, als habe er seit einer halben Stunde den Atem angehalten, tief atmete er die kühle, feuchte Luft ein. Er ging hinüber zum Dijver-Kanal und starrte auf das schwarze Wasser, in das der Regen kleine Krater schlug. Als er den Kopf hob, sah er auf der Nepomucenus-Brücke zwei Japaner, die Frau hielt den Schirm, der Mann richtete seine Videokamera auf Jensen, den einsamen, nachdenklichen Mann am verträumten Kanal, ein eindrückliches Motiv für Videoabende in Tokio.

Das Motiv, dachte Jensen und wandte den Japanern den Rücken zu. Der Vater verlässt das Hotelzimmer am Abend, und am nächsten Morgen erwachen die Kinder und stellen fest, dass er nicht hier ist und in der Nacht auch nicht in seinem Bett geschlafen hat. Sie warten aber nicht auf ihn, sondern bestellen sich ein Taxi und fahren allein nach Brüssel zum Flughafen. Sie sind fröhlich, so drückte es die Beersmans aus: »Sie waren so fröhlich.« Sie bewerfen einander mit Erdnüssen, ihr Vater ist verschwunden, und sie sind ausgelassen und unbeschwert.

Eine Flucht, dachte Jensen.

Nur so machte es Sinn. Rick und Oliver nutzten die Abwesenheit ihres Vaters, um sich abzusetzen. Ritter hatte gestern die Hotelrechnung bezahlt, er wollte also heute weiterreisen, nach Afrika, er sagte ja: »Eurasien ist der erste Kontinent. Als Nächstes kommt Afrika.« Eine Flucht, aber wer hatte sie organisiert, für die Kinder einen Flug gebucht, spontan, die Gunst der Stunde nutzend? Rick und Oliver bemerken, dass ihr Vater verschwunden ist, aber sie nehmen mit niemandem Kontakt auf, keine Anrufe vom Hoteltelefon aus, und niemand ruft sie an. Ein Mobiltelefon besitzen sie nicht, Jensen hatte sie ja danach gefragt. Jemand musste ihnen doch aber Flugtickets besorgt haben, heute früh. Oder war es möglich, dass sie im Übermut aufs Geratewohl mit ein wenig Geld, das sie im Zimmer ihres Vaters fanden, nach Brüssel gefahren waren, einfach so, eine kindliche, ziellose Flucht dann also, die spätestens dann enden würde, wenn ihnen das Geld ausging?

Möglich, aber unwahrscheinlich, dachte Jensen.

Es hätte nicht zu ihnen gepasst, sie waren besonnene Kinder, intelligent, und sie hatten wie alle Kinder von Säufern ihre Naivität früh verloren.

Jensen merkte, dass es nun erforderlich wurde, sich Notizen zu machen. Er setzte sich in ein Eet-en-praat-Café in der Nähe des De Tuilerieën. Er war der einzige Gast, der Kellner nahm enttäuscht seine Bestellung entgegen, nur ein Mineralwasser. Jensen zog sein Notizblöcklein aus der Tasche und schrieb: Mutter anrufen. Auf irgendeine Weise mussten Rick und Oliver zu ihr Kontakt aufgenommen haben, vielleicht besaßen sie ein Notebook, oder sie benutzten das ihres Vaters, sie schrieben ihrer Mutter eine E-Mail: Daddy ist verschwunden, was sollen wir tun? Und nun bucht die Mutter zwei Flüge für ihre Söhne, Flüge nach Hause, nach Holbrook, Arizona. Jensen hatte allerdings in Ritters Zimmer kein Notebook bemerkt, ebenso wenig in dem der Kinder. Und würde man in einem solchen Fall nicht ohnehin eher das Telefon benutzen? Außerdem hätte die Mutter sich doch bestimmt zuallererst mit der Hoteldirektion in Verbindung gesetzt und sich nach ihrem Mann erkundigt oder darum gebeten, es möge jemand vom Hotel die Kinder zum Flughafen begleiten. Nein, die Mutter war eine schlechte, schiefe Erklärung, zu viele Fragezeichen.

Der Kellner brachte das Mineralwasser, Jensen trank einen Schluck und schaute aus dem Fenster. Die Platanen am Kanal schüttelten im Wind den Regen ab.

Wenn Rick und Oliver, dachte er, nach dem Verschwinden ihres Vaters weder mit ihrer Mutter noch mit sonst jemandem Kontakt aufgenommen haben, und danach sieht es aus, und wenn sie jetzt, in diesem Augenblick in einem Flugzeug sitzen, ausgestattet mit Flugtickets, die ihnen folglich jemand zuvor besorgt haben muss, vor gestern Nacht elf Uhr, als Ritter tot aufgefunden wurde ...

Er dachte den Gedanken nicht zu Ende, es widerstrebte ihm. Nein, es musste eine andere Erklärung geben, eine, bei der die Kinder nicht zu Verdächtigen wurden.

Esperanza, schrieb er auf den Notizblock. Die, die für sie betete. Es ist ein Geheimnis, hatte Rick gesagt.

Es wurde jetzt jedes Detail wichtig.

Jensen schrieb: Hunahpu und Ixbalanke. Ritter hatte diese beiden Namen erwähnt, er hatte gesagt: »Es sind Zwillinge. Hunahpu und Ixbalanke.« Jensen glaubte, diese Namen schon einmal gehört zu haben, es klang aztekisch, etwas in dieser Art, er nahm sich vor, zu Hause im Internet nachzuschauen.

Mutter anrufen unterstrich er zweimal.

Dann bezahlte er, es war bereits 16.00 Uhr, und er wollte unbedingt noch mit Balasundaram sprechen, wegen der Todesursache, von der er jetzt, nach der merkwürdigen Abreise der Kinder, noch inständiger als zuvor hoffte, es möge eine natürliche sein.

7

Das Sint-Jan-Krankenhaus lag draußen vor der Neustadt, umgeben von Krähenäckern und Schnellstraßen, und wie jedes Mal, wenn Jensen hier beruflich zu tun hatte, verkrampfte er sich, sobald er das Foyer betrat und die Spitalluft einatmete, die nach nichts Bestimmtem roch und in der dennoch alle Gerüche zu erahnen waren, der Gestank des Eiters, des Blutes, des faulenden Fleisches und der Verzweiflung.

Die Menschen sprachen leise, die Ärzte und Krankenschwestern glitten in weißen Gesundheitsschuhen an ihm vorbei, ein Kind hielt einen Strauß Chrysanthemen nachlässig in der Hand, die Mutter, eine Frau mit müden, verweinten Augen, ermahnte es, ihn aufrecht zu halten, und sie zupfte den Hemdkragen des Kindes zurecht und kämmte ihm mit den Fingern das Haar aus der Stirn. Die Pathologie befand sich im achten Stockwerk, Jensen wartete bei einem der Aufzugsschächte auf den Lift. Ein älterer Mann saß in einer der Warteecken auf einem Schalensitz, und als zwei Krankenpfleger ihn abholten, nahm er seinen kleinen, abgenutzten Koffer und folgte ihnen. Er presste den Koffer an seine Brust wie ein Kind eine Puppe. Jensen blickte einen kurzen Moment in die Augen des Mannes, als dieser an ihm vorbeiging, und er sah darin eine abgeklärte Angst, nichts Schrilles oder Panisches, sondern die reife Furcht eines Menschen, der Zeit gehabt hatte, sein Schicksal anzunehmen.

Jensen wandte sich ab, man wurde zum Mitwisser, wohin man auch blickte. Der Aufzug wollte nicht kommen. Jensen suchte, während er zunehmend ungeduldiger wartete, Zuflucht in der all diesem Leid und den zerschlagenen Hoffnungen zugrundeliegenden elementaren Wahrheit. Und die lautete, dass die Kranken und Moribunden, die Schmerzgeplagten und Hinfälligen aus nahezu unsterblichen Grundstoffen bestanden. Die Protonen, Neutronen und Elektronen, aus denen ihre Körper sich zusammensetzten, waren vierzehn Milliarden Jahre alt, so alt wie das Universum selbst, und dennoch waren sie immer noch jung. Und manche Atome, wie die Eisenatome etwa, konnten sich einer poetischen Herkunft rühmen. Sie waren in verglühenden Sonnen entstanden, in den Tiefen des Universums, vor Jahrmilliarden und über die verschiedendsten Ereignisse zur Erde gelangt. Jener alte Mann, der nun mit seinem Koffer, geführt von den Pflegern hinter der Schwingtür zur onkologischen Abteilung verschwand, war ein Wesen aus Sternstaub, Sternstaub, der jetzt diesen individuellen, sterblichen Körper bildete, der aber durch alle Zeiten hindurch schon in zahllosen anderen Geschöpfen vorhanden gewesen war, in Eichen, in Tautropfen, Schilfgras, einem Saurier und in einem Rentierjäger, einer babylonischen Bäuerin, einem normannischen Knappen. Falls der alte Mann das Krankenhaus nicht lebend verließ, trugen einige seiner Atome in fünfzig oder hundert Jahren zur Schönheit jener Chrysanthemen bei, die eine Mutter im Spitalkiosk kaufte und ihrem Kind in die Hand drückte, damit das Kind sie einem Sterbenskranken überreichte.

Der Tod wäre überwunden, dachte Jensen, wenn es einem gelänge, sich nicht mit sich selbst zu identifizieren, sondern mit dem Ganzen.

Endlich öffnete sich die Tür des Aufzugs, Menschen strömten heraus, manche führten an einem rollbaren Ständer Beutel mit Kochsalzlösungen mit sich. Hauptsächlich Wasserstoff, dachte Jensen, entstanden kurz nach dem Urknall.

Im achten Stockwerk meldete Jensen sich bei der Assistenzschwester, es war eine neue, er kannte sie nicht. Er zeigte ihr seine Dienstmarke und fragte nach Doktor Balasundaram.

»Er duscht«, sagte sie.

»Dann warte ich«.

»Das kann aber ein Weilchen dauern.«

»Ich weiß.«

Jensen setzte sich auf eine Bank in der Nähe der Duschräume. In der Pathologie war es naturgemäß stiller als in den anderen Abteilungen des Sint-Jans oder vielmehr produzierten hier fast ausschließlich Maschinen die Geräusche, Luftaustauscher, ohne die die Arbeit im Obduktionssaal unzumutbar gewesen wäre, zumal im Krankenhaus einer Stadt, in der die Hälfte aller Siebzigjährigen allein wohnte, die meisten von ihnen Frauen, der Mann gestorben, die Kinder nach Antwerpen oder Brüssel weggezogen und beruflich stark beansprucht. Sie lagen oft zwei, drei Wochen tot in der Wohnung, aber auch ein, zwei Monate waren keine Seltenheit, und wenn sie dann in einem Leichensack hierhergebracht und auf den Obduktionstisch gelegt wurden, begannen die Luftaustauscher laut zu summen, in den Abluftschächten rauschte es wie Sturmwind, und die Pathologen setzten im Nebenraum die Gesichtsmasken auf. Sie zogen sich wasserdichte Chirurgenschürzen an, stülpten sich Schutzhauben übers Haar, streiften sich Plastikhandschuhe über und darüber noch einmal ein Paar, und dann betraten sie den Saal und zerteilten das fast flüssige Fleisch mit Leichtigkeit, und gleichzeitig kroch der Gestank schon unter ihre Schutzkleidung, so doppelt und dreifach diese auch sein mochte. Der Gestank einer stark verwesten Leiche war ein Wesen, ein Geschöpf, es hatte Jensen schon oft angesprungen, mit jäher Wucht, wenn er die Wohnungstür eines in Vergessenheit geratenen Menschen hatte aufbrechen müssen. Das Gestankwesen war seiner Natur nach unbeschreibbar, es und nicht der Anblick der Leiche repräsentierte den Tod, und wer es nie gerochen hatte, besaß keine Vorstellung davon, wie besitzergreifend es war. Es krallte sich binnen Sekunden durch alle Kleidung hindurch in jeder einzelnen Hautpore fest, die Haare stanken selbst nach langem Duschen noch danach. Alles, was die Mühe einer intensiven Reinigung nicht lohnte, wie etwa ein Kugelschreiber oder selbst eine Krawattennadel, musste hinterher weggeworfen werden.

Balasundaram duschte sehr lange, Jensen hörte das Wasserrauschen nun schon seit fast zwanzig Minuten. Das bedeutete, dass Balasundaram es mit einer hochgradigen Verwesung zu tun gehabt hatte und dass Jensen, wenn Balasundaram die Dusche verließ, einen Hauch davon noch riechen würde, wenn der Teufel es wollte.

Der Korridor war lang und leer, ganz an dessen Ende schob eine Marokkanerin mit einem Scheuerbesen einen feuchten Putzlappen vor sich her, müde umkreiste sie die immer gleiche Stelle, sie gab sich keinerlei Mühe, Jensen gegenüber etwas zu verbergen.

Endlich öffnete sich die Tür des Duschraums, ein Dampfschwall quoll heraus, danach folgte Balasundaram, in frischen Freizeitkleidern, ein indischer Prinz, dem seine Götter eine atemberaubende Schönheit verliehen hatten unter der Bedingung, dass er sein Leben in einem Kaff wie Brügge mit Leichen verbrachte. Auf dem Revier ging der Scherz um, dass nach jedem Weihnachtsessen der Kriminalpolizei, zu dem traditionell sowohl die Ehefrauen wie auch Balasundaram eingeladen waren, die Ehefrauen nahe dran waren, sich tot zu stellen, nur um im Obduktionssaal zehn Minuten mit Balasundaram verbringen zu dürfen.

»Es tut mir leid, dass ich Sie störe«, sagte Jensen. »So kurz vor Feierabend.«

»Am Feierabend trifft man sich mit Freunden«, sagte Balasundaram und schüttelte Jensen die Hand. »Es ist schön, Sie zu sehen. Ich bin sogar sehr froh, dass Sie gekommen sind. Obwohl ich ja eigentlich nicht mit Ihnen sprechen dürfte.«

»Dupont?«, fragte Jensen.

»Er hat mich heute Nachmittag angerufen. Stündlich. Jedes Mal hat er mich ermahnt, keinerlei Informationen über die Obduktion an Sie weiterzugeben. Er sagte, Sie seien vom Fall suspendiert und in seinen Augen nicht viel mehr wert als ein aufgeblasener Nigger.«

Balasundarams Anspielung bezog sich auf eine Entgleisung Duponts, der vor zwei Jahren bei einem Feierabendbier in Anwesenheit einiger jüngerer Kriminalbeamter über die belgischen Frauen hergezogen war, die einem damals inhaftierten Afrikaner Liebesbriefe ins Gefängnis schickten. Das sei abartig, genauso wie die Geilheit gewisser Damen auf Balasundaram, »diesen aufgeblasenen Nigger«. Einer der Zuhörer hatte es am nächsten Tag empört Balasundaram zugetragen, dessen Eltern im Übrigen aus Kalkutta stammten.

»Soviel zu meinem Freund Dupont«, sagte Balasundaram. »Und jetzt würde ich Ihnen gern die Leiche zeigen. Sie möchten sie sich doch anschauen? Ich würde Ihnen dazu raten, denn es ist wirklich sehr außergewöhnlich.«

Das klingt nicht gut, dachte Jensen.

»Steht denn die Todesursache noch immer nicht fest?«, fragte er.

»Nein. Und wenn Sie sich den Mann anschauen, werden Sie verstehen warum.«

Jensen folgte Balasundaram in die Leichenhalle, ein aufgeräumter Ort, die Toten wurden in nummerierten Kühlfächern aufbewahrt, und sonst gab es hier nichts, außer kühler Luft, die über Jensens Stirn strich. Die Lüftungsanlage summte, das Deckenlicht war grell. Balasundaram streifte sich weiße Einweghandschuhe über und zog das Fach mit der Nummer 8 auf. Der schwarze Leichensack wölbte sich in der Mitte, es gab verschiedene Größen, Ritter steckte in einem zu kleinen.

Balasundaram zog den Reißverschluss auf, und jetzt lag die Leiche nackt vor ihnen, sie war Jensen vollkommen fremd. Er erkannte zwar Ritters Gesichtszüge, aber was er sah, hatte nichts mehr mit dem Mann zu tun, mit dem er vor zwei Tagen noch gesprochen hatte. Die Leiche war ein graues und verzerrtes Abbild, sonst nichts. Eine ypsilonförmige Obduktionsnarbe zog sich von den Schultern bis zu den Schamhaaren. Jensen suchte nach Verletzungen, doch auf den ersten Blick wirkte der Körper unversehrt.

»Ich weiß, wonach Sie suchen«, sagte Balasundaram. »Dupont hat mich gründlich informiert. Dieser Mann hier hat sich an Sie gewandt, weil er angeblich bedroht wurde. Und nun suchen Sie nach Spuren äußerer Gewalteinwirkung, und Sie sind froh, dass Sie nichts entdecken können.«

»Ja«, sagte Jensen. »Aber?«

»Kein Aber. Möchten Sie, dass ich die Leiche umdrehe? Sie könnten mir die Mühe allerdings ersparen, indem Sie mir glauben, dass wir auch dort keine Verletzung finden werden. Nicht die geringste. Ich habe die Haut zentimeterweise abgesucht, auf den kleinsten Einstich hin. Aber da ist nichts. Die Haut dieses Mannes ist vollkommen unversehrt, nicht einmal ein Hämatom. Und dennoch ist er ganz zweifellos tot. Woran würde man also denken?«

»An einen Schlaganfall. Einen Infarkt. Irgendeine Krankheit.«

Aber das ist es nicht, dachte Jensen.

»Richtig«, sagte Balasundaram. »Denn sehen Sie, wenn jemand durch einen Unfall stirbt oder man ihn erschießt oder ihm ein Messer in die Brust rammt, wird in jedem Fall die Haut in Mitleidenschaft gezogen. Sie wird verletzt, es geht gar nicht anders. Prellungen, Schürfungen, Schnitte ...«

Warum erzählt er mir das? dachte Jensen. Was zum Teufel ist hier los?

»... Würgemale, unter allen Umständen findet man bei Unfall- oder Mordopfern Läsionen. Also denkt man im Fall dieses Mannes hier, wie Sie sehr richtig sagten, an Myokardinfarkt oder an einen ischämischen Infarkt oder an ein Organversagen, welcher Art auch immer.«

Balasundaram betrachtete den Toten nachdenklich, sein schönes Gesicht bildete einen schier obszönen Kontrast zu der aufgedunsenen, durch die Narbe entstellten Leiche.

»Aber dieser Mann war zum Zeitpunkt seines Todes gesund«, sagte er. »Nun, vielleicht nicht gerade gesund, nein, seine Leber war zirrhotisch, das Herz vergrößert, ein schwerer Alkoholiker. Ohne Veränderung seiner Lebensweise wäre er in zehn Jahren vielleicht ohnehin in diesem Sack gelandet. Aber jetzt eben noch nicht. Nein, Jensen. Wir haben es hier mit einer letalen inneren Verletzung ohne äußere Läsionen zu tun, mit einer sehr schweren inneren Verletzung, die scheinbar ohne äußere Einwirkung zustande gekommen ist. Ich habe so etwas noch nie gesehen, es ist mir ein Rätsel.«

»Und was für eine innere Verletzung ist es?«, fragte Jensen.

»Eine Aortaruptur. Als ich die Leiche eröffnete, sah ich, dass seine Organe im Blut schwammen. Und ziemlich schnell entdeckte ich dann die Ursache. Seine Aorta war gerissen. Genauer die Aorta Abdominalis. Ein sauberer Riss, fast so sauber wie durch einen Schnitt. Es kann nicht lange gedauert haben, zwei Minuten, dann trat der Tod ein.«

»Moment«, sagte Jensen. »Sie sprechen mit einem Laien. Die Aorta ist die Hauptschlagader, nicht wahr?«

»Sie entspringt der linken Herzkammer und verläuft entlang der Wirbelsäule in den Bauchraum. Hier.«

Balasundaram strich mit dem Finger über das untere Ende der Obduktionsnaht.

»Sie ist das Stammgefäß des Blutkreislaufs«, ergänzte er, »von hier werden alle Körperteile und Organe mit Blut versorgt. Bei manchen Menschen auch das Gehirn.«

»Und was sind die möglichen Ursachen für einen solchen Riss?«, fragte Jensen.

Er schöpfte Hoffnung, klang es denn jetzt nicht doch nach einer Krankheit, ähnlich einer Gehirnblutung vielleicht?

»Ein Aortariss«, sagte Balasundaram, »ist an sich nichts Ungewöhnliches. Es kommt nicht häufig vor, aber es geschieht hin und wieder. Es gibt dafür zwei mögliche Ursachen. Einen schweren Autounfall oder eine Verletzung durch ein Messer oder einen anderen scharfen Gegenstand. In beiden Fällen findet man aber Primärverletzungen. Verstehen Sie? Ich kann das nur wiederholen: Eine Aortaruptur ohne äußere Verletzungen ist nicht erklärbar. Jedenfalls ich kann sie nicht erklären. Es gibt in der mir bekannten medizinischen Literatur keinen vergleichbaren Fall. Wenn Sie mich also fragen, woran dieser Mann gestorben ist, antworte ich: An schwersten inneren Blutungen. Wenn Sie aber von mir wissen möchten, wie es zu diesen Blutungen gekommen ist, muss ich Ihnen sagen: Ich habe nicht die geringste Ahnung. Aus diesem Grund liegt auch noch kein Obduktionsbericht vor, ich könnte es nicht verantworten. Ich brauche in diesem Fall Hilfe, das sage ich Ihnen ganz offen. Ich habe Professor Jan De Plancke angerufen und ihm den Fall geschildert. Er wird morgen hier eintreffen und die Leiche untersuchen, er war sehr interessiert. Kein Wunder. Aber ich sehe, Ihnen sagt der Name nichts, De Plancke?«

»Nein«, sagte Jensen.

»Er ist einer der renommiertesten Pathologen Europas. Ich habe bei ihm studiert. Er leitet unter anderem das Institut für Rechtsmedizin in Brüssel. Ich bin wirklich gespannt, zu welchen Schlüssen er kommen wird.«

»Ja«, sagte Jensen. »Wenn ich Sie richtig verstehe, kann also im Augenblick nichts ausgeschlossen werden. Weder dass es ein Unfall war, noch dass es eine Krankheit, noch dass es Mord war.«

»Nun, man könnte es auch umgekehrt und etwas gespenstischer formulieren. Nämlich dass im Gegenteil zum jetzigen Zeitpunkt alle drei von Ihnen erwähnten Ursachen ausgeschlossen werden können. Jedenfalls meiner Meinung nach.«

Balasundaram zog den Reißverschluss des Leichensacks wieder hoch und schob die Leiche zurück in ihr Fach.

»Aber machen Sie sich keine Sorgen«, sagte er, als sie sich draußen vor der Leichenhalle verabschiedeten. »Der Tod dieses Mannes ist vorläufig noch ein medizinisches Rätsel, aber an medizinischen Rätseln herrscht weiß Gott kein Mangel. Jeden Tag staunt irgendwo auf der Welt ein Arzt über einen faustgroßen Tumor, der praktisch über Nacht verschwunden ist, oder darüber, dass ein Mann, der zwischen zwei Lastwagen eingeklemmt wurde, ohne die geringste Blessur aufsteht und nach Hause geht. Und in unserem Fall hier, mein lieber Jensen, denke ich an Mord ganz zuletzt. Man müsste sich schon ziemlich gewagte Apparaturen vorstellen, etwa eine bisher unbekannte Strahlenwaffe, die eine Aorta durchtrennen kann ohne die Haut zu verbrennen. Die Täter müsste man dann wohl im Reich der Außerirdischen suchen, glauben Sie nicht auch?«

Jensen fuhr im Bus in die Innenstadt zurück, es war vor der Zeit dunkel geworden, Blitze gabelten sich am

Horizont, der Regen fiel schnurgerade. An einer Station stiegen drei junge Männer zu und schüttelten die Nässe aus ihren Haaren, lachend, sie freuten sich über den Protest der älteren Passagiere, die sich vor den Spritzern wegduckten. Es kam zu einem wortreichen Streit, wie so oft in Brügges Bussen, wo die Einheimischen für einmal unter sich waren, nur sie, ohne Touristen, und wie bei einem Familientreffen beschimpfte man sich aus geringem Grund aufs Übelste, wie zum Ausgleich dafür, dass man sich draußen unter den Fremden stets zusammenreißen musste.

Am Marktplatz stieg Jensen aus, der Regen ließ schlagartig nach, und so wartete er nicht auf den Anschlussbus, sondern ging den Rest des Weges zur Timmermansstraat zu Fuß. Er war unangenehm benommen, so als kündige sich eine fiebrige Erkältung an.

Vor einem Comestible-Geschäft blieb er stehen, er sah durchs Schaufenster eine Kühltruhe mit Bierdosen. Heute Abend hatte er Lust und seiner Meinung nach auch alles Recht der Welt, einmal wieder etwas mehr zu trinken als die üblichen drei Halbliterdosen. Er kaufte sechs Dosen deutsches Bier, mit dem üblichen Gefühl der Scham. Es war, als würde man in Florenz gefriergetrockneten Kaffee verlangen. Doch so berühmt das belgische Bier auch sein mochte, es schmeckte ihm nach fünfzehn Jahren nicht besser als am ersten Tag.

Bald erreichte er die ruhigeren Gassen des Sankt-Anna-Quartiers im Norden der Altstadt. Hier begegnete man selten Menschen mit Stadtplänen, denn es gab nichts Sehenswertes. Er trug die deutschen Dosen in einem dünnen Plastiksack in die Timmermansstraat.

Hier bin ich zu Hause, dachte er verwundert, als er die Tür aufschloss. In der Wohnung begrüßten ihn eine klamme Kälte und die Gerüche des unabgewaschenen Geschirrs. Es war Sommer, und er schaltete den kleinen elektrischen Heizstrahler ein und richtete ihn so aus, dass er wenigstens auf dem Sofa ohne Mantel sitzen konnte. Er öffnete eine Dose Bier und trank, und jetzt erst wurde ihm bewusst, wie ungerecht eigentlich alles war, ja, ungerecht. Nicht nur dass Ritter ihn in seinen Tod mitverstrickt hatte und aus seinem Kühlfach heraus mit seinem Finger auf ihn, Jensen, zeigte und Anklage erhob: Du könntest schuld sein! Nein, nun war Ritters Tod auch noch ein medizinisches Rätsel, der Mann hatte sich ausgerechnet den denkbar exotischsten Exitus ausgesucht, Aortaruptur, einen Tod, vor dem ein hervorragender Pathologe wie Balasundaram, Provinz-Pathologe durchaus, aber dennoch erfahren, die Waffen streckte. Falls die Todesursache nicht eindeutig hervortrat, falls sie, und im Augenblick machte es ganz den Anschein, in der Schwebe blieb, würde für immer der Verdacht der Mitschuld an Jensen kleben bleiben.

Und nicht Dupont ist das Problem, dachte Jensen, nicht die Kollegen, das Problem ist, was du selber über dich denkst.

Er ging hinüber in sein kleines Büro, es war ein Nebenraum der Küche, eigentlich eine Vorratskammer, aber er besaß keine Vorräte. Am Computer loggte er sich ins Netzwerk des Reviers ein, sein Passwort wurde akzeptiert, Dupont hatte sich also noch nicht darum bemüht, Jensens Zugang zu den internen Daten zu sperren. Er rief die Datei Ritter ab, fand aber nirgends die Telefonnummer der Mutter von Rick und Oliver. Dupont hätte die Nummer doch schon längst ausfindig machen und die Frau informieren müssen, er war wirklich ein sehr nachlässiger Mensch, er strebte stets den Zustand niedrigster Energie an, wie ein Elektron.

Jensen rief die internationale Auskunft an, aber in Holbrook, Arizona war niemand namens Ritter verzeichnet, in den restlichen Bundesstaaten wiederum gab es Hunderte, hier kam man also nicht weiter.

Eine Geheimnummer, dachte Jensen, nicht unüblich bei wohlhabenden Leuten, und wer sich wie Ritter eine Zimmersuite im De Tuilerieën leisten konnte, litt zweifellos nicht unter Geldnot. Nun rief er das Hotel an, und erkundigte sich, ob in der Zwischenzeit eine Frau Ritter sich nach ihrem Mann und den Kindern erkundigt habe, doch sein Gesprächspartner, ein Hotelangestellter, dessen französischer Akzent über die Härten des flämischen Dialekts hinwegtanzte, verneinte. Niemand habe angerufen.

Jensen lehnte sich im Bürostuhl zurück, trank Bier und betrachtete die Wand hinter dem Computer. Etwas Besseres fiel ihm im Moment nicht ein. Er hatte mit der Mutter sprechen wollen, und das war nun unmöglich. Die Kinder mochten unterwegs zu ihr sein oder auch nicht. Es gab im Grunde nur eine Möglichkeit, es herauszufinden. Sie waren heute irgendwohin geflogen, folglich tauchten ihre Namen auf einer Passagierliste auf.

Jensen öffnete eine neue Dose Bier, es würde ein langer Abend werden. Er rief im Internet eine Liste der Fluggesellschaften ab, die heute Nachmittag Flüge von Brüssel nach Übersee angeboten hatten. Dann wählte er die erste Nummer, wohlwissend, dass es nicht leicht werden würde. Aber hinter jeder Sicherheitsmaßnahme stand ein Mensch, das zu wissen war tröstlich. Von diesem Menschen, nicht von den Maßnahmen, hing die Sicherheit letztlich ab. Fluggesellschaften erteilten keine Auskünfte über ihre Passagierlisten, es sei denn, man wies sich mit Ausweis und Amtspapier als Mitglied einer Strafverfolgungsbehörde aus. Oder aber man fand jemanden, der einem am Telefon einfach glaubte, dass man diese Dokumente besaß.

Und Jensen wirkte offenbar sehr überzeugend. Er erhielt von allen Fluggesellschaften Auskunft. Waren zwei Passagiere namens Rick und Oliver Ritter an Bord? Einen Augenblick, Sir, ich schaue nach. Neunmal hieß es nein, beim zehnten Mal sprach er mit einem Angestellten der AeroMexico.

»Ja, Flug AM 4589, Brüssel–Monterrey, Mexiko, via Miami. Planmäßig gestartet um 11.15 Uhr. Rick und Oliver Ritter, Business Class«, sagte der Angestellte.

»Sind Sie sicher?«, fragte Jensen. »Mexiko? Nicht Arizona?«

»Ich bin mir ganz sicher, denn ich kann lesen, Herr Inspektor. Es steht hier auf meinem Bildschirm. Sie sind nach Monterrey geflogen.«

»Und wo wurde der Flug gebucht?«

»Am Escobedo Airport, in Monterrey.«

»Und wann?«

»Gestern. Die Buchung wurde um 16.05 Uhr Ortszeit registiert.«

»Sie meinen mexikanische Ortszeit?«

»Ja, Ortszeit Monterrey.«

Aber das war doch nicht möglich! Jensen rechnete es kurz durch, acht Stunden Zeitdifferenz zwischen Belgien und Mexiko, Mexiko im Minus, das bedeutete, dass die Tickets eine Stunde nach Ritters Tod gekauft worden waren, eine Stunde danach! Um Mitternacht belgischer Ortszeit.

Jensen spürte, wie ihm die Hitze ins Gesicht stieg. Aber vielleicht irrte sich der Angestellte ja.

»Das kann nicht sein«, sagte Jensen. »Sind Sie sicher, dass es gestern war? Nicht heute früh? Berücksichtigen Sie bitte die Zeitverschiebung, vielleicht ist Ihnen etwas durcheinandergeraten.«

»Durcheinandergeraten? Ich schaue nur auf meinen Bildschirm, was soll da durcheinandergeraten? Und hier lese ich, dass die Buchung gestern um 16.05 Uhr erfolgt ist. Aber natürlich, manchmal macht man einen Fehler, nicht wahr, Herr Inspektor, oder man nimmt es nicht so genau. Vielleicht hat sich jemand vertippt, was weiß ich, ich sehe nur, was ich sehe.«

»Ja«, sagte Jensen.

Gestern, dachte er, eine Stunde nach Ritters Tod. Es musste sich um einen Irrtum handeln, und wenn nicht?

»Wie wurde bezahlt?«, fragte er. »Mit Kreditkarte?«

»Nein. Die Person hat bar bezahlt. Sonst würde ich das hier sehen, Herr Inspektor.«

»Ich würde gern mit jemandem vom Bordpersonal sprechen. Eine Hostess, ein Steward, der auf dem betreffenden Flug Dienst hatte.«

»Das ist leider unmöglich«, sagte der Angestellte. »Es verstößt gegen die Vorschriften. Die Vorschriften sind streng. Ich muss mich daran halten.«

»Es ist äußerst wichtig.«

»Tut mir leid.«

»Sie haben bereits gegen die Vorschriften verstoßen, indem Sie mir Einblick in die Passagierliste gewährten.«

»Sie sind von der Polizei! Deshalb habe ich es getan!«

»Sie hätten mir telefonisch keine Auskunft erteilen dürfen.«

Der Angestellte stieß einen spanischen Fluch aus.

»Na gut«, sagte er, »ich werde sehen, was sich machen lässt. Bleiben Sie dran.«

Einige Minuten später erhielt Jensen Namen und Handynummer einer Bordhostess, Julia Gomez.

Er hatte Glück, sie meldete sich.

»Ja, ja, die Zwillinge«, sagte sie in hastigem, nicht ganz korrektem Englisch. »Erst vor einer Stunde habe ich sie verlassen, angelitos, ganz ohne jemanden, Waisen. Das ist mir sehr zum Herz gegangen.«

»Waisen?«, fragte Jensen. Er beschrieb ihr Rick und Oliver, zehn Jahre alt, blond, schmächtig, einander sehr ähnlich.

»Ja ja, das sind sie! Genau wie Sie von Ihnen sprechen. Es sind Waisen. Ich fragte sie: Werdet ihr geholt in Monterrey, von euren ... wie sagt man?«

»Eltern.«

»Ja, Eltern. Und sie sagten: Unsere Eltern sind tot. Ist von ihnen niemand mehr da. Und ich habe ihnen Süßes gebracht, dann, sie haben mir so im Herz wehgetan, Schokolade und Reste vom kleinen Kuchen aus dem Bordproviant.«

»Wer hat sie in Monterrey abgeholt? Wissen Sie das?«

»Ja, ich weiß. Ich habe die Kinder ja hingebracht, vor einer Stunde, am Flughafen, zum Punkt, wo man sich begegnet. Es war eine Campesina.«

»Eine Bäuerin?«

»Ja, Bäuerin. Eine Dienstbotin, aber sehr alt schon und von keinem guten Haus. Ihre Kleider waren schlecht, schmutzig. Ich war nicht sicher: darf ich die Kinder mit dieser Frau gehen lassen? Aber die Kinder sagten, doch, wir kennen diese Frau, sie ist gut, wir gehen mit ihr.«

»Wohin? Wohin sind die Kinder mit ihr gegangen?«

»Aber ich weiß doch nicht«, sagte die Bordhostess. »Ich kann nicht wissen, ich musste wieder zum Flugzeug, zur Hauptstadt. Ist denn etwas nicht gut? Warum ruft die Polizei an? Ich verstehe nicht. Die Kinder wollten doch zu der Campesina, sie sagten, diese Frau ist gut, wir gehen jetzt mit ihr.«

Sie war den Tränen nahe, und Jensen tröstete sie, er sagte: »Nein, es ist alles in Ordnung. Den Kindern geht es gut, es ist nur eine Routinebefragung.«

Er bedankte sich und legte auf.

Gestern, dachte er, eine Stunde nach Ritters Tod.

Es war inzwischen spät, die Sankt-Anna-Kirche schlug Mitternacht. Jensen war müde, er hatte sechs Dosen getrunken, müde und ein wenig betrunken, was ihm jetzt ganz unangebracht zu sein schien. Er war angetrunken, und hier stimmte etwas ganz und gar nicht, er hätte einen klaren Kopf gebraucht. Oder den Mut, aus all den Merkwürdigkeiten die richtigen Schlüsse zu ziehen.

Er ging ins Wohnzimmer, der Wind hatte das defekte Fenster aufgedrückt, fast alle Fenster waren defekt, aber dieses hier besonders. Draußen prasselte der Regen auf die Gasse, im Haus gegenüber flackerte ein Fernseher, Jensen kannte nicht einmal den Namen des Nachbarn, ein alleinstehender älterer Herr, nur das wusste er, und der Fernseher hatte schon heute morgen geflackert, vielleicht war der Mann im Fernsehsessel gestorben, man fand die Leute recht oft dort. Jensen blieb eine Weile am Fenster stehen, er atmete die kühle Luft ein, die dunkel zu sein schien, es gab keine Straßenbeleuchtung außer einem kleinen Türlicht am Ende der Gasse.

Nach Mexiko, dachte er. Und eine Bäuerin holt sie ab. Wo genau lag Monterrey? Er hätte sich gern ins Bett gelegt und geschlafen, wusste aber, dass es ihm nicht gelingen, dass die Gedanken kreisen und ihn wach halten würden, und so setzte er sich erneut an den Computer und tippte Monterrey in die Suchmaske ein.

Millionenstadt im Nordosten Mexikos, bedeutender Industriestandort Lateinamerikas. Das Foto einer häßlichen Stadtlandschaft illustrierte das Industrielle des Standorts. Es war kaum anzunehmen, dass gut situierte Amerikaner wie die Ritters hier ein Ferienhaus besaßen, obwohl Monterrey von Phoenix, der größten Stadt Arizonas, aus in zwei, drei Flugstunden zu erreichen gewesen wäre. Hier reiste man als Amerikaner höchstens geschäftlich hin. Was also hatte Rick und Oliver dazu bewogen, hierher zu fliegen, mit Tickets, die eine Stunde nach dem Tod ihres Vaters gebucht worden waren von einer unbekannten Person?

Angelitos, Engelchen. »Wenn wir Hilfe brauchen, beten wir zu Gott, und er schickt seinen Engel. Den mit dem Schwert«, hatte Oliver gesagt.

Und Balasundaram: »Die Täter müsste man dann wohl im Reich der Außerirdischen suchen.«

Jensen ging ins Badezimmer und benetzte sein Gesicht mit kaltem Wasser. Vielleicht war alles geplant gewesen. Vielleicht wussten Rick und Oliver, dass ihr Vater nicht ins Hotel zurückkehren würde. Er verließ das Hotel am Abend, und sie wussten, dass sie ihn zum letzten Mal sahen und dass sie am nächsten Tag nach Monterrey fliegen würden. Eine Stunde nach Ritters Tod kaufte ihnen jemand die Tickets, so als habe man nur auf diesen Moment gewartet.

Und dann die eigentümliche Todesursache.

Jensen putzte sich nachlässig die Zähne, sie mussten ohnehin bald alle gezogen werden, in zehn Jahren spätestens, das Zahnfleisch war gewichen, der Kieferknochen geschwunden, die Zähne wackelten, der Tod holte sich die Leute Stück für Stück.

Er legte sich ins Bett, und bevor er einschlief dachte er: Ich fliege nach Holbrook.

8

Ist das Universum flach oder gekrümmt?

Jensen zögerte, er wusste es nicht mehr genau.

Flach, sagte er. Annähernd flach jedenfalls.

Und wann entstand es?

Vor vierzehn Milliarden Jahren, sagte er.

Woher wissen Sie das?

Ich habe es gelesen.

Glauben Sie immer alles, was Sie lesen?

Das schon, sagte Jensen. Man kann das Alter des Universums anhand seiner Ausdehnungsgeschwindigkeit ermitteln, der Hubble-Konstante.

Sind Sie sicher?

Natürlich. Der Kehrwert der Hubble-Konstante entspricht in etwa dem Alter des Universums.

Und was war am Anfang? Schildern Sie es uns.

Am Anfang war nichts, sagte Jensen. Die gesamte Energie des Universums war auf einen Punkt unendlicher Dichte konzentriert, einen Punkt ohne Ausdehnung. Es gab weder Zeit noch Raum, nicht einmal Leere. Das Universum existierte zu diesem Zeitpunkt nicht.

Das widerspricht den Erkenntnissen, sagte jemand. Am Anfang war das Wort. Und das Wort war bei Gott. Und Gott gab Ihnen das Wort.

Mir? Jensen lachte. Die Theorie des Urknalls ist unbestritten, sagte er. Die Inflationstheorie ergänzt sie nur, die M-Theorie deutet den Urknall zwar anders, aber ...

Das Wort war bei Ihnen, unterbrach ihn die Stimme. Und sie haben es Gott zurückgegeben in Form eines Gebetes. Und Gott hat Ihr Gebet erhört.

»Das ist eine Lüge!«, schrie Jensen.

Er setzte sich im Bett auf, es war taghell im Zimmer. Er saß eine Weile da, bis die Empörung aus dem Traum sich verflüchtigt hatte. Die Uhr zeigte zehn, draußen strich der Regen schräg am Schlafzimmerfenster vorbei. Jensen ging ins Badezimmer, für eine Dusche fühlte er sich zu erschlagen, er wusch sich nur die Füße, um sich nicht allzu unsauber zu fühlen.

Heute ist Mittwoch, dachte er, als er in der Küche ein Schälchen mit Getreideflocken füllte. Noch drei Tage bis zum offiziellen Ausscheiden, inoffiziell hatte es aber wohl schon stattgefunden, so dass er es nicht für nötig hielt, sich bei Dupont abzumelden. Nur Stassen würde er anrufen müssen, für den Fall dass dieser noch immer an der Verabschiedungsrede arbeitete. Jensen hielt es für anständig, ihm mitzuteilen, dass er sich die Mühe jetzt ersparen konnte, so wie die Dinge standen.

Das Geschirr im Spülbecken und vor allem auf dem kleinen Esstischchen schien sich über Nacht vermehrt zu haben, jedenfalls fand Jensen keinen Platz mehr für das Schälchen mit den in Milch eingeweichten Flocken.

Ich brauche eine Putzfrau, dachte er und trug das Schälchen ins Wohnzimmer. Ihm war bewusst, wie unsinnig das klang, eine Putzfrau. Er brauchte vielmehr jemanden, der ihn darauf hinwies, dass es so nicht weiterging.

Auf dem Sofa aß er ohne Appetit sein Frühstück, die Fruchtfliegen aus der Küche gesellten sich hinzu, unendlich langsam kreisten sie über dem Schälchen, es wäre ihnen lieb gewesen, wenn Jensen auf der Stelle gestorben wäre, dann hätten sie sich gefahrlos an der Milch laben können und später an ihm. Beim Nachbarn drüben auf der anderen Seite der Gasse flackerte wie gestern der Fernseher. Jensen machte sich keine Illusionen, was ihn selbst betraf, falls ihn in der nächsten Minute etwa ein plötzlicher Hirntod ereilt hätte. Auf dem Revier rechnete bestimmt niemand mehr mit seinem Auftauchen, und auch Stassen würde sich wohl erst nach einer, eher zwei Wochen Gedanken darüber machen, dass Jensen schon lange kein Lebenszeichen mehr von sich gegeben hatte. Dann würden weitere zwei Wochen vergehen, in denen Stassen sich selbst beruhigte, ist doch klar, würde er denken, er ist verreist, er genießt seinen vorzeitigen Ruhestand, er denkt nicht mehr an mich, wir waren ja eigentlich nie das, was man Freunde nennt. Jensen erkannte ohne Schrecken, aber doch mit einiger Überraschung, dass er nun selber einer jener stark Verwesten werden könnte, die man erst fand, wenn der Mann vom Elektrizitätswerk klingelte, um wegen der unbezahlten Rechnungen den Stromzähler abzumontieren. In einem plötzlichen Entschluss schlüpfte er ohne Socken in seine Schuhe, warf sich eine Lederjacke über und ging geduckt, als würde er so weniger nass, durch den Regen hinüber zum Nachbarn. Er klingelte, und nach einer Weile öffnete der ältere Herr die Tür, er roch nach Schnaps, die Hosenträger hingen lose herunter, und Jensen sagte: »Verzeihen Sie bitte die Störung. Mein Name ist Jensen. Ich wohne gleich gegenüber. Ich wollte mich nur einmal vorstellen.«

»Ja und?«, fragte der Mann. »Wollen Sie hereinkommen?«

»Vielen Dank, nein. Ein ander Mal aber gern. Scheußliches Wetter.«

Der Mann zuckte die Achseln.

»Also dann«, sagte Jensen.

Sie schüttelten einander schweigend die Hand.

Jensen zog die Jacke über den Kopf, es regnete jetzt in Strömen. Er eilte über die Gasse zurück zu seinem Haus. Ein Anfang war immerhin gemacht. Vielleicht ergab es sich, dass man eines Tages ein wenig aufeinander aufpasste, schon Balasundaram zuliebe, damit dieser sich nach dem Leichenfund nicht eine Stunde lang den Gestank wegduschen musste.

Als Jensen wieder auf seinem Sofa saß, dachte er: Du wirst sonderbar.

Er rief umgehend eine Fluggesellschaft an, die Nummern kannte er ja jetzt, und erkundigte sich nach Flügen nach Arizona. Holbrook selbst besaß keinen Flughafen, er buchte deshalb den nächstbesten Flug nach Phoenix, Umsteigen in Chicago, Start am Freitag. Nun rief er Stassen an.

»Ich fliege am Freitag nach Amerika«, sagte Jensen. »Es muss aber unter uns bleiben. Kein Wort zu Dupont. Es ist mir nur wichtig, dass du es weißt. Wegen der Rede.«

»Ich verstehe«, sagte Stassen leise. Er saß ja im Büro, die Kollegen spitzten bestimmt die Ohren. »Hat es mit der Sache zu tun?«

»Ja. Es hat mit der Sache zu tun.«

»Ich habe gehört«, flüsterte Stassen, »dass man noch immer nichts Genaues weiß. Irgendein Professor soll die Leiche jetzt untersuchen. Der Mann hatte übrigens zwei Kinder. Hast du die gesehen?«

»Ja.«

»Du hast sie in deinem Rapport nicht erwähnt«, sagte Stassen jetzt fast unhörbar leise. »Dupont erzählt es überall rum. Es sieht nun aus, als hättest du die Sache wirklich nicht sehr ernst genommen.«

»Ich hatte meine Gründe«, sagte Jensen nur.

Er verlor die Lust an diesem Gespräch, und glücklicherweise klingelte in diesem Moment jemand an der Haustür. »Ich muss jetzt Schluss machen. Es klingelt. Wir sehen uns.«

»Mach's gut«, sagte Stassen in einem seltsam endgültigen Ton.

Jensen ging zur Tür, in der Überzeugung, der alte Herr von gegenüber habe geklingelt, wer denn sonst.

Ich habe schlafende Hunde geweckt, dachte er, nun würde der Alte vermutlich jeden Tag vorbeikommen und zunehmend geschwätziger werden. Mit einer entsprechend abweisenden Miene öffnete Jensen die Tür, doch es stand jemand ganz anders draußen, eine Frau, etwas größer als er selbst, ganz in Schwarz, eine Räbin, schwarze Haare im Pagenschnitt, schwarz der Regenmantel, der Schirm, die Hose, und bei Regen trug sie eine schwarze Sonnenbrille. Hell war einzig ihr Gesicht, ungesund hell sogar, ein sehr hübsches, elegantes Gesicht mit schönen Lippen, und sie sagte: »Sind Sie Hannes Jensen?«

Sie sprach akzentfrei flämisch, dennoch hatte Jensen das Gefühl, dass es sich um eine Ausländerin handelte.

»Ja«, sagte er. »Sie wollen zu mir?«

Sie hatte den Schirm zugespannt, der Regen tropfte von der defekten Dachtraufe auf ihre Schultern.

»Ich würde mich gern einen Augenblick mit Ihnen unterhalten«, sagte sie. Es klang, als habe er irgendeine Verfehlung begangen.

»Worüber denn, wenn ich fragen darf?«

»Über den Mann, den Amerikaner. Brian Ritter.«

Jensen brachte vor Überraschung kein Wort heraus.

»Ich habe es im Radio gehört«, sagte die Frau. Sie spannte den Schirm wieder auf. »Und auf dem Polizeirevier sagte man mir, dass Sie den Fall bearbeiten. Oder bearbeitet haben.«

»Sie sind wegen Brian Ritter hier? Haben Sie ihn denn gekannt?«

»Es regnet«, sagte die Frau.

»Ja. Gut. Bitte kommen Sie doch herein.«

Jensen trat zur Seite, und nichts wunderte ihn mehr, nicht dass die Frau mit einem dünnen, weißen Stock, den er erst jetzt bemerkte, sein Bein berührte, und nicht, dass sie im Flur sagte: »Sie sollten einmal lüften. Es riecht hier nicht gut.«

»Ich habe keine Putzfrau«, entschuldigte er sich. »Bitte, hier entlang.« Er fasste sie leicht am Arm, mit einer unangemessen heftigen Bewegung zog sie ihren Arm zu sich. »Geradeaus«, sagte Jensen. Die Frau ertastete mit ihrem Stock den Türrahmen und betrat das Wohnzimmer. Sie ging schlafwandlerisch sicher auf das Sofa zu und setzte sich. »Bitte nehmen Sie Platz«, sagte Jensen verwundert. »Möchten Sie etwas trinken? Einen Kaffee?«

»Nein danke. Ich trinke nie Kaffee.«

»Dann vielleicht etwas anderes? Mineralwasser? Einen Tee?«

»Nein, nichts«, sagte sie ungehalten. »Sie stehen hinter mir. Möchten Sie sich nicht lieber auch setzen?«

»Doch. Ich setze mich jetzt.«

Er war unsicher, er wusste nicht, wie man mit einer Blinden umging. Eigenartig umständlich setzte er sich in den Sessel unter der Stehlampe, er fühlte sich plötzlich fremd im eigenen Haus.

»Also«, sagte er. »Sie kennen also Brian Ritter?«

»Das habe ich nicht gesagt. Nein, ich kenne ihn nicht. Mir kam nur sein Name bekannt vor, als ich es heute morgen im Radio hörte.«

»Davon weiß ich nichts. Ich meine, ich wusste nicht, dass das Radio darüber berichtet hat. Wer sind Sie überhaupt? Entschuldigen Sie, dass ich so direkt frage, aber Sie haben sich noch nicht vorgestellt. Oder vielleicht habe ich es überhört? Dann tut es mir Leid.«

Ihm gefiel seine eigene Stimme nicht, sie klang angestrengt, er war befangen, aber er fand, dass er auch allen Grund dazu hatte. Die Frau saß stockgerade auf dem Sofa, sie hatte den Regenmantel nicht ausgezogen, und nun begann der Sofabezug nass zu werden, und sie war wirklich außergewöhnlich schön, merkwürdigerweise, denn das Zentrum der Schönheit, die Augen, fehlte ja. Zum ersten Mal seit vielen Jahren saß eine Frau in seinem Wohnzimmer, nur schon das allein hätte genügt, um ihn zu verunsichern. Aber es war noch etwas anderes, ein Charisma, eine Kraft, die von ihr ausging, sie füllte den Raum aus und gab Jensen das Gefühl, dass für ihn kein Platz mehr war.

»Mein Name ist Annick O'Hara«, sagte sie. »Ich bin in Brügge aufgewachsen und vor zwei Monaten hierher zurückgekehrt. Ich wohne in einem Haus am Kortewinkel.« Sie schob ihren Stock zusammen wie eine Radioantenne und legte ihn auf die Knie. »Mein Mann war Ire, falls Sie sich über meinen unflämischen Nachnamen wundern. Er hat eine Zeit lang als Sachverständiger für die Congregatio de Causis Sanctorum gearbeitet. Die vatikanische Kongregation, die für Heiligsprechungen zuständig ist. Ist Ihnen das Prozedere bekannt?«

»Das Prozedere?« fragte Jensen. »Ich verstehe ehrlich gesagt kein Wort. Aber falls Sie im Auftrag irgendeiner Missionsbewegung hier sind, muss ich Ihnen leider sagen, dass man Sie an die falsche Adresse geschickt hat.« Er war sich jetzt fast sicher, dass sie eine von der Mission Beseelte war, die ihm im nächsten Augenblick eine Broschüre überreichen würde, auf deren Titelblatt Jesus eine Herde Schafe segnete. »Ich bin an solchen Dingen nicht interessiert«, sagte er. »Und ich diskutiere auch nicht gern über mein Desinteresse. Also, falls es das ist, tut es mir Leid, dass Sie sich die Mühe umsonst gemacht haben.«

Annick O'Hara hatte beim Sprechen bisher an Jensen vorbeigeblickt, wenn man es so nennen konnte, nun wandte sie ihm ihr Gesicht zu und sagte: »Aus Ihrer Antwort entnehme ich, dass Sie das Prozedere nicht kennen. Zu einer Seligsprechung gehört unter anderem der Nachweis, dass der betreffende Kandidat ein Wunder bewirkt hat. Mein Mann war Arzt und gläubiger Katholik, und aufgrund seiner Freundschaft zum damaligen Präfekten der Kongregation wurde er manchmal mit der Untersuchung eines Wunders betraut, wenn es sich um eine Heilung handelte, die medizinisch nicht erklärbar war. Er geriet zwangsläufig in eine gewisse Szene hinein, Gesundbeter, Stigmatisierte, Leute mit Marienerscheinungen, was Sie wollen. Der Zusammenhang zwischen Glauben und Heilung begann ihn zunehmend mehr zu interessieren. Es ging ja im Grunde um einen Placebo-Effekt, und er wollte untersuchen, auf welche Weise sich die Rituale der katholischen Gesundbeter von denen der Schulmediziner unterschieden. Er war nämlich überzeugt, dass seine eigenen Patienten weniger durch seine Behandlung und die Medikamente geheilt wurden als durch bestimmte ärztliche Rituale, die Art, wie man mit ihnen sprach, wie man sie berührte und so weiter. Jedenfalls reiste er vor zwei Jahren nach Mexiko, um sich mit einer Beterin zu treffen. Von einem befreundeten mexikanischen Priester hatte er erfahren, dass diese Beterin von vielen Bauern wie eine Heilige verehrt wurde, weil sie offenbar sehr erfolgreich heilte. Ich kann mich an ihren Namen nicht mehr erinnern, aber einige Tage nach seiner Abreise rief mein Mann mich an, er war sehr enttäuscht. Er hatte die Beterin zwar ausfindig gemacht, in einem kleinen Dorf im Norden Mexikos, aber sie weigerte sich, mit ihm zu sprechen. Sie war noch sehr jung, und er hatte den Eindruck, dass ihr alles zuviel geworden war. Die Leute setzten Hoffnungen in sie, die sie nicht erfüllen konnte, und deshalb hatte sie beschlossen, in die Vereinigten Staaten zu emigrieren, offenbar legal, denn die Dorfleute erzählten meinem Mann, sie habe ein Arbeitsvisum und werde bei einem reichen Amerikaner arbeiten, in Arizona, sie kannten sogar den Namen, Señor Ritter. Mein Mann erwähnte mir gegenüber den Namen damals nur beiläufig, aber er hat sich mir eingeprägt, weil mein Vater eine Zeit lang in einem Antiquitätengeschäft namens Ritter arbeitete, in Antwerpen. Als ich heute morgen im Radio den Namen hörte und dass der Mann in Arizona wohnte, kam ich zur Überzeugung, dass es jener Mann ist, bei dem die Beterin damals eine Arbeit gefunden hatte.

Denn sehr viele Leute namens Ritter kann es ja in Arizona nicht geben. Was meinen Sie?«

Jensen hatte still und verwundert zugehört, und nun sagte er mit belegter Stimme: »Nein, es gibt wohl nicht viele.« Er räusperte sich. »Es ist sicher derselbe Mann. Ich habe vorgestern mit seinen Kindern gesprochen, und sie erwähnten eine Frau namens Esperanza. Sie sagten auch, dass diese Frau für sie betet oder sie das Beten lehrt. Könnte das die Heilerin sein, von der Sie sprachen, war das ihr Name, Esperanza?«

»Esperanza Toscano Aguilar«, sagte Annick O'Hara, jedes Wort betonend und mit einem Gesichtsausdruck, als habe sie die Augen geschlossen, um den Namen vor sich zu sehen. »Das ist sehr interessant, finden Sie nicht? Ich konnte mich an den Namen nicht mehr erinnern, mein Mann hat ihn vermutlich auch nur ein- oder zweimal erwähnt, aber der erste Akkord gewissermaßen, Esperanza, hat in mir nun die ganze Melodie wieder zum Klingen gebracht. Esperanza Toscano Aguilar, es klingt wie eine Liedstrophe, finden Sie nicht?«

»Für mexikanische Verhältnisse ist es ein kurzer Name«, sagte Jensen trocken. Er verstand immer noch nicht, weshalb sie ihn aufgesucht hatte, bestimmt nicht, um ihm weiterzuhelfen, was sie in gewissem Maße zweifellos getan hatte. Der Name Esperanza stand auf seinem Notizblock, er hatte abklären wollen, um wen es sich handelte, und nun hatte sich das unverhofft von allein erledigt. Aber was wollte sie, O'Hara, wie er sie jetzt bei sich nannte, die Blinde, die den Kopf zur Seite neigte und versonnen lächelte, als denke sie über schöne Zeiten nach.

»Sie fragen sich, weshalb ich hier bin«, sagte sie plötzlich. »Der Grund ist trivial. In meinem Leben geschieht nicht mehr viel.« Ihr Mann ist tot, dachte Jensen. Natürlich, sonst hätte sie mit ihm darüber gesprochen, sie säße sonst gar nicht hier. Ich werde langsam, dachte er.

»Ich bin froh um den kleinsten Impuls von außen«, sagte sie. »Ich wusste nicht, wie ich den Tag verbringen sollte. Dann hörte ich den Bericht im Radio, und er verschaffte mir eine kleine Aufgabe. Ich hätte jetzt doch gern einen Tee. Haben Sie Schwarztee? Wenn nicht, nehme ich ein Glas Wasser.«

»Schwarztee«, sagte Jensen. »Ich muss nachsehen. Ich gehe dann also jetzt in die Küche.«

Er stand vom Sessel auf, seine Beine fühlten sich klamm an, als habe er sich stundenlang nicht gerührt.

Ich bin verkrampft, dachte er.

Er war froh, sich endlich bewegen zu können. Als er an der Tür war, fragte er: »Möchten Sie Zucker? Milch?«

O'Hara drehte sich zu ihm um.

»Wissen Sie denn jetzt, dass Sie Schwarztee haben?« fragte sie.

»Nein, ich weiß es noch nicht. Ich bin noch nicht in der Küche.«

»Eben. Sie stehen an der Tür, die vom Wohnzimmer zum Flur führt. Deshalb wunderte ich mich ja, dass Sie mich bereits nach Zucker und Milch fragen.«

Jensen ging wortlos in die Küche und atmete dort tief durch. Er durchsuchte das Regal nach Schwarztee, es war zu einer Frage der Ehre geworden. Noch nie war er so glücklich gewesen, einen Beutel Schwarztee in der Hand zu halten, den letzten in einer Schachtel mit verheerendem Ablaufdatum. Auch Tee begann früher oder später zu schimmeln, er bemühte sich, den Beutel nicht genauer zu betrachten. Er setzte in einem Pfännchen Wasser auf und hoffte, es möge lange dauern, bis der Siedepunkt erreicht war.

Während er in das Wasser starrte, überkam ihn plötzlich ein Gefühl des Ekels. Er blickte aus dem Fenster, er zwang sich, die Welt draußen zu sehen, das Kräuterbeet in seinem Kleingarten, den Thymian, der im Regen ersoff, die Rosmarinzweige streckten sich stolz und mit Nadeln bespitzt in den trüben Tag, der mit einem schlechten Traum begonnen hatte, einem noch dazu prophetischen Traum, in dem sich das Herannahen der Vergangenheit angekündigt hatte. Es war aber eigentlich kein Herannahen, sondern die Vollendung eines Kreises, das war die Bahn, auf der die Vergangenheit sich bewegte, die Kreisbahn war ihre Natur. Wenn man glaubte, die Vergangenheit sei endlich überwunden, befand sie sich in Wirklichkeit nur an jenem Punkt der Kreisbahn, der am weitesten von einem selbst entfernt war. Von da an begann die Vergangenheit sich einem wieder zu nähern, unaufhaltsam, im Näherkommen wurde sie immer gegenwärtiger, und auf dem Höhepunkt verschmolz sie wieder mit der Gegenwart, wie jetzt gerade.

Das Teewasser kochte, aber Jensen beachtete es nicht. Diese Frau dort im Wohnzimmer, die blinde O'Hara, war gekommen, um ihm mitzuteilen, dass eine Beterin im Spiel war, eine Mexikanerin, die durch Gebete Kranke heilte und die Rick und Oliver das Beten lehrte. »Dann beten wir, dass er uns in Ruhe lässt. Für immer«, hatte Rick gesagt, und auch Ritters Satz klang Jensen im Ohr: »Sie beten heimlich zu ihrem Gott auf der Wolke, und wenn es diesen Gott gäbe, wäre ich schon längst tot.« Es war Unsinn, eine Absurdität, dem allem auch nur ein Körnchen Wahrheitsgehalt beizumessen, und Jensen hatte auch nicht vor, das zu tun. Aber es gab eben auch Körnchen der Unwahrheit, und gerade sie stachen einen im Nacken, sie erinnerten einen an die quälenden Schuldgefühle, an den komplizenhaften Blick des Gekreuzigten, der auf die tote Mutter hinunterschaute, an etwas Unwahres erinnerten sie einen, das einmal lange Zeit wahr gewesen, dann endlich als unwahr erkannt worden war, woraufhin es sich in die Träume zurückgezogen hatte, um sich dort, wenn die Vernunft schlief, wiederum als Wahrhaftigkeit zu gebärden, wie ein Pfau, der das Rad schlug.

»Kocht nicht schon lange das Wasser?«, rief O'Hara aus dem Wohnzimmer. »Es sollte nur sieden. Sonst schmeckt der Tee leblos.«

»Ja«, rief Jensen. »Ich bringe ihn gleich.«

Ich werde den Flug nach Arizona stornieren, dachte er. Diese Angelegenheit ist zu sehr mit mir selbst verknüpft.

Doch im selben Moment widerrief er diesen Entschluss. Nein, er musste sich diesem Fall sogar bewusst stellen, eine Beterin, ein mysteriöser Todesfall, er musste dieser Sache in die Augen sehen, gerade weil sie persönliche Erinnerungen wachrief. In die Augen sehen und dann entlarven: Kein Mensch war je wegen eines Gebetes gestorben.

Ja, dachte Jensen, und wer außer dir zweifelt daran?

Er warf den Schwarzteebeutel ins heiße Wasser, und nach einer Weile brachte er O'Hara den Tee, in einer großen lächerlichen Tasse mit der Aufschrift »I love big girls«. Stassen hatte sie ihm vor Jahren zum Geburtstag geschenkt mit der Ermahnung, er, Jensen, solle sich doch endlich wieder nach einer Frau umsehen, so lange nach Margaretes Tod.

O'Hara saß noch immer in der Haltung einer ägyptischen Prinzessin auf dem Sofa, der Rücken kerzengerade, die Beine parallel zueinander, die Hände flach auf den Knien. Obwohl Jensen sicher war, dass sie die Aufschrift auf der Tasse nicht sehen konnte, verließ ihn im letzten Moment doch fast der Mut. Er drehte die Tasse so, dass die Aufschrift von ihr wegsah, und führte den Henkel zu ihren Fingern, die ja aber auf dem Knie lagen, so dass er sich umständlich bücken musste.

»Hier ist Ihr Tee«, sagte er.

Sie führte die Finger in den Henkel, schlanke, weiße Finger mit rotlackierten Nägeln.

»Danke«, sagte sie, doch nach dem ersten Schluck verzog sie den Mund.

»Es tut mir leid«, sagte er. »Ich habe den Zucker vergessen. Ich werde gleich welchen holen.«

»Sind Sie verheiratet?«, fragte O'Hara und tastete nach dem Sofatisch, um die Tasse abzustellen, für immer.

»Nein.«

»Das dachte ich mir. Es ist ein Junggesellen-Tee. Sie selbst trinken nie Tee, sie kaufen nur manchmal eine Schachtel für Besucher, natürlich Beutel-Tee. Ich habe lange in China gelebt, in Shanghai«, sagte sie, als sei damit alles erklärt.

Jensen setzte sich wieder in seinen Sessel. O'Hara schwieg, und er fand nicht zum Gespräch zurück. Worüber hatten sie zuletzt gesprochen, bevor er in die Küche gegangen war?

»Und Sie wohnen jetzt also in Brügge«, sagte er.

»Ja. Aber ich denke, ich werde nächstens verreisen, vielleicht für längere Zeit.«

»Und wohin?«

»Nach Arizona«, sagte sie. »Ich möchte mit Esperanza Toscano Aguilar sprechen.«

»Ich verstehe«, sagte Jensen, um nichts zu sagen. Unter keinen Umständen wollte er ihr gegenüber seine eigenen Reiseabsichten erwähnen.

»Nein, ich glaube nicht, dass Sie es verstehen«, sagte O'Hara. »Aber ich werde es Ihnen gern erklären. Mein Mann ...« Sie zögerte. »Er ist von jener Reise nach Mexiko nie zurückgekommen. Am Tag, an dem er zurückfliegen wollte, ist er gestorben. Zwei Jahre sind seither vergangen, und erst jetzt bin ich soweit, dass ich mir um Nebensächlichkeiten Gedanken machen kann. Eine dieser Nebensächlichkeiten ist diese Frau, die Gesundbeterin. Sie war einer der letzten Menschen, die meinen Mann gesehen haben. Ich möchte mit dieser Frau sprechen, weil sie Erinnerungen an meinen Mann besitzt. Sie hat zwar nicht mit ihm gesprochen, aber er war einen Tag lang in ihrer Nähe, er hat versucht, mit ihr ins Gespräch zu kommen. Verstehen Sie? Sie weiß etwas über ihn, ob er gelacht hat, welche Kleidung er getragen hat, ob er entspannt war, ob es ihm gut ging. Sie hat ihn kurz vor seinem Tod gesehen, aber ich selbst weiß nichts über seine letzten Tage. Ich möchte mit ihr über meinen Mann sprechen, das ist alles.«

Sie legte die Hände übereinander und schwieg.

Jensen konnte ihren Wunsch nicht nachvollziehen, es war doch gerade umgekehrt, jedenfalls bei ihm, er hatte nach Margaretes Tod jedes Gespräch über sie vermieden, es war ihm unerträglich gewesen, sich die Erinnerungen anderer anzuhören. Beim Begräbnis hatten Schulfreunde Margaretes ihn mit Anekdoten überhäuft, wie Margarete sich vor der Abschlussfeier der Abiturklasse den Fuß verstauchte und auf einem Bein zu »A Whiter Shade Of Pale« tanzte, lauter solche Lächerlichkeiten, jeder ehemalige Bekannte hatte eine parat, und ja, sie war so liebenswürdig, sie hatte für die Sorgen der anderen immer ein Ohr, und dann ihr Humor, manche lachten noch auf dem Friedhof, kaum war der Sarg versenkt, weil sie jetzt an Margaretes Humor denken mussten, sie war so fröhlich, weißt du noch? Es stimmte alles, sie war liebenswürdig gewesen, sie hatte Humor gehabt, aber jetzt war sie tot, und Jensen kam es damals vor, als sei er der einzige, der das begriffen hatte.

»Und wann werden Sie abreisen?«, fragte er.

»Ich hatte gehofft, Sie würden mir das sagen.«

»Wie kommen Sie darauf?«

In der Ferne donnerte es, ein Gewitter rückte näher.

»Nun, nach allem was ich aus dem Radiobericht weiß«, sagte O'Hara, »sind die Untersuchungen noch nicht abgeschlossen. Die genaue Todesursache steht noch nicht fest. Es sieht nicht nach einem Mord aus, aber Brian Ritter hat offenbar kurz vor seinem Tod eine Morddrohung erhalten. Und im Zusammenhang mit dieser Morddrohung ist ein Beamter vom Dienst suspendiert worden. Nämlich Sie. Ein Hoofdcommissaris Dupont teilte mir das am Telefon ziemlich bereitwillig mit.«

Dupont! dachte Jensen wütend.

»Ich wurde nicht suspendiert«, sagte er. »Ich habe gekündigt, vor drei Monaten schon. Am Freitag wäre ich ohnehin aus dem Dienst ausgeschieden. Und was Dupont betrifft, so hätte er Ihnen das nicht sagen dürfen. Er hat das Amtsgeheimnis verletzt.«

»Jedenfalls dachte ich mir, dass Sie doch jetzt bestimmt etwas unternehmen werden. Immerhin lastet der Vorwurf auf Ihnen, Sie hätten eine Morddrohung nicht ernst genommen. Und Ritter war ja nicht allein in Brügge. Er war mit seinen zwei Söhnen hier, wie Sie wissen. Hoofdcommissaris Dupont sagte mir, sie seien gestern Morgen allein abgereist. Nach Hause, nach ... wie hieß die Ortschaft schon wieder?«

»Holbrook«, knurrte Jensen. Er verstand nicht, weshalb Dupont diese dienstinternen Informationen einer ihm völlig unbekannten Anruferin anvertraut hatte. Dass die Kinder gar nicht in Holbrook angekommen waren, hatte er natürlich nicht herausgefunden, und Jensen sah keinen Grund, es O'Hara anzuvertrauen.

»Holbrook«, sagte O'Hara. »Den Namen der Stadt wollte Hoofdcommissaris Dupont mir nicht nennen, er war wohl doch ein wenig misstrauisch geworden. Aber nun weiß ich ja, wo genau ich Esperanza Toscano Aguilar finden werde. Und nun möchte ich Ihnen einen Vorschlag machen. Er resultiert aus der Tatsache, dass ich auf längeren Reisen leider auf eine Begleitung angewiesen bin. Die Aufgaben einer Begleitperson beschränken sich aber auf administrative Tätigkeiten, das Ausfüllen von Formularen, die Buchung eines Mietwagens, ein Hotel finden, den Mietwagen lenken, mir mitteilen, wo sich ein Restaurant befindet. Es handelt sich also um eine rudimentäre Betreuung. Man braucht mich nicht zu füttern oder zur Toilette zu begleiten.«

Nein, dachte Jensen. Unter keinen Umständen.

»Ich schlage Ihnen also vor, dass Sie mich auf meiner Reise nach Holbrook begleiten. Meine Gründe für die Reise kennen Sie, und ich denke, dass es auch für Sie aufschlussreich sein könnte. Sie erfahren vielleicht etwas Entscheidendes über Brian Ritter, den Mann, für dessen Tod man Sie im Augenblick mitverantwortlich macht. Und auch wenn die Reise Ihnen keine neuen Erkenntnisse bringen sollte, wird es Ihnen guttun, überhaupt etwas zu unternehmen.«

»Woher wollen Sie das wissen?«, fragte Jensen. »Sie kennen mich nicht, und ich kenne Sie nicht. Eine solche Reise dauert eine Woche, vielleicht sogar länger. Ich bin kein sehr umgänglicher Mensch, und deshalb bitte ich Sie, jemand anderen zu fragen. Sie haben doch bestimmt Bekannte hier in Brügge, Freunde.«

»Darüber bin ich Ihnen keine Rechenschaft schuldig«, sagte O'Hara. Sie stand auf, verlängerte mit einer heftigen Bewegung ihren Blindenstock, es klang, als würde sie ein Schwert ziehen. »Ich werde dann also eine andere Lösung finden«, sagte sie und suchte sich mit dem Stock den Weg zum Flur.

»Bitte verstehen Sie mich nicht falsch«, sagte Jensen. »Ich wollte Sie keineswegs beleidigen, es ist nur ...« Er schwieg, er fand die richtigen Worte ohnehin nicht und machte es vielleicht nur noch schlimmer, wenn er weitersprach.

O'Hara war schon an der Wohnungstür, erstaunlich schnell hatte sie den Weg gefunden. Jensen eilte herbei, um ihr die Tür zu öffnen.

»Es war tatsächlich dumm von mir, Sie zu fragen«, sagte O'Hara. »Bitte entschuldigen Sie.«

Ohne ein weiteres Wort ging sie, sie spannte den Schirm nicht auf, der Regen rann ihr durchs Haar, das glänzende, rabenschwarze Haar. Jensen blieb in der Tür stehen und schaute ihr nach, es war alles viel zu schnell gegangen. Er bedauerte aber nur die Art des Abschieds, nicht seine Verweigerung. Bei der Vorstellung, mit dieser fremden Frau, in deren Gegenwart er sich seltsam befangen fühlte, in einem Mietwagen längere Zeit durch den Südwesten der USA zu fahren, zog sich ihm der Magen zusammen. Es tat ihm für sie leid, dass sie in ihm eine solche Reaktion auslöste, er schämte sich dafür, sie hatte das nicht verdient, es war allein sein Problem.

Er schloss die Tür und wusste einen Moment lang nicht, was er als Nächstes tun sollte. Es war noch nicht einmal elf Uhr morgens, und der Tag lag wie ein unüberwindbares Hindernis vor ihm. Heute war Mittwoch, am Freitag erst ging der Flug, zwei leere Tage. Er setzte sich im Wohnzimmer aufs Sofa und strich mit der Hand über den aufgerauten roten Stoff; ein altes, verbrauchtes Sofa mit durchgesessenem Polster, aber er liebte es, es war seine eigentliche Heimat, und üblicherweise entspannte er sich sofort ein wenig, wenn er sich auf dem Sofa ausstreckte, aber jetzt nicht. Jetzt roch es auf dem Sofa noch nach O'Hara, ihrem teuren, eleganten Parfüm, in dem der Duft von Glyzinien und Orangen anklang; im Polster hatte sich ihre Wärme noch erhalten. Jensen stand auf, wie nach einer ungebührlichen Berührung, und er ging in die Küche und starrte das dreckige Geschirr an.

Um vier Uhr nachmittags rief Balasundaram an. Mit düsterer Stimme sagte er: »Jensen, ich bin es, Balasundaram Hiob. Der Überbringer der schlechten Nachricht, es tut mir leid. Ich wollte nicht, dass Sie es von Dupont erfahren.«

Nein, dachte Jensen. Nicht das auch noch! Die Kraft wich aus seinen Beinen, er setzte sich auf den Boden neben dem Telefontischchen.

»Ein Mord?«, fragte er. »War es Mord?«

»Professor De Plancke hat die Leiche heute morgen untersucht«, sagte Balasundaram, wobei seine Stimme noch tiefer klang als vorher. »Es steht nun zweifelsfrei fest, dass der Amerikaner ermordet worden ist. Jensen? Sind Sie noch da?«

Jensens Kehle war so eng, dass er es nur flüstern konnte: »Ja. Ich bin noch da.«

»Es war Mord«, wiederholte Balasundaram. »Die Täter sind aber glücklicherweise bereits gefasst. Es sind zwei Raumpiloten aus der Gegend des Großen Wagens. Die Tatwaffe ist, wie ich vermutet hatte, eine dem Homo sapiens unbekannte Laserkanone, übrigens mit eingebautem Zigarettenanzünder.«

»Balasundaram!«, rief Jensen. »Was soll das! Sind Sie verrückt!« Vor Erleichterung fiel er in Balasundarams dröhnendes Gelächter mit ein, die Tränen rannen ihm über die Wangen.

»Ich musste das einfach tun«, presste Balasundaram zwischen zwei Lachkrämpfen hervor. »Und eine Erlösung ist ja dann am schönsten, wenn man zuvor in der Hölle geschmort hat. Deshalb habe ich Sie ein wenig da hinuntergestoßen. Bitte verzeihen Sie mir.«

»Ich verzeihe Ihnen alles, wenn Sie mir jetzt versprechen, dass es kein Mord war.«

»Jetzt im Ernst«, sagte Balasundaram. »Professor De Plancke hat nach einer dreistündigen Obduktion zwei mögliche Todesursachen für absolut ausgeschlossen erklärt. Erstens Unfall, zweitens Mord. Falls Dupont gegen Sie dennoch ein internes Verfahren einleiten sollte, was ich bezweifle, kann ich Ihnen garantieren, dass keine Untersuchungskommission Belgiens an De Planckes Urteil zweifeln wird. Sie sind aus der Schusslinie, ich gratuliere Ihnen. Die Analogie zu den Außerirdischen habe ich trotzdem nicht ganz willkürlich gewählt. Denn obwohl jetzt feststeht, dass nur eine natürliche Todesursache in Frage kommt, ist eben immer noch nicht klar, wie diese Aortaruptur zustande gekommen sein soll. Lassen Sie es mich so ausdrücken: De Plancke war nach der Obduktion genau so ratlos wie ich, aber da er im Unterschied zu mir eine Koryphäe ist, hat er für seine Ratlosigkeit einen Terminus gefunden. Und dieser lautet Fasciitis necroticans.«

Jensen hörte nur halb zu, er war zu entspannt, zu glücklich, zu frei jetzt von jeder Schuld, um noch etwas anderes als das für wichtig zu halten.

»Sagt Ihnen der Begriff etwas?«, fragte Balasundaram.

»Nein. Wie heißt es?«

»Fasciitis necroticans. Diese Krankheit wird von Streptokokken des Typs A verursacht, und sie ist noch nicht vollständig erforscht. Aber vielleicht sind Sie ja an den Details gar nicht mehr interessiert und möchten jetzt einfach nur glücklich sein?«

»Nein«, log Jensen. »Erzählen Sie. Es interessiert mich.«

»A-Streptokokken findet man normalerweise im Rachenraum des Menschen, sie verursachen dort eher harmlose Entzündungen. Aber in seltenen Fällen kommt es vor, dass sie vom Rachenraum in den Blutkreislauf geraten, man weiß nicht genau, wie und warum. Und dort, im Blutkreislauf, verändern die an sich ungefährlichen

Streptokokken ihr Verhalten. Sie werden zu Fleischfressern. Sie befallen den Muskelfaszienbereich und die subkutanen Schichten und verflüssigen das Gewebe, um es als Nahrung aufnehmen zu können. Wenn man einen Patienten, bei dem die Krankheit nicht rechtzeitig entdeckt wurde, obduziert, findet man in seinem Innern nur noch giftigen Schleim. Eine beunruhigende Vorstellung, nicht wahr? Die Chance, daran zu erkranken, ist jedoch gering. In Europa treten jährlich etwa achthundert Fälle auf, viele enden nach einer Operation mit der vollständigen Genesung. Einige allerdings nicht. Man kann sich die Infektion auch durch eine äußere Verletzung zuziehen, also indem die A-Streptokokken durch eine Wunde ins Blut gelangen. Aber diese Möglichkeit scheidet bei dem Amerikaner ja aus, es gibt keine Wunde. Professor De Plancke ist nun der Meinung, dass die Streptokokken via Rachenraum in den Kreislauf des Amerikaners geraten sind, dass die Krankheit bei ihm aber atypisch verlaufen ist. Eine Fasciitis necroticans im Frühstadium ist normalerweise mit starken Schmerzen verbunden. Es zeigen sich Erytheme und massive Ödeme. Die Patienten kommen als Notfälle zum Arzt. Der Amerikaner hingegen war bis auf die alkoholbedingten Organveränderungen gesund. Seine Streptokokken scheinen sich sofort und ausschließlich auf die Aorta gestürzt zu haben, um als Erstes sie zu zerfressen. Es kam zu keinen sekundären Krankheitszeichen, weil der Mann natürlich gleich bei der ersten Attacke der Streptokokken starb. Folglich wird Professor De Planckes abschließende Diagnose lauten: Atypische Fasciitis necroticans. Das klingt gut, finden Sie nicht auch?«

»Aber Sie glauben es nicht«, sagte Jensen.

»Meiner Meinung nach ist es sehr unwahrscheinlich, dass Streptokokken sich an einer bestimmten Stelle der Aorta eines Menschen versammeln und sie dann so präzise durchnagen, dass man fast von einem Schnitt sprechen könnte. Nein, keine Sorge, Jensen, es ist kein Schnitt. Es kann keiner sein. Aber wie auch immer, es ist sehr unbefriedigend, und ich sage das zu mir selbst, etwas nicht zu glauben. Es bedeutet nämlich, dass man zu wenig weiß. De Plancke glaubt es, ich nicht, es kommt auf dasselbe heraus: Weder er noch ich wissen, ob es so war oder nicht.«

»Lassen diese Streptokokken sich im Blut denn nicht nachweisen?«

»Doch. Und diesen Nachweis wird Professor De Plancke jetzt erbringen müssen. Er hat Blut- und Gewebeproben entnommen, und in ein paar Tagen werden wir wieder einmal miterleben, wie die Welt funktioniert.«

»Die Welt? Wie meinen Sie das?«

»Nun«, sagte Balasundaram, »selbst wenn sich in den Proben keine Streptokokken finden lassen, wird De Planckes Diagnose trotzdem von jedermann akzeptiert werden. Aus dem einfachen Grund, weil es die einzig denkbar Möglichkeit ist. Woran soll der Mann denn sonst gestorben sein? Außer den Streptokokken kommen nur noch die Leute aus dem Sternbild des Großen Wagens in Betracht, und dagegen sind selbst nicht vorhandene Streptokokken die weitaus glaubhaftere Erklärung.«

9

Den nächsten Tag verbrachte Jensen damit, die Wohnung zu reinigen und darüber zu staunen, wie schmutzig sie war, schmutzig auf eine beängstigende Weise. Er konnte sich beispielsweise nicht erinnern, die benutzten Papierservietten des Chinarestaurants, in dem er sich häufig Gerichte zum Mitnehmen einpacken ließ, regelmäßig unter das Sofa geworfen zu haben. Aber es musste ihm zu einer ihm selbst verborgenen Angewohnheit geworden sein, denn er holte unter dem Sofa ein ganzes Dutzend zerknüllter Servietten hervor. Er fragte sich, ob es sich hierbei um ein Symptom handeln könnte, einen Hinweis auf eine der zahlreichen Krankheiten, die in seinem Alter zunehmend wahrscheinlicher wurden, Parkinson, Alzheimer. Er stellte den Staubsauger ab und streckte die Hand aus, um zu prüfen, ob sie zitterte. Da er dies noch nie getan hatte, wusste er allerdings nicht, ob das leichte Zittern, das er feststellte – worauf es sich etwas verstärkte –, nicht schon vor zehn Jahren vorhanden gewesen wäre, wenn er damals so genau hingeschaut hätte.

Er stürzte sich nun umso eifriger in die Aufräumarbeiten, es ging ihm jetzt darum, die Wohnung zurückzuerobern, sie war ihm in der letzten Zeit ganz offensichtlich entglitten. Es hatten sich Zonen der Verwahrlosung gebildet. Ihm standen die Bilder jener Wohnungen vor Augen, die er als Polizist oft genug hatte betreten müssen, Wohnungen, in denen die Verwahrlosung sich gleichfalls aus einer harmlosen Keimzelle heraus über die Jahre bis in den letzten Winkel ausgebreitet hatte, so dass man manchmal über steinhart gewordene Müllhügel steigen musste, um zu der Leiche oder dem nackt auf einer Matratze sitzenden Bewohner zu gelangen. Bis in den späten Abend hinein widmete sich Jensen mit Schwamm und Putzmitteln allen vergessenen Dingen, selbst die verdreckten Ritzen der Küchenregale kratzte er mit einer Nagelfeile sauber, einzig vor den Schmutzrändern der Badewanne kapitulierte er, sie schienen sich förmlich in die Beschichtung eingefressen zu haben.

Mit der ersten der drei erlaubten Bierdosen setzte er sich dann aufs Sofa und ließ sich vom Zitronenduft belohnen, der schwer und fast mit Händen zu greifen in der Wohnung hing als Beweis getaner Arbeit und rechtzeitiger Einsicht in die Notwendigkeit, die Wohnung im Auge zu behalten.

Der Regen klopfte sacht an die Fensterscheibe, die Sankt-Anna-Kirche schlug neun, eine späte Amsel gickerte ihre Warnrufe. Jensen trank Bier, schloss die Augen, lauschte den Geräuschen des Regens, es hätte gemütlich sein können. Aber da ihm morgen eine längere Reise bevorstand, konnte er sich nicht entspannen, und außerdem wurde ihm jetzt bewusst, dass er den ganzen Tag über auf einen Anruf gewartet hatte, von Stassen, eine Gratulation, denn die Obduktion des Professors hatte Jensen ja nun jenseits jedes Zweifels entlastet. Dupont hätte sich anständigerweise sogar bei ihm entschuldigen müssen, aber Dupont war, der er war. Von Stassen hingegen hätte Jensen ein Wort der Freude erwartet, es schmerzte ihn, dass er nicht anrief. Aber andererseits hatte Stassen ihn noch nie privat angerufen, warum sollte er es jetzt tun? Das Private zwischen ihnen hatte sich stets auf das Berufliche beschränkt.

Ich habe kein Talent für Freundschaften, dachte Jensen. Wer wird an meinem Grab stehen?

Er sah einen düsteren Augenblick lang ein kleines Häufchen Menschen verloren vor einem rechteckigen Erdloch stehen, allen war es peinlich, dass so wenige gekommen waren, der Pfarrer schaute mitleidig ins Grab hinunter, sprach die letzten Worte, dann zerstreuten sich die drei Trauernden, mehr fielen Jensen nicht ein, in alle Richtungen. Seine zwei Schwestern würden kommen, Blut ist dicker als Wasser, und wahrscheinlich doch auch Stassen, der ein sehr pflichtbewusster Mensch war. Und sonst noch der Wind und die Wolken und die Erdmikroben, bereit, die herrenlos gewordenen Atome in sich aufzunehmen und sie später an die den Grabstein besiedelnden Flechten und Moose weiterzugeben.

Jensen gab sich einen Ruck, er dachte an das Doppelspaltexperiment, an die Reise nach Amerika, an die Kinder, die er suchen wollte, es gab noch viel zu tun, bevor drei Leute verlegen an seinem Grab standen. Er ging in den Flur und holte sein Notizblöcklein aus der Jackentasche.

Mutter anrufen, stand darauf. Das hatte sich erledigt, er würde bald mit ihr persönlich sprechen.

Esperanza. Auch die Bearbeitung dieses Punktes musste ruhen, bis er in Holbrook war. Er war hier aber schon einen großen Schritt weitergekommen, dank des unerwarteten Erscheinens der blinden Annick O'Hara, an die er gestern vor dem Einschlafen gedacht hatte, an ihren Geruch, die schönen Lippen, darauf hatte es sich reduziert.

Hunahpu und Ixbalanke. Auch das stand auf dem Notizblock, und um sich in eine sachlichere Stimmung zu versetzen, ging er in sein Büro, die Tastatur des Computers glänzte, er hatte vorhin mit Reinigungsalkohol die Ablagerungen auf den Tasten und in den Zwischenräumen weggerieben, das betreffende Tuch war schwarz geworden.

Im Internet gab er den Suchbegriff ein, Hunahpu und Ixbalanke, dazu gab es erstaunlich viele Einträge. Religion der Maya, Götter der Maya lauteten die Stichworte, und er las, dass Hunahpu und Ixbalanke in der Maya-Mythologie eine Rolle spielten, es waren Zwillinge, die in einem rituellen Ballspiel Came, den Gott der Unterwelt, besiegten und danach als Sonne und Mond in den Himmel aufstiegen.

Jensen überflog die entsprechenden Texte nur, es schien ihm von geringer Bedeutung zu sein; Ritter hatte die Namen wahrscheinlich erwähnt, weil seine eigenen Kinder gleichfalls Zwillinge waren, und dass jemand, der in Arizona, an der Grenze zu Mexiko, lebte, mit der Maya-Mythologie ein wenig vertraut war, leuchtete ein; um sich dieses Wissen anzueignen, genügte eine einzige begleitete Gruppenreise zu irgendwelchen Maya-Tempeln, ein Ausflug im Rahmen zweiwöchiger Badeferien in Acapulco.

Jensen rief noch den Wetterbericht für Phoenix, Arizona, ab: 34 Grad Celsius und Sonnenschein, dann schaltete er den Computer aus, trank vor dem Fernseher die zwei anderen Bierdosen, die ihm heute zustanden, und ging dann zu Bett, den Koffer hatte er in einer Putzpause gepackt.

Am nächsten Morgen staunte er darüber, dass ihn in dieser Nacht seine Träume nicht behelligt hatten. Er zog ein T-Shirt und Jeans an, darüber einen Pullover für den Flug unter der Air-Condition-Düse; wenn er in Arizona ankäme, würde er den Pullover ausziehen und im T-Shirt gerüstet sein für die 34 Grad Celsius. Im Regenmantel verließ er das Haus, schloss die Tür zweimal ab und widerstand dem Bedürfnis, noch einmal ins Haus zurückzukehren um nachzusehen, ob der Herd noch immer abgestellt war und die Fenster sich nicht von selbst wieder geöffnet hatten.

Es war neun Uhr morgens, eine herbstliche Düsterkeit lag über der Stadt, die Gassen waren nass, die Menschen eilten mit eingezogenen Köpfen an ihm vorbei. Im Zug, mit dem Jensen nach Brüssel fuhr, roch es nach nassen Kleidern, zwei Kinder zeichneten mit dem Finger Häuser auf die beschlagenen Scheiben, einen Garten und eine Sonne. Jensen fragte sich, wo in diesem Augenblick Rick und Oliver sein mochten, diese beiden seltsamen Knaben, sie hätten vielleicht eine Kirche auf die Scheibe gezeichnet und ein Grabkreuz für ihren Vater.

Jensen betrat als einer der letzten das Flugzeug, ohne Buch und Zeitschriften. Er hatte vorgehabt, sich auf dem Flughafen noch einen Roman zu kaufen, aber die Zeit war zu knapp gewesen, und ohnehin war es eine fromme Selbsttäuschung, er hätte sich während des Flugs nicht auf den Text konzentrieren können. Während des Eincheckens hatte er geradezu um einen Fensterplatz gebettelt, mit der Begründung, er leide unter Flugangst, eine Lüge, die erfahrungsgemäß zum Ziel führte, selbst in voll ausgebuchten Maschinen wie dieser. In Wahrheit fiel er während Flügen jeweils in eine Art Trance, stundenlang starrte er aus dem Fenster, es war ihm unbegreiflich, was hier vor sich ging, dass er sich über den Wolken befand, auf Augenhöhe mit der Sonne, umgeben von einer unendlichen Weite, ein Zustand, der dem Moment kurz vor dem Tod gleichen musste, wenn alles sich öffnete, so stellte er es sich vor, und man jegliche Grenze überwand, um sich für immer in der Totalen zu verlieren.

Die Bordhostess schenkte ihm ein eisernes Lächeln, als er über die Rampe ins Flugzeug trat, und er lächelte zufrieden zurück, denn er hatte sich nicht nur einen Fensterplatz ergattert, sondern einen direkt hinter der Tragfläche, womit er bei einem Unfall, den er nicht sonderlich fürchtete, statistisch gesehen eine markant höhere Überlebenschance besaß als viele andere, die im vorderen Teil der Maschine ihr Handgepäck verstauten und die entsprechende Statistik wahrscheinlich nicht kannten.

Und dann fiel alles in sich zusammen, seine gehobene Stimmung, seine Vorfreude auf das Erlebnis der Weite, die kleine Schadenfreude über das erhöhte Risiko der vorn Sitzenden, ihm wurde die Luft knapp. Einen Moment lang dachte er ernsthaft daran, die Maschine wieder zu verlassen und mit einer späteren zu reisen, aber hinter ihm stauten sich die Nachrückenden, und außerdem hätte er doch damit rechnen müssen, dass sie im selben Flugzeug saß. Sie hatte es eilig, nach Holbrook zu kommen, genau wie er auch, sie hatte wie er den nächstbesten Flug nach Phoenix gebucht, ihm hätte doch klar sein müssen, wie groß die Wahrscheinlichkeit war, ihr hier zu begegnen.

Sie saß ungefähr drei Reihen hinter seinem Platz, er konnte es von hier aus, wo er jetzt stand und die anderen aufhielt, weil er sich nicht entscheiden konnte, weiterzugehen, nur abschätzen, drei oder vier Reihen, und eine Bordhostess beugte sich zu ihr, und O'Hara nickte und wandte ihr Gesicht in seine Richtung. Er senkte den Kopf und schaute zur Seite, er wusste ja nicht, ob sie wirklich vollständig blind war, vielleicht erkannte sie Umrisse, vielleicht gerade den seinen. Jemand forderte ihn freundlich auf, den Weg freizumachen, und nun ließ er sich zu seinem Platz schubsen, tatsächlich waren es nur zwei Reihen, die ihn von O'Hara trennten. Er öffnete das Ablagefach und schob seine Umhängetasche hinein. Er konnte hören, wie die Bordhostess O'Hara versicherte, dass sie jederzeit für sie da sei, sie brauche nur einen Knopf zu drücken, dann sei sie zur Stelle. O'Hara bedankte sich kühl. Sie war heute weniger blass, fiel Jensen auf, als er einen Blick wagte, und sie trug andere Kleider, eine schwarze Bluse mit einer auffälligen Brosche am Revers, einem Vogel, dem satten Glitzern nach waren es echte Brillanten, und dieser Schmuck verwischte ein wenig den Eindruck der Trauerbekleidung; eine schwarze Bluse, dachte Jensen, trägt man doch sonst nur bei Beerdigungen. Neben O'Hara saßen ein sehr fülliger Mann, der jetzt schon schlief, und dessen Frau.

Sie reist also ohne Begleitung, dachte Jensen.

Er zwängte sich nun an seinen Sitznachbarinnen vorbei, es waren zwei ältere Damen, die es schwierig fanden, die Knie einzuziehen. Er lächelte ihnen zu, nickte, und als er auf seinem Platz saß, sprachen sie ihn sogleich auf englisch an.

Jensen schien es, als sei es im Flugzeug plötzlich still geworden.

Die eine Dame fragte ihn, ob er vielleicht so freundlich sein könnte, den Platz mit ihr zu wechseln, sie sitze lieber am Fenster. Da O'Hara Jensens Gefühl nach unmittelbar hinter ihm saß, schüttelte er nur stumm den Kopf. Das Gehör von Blinden war geschärft, darauf musste er achten. Die Damen begannen nun mit ihm zu verhandeln, eine Stunde am Fenster nur, das wäre wirklich sehr nett, eine halbe Stunde dann eben, und Jensen flüsterte: »Bitte entschuldigen Sie. Aber ich leide unter Flugangst. Ich muss hier sitzen.« Die Damen hatten ihn nicht verstanden, sie neigten ihm ihr Köpfe zu, sie lauschten angestrengt, und er wiederholte es leise.

»Das ist nicht sehr höflich«, sagte schließlich die eine, und von nun an waren beide verstimmt und beachteten ihn nicht mehr.

Die Maschine startete, hinauf in die Weite, der Moment wäre gekommen, hinauszusehen und sich dem Ereignis hinzugeben. Aber O'Haras Anwesenheit hielt Jensen auf dem Erdboden zurück, die Maschine hob ab, er nicht. Natürlich, sie war blind, es wäre leicht gewesen, ihrer Aufmerksamkeit zu entgehen, er durfte nur hier im Flugzeug nicht laut sprechen, und in Chicago, nach der Zwischenlandung würde er als einer der ersten aussteigen, sich nach vorn drängeln, falls es nötig war. Und nötig war es ja eigentlich nicht, er hätte direkt neben ihr stehen können, und sie hätte ihn dennoch nicht bemerkt.

Und nach der Ankunft in Phoenix, dachte Jensen, werden sich unsere Wege zunächst trennen. Ich werde mir einen Wagen mieten und nach Holbrook fahren, und sie reist vielleicht mit dem Bus, nein, sie mietet sich einen Wagen mit Chauffeur. Sie hat Geld, dachte er, jedenfalls macht sie diesen Eindruck.

Das Essen wurde serviert, Jensen rührte es nicht an, er musste eine Entscheidung treffen. Holbrook war mit Sicherheit eine kleine Ortschaft, und dort würden ihre Wege wieder zusammenführen. Es gab vielleicht zwei, drei Motels, vielleicht auch nur eines. Selbst in diesem Fall und auch, wenn sie zufällig Tür an Tür wohnen sollten, wäre es immer noch unanständig leicht, sich vor ihr zu verbergen. Er konnte sich ihr sogar zu erkennen geben, und dann aber wieder verschwinden, er war aus ihrer Sicht nur eine Stimme, und sobald er aufhören würde, zu ihr zu sprechen, wäre er für sie weg, er könnte sich ihr jederzeit vollständig entziehen, solange sie nicht wusste, in welchem Zimmer des Motels er wohnte. Ein lächerliches, kindisches Versteckspiel, nur um was eigentlich zu verhindern? Sie war ihm nicht sehr sympathisch, vor allem: sie schüchterte ihn ein, aber er konnte sich unmöglich derart widerlich ihr gegenüber benehmen, zumal sie ja keine Möglichkeit hatte, dieses Spiel zu gewinnen, sie war ihm in dieser Hinsicht hoffnungslos unterlegen.

Plötzlich fasste Jensen einen Entschluss, und sehr laut sagte er zu der Dame neben ihm: »Bitte, es geht mir jetzt doch besser, als ich erwartet habe. Wenn Sie möchten, können wir die Plätze jetzt tauschen.«

»Oh, sehr freundlich!« sagte die Dame.

Jensen stand auf, sie gleichfalls, sie drückten sich aneinander vorbei, und bevor Jensen sich auf dem anderen Sitz niederließ, schaute er zu O'Hara, und er sah, dass sie schlief. Sie hatte ihn also gar nicht gehört, er würde sich ihr später auf andere Weise zu erkennen geben müssen. Aber er würde es tun, sein Entschluss stand fest. Es hatte nicht zuletzt mit dem Heliumatom zu tun, denk an das Heliumatom. Jensen erinnerte sich an Bollinger, seinen alten Physiklehrer, der der Klasse einst erklärt hatte, weshalb es überhaupt Leben gab, er hatte es allen gesagt, aber dabei nur Jensen angesehen, weil Bollinger wusste, dass Jensen der Einzige war, der sich wirklich, von ganzem Herzen für Physik interessierte.

»Es ist die Sehnsucht der Atome nach Vollständigkeit«, hatte Bollinger gesagt. »Sie ist der Grund für die Existenz von Leben. Und wie drückt sich diese Sehnsucht aus? Jedes Atom besteht aus einem Kern und Elektronen, die diesen Kern umgeben. Das Kohlenstoffatom beispielsweise besteht aus einem Kern von sechs Protonen und sechs Neutronen. Folglich besitzt es sechs Elektronen, denn in jedem Atom sind gleich viele Protonen vorhanden wie Elektronen. Die Elektronen umgeben den Kern in mehreren Schichten, die man Schalen nennt. Auf der innersten Schale, die dem Kern am nächsten ist, haben exakt zwei Elektronen Platz. Nicht mehr und nicht weniger. Mit zwei Elektronen ist die innerste Schale voll. Wenn nun ein Atom wie das Kohlenstoffatom sechs Elektronen besitzt, befinden sich zwei in der innersten Schale und vier in der nächsten. Doch dank des Genies des großen Physikers Niels Bohr wissen wir, dass alle möglichen anderen Schalen außer der innersten erst voll sind, wenn es dort acht Elektronen gibt. Ich wiederhole: Die innerste Schale ist mit zwei Elektronen voll, alle anderen mit acht. Und nun zeigt sich, dass alle Atome einen Zustand anstreben, in dem ihre Schalen voll sind. Das Wasserstoffatom beispielsweise als einfachstes aller Atome hat ein grundlegendes Problem: Es verfügt nur über ein einziges Elektron. Seine innerste Schale ist nicht voll. Und man kann durchaus sagen, dass das dem Wasserstoffatom nicht gefällt. Es sehnt sich nach einem weiteren Elektron. Es geht ihm wie dem Kohlenstoffatom. Auch dieses hat ein Problem, erinnern Sie sich: Seine sechs Elektronen verteilen sich auf die innerste Schale, die mit zwei voll ist, und eine äußere, die mit acht erst voll wäre, die jetzt aber halb leer ist, weil es dort nur vier Elektronen gibt. Und was geschieht nun, wenn Atome sich nach Vollständigkeit sehnen? Sie tun sich zusammen! Immer vier Wasserstoffatome verbinden sich mit einem Kohlenstoffatom, und jedes Atom zieht daraus seinen Vorteil. Das Kohlenstoffatom nimmt die vier Elektronen der vier Wasserstoffatome in seine äußere Schale auf, die nun mit acht Elektronen endlich voll ist. Die vier Wasserstoffatome wiederum integrieren im Gegenzug die vier Elektronen des Kohlenstoffs in ihre innerste Schale, die nun je zwei Elektronen besitzt und gleichfalls voll ist. Ergebnis: Die Atome sind eine Symbiose eingegangen und endlich glücklich. Und bei dieser Symbiose ist das erste Molekül entstanden, die Grundvoraussetzung für das Leben, entstanden aus der Sehnsucht nach Vervollkommnung.«

Also, dachte Jensen, sei kein Heliumatom.

Seit Bollingers Vortrag stand dieses Atom Jensen als warnendes Beispiel vor Augen, für die Unlust, sich zu binden. Das Heliumatom besaß in seiner einzigen, inneren Schale zwei Elektronen, und es fühlte sich damit vollendet und ging auf der Erde mit keinem anderen Atom je eine Symbiose ein. Es wechselwirkte mit nichts, es war vollkommen, aber auch vollkommen allein.

In diesem Moment ging O'Hara an seiner Sitzreihe vorbei, niemand hätte in ihr jetzt die Blinde erkannt, denn da es nur den schmalen Pfad zwischen den Reihen gab und er zudem nur in eine Richtung führte, bewegte sie sich mit großer Selbstverständlichkeit und ohne jedes Zögern. Jensen wollte etwas zu ihr sagen, aber sie war schon zu weit weg. Er machte sich also gefasst auf den Moment ihrer Rückkehr, dann würde er sie ansprechen.

Nach einigen Minuten war es soweit, sie kam von der Toilette zurück, hatte seine Sitzreihe fast erreicht, er stand auf, und sie blieb stehen und sagte: »Herr Jensen?«

Er schwieg vor Verblüffung, wie nur konnte sie es wissen?

»Sind Sie es oder täusche ich mich?«

»Ich bin es«, sagte er und setzte sich wieder. »Ich wollte Sie schon vorhin darauf aufmerksam machen, aber Sie haben geschlafen.«

»Das mag so gewirkt haben. Aber ich habe nicht geschlafen, nur ein bisschen gedöst. Ich glaubte Ihre Stimme zu hören, war mir aber nicht ganz sicher. Ich nehme an, Sie sind auf dem Weg nach Holbrook?«

»Ja«, sagte er. »Genau wie Sie auch. Reisen Sie ohne Begleitung?«

»Es ist mir nichts anderes übrig geblieben.«

»Möchte die Lady sich vielleicht setzen?«, fragte eine von Jensens Nachbardamen. »Es wäre mir ganz recht, ein wenig aufzustehen. Wegen der Blutzirkulation in den Beinen. Und Sie könnten sich dann bequemer unterhalten.«

»Vielen Dank«, sagte O'Hara zu der Dame. »Aber machen Sie sich wegen der Thrombose keine Sorge, diese Gefahr wird übertrieben.«

»Meinen Sie?«, sagte die Dame. »Ich würde nämlich eigentlich lieber sitzen bleiben, mir wird schwindlig, wenn ich in Flugzeugen aufstehe.«

»Ziehen Sie einfach hin und wieder die Knie ein wenig an«, riet ihr O'Hara. »Das genügt vollständig. Und was den Herrn und mich betrifft, wir werden noch viel Zeit haben, uns zu unterhalten.« Sie nickte Jensen und der Dame zu und ging zurück zu ihrem Platz.

»Ist sie Ärztin?«, fragte die Dame Jensen. »Sie scheint sich sehr gut auszukennen mit der Thrombose.«

Die andere Dame, die noch immer auf Jensens Fensterplatz saß, begann bereits mit den Knieübungen.

Nach der Landung in Chicago eilte jene Bordhostess herbei, die mit der Betreuung von O'Hara beauftragt war, sie holte O'Haras Handgepäck aus der Ablage und sagte, sie werde sie nun zum Anschlussterminal begleiten.

»Das wird nicht nötig sein«, sagte O'Hara. »Herr Jensen?«

»Ich bin hier«, sagte er. Die Leute drückten sich an ihm vorbei zum Ausgang. »Geben Sie mir das Gepäck«, wandte er sich an die Bordhostess. »Ich kümmere mich um die Dame.«

Die Bordhostess warf ihm einen misstrauischen Blick zu.

»Kennen Sie denn den Herrn?«, fragte sie O'Hara.

»Flüchtig«, sagte O'Hara. »Aber wir haben dasselbe Reiseziel. Es ist alles in Ordnung. Sie hören ja, er wird sich um mich kümmern.«

Jensen verstand den spöttischen Unterton nicht, er sagte: »Das wird ja wohl von mir erwartet. Nicht wahr? Es hat sich nun einmal so ergeben.«

»Wie Sie meinen«, sagte die Bordhostess und überreichte ihm O'Haras Handgepäck, eine kleine schwarze Tasche aus weichem Leder.

Mittlerweise hatte die Maschine sich geleert, sie waren die letzten, die Bordhostess schaute auf ihre Uhr und mahnte zur Eile.

»In einer Stunde startet Ihre Maschine nach Phoenix«, sagte sie. »Soll ich Sie wirklich nicht zum Terminal begleiten? Der Flughafen von Chicago ist nicht sehr übersichtlich. Wenn man sich nicht auskennt ...«

»Machen Sie sich keine Sorgen«, sagte O'Hara. »Dieser Herr hier ist Polizist. Er ist mit den Irrgärten der menschlichen Psyche vertraut. Da wird er sich doch wohl auch in einem Flughafen zurechtfinden.«

Sie stieß Jensen an, und nun ging er vor ihr her, in beiden Händen Gepäck. Der Kapitän nickte ihnen am Ausgang müde zu, er wirkte völlig erschöpft, schwarze Schatten unter den Augen, ein dunkler großer Leberfleck prangte auf seiner Stirn, er erfüllte alle Kriterien eines Melanoms.

Jensen ging durch den Zubringerschlauch, eine Glastür öffnete sich automatisch, Menschen wieselten in einer großen Halle in alle Richtungen.

»Was ist?«, fragte O'Hara, als Jensen stehenblieb, um sich anhand eines Plans zu orientieren. Terminal 15A war ihr Ziel.

»Ich suche den Terminal«, sagte er.

»15A. Es ist Terminal 15A.«

»Das weiß ich selbst. Aber wenn man den Namen eines Ortes kennt, kennt man deswegen noch nicht seine Lage.«

Einen kurzen Moment lang dachte er an die Heisenberg'sche Unschärferelation, der gemäß man immer nur entweder den Impuls eines Teilchens oder den Ort ermitteln konnte, an dem es sich gegenwärtig aufhielt, aber nie beides gleichzeitig, was in der Konsequenz bedeutete, dass sich die Atome und damit die gesamte materielle Wirklichkeit der vollständigen Betrachtung entzogen. Die Realität eines Elektrons und somit der ganzen Welt war letztlich nichts als eine grundsätzlich unbeweisbare Behauptung.

»Dann fragen Sie jemanden«, sagte O'Hara. Er spürte ihren Blindenstock im Nacken, sie dirigierte ihn damit wie ein Mahut seinen Elefanten.

»Folgen Sie mir«, sagte Jensen. »Es ist da drüben.«

Er hatte einen Wegweiser mit den Terminalnummern entdeckt, eins bis zwanzig, und eilte darauf zu. O'Hara hielt beständig mit ihrem Stock Kontakt zu ihm, mal spürte er ihn an seiner Schulter, mal am Bein, wie ein lästiges Insekt.

Durch Gänge und über Rolltreppen erreichten sie endlich die Einstiegsluke, und falls Jensen vorgehabt hätte, den anderen Weg zu wählen und sich vor O'Hara verborgen zu halten, wäre ihm das spätestens jetzt schwergefallen, denn in der Maschine nach Phoenix waren ihnen bereits in Brüssel beim Einchecken zwei Plätze in derselben Dreiersitzreihe zugewiesen worden, wie sich jetzt herausstellte. Zwischen ihnen saß ein verängstigtes kleines Mädchen, das sich vor dem Start dauernd zu seiner Mutter umdrehte, die in der Sitzreihe dahinter so tat, als würde sie schlafen. Es musste sich um einen Platzierungsfehler handeln, der der Mutter aber offenbar sehr gelegen kam.

Während des Flugs kündigte der Kapitän unruhige Luftschichten an, man wurde gebeten, sich wieder anzuschnallen. Die Maschine sackte gleich danach in die Löcher, die Tragflächen neigten und hoben sich, das Mädchen war nicht angeschnallt und hielt sich mit weißen Händen an der Sitzlehne fest.

»Du musst dich anschnallen«, sagte Jensen. Er führte den Gurt um ihren Bauch und ließ den Verschluss einschnappen.

»Ich will aber nicht!«, protestierte das Mädchen und versuchte die Schnalle wieder zu lösen.

O'Hara zog aus ihrer Jacketttasche einen Geldschein und drückte ihn dem Mädchen in den Schoß. »Zehn Dollar!«, sagte das Mädchen. »Darf ich die behalten?«

»Natürlich. Aber es ist kein Geschenk. Es ist der Lohn dafür, dass du angeschnallt bleibst. Angeschnallt sein ist

Arbeit, denn man würde ja lieber etwas anderes tun, herumrennen zum Beispiel. Also, willst du den Job oder nicht?«

»Ich will ihn!« sagte das Mädchen und zog den Gurt noch straffer.

»Gut. Ich habe übrigens«, wandte sich O'Hara an Jensen, »in Phoenix einen Wagen mit Fahrer gemietet. Aber ich denke, dass Sie sicher lieber selber fahren. Ich werde die Buchung also annullieren, wenn wir in Phoenix sind.«

»Ja«, sagte Jensen.

Wie Euer Gnaden belieben, dachte er.

Er hätte das Mädchen auch ohne Geld dazu gebracht, angeschnallt zu bleiben. Er schaute zum Fenster hinaus, die Entzückung, die er beim Fliegen sonst empfand, wollte sich nicht einstellen, es waren nur Wolken, die irgendwelche Vorstädte verhüllten, in denen Menschen Fertiggerichte in den Backofen schoben, weil sie gelesen hatten, dass Mikrowellengeräte die Vitamine zerstörten, von denen sie glaubten, sie seien in den Fertiggerichten enthalten. Und heute war Freitag, unter anderen Umständen hätte Stassen jetzt die Abschiedsrede gehalten, der letzte Tag einer Kette von Tagen, deren Beginn irgendwo hinter den Jahrzehnten lag, und ironischerweise würde dieser letzte Tag ein aufgeblasener, überlanger Tag sein, da sie ja gegen die Uhr flogen, dem Freitag entgegen. Was Jensen erstaunte, war, dass er keineswegs das Gefühl hatte, es gehe mit dem heutigen Tag etwas zu Ende, obwohl es de facto so war. Er war nicht mehr Polizist, kein Berufsmann mehr, ein Frührentner, erst fünfzig, selbst wenn er früh starb, lagen noch fünfzehn Jahre vor ihm, und alles, was ihm einfiel, um diese Jahre sinnvoll hinter sich zu bringen, war das Doppelspaltexperiment. Es würde ihn höchstens zwei Jahre beschäftigen, auch wenn er sich sehr viel Zeit ließ, und dann, was kam nach dem Experiment? Er hatte darüber noch nie wirklich nachgedacht.

»Heute ist mein letzter Arbeitstag«, sagte er plötzlich, das Gesicht dem kleinen Fenster zugewandt.

»Ihr letzter Arbeitstag?«, fragte O'Hara. »Ja, jetzt erinnere ich mich. Sie sagten, sie hätten gekündigt. Warum eigentlich?«

»Was redet ihr für eine Sprache?« fragte das Mädchen auf Englisch.

»Flämisch«, sagte O'Hara. »Und jetzt halt den Mund. Sie haben also gekündigt. Wie alt sind Sie? Vierzig? Fünfzig? Eher fünfzig, nicht wahr? Und was werden Sie jetzt tun? Haben Sie eine neue Anstellung gefunden? Etwas ganz anderes? Ein neues Leben?«

Ja, dachte Jensen. Ich hätte kündigen sollen, um ein neues Leben zu beginnen, und nicht, um das alte nicht mehr weiterzuführen. »Nein«, sagte er. »Kein neues Leben. Ich möchte mich nur eine Weile meinem ...« Er zögerte, bevor er sich doch für das Wort entschied, das ihm nicht gefiel. »Meinem Hobby widmen.«

»Und was ist Ihr Hobby?«

»Physik. Quantenmechanik.«

»Quak!«, sagte das Mädchen und kicherte frech. »Quak, quak! So klingt das, wenn ihr sprecht. Seid ihr von Frankreich? Dort essen die Leute Frösche.«

»Ich wusste gar nicht, dass man Quantenphysik als Hobby betreiben kann«, sagte O'Hara. »Wie geht das? Haben Sie in Ihrem Keller einen Teilchenbeschleuniger?«

Jensen verzieh ihr die spöttische Bemerkung, immerhin schien O'Hara von moderner Physik den Schimmer einer Ahnung zu haben.

»Ich interessiere mich dafür, das ist alles«, sagte er.

»Sie müssen mir bei Gelegenheit den Begriff der Entropie erklären. Ich verstehe vor allem die Sache mit dem Zeitpfeil nicht.«

Jensen schaute sie verwundert an. Das war nun doch eine Frage, die von einer gewissen Kenntnis zeugte. Er fühlte sich wie ein Kind, das im Wald unter Laubblättern eine Münze findet.

»Ja natürlich gern«, sagte er. »Der Begriff Entropie bedeutet …«

»Ich sagte, bei Gelegenheit«, unterbrach sie ihn. »Nicht jetzt. Bei einem Abendessen vielleicht. Wir werden uns ja über irgendetwas unterhalten müssen.«

»Wie Sie wollen.«

Er verschränkte die Arme.

Jetzt schmollst du, dachte er.

Aber er fand, dass er zu Recht schmollte. Er hatte sich über ihr Interesse gefreut, zumal gerade die Entropie zu den faszinierendsten Aspekten der Physik gehörte, und dann diese brüske Zurückweisung.

»Langweilig«, sagte das Mädchen. »Ihr seid langweilig. Quak, quak.«

10

Am späten Nachmittag landeten sie in Phoenix, und wieder benutzte O'Hara ihren Stock, um Jensen vorwärts zu treiben, zum Schalter einer Mietwagenfirma.

»Es muss ein Geländewagen sein«, instruierte sie Jensen. »Nicht zu groß, keine teure Automarke, denn möglicherweise werden wir nach Mexiko fahren müssen. Und der Wagen muss über einen CD-Wechsler verfügen. Ich möchte während der Fahrt Musik hören.«

»Wie Sie wünschen«, sagte Jensen und versuchte zu erraten, welche Art Musik O'Hara wohl am liebsten hörte, er tippte auf gepflegte amerikanische Sängerinnen, die in pailettenbestickten knöchellangen Kleidern auftraten und ihre von Abschied und Sehnsucht handelnden Lieder mit großen Gesten zelebrierten.

Er mietete einen Chevrolet Blazer, einen kleinen Geländewagen mit CD-Wechsler. Während der Ausfertigung der Papiere wandte sich die Angestellte, eine junge Frau mit asiatischen Zügen, an O'Hara.

»Werden Sie auch fahren?«, fragte sie. »Bei zwei Fahrern verteuert sich dann allerdings die Versicherungsprämie um fünfzehn Dollar.«

»Nein«, sagte O'Hara. »Es gibt nur einen Fahrer. Ich bin keine besonders gute Autofahrerin.«

»Ich auch nicht«, sagte die Angestellte lachend und tippte eine Zeile in den Computer. Jensen fand es faszinierend: Sie merkte nicht, dass O'Hara blind war. Es war durchaus verständlich, O'Hara wirkte nicht wie eine Blinde, noch nicht, dachte er, sie ist erst vor kurzem erblindet, davon war er überzeugt. Ihr Gesicht war noch lebendig, nicht steif und nach innen gekehrt wie bei vielen anderen Blinden, und ihr Gang war fließend, nicht eckig und zögerlich, sie hatte sich noch einen Rest der Forschheit vergangener, heller Tage bewahrt, als sie zielsicher ausgeschritten war, ohne Angst vor verborgenen Hindernissen.

Ein Unfall, dachte Jensen. Sie hat einen Unfall gehabt, vor nicht mehr als einem oder zwei Jahren. In ihrer Erinnerung ist sie noch eine Sehende, und sie will diese Erinnerung nicht aufgeben. Doch eines Tages würde die Dunkelheit ihr ihre Gesetze unweigerlich aufzwingen, wie jedem anderen auch, der dieses Schicksal erlitten hatte.

»Gehen wir«, sagte O'Hara, als sie das Klimpern der Autoschlüssel hörte.

Sie traten aus der kühlen Luft des Flughafengebäudes hinaus auf einen überdachten Parkplatz. Mit Wucht sprang die heiße, trockene Abendluft Jensen an. Kleine weiße Partikel flirrten vor seinen Augen, die schon tief stehende Sonne bestrich sein Gesicht, es fühlte sich an, als richte jemand einen Heizstrahler auf ihn. Jensen trug noch immer seinen Regenmantel von Brügge her, nun zog er ihn sofort aus, auch den Pullover, er legte sich alles über den Arm, ein Ballen Stoff, kam es ihm vor, Stoff, der hier nur beschwerte und seine Rippen wärmte, er hätte alles am liebsten weggeworfen.

»Ziemlich heiß hier«, sagte er.

»Aber trocken«, sagte O'Hara. »Nicht wie Shanghai im Sommer. Verglichen damit ist das hier eine sehr angenehme Hitze.«

»Ja. Sehr angenehm.«

Jensen verbrannte sich am Türhebel des Wagens die Finger. Er benutzte nun ein Stück des Pullovers, um den Hebel hochzudrücken. Es war unmöglich, sich in den Wagen zu setzen ohne zuvor alle Türen zu öffnen. Als sie endlich einsteigen konnten, tastete O'Hara sogleich nach dem CD-Fach und füllte es mit den CDs aus ihrer Handtasche. Jensen startete währenddessen den Motor und richtete die Düsen der Klimaanlage aufs heiße Lenkrad.

»Ich schlage vor«, sagte er, »dass wir heute noch einen Teil der Strecke nach Holbrook hinter uns bringen. Es sind von Phoenix aus ungefähr fünfhundert Kilometer.«

»Sie sind der Fahrer«, sagte sie nur.

Jensen fuhr los, und in dem Moment, in dem er aus dem Parkhaus auf eine breite, sechsspurige Straße rollte, begannen die Beatles zu singen. Sie hörte Beatlesmusik! Sergeant Pepper's Lonely Hearts Club Band. Er hatte diese Musik schon früher nicht gemocht, sie war ihm immer vorgekommen wie etwas Verkleidetes, Musik für

Leute, die bei einem Unfall tatenlos zusahen, wie sich ein Schwerverletzter aus dem Blechknäuel zu befreien versuchte, und die hinterher heimgingen, erschüttert über die Grausamkeit des Lebens. Diese Erschütterung fand dann ihren musikalischen Ausdruck in den vermeintlich tiefgründigen Beatlesliedern, The long and winding road, Yesterday und wie diese Imitate echten Erlebens alle hießen.

Das Schlimmste aber war, dass diese Musik das pure Gegenstück zu der Landschaft war, die sich zumindest vor Jensen ausbreitete, nachdem sie über die Siedlungsränder von Phoenix hinausgefahren waren in die große Leere, eine flache, steinige Weite, in der verdorrte, teilweise verbrannte Büsche sich ein wenig über den Erdboden erhoben. Darüber ein endloser, tief hängender Himmel mit einer am Horizont in den eigenen Farben verglühenden Sonne, sie sah aus wie eine rötliche, zerquetschte, überreife Frucht. Es war großartig, man atmete freier in dieser verschwenderischen Weite. Es schienen hier nur Tiere zu leben, deren Überreste sich fossilartig im Asphalt erhalten hatten, platte, strukturlose Flecken, manche pelzig, andere seltsam geschuppt. Nach einer langen Zeit erst begegnete Jensen einem anderen Fahrzeug, einem Lastzug, der mit hoher Geschwindigkeit an ihm vorbeifuhr; er musste das Lenkrad fester fassen, um der Luftwelle zu widerstehen. Danach lag die Straße wieder leer vor ihm, wie ein Steg, der das Land in zwei Hälften teilte, Land, das wirkte, als hätte es jemand großzügig hier hingelegt, damit es auf ewig einfach nur da war. Es hätte ein wunderschönes Erlebnis sein können, diese Verschwendung an Raum zu durchgleiten, wäre da nicht die entstellende Musik gewesen, die O'Hara noch dazu offenbar nur sehr laut genießen konnte.

»Haben Sie nichts anderes?«, fragte Jensen.

»Was?«

»Haben Sie keine andere Musik dabei!«, wiederholte er laut.

»Das sind die Beatles!« Sie sagte es, als habe er etwas Entscheidendes nicht begriffen.

»Ich höre, dass das die Beatles sind. Aber vielleicht haben Sie ja auch noch Musik dabei, die etwas besser zur Gegend passt.«

»Die Gegend gehört Ihnen«, sagte sie. »Sie können sie haben. Ich beschwere mich nicht über Ihre Gegend, und Sie sich nicht über meine Musik. So sollten wir diese Angelegenheit regeln. Und so werden wir sie auch regeln.«

Verdrossen fuhr Jensen weiter, die altertümlichen Klangexperimente im Ohr.

Als nach einer Stunde endlich der Schlussakkord der CD erklang, schob sich in der Ferne eine Hügelkette vor die Sonne, es wurde schlagartig dunkler, Jensen schaltete die Scheinwerfer ein. Nach einer Weile traten die ersten Sterne kraftvoll hervor. Jensen hatte plötzlich das Bedürfnis, allein zu sein, an der Bar eines Motels ein Bier zu trinken, und dann noch eines und noch eines, bis das erlaubte Maß voll war.

»Ich bin müde«, sagte er. »Beim nächsten Motel halte ich an.«

O'Hara drehte ihm ihr Gesicht zu, in einer abrupten Bewegung, als habe er etwas Ungebührliches gesagt.

»Nein«, sagte sie. »Nein, das geht nicht.« Ihre Stimme klang eigenartig tonlos. »Wir sollten weiterfahren. Es ist etwas geschehen.«

»Etwas geschehen? Ich verstehe nicht, was Sie meinen.«

»Ja, es ist seltsam. Ich mache Ihnen keinen Vorwurf. Als Sie vorhin sagten, dass Sie beim nächsten Motel anhalten wollen, da hatte ich eine ...« Sie zögerte. »Eine Eingebung. Das kommt manchmal vor seit dem ...« Wieder schien sie sich ihrer Worte nicht sicher zu sein. »Es kommt jedenfalls manchmal vor, ich weiß nicht, weshalb. Sie sagten, dass Sie anhalten wollen, und ich wusste, dass das nicht gut wäre. Wir müssen nach Holbrook weiterfahren. Es ist etwas geschehen, und wir haben nicht mehr viel Zeit.«

Eingebungen, dachte er. Das also auch noch.

»Hören Sie«, sagte er. »Ich bin müde, ich möchte mich schlafen legen. Außerdem fahre ich nicht gern nachts, und es ist schon ziemlich dunkel. Bis Holbrook sind es noch drei, vielleicht vier Stunden Fahrt. Ich möchte nicht wegen einer Eingebung am Steuer einschlafen, verstehen Sie das?«

»Natürlich. Aber es hat keinen Sinn, mit mir darüber zu diskutieren. Ich will, dass Sie weiterfahren, und Sie werden morgen erkennen, dass ich recht hatte. Ich hatte in den vergangenen zwei Jahren sieben Mal eine Eingebung, und sieben Mal traf es zu. Die Wahrscheinlichkeit, dass auch meine Eingebung von vorhin auf Tatsachen beruht, beträgt also exakt hundert Prozent. Und sollten Sie mich für eine Esoterikerin halten, so täuschen Sie sich. Ich glaube nicht an übersinnliche Kräfte, Telepathie, ich halte es für Unsinn. Als ich die erste Eingebung hatte, hielt ich sie für ein Produkt meiner Nerven, und selbst noch die dritte und vierte nahm ich nicht ernst. Aber nachdem sie sich jedesmal bewahrheiteten, begann ich es als eine Krankheit zu betrachten, mit der ich nun einmal leben muss. Vielleicht hat sich in meinem Gehirn etwas verändert durch den Verlust der Sehkraft, ich weiß es nicht. Ich glaube auch nicht, dass es unerklärliche Phänomene gibt. Es gibt nur Phänomene, zu deren Erklärung noch das nötige Wissen fehlt. Also fahren Sie jetzt bitte nach Holbrook weiter, und falls Sie befürchten, Sie könnten einschlafen, gibt es an jeder Tankstelle genügend Kaffee.«

Sie drückte die Abspieltaste für die nächste Beatles-CD, Magical Mystery Tour, und sie drehte den Lautstärkeregler sogar noch etwas höher als vorhin. Jensen würgte mit beiden Händen das Lenkrad und starrte auf den Mittelstreifen.

»Herrgott noch mal!« sagte er, schwieg dann aber, es hatte keinen Zweck. Er hätte kämpfen können, es wäre ein langer, zäher Kampf geworden, und er hätte ihn nur um den Preis eines grundlegenden Zerwürfnisses gewinnen können, etwa indem er einfach beim nächsten Motel angehalten und sich kategorisch geweigert hätte, weiterzufahren. Das hätte sie ihm nicht verziehen, die Reise wäre noch beschwerlicher geworden, als sie es jetzt schon war, sie hätte ihm die nächsten Tage mit Vorwürfen verdunkelt, das war es nicht wert. Um sie wenigstens ein bisschen zu verängstigen, presste er trotzig das Gaspedal bis zum Anschlag, sie konnte ja nicht sehen, wie schnurgerade und leer die Straße war, man hätte hier als Fahrer mit dem Beifahrer bei zweihundert Stundenkilometern gefahrlos ein Reiseschach spielen können.

Die Fahrt wurde jetzt, bei dem höherem Tempo, holpriger, aber O'Hara reagierte nicht. Sie saß steif auf ihrem Sitz, den zusammengeschobenen Stock auf den Knien, und einmal, nach einer Bodenwelle, sah Jensen ihre Brüste unter der schwarzen Bluse wippen; einen Moment lang spürte er eine widerliche, verächtliche Geilheit, er wandte sofort den Blick ab.

Die Nacht kam weniger schnell, als er erwartet hatte, vielmehr machte ihm die lange Dämmerung zu schaffen, das diffuse Halblicht, die Gegend verschwamm zu einer gestaltlosen Fläche, einem dunklen Nebel, in dem manchmal in der Ferne Lichter aufschienen und dann plötzlich erloschen. Er musste sich sehr konzentrieren, um etwas zu sehen, das Wenige, das es noch gab, den Mittelstreifen, die mit Tierresten übersäte Fahrbahn, die

Kegel der eigenen Scheinwerfer. Es kam ihm vor, als habe er sich noch nie so sehr anstrengen müssen, um so wenig zu sehen.

Nach einer Weile hörte er ein seltsames Geräusch, er konnte es zunächst nicht einordnen, hatte auch gar nicht bemerkt, dass die Beatles schwiegen, es war still geworden im Wagen, bis auf das Geräusch, es stammte von O'Hara, sie schnarchte leise, das Kinn war ihr auf die Brust gesunken, doch mit der einen Hand umklammerte sie nach wie vor den verkürzten Blindenstock wie ein schlafender Soldat sein Gewehr.

Eine Eingebung haben und dann einschlafen, dachte Jensen verärgert. Während der andere weiterfahren muss.

Den letzten Teil der Strecke legte er in einer Art wacher Abwesenheit zurück, sein Körper lenkte, sein Geist folgte den Ereignissen mit einiger Verspätung. Gerade noch rechtzeitig entdeckte er das Abzweigungsschild, die Straße führte vom Highway weg auf eine Hochebene, über die sich ein überwältigender Sternenhimmel spannte. Darunter tauchten Lichter auf, unwirklich nahe bei den Sternen, flache Häuser rückten an die Straße, eine Ampel blinkte.

Jensen weckte O'Hara.

»Wir sind da«, sagte er. »Wir sind in Holbrook.«

»Das ist gut«, sagte sie schläfrig. »Ich danke Ihnen. Wie spät ist es?«

Er schaute auf die Digitaluhr über dem CD-Gerät.

»Halb elf. Ist es Ihnen recht, wenn ich uns jetzt ein Motel suche? Oder sprechen irgendwelche weiteren Eingebungen dagegen?«

Sie gähnte.

»Nein. Fahren Sie zum Motel. Ich glaube, es gibt nur eines.«

Sie hatte recht. Es gab nur eines, am Ortsausgang, es gehörte zu einer großen amerikanischen Motelkette, ein

Hampton Inn. Jensen parkte den Wagen auf dem leeren Parkplatz. Sie schienen die einzigen Gäste zu sein, die Fenster des doppelstöckigen Gebäudes waren alle dunkel, nur in einem kleinen Nebentrakt brannte ein Licht.

»Warten Sie hier im Wagen«, sagte Jensen. »Ich besorge uns zwei Zimmer.«

»Ich möchte ein Zimmer mit Kingsize-Bett«, sagte sie. »Kingsize, nicht Queensize, darauf lege ich Wert. Hier ist meine Kreditkarte. Beide Zimmer gehen auf mich.«

Sie streckte ihm ihre Kreditkarte hin, aber Jensen schob ihre Hand zurück.

»Ich bezahle selbst«, sagte er.

»Nein, ich möchte das nicht. Sie begleiten mich, und ich übernehme die Spesen. Das gehört zu unserer Abmachung.«

»Es gibt keine Abmachung. Nur eine Verkettung von Ereignissen, die dazu führte, dass wir uns im Flugzeug wiedergesehen haben. Und nun sind wir beide hier, wir hatten dasselbe Ziel, aus unterschiedlichen Gründen. Sie bezahlen Ihr Zimmer und ich meines. Mir reicht im Übrigen auch ein Queensize-Bett.«

»Darauf sollten Sie nicht stolz sein«, sagte O'Hara und schob ihre Kreditkarte wieder in ihre Handtasche.

Jensen stieg aus, die Nacht hatte keine Linderung gebracht, es war noch immer maßlos warm, man würde nackt schlafen müssen, mit einer leichten Decke nur, und Jensen brauchte das Gewicht einer Decke, um gut schlafen zu können, die Klimaanlage kam nicht in Frage, man verkühlte sich nur.

Ich werde schlecht schlafen, dachte er verdrossen, als er über den staubigen Platz zum Nebentrakt ging, über dessen Tür ein von einer nackten Glühbirne beleuchtetes Holzschild hing mit der Aufschrift »Wellcome«. Seine Meinung über dieses Motel war damit gemacht:

schlecht geführt. Der Rechtschreibfehler war wahrscheinlich nur der Anfang der Misere.

Er betrat die Rezeption, ein Türglöcklein klingelte. Auf dem Empfangsschalter stand ein Ventilator, der dem Besucher die Haare aus der Stirn blies. Jensen drehte den Ventilator der Wand zu, und nun begannen die dort befestigten Zettel zu flattern, einige lösten sich und glitten zu Boden. Es gab keine Klingel oder sonst etwas, mit dem man sich als Gast bemerkbar machen konnte, und so fragte Jensen laut: »Hallo? Ist jemand da?« Er bemerkte den umgestürzten Stuhl hinter dem Schalter.

Ein schmaler Gang führte zu weiteren Räumen, über dem Türbogen hing ein Andachtsbild: Jesus deutete mit zwei Fingern auf sein dornenumranktes Herz und blickte mit sehr blauen Augen zum Himmel auf. Das Bild war mit vertrockneten Zweigen geschmückt, in die eine kleine, dunkle Spinne ihr Netz gewoben hatte. Jensen fragte sich, ob es eine Schwarze Witwe war. Ihr Biss war lebensgefährlich, und wer garantierte ihm, dass nicht auch in den Zimmern solche Spinnen lebten?

»Ist da jemand?«, rief er verärgert, das ganze Motel war ihm jetzt zutiefst unsympathisch. Aber ihm blieb keine Wahl, es gab ja nur dieses eine. Er warf einen Blick in den Korridor und entdeckte rote Tropfen auf dem Fußboden, Blut, eine Spur, die zu einem der Zimmer führte.

Vielleicht ein Überfall, dachte er, und reflexartig griff er sich an die Seite, spürte aber nur seine Rippen. Normalerweise befand sich dort sein Halfter mit der Glock, einer zuverlässigen Waffe, mit der er sich jetzt besser gefühlt hätte.

Vorsichtig und leise betrat er den Korridor, wobei er darauf achtete, nicht in die Blutspuren zu treten. Die Tür, zu der das Blut ihn führte, war nur angelehnt, er spähte durch den Spalt hinein und sah zwei eigenartige Schuhe, sie glichen Schnürstiefeln. Die Sohle des einen Schuhs war monströs dick, ein orthopädischer Schuh. Jensen hatte schon jahrelang keinen dieser Art mehr gesehen, aber aus seiner Kindheit stieg das Bild von Ralf Höller hoch, Humpelralf, der Klumpfüßige. Jensen stieß die Tür ein Stück auf, und nun sah er eine verwachsene Gestalt auf einer Pritsche liegen, einen Mann, nicht viel größer als ein Kind, ein Zwergwüchsiger mit altem, ledrigem Gesicht und einer Stirnwunde, aus der Blut quoll. Die Hände des Mannes waren grotesk groß, ebenso der Revolver, den er auf Jensen richtete.

»Ganz ruhig«, sagte Jensen leise.

Es war nicht das erste Mal, dass man eine Waffe auf ihn richtete, er spulte sein in der Grundausbildung erlerntes Programm ab. »Ganz ruhig«, wiederholte er. »Mein Name ist Hannes Jensen. Ich werde jetzt die Hände hochnehmen, damit Sie sehen, dass ich unbewaffnet bin.« Jensen hob die Hände. »Sie haben von mir nichts zu befürchten«, sagte er. »Ich werde nicht näher kommen, wenn Sie es nicht wünschen.«

Der Mann richtete sich auf, Blut rann ihm über die Wange, er wischte es mit der freien Hand weg und spannte den Bügel des Revolvers. Das Klicken hatte etwas Endgültiges. Die Augen des Mannes waren dunkel, fast schwarz, sie flackerten, aber es war nicht die Art von Flackern, vor der man sich in acht nehmen musste, kein Hass, kein Wahnsinn, nur Misstrauen und Verwirrung.

»Was wollen Sie?«, fragte der Mann mit einer hohen, gepressten Stimme.

»Ich möchte zwei Zimmer mieten. Sind Sie der Pächter dieses Motels?«

Der Mann nickte.

»Sie sind nicht von hier«, sagte er. »Woher kommen Sie? Und lassen Sie die Hände oben!«

»Ich werde die Hände oben lassen. Und ich komme aus Belgien. Ein Land in Europa. Ich bin auf der Durchreise. Ich und eine … Freundin von mir.«

Er hat den Finger am Abzug, dachte Jensen. Bei gespanntem Bügel. Er kennt sich mit Waffen nicht aus. Oder aber er will schießen. Er ist verletzt, aber nicht schwer. Ich könnte versuchen, mich mit einem Sprung aus der Schusslinie zu bringen, danach zum Wagen rennen, er würde mich nicht rechtzeitig einholen, nicht mit seinem verkrüppelten Fuß. Das Zimmer hat kein Fenster, er könnte also auch nicht aus dem Fenster auf mich schießen.

Der Mann schaute ihn schweigend an. Er atmete schwer, seine gedrungene, eigenartig nach außen gewölbte Brust hob und senkte sich fast bemitleidenswert schnell.

»Es kann sich leicht ein Schuss lösen«, sagte Jensen, »unbeabsichtigt, wenn man den Finger am Abzug hat. Es wäre mir lieber, Sie würden den Finger gestreckt auf den Abzugsbügel legen. Sie können dann immer noch sehr schnell schießen, falls Sie das für nötig halten sollten.«

»Sie sind also aus Belgien«, sagte der Mann. Er kniff die Augen zusammen. »Nicht sehr viele Leute aus Belgien kommen hierher. In meinem Leben bisher noch gar keiner. Ein ziemlicher Zufall, würde ich sagen.«

Er wischte sich mit dem Ärmel das neue Blut vom Gesicht und rückte ein wenig nach hinten, um sich an die Wand lehnen zu können.

»Ein verflucht zufälliger Zufall, würde ich sagen.«

»Ein Zufall in Bezug auf was?«, fragte Jensen.

»In Bezug auf Mister Ritter.«

Er kennt ihn, dachte Jensen. Er kennt Ritter. War es besser, sich nichts anmerken zu lassen?

»Na also«, sagte der Mann. Er grinste. »Sie kennen Mister Ritter, ich seh's Ihnen an. Es steht auf Ihrem Gesicht geschrieben, wie mit diesem Zeug, das in der Nacht leuchtet. Sie wollen kein Zimmer mieten, Sie sind wegen Ritter hier, und jetzt will ich wissen, was das mit mir zu tun hat. Na los, legen Sie mir die Wahrheit hier schön hin, wie beim Poker, Karte für Karte, Wörtchen für Wörtchen.«

Er setzte sich auf die Kante der Pritsche und hielt den Revolver nun mit beiden Händen fest. Jensen blickte in die Mündung, er streckte seine Arme noch weiter aus, mit den Fingern berührte er den Türbogen.

»Ich bin Polizeibeamter«, sagte Jensen. »Brian Ritter wurde in Brügge, in Belgien, tot aufgefunden, und ich habe den Fall bearbeitet. Er starb an einer Krankheit, aber es gibt da noch einige Unklarheiten. Deshalb bin ich nach Holbrook gekommen. Ich möchte mit Mister Ritters Frau sprechen. Das ist alles. Mit Ihnen hat das überhaupt nichts tun, ich weiß ja nicht einmal, wer Sie sind. Sie sollten sich um Ihre Wunde kümmern, sie blutet stark. Sie müssen sie nähen lassen, sonst bleibt eine Narbe zurück. Ich möchte Ihnen also vorschlagen, dass Sie jetzt den Revolver weglegen und einen Arzt anrufen.«

Der Mann neigte sich ein wenig nach vorn und stieß ein heiseres Lachen aus.

»Sie wollen mit seiner Frau sprechen? Ist das wirklich wahr? Sie wollen mit Misses Joan Ritter sprechen?«

Er schaute Jensen in die Augen und schüttelte dann lachend den Kopf.

»Und es stimmt sogar! Ich kann's in Ihren Augen sehen. Sie wollen wirklich mit ihr sprechen! Ich glaube sogar, dass Sie auch wirklich ein Zimmer mieten möchten. Herzlich willkommen im Hampton Inn Holbrook.«

Der Mann schob den Revolver unter das Pritschenkissen und stand auf, er schlotterte auf seinen dünnen Beinen, Blut tropfte aus seinen Haaren auf den Boden.

Jensen nahm die Hände herunter.

»War es ein Überfall?«, fragte er.

»Das?« Der Mann strich sich über die Wunde und betrachtete das Blut an seinen Händen. »Nein, das war ein Verhör. Ein Schwein hat mir Fragen gestellt, es hat gegrunzt, immerzu gegrunzt, ich konnte die Fragen nicht verstehen. Ich kenne die Schweinesprache nicht. Das Schwein wurde wütend und hat mich geschlagen, aber was sollte ich tun? Ich bin aus dem Gegrunze einfach nicht schlau geworden. Mein Name ist Jack Dunbar.«

Er streckte Jensen die blutige Hand hin. Als Jensen zögerte, bot Dunbar ihm seinen Ellbogen an. Jensen drückte ihn kurz.

»Ich führe dieses Motel seit elf Jahren, es ist das einzige in Holbrook, das letzte. Kommen Sie, Sie müssen sich einschreiben. Das Gesetz verlangt es.«

Dunbar reichte Jensen kaum bis zum Brustbein, und Jensen war selbst nicht so groß, wie er es sich gewünscht hätte.

»Sie brauchen einen Arzt«, sagte er, als er Dunbar zum Empfangsschalter folgte. »Die Wunde muss versorgt werden.«

»Ja«, sagte Dunbar. »Ich werde meinem Hund sagen, er soll sie ablecken. Das reinigt die Wunde, und der Hund bekommt endlich mal was Richtiges zwischen die Zähne. Blut, das ist nämlich das, was Hunde vermissen.«

Dunbar schob Jensen den Block mit den Anmeldezetteln zu. »Hier alles schön eintragen«, sagte er. »Und Ihre Kreditkarte brauch' ich. Sie sagten, Sie sind mit Ihrer Freundin hier? Kann ich die mal sehen? Das ist hier nämlich kein Stundenhotel.«

»Sie wartet im Wagen. Und Sie ist nicht meine Freundin. Wir nehmen zwei Zimmer. Eines mit Kingsizebett. Was mich noch interessieren würde: Dieses Verhör, wie Sie es nannten, hatte es etwas mit Brian Ritters Tod zu tun?«

Dunbar drückte sich ein Blatt Papier aus dem Kopiergerät auf die Wunde.

»Das müssen Sie schon das Schwein fragen«, sagte er. »Aber ich glaube, Sie werden das Gegrunze so wenig verstehen wie ich. Und Sie sind wirklich Polizist? Ja, ja, ich seh's ja. Man kann Ihnen alles ansehen. Deshalb wundere ich mich ja, dass jemand wie Sie diesen Beruf gewählt hat.«

Jensen wich Dunbars Blick aus, die schwarzen, kraftvollen Augen waren ihm unangenehm, sie hatten etwas Überwältigendes. Er gab Dunbar die Kreditkarte, und Dunbar starrte darauf und murmelte leise die Nummer. Dann schloss er die Augen und wiederholte die Nummer.

»Das Kreditkartengerät ist kaputt«, erklärte er Jensen. »Und ich hab' keine Lust, so lange Nummern aufzuschreiben. Es ist auch nicht nötig, ich hab' ein gutes Gedächtnis.«

Dunbar schob mit seinem dicksohligen Schuh einen Schemel zum Schlüsselregal und stieg hinauf. Dennoch musste er sich auf die Schuhspitzen stellen, um an das Schlüsselregal zu gelangen. Er nahm einen Schlüssel vom Haken, schüttelte dann aber den Kopf und hängte ihn wieder zurück.

»Nein, Sie und Ihre Freundin sollen die besten Zimmer kriegen«, sagte er. »Sie wurden vor einem halben Jahr vollständig renoviert. Man braucht keinen Schlüssel mehr, es funktioniert jetzt mit einer Codekarte.«

Er stieg vom Schemel hinunter, zog eine Schublade auf und legte Jensen zwei Codekarten hin.

»Sie stecken die Karte in den Schlitz, und schon öffnet sich die Tür«, sagte er stolz. Ein Blutstropfen hing ihm an der Nasenspitze.

»Vielen Dank«, sagte Jensen. »Ich hätte nur noch eine Frage. Wo finden wir Brian Ritters Frau? Wo genau wohnt sie und wie kommt man von hier aus dorthin?«

Dunbar schaute Jensen vergnügt an.

»Ja genau«, sagte er. »Sie wollen ja mit ihr sprechen. Aber leider kann ich Ihnen nicht sagen, wo sie wohnt. Ich weiß nur, wo sie jetzt gerade liegt. Sie finden Sie im Leichenraum unseres kleinen Krankenhauses, zwei Meilen östlich von hier.«

Jensen weigerte sich, das zu glauben.

»Sie nehmen mich auf den Arm«, sagte er.

»Oh nein. Nein. Ich würde mir nie einen Scherz erlauben, in dem Misses Joan Ritter eine Rolle spielt. Nie. Es ist die Wahrheit. Sie ist tot. Man hat sie heute morgen in einem der fünfhundert Zimmer ihrer schönen Villa gefunden, und ganz Holbrook trauert. Können Sie's nicht spüren? Es liegen Tränen in der Luft. Vielleicht reicht es für einen kleinen Regenschauer, wir könnten ein bisschen Regen gut gebrauchen. Nein, die Lady ist tot. Da kann man nichts machen. Der Herr hat sie heimgeholt.«

Dunbar bekreuzigte sich, dreimal, die katholische Art.

Jensen dachte an Rick und Oliver und daran, dass sie der Bordhostess erzählt hatten, ihre Eltern seien tot. Wann war das gewesen? Am Dienstag. Vor drei Tagen.

»Wann genau ist sie gestorben?«, fragte Jensen.

»Ich sagte doch, man hat sie heute morgen gefunden.«

»Ja, aber sie könnte auch drei oder vier Tage oder länger tot in ihrem Haus gelegen sein. Sie wissen es also nicht genau?«

Dunbar lachte.

»Jemand wie Joan Ritter liegt doch nicht drei Tage lang tot herum«, sagte er. »Ich vielleicht. Mich wird man vielleicht erst finden, irgendwo hier neben den Mülltonnen im Hof, wenn ich bis runter zum Highway stinke. Aber Joan Ritter doch nicht! Sie ist heute morgen gestorben, und eine halbe Stunde später war der Sheriff dort und hat an ihr rumgedrückt. Vielleicht hat er ihr sogar den Finger reingeschoben, ich würd's ihm zutrauen.«

»Kennt man die Todesursache?«

»Wen interessiert das? Sie ist tot, mehr brauche ich nicht zu wissen.«

Dunbar riss sich das Kopierpapier von der Stirn, es hatte sich mit Blut vollgesogen, er warf es in den Papierkorb und drückte sich ein neues auf die Wunde.

»Und dieser Sheriff«, fragte Jensen. »Wie heißt er und wo finde ich ihn?«

»Caldwell. Und sie finden ihn überall, wo's was zu Fressen gibt. Und jetzt wünsche ich Ihnen eine gute Nacht. Ich muss mich ein bisschen ausruhen, ich bin schon lange nicht mehr verprügelt worden. Bin ein bisschen aus der Übung gekommen. Wir sehen uns dann morgen.«

»Ist der Sheriff derjenige, der Sie verhört hat?«

»Das Schwein? Nein. Caldwell ist nicht das Schwein. Er ist nur unglaublich fett, und jede Frau in Holbrook musste schon mal seine Hand aus ihrem Ausschnitt ziehen. Aber sonst ist er ein anständiger Kerl.«

Dunbar nickte Jensen müde zu und humpelte in sein Zimmer zurück, bei jedem Schritt knickte er in der Hüfte ein.

Jensen ging hinaus zum Wagen. O'Hara war scheinbar geduldig darin sitzen geblieben, aber als er die Tür öffnete, sagte sie: »Was soll das? Warum hat das so lange gedauert? Haben Sie ein Bier getrunken? Konnten Sie damit nicht warten, bis ich auf meinem Zimmer bin?«

Jensen war mit einem Mal elend müde, er hatte keine Lust, O'Hara noch alle Einzelheiten zu erzählen, er sagte: »Ich bin aufgehalten worden, tut mir leid. Den Grund erzähle ich Ihnen morgen. Ich möchte jetzt gern schlafen gehen.«

Er holte das Gepäck aus dem Kofferraum und schleppte seinen leichten und O'Haras schweren Koffer die Treppe hinauf in die obere Etage des Motels, wo eine schmale Veranda zu den einzelnen Zimmertüren führte.

»Warum sind Sie aufgehalten worden?«, fragte O'Hara hinter ihm. »Ist etwas geschehen? Etwas Außergewöhnliches?«

»Ja. Aber bitte, das hat Zeit bis morgen.«

»War es also richtig, dass wir nicht unterwegs übernachtet haben, sondern direkt hier her gefahren sind?«

»Vielleicht.«

Auf der Veranda war es noch heißer als unten, und ausgerechnet vor den Türen ihrer Zimmer lag ein Hund, vermutlich jener, den Dunbar erwähnt hatte, und er lag ihnen quer im Weg.

»Ein Hund«, sagte Jensen, aber die Warnung kam zu spät, O'Hara war schon über ihn gestolpert. Sie griff aufs Geratewohl nach einem Halt und bekam die Balustrade der Veranda zu fassen. Der Hund sprang auf die Beine und schüttelte O'Haras Sonnenbrille ab, deren Bügel sich hinter seinem Ohr verfangen hatte.

»Die Brille!«, rief O'Hara. »Geben Sie mir die Brille! Ich habe sie verloren. Sie muss hier irgendwo liegen!«

Jensen verstand die Verzweiflung in ihrer Stimme nicht, es klang, als habe sie etwas Lebenswichtiges verloren. Mit beiden Händen bedeckte sie ihr Gesicht.

»Na los!«, sagte sie. »Suchen Sie sie. Bitte!«

»Keine Angst«, sagte Jensen. »Hier ist sie.«

Er hob sie auf und gab sie O'Hara. Sie drehte ihm den Rücken zu und setzte die Brille mit großer Sorgfalt wieder auf.

»Öffnen Sie jetzt meine Tür«, sagte O'Hara. »Und vielen Dank.«

Er tat es, und ohne ein weiteres Wort verschwand sie in ihrem Zimmer.

Es war alles so kurios, O'Haras Verhalten soeben, Dunbar mit seinem Revolver, der Tod von Ritters Frau, alles ist so kurios, dachte Jensen, und das Wort drehte sich in seinem Kopf, kurios, kurios ...

Er legte sich in seinem Zimmer aufs Bett und begann zu lachen, zuerst nur leise, aber dann schüttelte ihn ein Krampf, die Tränen liefen ihm über die Wangen, er biss ins Kissen, damit O'Hara im Zimmer nebenan sein Gelächter nicht hörte, es wäre ihr so unverständlich gewesen wie ihm selbst.

In den Kleidern schlief er ein, und auch diese Nacht verging ohne anklagende Träume.

11

ALS ER AM NÄCHSTEN MORGEN erwachte, klebte alles an ihm. Er hatte in der Nacht die Kleider durchgeschwitzt und ging sofort unter die Dusche. Danach zog er das einzige luftige Hemd an, das er besaß, er hatte es sich einmal in Griechenland gekauft, es war mit Sonnenschirmen und Strandbällen bedruckt, ein lächerliches Hemd, aber sehr weit geschnitten. Die im Fernseher eingebaute Digitaluhr zeigte neun, Jensen trat hinaus auf die Veranda, kein Hemd der Welt wäre mit dieser Hitze zurechtgekommen. Die Sonne fraß sich förmlich durch den Stoff und brannte auf seiner Haut. Unten auf dem Parkplatz lag Dunbars Hund in einem schmalen Streifen Schatten. Man konnte von hier oben keine Häuser sehen, das Motel schien am Rand einer verdorrten Ebene zu stehen, auf der Staubwirbel sich träge drehten. Die Straße, die am Motel vorbeiführte, war leer, gedämpfte Radiomusik klang von unten herauf und verstärkte nur den Eindruck vollkommener Stille.

Jensen klopfte an O'Haras Tür.

»Sind Sie es?«, hörte er ihre Stimme.

»Ja.«

»Was wollen Sie?«

Die Frage überraschte ihn.

»Nun, ich habe Hunger«, sagte er. »Sie nicht auch?«

»Doch.«

O'Hara öffnete die Tür. Ihr Anblick erschreckte Jensen.

»Ist Ihnen nicht gut?«, fragte er.

Ihr Gesicht war kreideweiß. Auf ihrer Stirn hatten sich tiefe Furchen gebildet, die gestern noch nicht da gewesen waren, fast senkrechte Furchen, die sich gegen die Nasenwurzel hin verengten. Und da war noch etwas: ihre Kleider, die Art, wie sie anzogen war.

»Haben Sie Schmerzen?«, fragte er.

»Kopfschmerzen, ja. Aber es geht schon.«

Sie stützte sich an der Tür ab, sie hatte offensichtlich nicht vor, ihr Zimmer zu verlassen.

»Haben Sie Medikamente? Ich könnte Ihnen sonst welche holen.«

»Das ist nicht nötig. Danke. Es wird gleich vorbei sein. Ich werde mich ein wenig hinlegen, ich habe schlecht geschlafen. Wenn Sie vom Frühstück zurück sind, besprechen wir den Tagesplan. Aber zuvor würde ich noch gern wissen, was gestern Abend los war.«

»Ja«, sagte Jensen.

Er war unkonzentriert, sie machte ihm Sorgen. Sie sah krank aus, und sie sah begehrenswert aus, sie hatte bisher stets weite und konventionelle Hosenanzüge getragen, aber nun hatte sie einen hautengen blauen Rock an, einen sehr kurzen Rock, dazu ein enges T-Shirt, es verwirrte Jensen, er wusste nicht, wohin mit seinem Blicken, ihre Beine, ihre Brüste, die rot lackierten Zehennägel.

»Was ist?«, fragte sie. »Reden Sie.«

Sie war krank, und sie stand in diesem provozierenden Aufzug vor ihm, in diesem viel zu kurzen Rock, er starrte jetzt doch auf ihre Beine, es ließ sich ja nicht vermeiden.

Sie ist vierzig, dachte er, Herrgott noch mal.

»Sie ist tot«, sagte er.

»Wer?«

»Brian Ritters Frau.«

Marleen Moens, dachte er.

Das war das letzte Mal gewesen, Marleen Moens, das einzige Mal in zwölf Jahren, und das lag inzwischen sechs Jahre zurück.

Und sie duftet, dachte er, sie duftet, obwohl sie krank ist.

»Sie ist tot«, sagte er und trat einen Schritt zurück, heraus aus O'Haras Duft, er wandte das Gesicht ein wenig ab, um sie nicht mehr zu sehen. »Sie ist gestern Abend, gestern morgen«, korrigierte er sich, »tot aufgefunden worden, in ihrem Haus. Ich muss das untersuchen, heute. Ich werde mit dem Sheriff sprechen, jetzt gleich. Ruhen Sie sich aus, ich bin in zwei Stunden zurück.«

»Nein«, sagte sie. »Warten Sie einen Moment. Ich komme mit.«

»Weshalb denn? Es geht Ihnen nicht gut. Sie sind bleich. Sie sollten sich ausruhen. Ist es wegen der Beterin? Dem mexikanischen Hausmädchen? Die läuft Ihnen nicht davon. Wir werden heute Nachmittag zum Haus der Ritters fahren und mit ihr sprechen. Aber mit dem Sheriff möchte ich allein reden.«

»So? Und weshalb?«

»Weil sich die Dinge geändert haben«, sagte Jensen. »Ritter ist tot, und jetzt auch seine Frau. Und es scheint so, als hätten die Kinder das gewusst, Rick und Oliver, die Zwillinge, verstehen Sie? Es scheint, als hätten sie es gewusst, bevor ihre Mutter starb. Ich muss das untersuchen, es ist jetzt eine polizeiliche Ermittlung. Und Sie sind keine Polizistin.«

»War gestern nicht Ihr letzter Arbeitstag?«, sagte O'Hara. »Ab heute sind Sie so wenig Polizist wie ich. Suchen Sie mir also bitte die roten Schuhe, sie stehen unter dem Fenster. Ich glaube, es sind die zweiten von links, aber ich bin mir nicht mehr ganz sicher, ich war gestern sehr müde.«

Sie öffnete Jensen die Tür weit und ging zum Badezimmer, einen Arm leicht ausgestreckt.

»Ich bin gleich zurück«, rief sie, bevor sie die Badezimmertür schloss. »Und dann stehen hoffentlich meine Schuhe bereit.«

Ohne zu überlegen flüchtete Jensen, nichts anderes war es, eine Flucht. Er eilte die Treppe hinunter zum Wagen, setzte sich hinein und fuhr los, eine Staubwolke hinterlassend. Es gab Momente, in denen etwas in einem handelte, ohne Erlaubnis und Konsultation, ähnlich einer Teilchenerzeugung im Vakuum, dachte Jensen, im leeren Raum des Weltalls, in dem ständig aus dem Nichts Teilchen erzeugt wurden, Elektronen, Protonen, alles Mögliche, sie wurden ex nihilo erzeugt und gleich wieder vernichtet, weil ihre Existenz gegen die Naturgesetze verstieß. Auf den Menschen übersetzt, glich die auf die unerlaubte Entstehung folgende Vernichtung der Reue, und kaum hatte Jensen die Straße erreicht, nannte er sich einen Idioten und beschloss, wieder umzukehren und O'Hara mitzunehmen. Im selben Augenblick verwarf er diesen Entschluss wieder und fuhr weiter, worauf wieder die Reue ihn plagte, der er nun aber standhielt. Nach kurzer Fahrt parkte er vor einem Schnellimbiss, dem »Denny's«, um zu frühstücken, sich nach dem Weg zum Sheriffbüro zu erkundigen, und um darüber nachzudenken, was überhaupt geschehen war.

Er bestellte ein Gabelfrühstück, Speck, Hashbrowns, alles was die Kellnerin ihm vorschlug. Sie sprach langsam, schläfrig, und mit ihrem einen Auge stimmte etwas nicht, das Lid überwucherte es, nur ein schmaler Schlitz blieb frei. Jensen war der einzige Gast, durch das große Fenster konnte er draußen die leere Hauptstraße sehen und Geschäfte, deren Schaufenster mit Brettern vernagelt waren.

Sechs Jahre, dachte er, während er auf das Essen wartete, daran lag es, woran sonst. In all diesen Jahren hatte er etwas verloren, zwar nicht die Begierde, aber die Bereitschaft, etwas zu unternehmen, um sie zu stillen. Er hatte aufgehört, sich umzusehen, nicht von einem Tag auf den anderen, es war ein allmählicher Prozess der Erblindung gewesen. Nach einer gewissen Zeit hatte er die Möglichkeiten nicht mehr gesehen, die vielleicht durchaus existiert hatten, wenn er abends im Celtic Ireland Pub ein Bier trank, nie an der Bar, dort saßen die Frauen, viele in seinem Alter, viele allein wie er. Er saß an dem kleinen Zweiertisch am Fenster und blickte auf die Breidelstraat hinaus, in alltägliche Gedanken versunken. Manchmal fing er den Blick einer der Frauen an der Bar auf, aber er verstand die Sprache nicht mehr und es war ihm auch gleichgültig geworden. Jungen, hübschen Frauen schaute er auf der Straße nach, dann loderte das Flämmchen manchmal ein wenig auf, und die eine oder andere behielt er in Erinnerung, um bei Gelegenheit an sie zu denken, wenn er seinem Körper etwas Ruhe verschaffte, mechanisch, er unterbrach kurz seine Lektüre irgendeines Physikbuches und las danach weiter, als sei nichts geschehen, und es war ja auch nichts geschehen. Er empfand seine Abstinenz mit der Zeit als ganz natürlich, er kam gut damit zurecht, denn sie beruhte seiner

Meinung nach auf Freiwilligkeit, jedenfalls in den zweiten sechs Jahren. In den ersten sechs, nach Margaretes Tod, war es anders gewesen. Damals drückte die Trauer ihm das Gesicht auf den Boden, und wenn er sich dem Griff entwand und aufschaute und eine Frau sah und an ihr auch nur die geringste Gemeinsamkeit mit Margarete entdeckte, und sei es nur dieselbe Augenfarbe, wandte er seinen Blick ab und ließ sich von der Trauer wieder widerstandslos niederdrücken. Damals sehnte er sich sehr nach Liebe, aber es schien keine Frau zu geben, über deren Gesicht sich nicht das Bild von Margaretes Gesicht schob. Seine kurze Affäre mit Marleen Moens war dann der erfolglose Versuch, die Überschattung in Kauf zu nehmen, ein Versuch verbunden mit der Hoffnung, dass mit der Zeit Marleen Moens hinter dem Margarete-Vorhang, den Jensen ständig vor jede Frau zog, hervortreten würde als die Person, die sie war.

Die Kellnerin brachte ihm das Essen, einen Teller voller wohlriechender Deftigkeiten. Er aß mit wenig Appetit, etwas war aus dem Lot geraten, und das lag an O'Hara.

Es stimmt doch alles nicht, dachte Jensen. Ich habe aufgehört, mich umzusehen, das ist richtig, und ich habe Chancen nicht ergriffen, auch das ist richtig, und ich kam mit meiner Enthaltsamkeit gut zurecht, aber das alles hat nur funktioniert, weil ich gar keine Wahl hatte. Auf seinem Revier arbeitete keine einzige weibliche Polizistin, er war dauernd von Männern umgeben gewesen, und im Dienst hatte er Frauen entweder verhaften oder in Sicherheit bringen müssen, man lernt als Polizist im Dienst keine Freundin kennen, das war ein Gesetz. Und in seiner Freizeit war er selten ausgegangen, die Frauen seines Alters mieden die Kneipen, und die, die an der Bar des Celtic Pubs saßen, torkelten von einer Enttäuschung in die nächste. Es war gar keine Frau in seiner

Nähe gewesen, die ganzen sechs Jahre nicht, nicht nahe genug jedenfalls, nicht schön und begehrenswert direkt vor seinen Augen, in der Tür zu ihrem Zimmer stehend, barfuß, in Kleidern, die den Blick auf die Beine, die Brüste lenkten, eine Frau, deren Duft ihm in die Nase stieg, eine Frau zum Greifen nahe. Bisher war O'Hara für ihn ein schönes Gesicht ohne Körper gewesen, sie hatte in ihren Hosenanzügen die Strenge einer Vorstandsvorsitzenden ausgestrahlt, und so hätte es auch bleiben müssen. Es stand ihr natürlich frei, sich anzuziehen, wie sie wollte, es war nicht ihre Schuld, dass sie den geilen Bock in ihm geweckt hatte, aber sie konnte andererseits nicht erwarten, dass er nicht darauf reagieren würde, und er war nun eben geflüchtet, das war seine Reaktion, und nicht die schlechteste, fand Jensen. Außerdem, man stelle sich vor: Er betritt das Büro des Sheriffs in Begleitung von O'Hara, die in ihrem Aufzug allen anwesenden Polizisten den Atem raubt. Falls Caldwell wirklich der Weiberheld war, als den Dunbar ihn geschildert hatte, würde er Jensen in keiner Weise ernst nehmen. Man gibt keine Informationen über eine laufende Ermittlung an einen dahergelaufenen belgischen Polizisten weiter, dessen Begleiterin aussieht wie O'Hara eben aussehen würde, wenn sie vor Caldwell auf einem Stuhl die Beine übereinanderschlagen würde.

Nein, dachte Jensen, ich habe richtig gehandelt. Er winkte der Kellnerin und bezahlte.

»Sie haben ja gar nichts gegessen«, sagte sie mit Blick auf den vollen Teller. »War's nicht gut?«

»Doch. Es war sehr gut. Aber zuviel. Ich war nicht sehr hungrig. Können Sie mir sagen, wie ich von hier zum Büro des Sheriffs komme?«

»Ist gleich da drüben«, sagte sie mit einer vagen Handbewegung. »Nächste Straße rechts. Sind Sie aus Kanada?«

»Nein, aus Belgien.«

Sie runzelte die Stirn.

»Belgien«, sagte sie. »Das haben sie doch vor ein paar Tagen im Radio gebracht. Was ist denn dort passiert? Da war etwas. Ich kann mich nur nicht mehr erinnern, ich hab' ein Gedächtnis wie ein Sieb.«

»Vielleicht hängt es mit Brian Ritter zusammen? Er ist kürzlich in Belgien gestorben, während einer Reise.«

Die Kellnerin schlug sich an den Kopf.

»Ja genau! Der edle Ritter. Das war es. Und seine Frau haben sie gestern auch gefunden. Erstochen, sagt man.«

12

Das Sheriffbüro war ein einstöckiges, flaches Gebäude mit verspiegelten Fenstern; in die Staubschicht des Fensters zur Straße hin hatte jemand mit dem Finger einen Phallus gezeichnet. Es gab nur drei Räume, die Türen standen alle offen. Jensen blickte in den ersten, ein junger Polizeibeamter, die Füße auf dem Schreibtisch, schlief mit verschränkten Armen. Auf dem Tisch lagen die Einzelteile eines Revolvers, der Beamte hatte ihn wohl gerade gereinigt, als die Müdigkeit ihn überkam. Es war heiß und stickig, die Effizienz der Klimaanlage stand in keinem Verhältnis zu ihrer Lautstärke. Im zweiten Raum, in den Jensen hineinsah, saß zweifellos Sheriff Caldwell, mit dem Rücken zu Jensen. Unglaublich fett, hatte Dunbar gesagt und damit noch untertrieben. Caldwells Masse wurde von einem extrabreiten Bürostuhl getragen, dessen verstärkte Mittelachse dennoch eine leichte Krümmung aufwies, Anzeichen einer Materialermüdung. Am einzigen Fenster des Büros hing eine Distriktkarte, an der Wand eine Fahne, der Stern von Arizona mit den gelben und roten Strahlen.

Jensen klopfte an die Tür, und Caldwell drehte sich mit fast betörender Langsamkeit auf seinem Stuhl zu ihm um. Seine Augen, die Nase und der Mund lagen tief eingebettet in einer Speckmasse, die nass war von Schweiß. Die dünnen blonden Haare klebten an der Stirn, aber trotz des insgesamt unappetitlichen Anblicks war Caldwell Jensen sofort sympathisch. Es lag an den lebendigen, freundlichen Augen.

Fettsucht, dachte Jensen, er kann nichts dafür, eine Stoffwechselerkrankung.

»Sie wünschen?«, brummte Caldwell. Er streckte die Beine aus und kreuzte die Füße. Seine Hände ruhten auf dem gewaltigen Bauch.

»Mein Name ist Hannes Jensen. Ich bin Kriminalbeamter. Aus Belgien. Darf ich mich setzen?«

»Sicher«, sagte Caldwell. »Sitzen ist gesund. Es entlastet die Kniegelenke.« Er hob die Hand und wies auf den Hocker auf der anderen Seite seines Schreibtisches. »Es wundert mich, dass Sie erst jetzt kommen.«

»Sie haben mich erwartet?«, fragte Jensen. Er setzte sich auf den Hocker, der sehr niedrig war, wie ein Kinderstühlchen.

»Nicht gerade erwartet«, sagte Caldwell. »Ich wusste einfach, dass Sie kommen werden. Er lässt sich hochschrauben. Der Hocker. Sie können die Sitzfläche höher schrauben. Ich schaue nicht gern auf Kollegen hinunter.«

Jensen drehte den Sitzteller in eine angemessene Höhe.

»Und woher wussten Sie, dass ich kommen würde?«

»Na, von Ihrem Hauptkommissar, Ihrem Boss. Dupaint oder Duplon, irgendwas Französisches. Er rief mich gestern an und informierte mich über den Tod von Brian Ritter.«

»Gestern erst!«, sagte Jensen. Er setzte sich und nun bestand gleiche Augenhöhe. »Der Hauptkommissar hat sich also Zeit gelassen. Sie wissen, dass Mister Ritter bereits am Montag gestorben ist?« Es gefiel Jensen, Dupont ein wenig schlechtzumachen.

»Natürlich weiß ich es. Er hat es mir ja gesagt. Reichlich spät, da haben Sie völlig recht. Ich sagte zu Ihrem Chef, mein lieber Kollege, heute ist Freitag, und wenn bei uns hier einer stirbt, warten wir nicht vier Tage, bis wir die zuständige Behörde informieren. Ich sagte ihm, das liegt an der Überbevölkerung bei euch in Europa drüben. Da gibt's zu viele Leute und zu wenig Land. Da wird man gleichgültig. Was macht es schon, wenn einem einer weniger auf den Füßen rumsteht.«

Caldwell strich sich mit der Hand über die Stirn und schüttelte den Schweiß auf den Boden.

»Die Todesursache stand lange nicht fest«, sagte Jensen. »Das war vielleicht der Grund, weshalb Hauptkommissar Dupont mit dem Anruf so lange gewartet hat.«

Warum nimmst du ihn in Schutz? dachte er.

»Aber ganz allgemein ist er nicht der Schnellste«, fügte Jensen hinzu. »Es dauert immer alles seine Zeit bei …«

»Wenn ich nicht schon gewusst hätte«, unterbrach Caldwell ihn, »dass Sie nicht mehr im Dienst sind, dann wüsste ich es jetzt. Sie haben soeben Ihren ehemaligen Vorgesetzten beleidigt. Gegenüber einem ausländischen Kollegen. Das sollte man nicht tun, auch nicht, wenn man nichts mehr zu befürchten hat.« Caldwell sagte dies ohne Aufregung, in sanftem, ruhigem Ton, gleichwohl mit einem Blick, der Jensen zu einer Entschuldigung nötigte.

»Sie haben recht«, sagte er. »Das war nicht richtig von mir. Entschuldigen Sie bitte. Ja, und jetzt, weshalb bin ich hier? Ich bin seit gestern offiziell im Ruhestand, wie Sie ja wissen. Der Fall Ritter geht mich eigentlich nichts mehr an. Aber es gibt Fälle, die einen auch in der Freizeit noch beschäftigen oder eben selbst dann noch, wenn man wie ich den Dienst quittiert hat. Ich nehme an, Sie kennen das.«

Caldwell nickte, sein ganzes Gesicht geriet dabei in Bewegung.

»Klar«, sagte er. »Man hat Sie für den Tod dieses Mannes verantwortlich gemacht, und das lässt Ihnen keine Ruhe. Es heißt, er ist an einer Krankheit gestorben. Aber Sie können den Namen dieser Krankheit nicht aussprechen, genauso wenig wie ich. Faschit Krotans, was weiß ich, und dann ist es auch noch etwas nicht Typisches. Sie sind zu uns nach Holbrook gekommen, um vielleicht irgendwas zu erfahren, das Sie noch nicht wussten. Sie könnten jetzt mit Ihrer Frau gemütlich im Bett liegen und auf die ganze Sache pfeifen. Aber das tun Sie nicht. Sie sind hier, Sie ermitteln weiter. Und genau das zeigt mir, dass Sie ein guter Polizist sind.«

Caldwell lehnte sich unter sichtlichen Mühen über den Tisch und streckte Jensen die Hand hin.

»Bob«, sagte er.

Jensen schüttelte seine schweißnasse Hand.

»Hannes. Das bedeutet soviel wie John.«

»John ist besser. Also John, was möchten Sie wissen? Fragen Sie, ich werde antworten.«

Sehr gut, dachte Jensen.

Es klappte hervorragend. Es war keineswegs selbstverständlich, dass Caldwell ihm Auskunft erteilte, einem Expolizisten, viele andere hätten es nicht getan unter Berufung auf das Amtsgeheimnis oder einfach nur, um sich wichtig zu machen. In Begleitung von O'Hara wäre es sehr viel schwieriger gewesen, komplizierter, erklärungsbedürftiger, nein, er hatte richtig gehandelt. Er würde sich nachher bei ihr entschuldigen, aber es war richtig gewesen.

»Vielen Dank, Bob«, sagte er. »Mich beschäftigt natürlich in erster Linie der Tod von Brian Ritters Frau. Ich kam hier gestern Abend an und hörte, dass sie gestern Morgen tot aufgefunden worden ist.«

»Hörten Sie es im Radio oder von jemand anderem?«

Etwas in Caldwells Stimme ließ Jensen zögern. Vielleicht war es nicht gut, für Dunbar nicht gut, wenn er ihn erwähnte. Andererseits hatte Dunbar Caldwell einen anständigen Menschen genannt, es schien also keine Spannungen zwischen den beiden zu geben.

»Der Pächter des Motels, in dem ich wohne, hat es mir erzählt«, sagte Jensen.

»Jack Dunbar.«

»Ja. Aber er wusste nicht, wann genau Joan Ritter gestorben ist. Und weshalb.«

»Das kann ich Ihnen sagen. Stört es Sie, wenn ich in meinem eigenen Büro rauche?«

»Nein.«

»Ist eigentlich verboten«, sagte Caldwell und zündete sich eine Zigarette an. »Ich muss einschreiten, wenn jemand in meinem Distrikt in einem öffentlichen Raum raucht. Aber ich schreite immer erst ein, wenn sie zu Ende geraucht haben. Wenn ich das bei mir selbst anders handhaben würde, wäre das Diskriminierung. Und die ist auch verboten.«

Er blies den Rauch aus der Nase.

»Aber jetzt zu Ihrer Frage. Nachdem Ihr Chef mich gestern Morgen angerufen hat, bin ich zu Joan Ritter rausgefahren, und ich habe kein Liedchen gepfiffen, das können Sie sich ja vorstellen. Wir sind hier im ganzen Distrikt nur ein paar hundert Seelen, und meistens merken die Leute es selbst, wenn einer von ihnen gestorben ist. Man muss also nicht oft an eine Tür klopfen und sagen, tut mir leid, Miss, Ihr Mann wird Sie leider nie mehr beglücken. Das ist eine sehr unangenehme Sache. Und im ersten Augenblick, das bleibt jetzt unter uns, war ich sogar froh, als mir Misses Ritters Koch sagte, dass sie tot ist.«

Caldwell saugte an seiner Zigarette, mit aller Kraft, noch nie hatte Jensen jemanden so gierig rauchen sehen, die Zigarettenspitze glühte hell auf. Rauch quoll aus Caldwells Mund, als er weitersprach.

»Ich klingelte, und der Koch öffnete und sagte mir, er habe gerade die Polizei anrufen wollen, Misses Joan Ritter liege tot im Salon. So nannte er es, Salon. Und ich dachte, das gibt's doch nicht! Und warum öffnet der Koch und nicht das Hausmädchen, verstehen Sie? Das waren steinreiche Leute, manche sagen, zu reich für unsere Gegend. Sie lebten zwar meistens in Phoenix, sie kamen nur selten nach Holbrook. Ich habe nie verstanden, warum sie sich ausgerechnet hier eine Ranch gebaut haben, hier gibt's ja nur Staub und Dreck. Na gut, jedenfalls habe ich mir die Lady angesehen. Ich habe den Hals abgetastet, wegen dem Puls, nichts, komplett tot. Dann habe ich meinen Finger nass gemacht und ihn ihr unter die Nase gehalten. Auch nichts. Sie war unverletzt, da war kein Tropfen Blut zu sehen. Sie war erst vierzig, fünfundvierzig vielleicht, aber manchmal sterben die Frauen in dem Alter an einer Hirnblutung. So habe ich mir das erklärt. Ich habe dann Rob angerufen, Rob Statham vom Krankenhaus hier, er macht für uns den Leichenschauer. Er hat sie untersucht und konnte nichts finden, jedenfalls nicht auf den ersten Blick. Aber die Obduktion im Krankenhaus hat etwas ergeben.«

Caldwell steckte sich an der heruntergerauchten Zigarette eine neue an. Er ließ sich Zeit damit.

»Was?«, fragte Jensen. »Was hat die Obduktion ergeben?«

»Dasselbe wie bei ihrem Mann. Ich habe hier das Fax von Ihrem Chef. Er hat es mir nach seinem Anruf geschickt.«

Caldwell reichte Jensen das Blatt über den Tisch. Es war eine Zusammenfassung des Obduktionsberichtes, unterschrieben von Professor Jan De Plancke.

»Vielleicht können Sie es aussprechen«, sagte Caldwell.

»Atpyische Fasciitis necroticans«, sagte Jensen. »Verstehe ich Sie richtig? Ist Joan Ritter an einem Aortariss gestorben?«

»Rob hat sie aufgemacht, und das, was Sie Aorta nennen, diese Schlagader, war durchgetrennt. Ich habe Rob den Obduktionsbericht eures belgischen Leichenschauers gezeigt, den Wisch, den Sie in der Hand halten, und Rob hatte daran nichts auszusetzen.«

»Wie meinen Sie das, nichts auszusetzen?«

»Na, er fand, dass die Sache klar ist. Diese Bazillen, wie heißen sie?«

»Streptokokken.«

»Ja, man kann sich anstecken damit. Aber nur wenn man sich ganz lieb hat.«

Caldwell lachte.

»Na ja, die beiden haben sich geküsst«, sagte er, »sie haben, reden wir nicht um den Brei herum, sie haben miteinander gevögelt, sie waren schließlich verheiratet. Der eine steckt was rein, die andere steckt sich an, aber eine Seuche ist es nicht. Das hat mir Rob versichert. Er hat es mir in die Hand versprochen. Andernfalls hätte ich das Gebiet abriegeln müssen, ich will es mir gar nicht vorstellen. Jeder, der den Ritters in den letzten Tagen in die Augen geschaut hat, wäre in einen weißen Anzug gesteckt worden, mit Helm und Schläuchen wie in diesen Filmen. Und die ganzen Bundesbehörden hätten sich hier breitgemacht. Aber das bleibt uns jetzt erspart. Ihr

Professor schreibt es ja auch, es ist nicht ansteckend, jedenfalls nicht so wie eine Grippe. Sorgen macht mir etwas ganz anderes.«

»Die Kinder«, sagte Jensen.

»Ja genau, wo sind die? Die sind nämlich weg. Es waren zwei Buben, Zwillinge. Und jetzt passen Sie auf. Ihr Chef, dieser Dupaint, sagte mir, die Kinder seien mit ihrem Vater in Brügge gewesen, so ein Kaff in Belgien. Und kurz nach dem Tod des Vaters reisen sie aus dem Hotel ab, und sie fliegen allein nach Hause zurück. Dann stirbt ihre Mutter, und sie verschwinden. Und jetzt kommt der springende Punkt.«

»Einen Moment bitte«, sagte Jensen. »Die Kinder waren also hier in Holbrook, als ihre Mutter starb?«

»Ja, wo sonst. Sie waren hier und ...«

»Woher wissen Sie, dass Sie hier waren?«

»Der Koch hat es mir gesteckt. Ich habe ihn nach den Kindern gefragt, und er sagte, sie müssten eigentlich oben in ihrem Zimmer sein. Wir sind dann hinauf ins Kinderzimmer, aber die Racker waren nicht dort und auch sonst nirgends im Haus. Und sehen Sie, das hat mich stutzig gemacht. Der Koch hat mir die Tür geöffnet, als ich klingelte. Der Koch! Ich sagte mir, wer sich einen Koch leisten kann, der hat doch bestimmt ein Hausmädchen. Das Hausmädchen öffnet den Leuten die Tür, nicht der Koch. Und jetzt kommt's. Der Koch sagte, er habe die Tür geöffnet, weil das Hausmädchen nicht da ist. Er wusste nicht, wo sie war. Sie war genauso verschwunden wie die Kinder und der BMW von Misses Ritter. Da braucht man nur noch eins und eins zusammenzuzählen. Das Hausmädchen hat sich die Buben geschnappt. Ich sagte ja, die Ritters stinken vor Geld, das Hausmädchen hat die Kleinen entführt, weil sie jetzt das ganze Geld erben. Sie versteckt die Kleinen irgendwo, und in ein paar Tagen schickt sie dem Nachlassverwalter einen Erpresserbrief mit vielen Schreibfehlern drin.«

Caldwells Zigarette glimmte auf, er rauchte sie bis auf den Filter hinunter und klaubte bereits die nächste aus der Brusttasche seines Uniformhemdes.

»Kann der Koch sich geirrt haben?«, fragte Jensen. »Es wäre wichtig, das zu überprüfen.«

»Wieso?«

»Ich glaube nicht, dass die Kinder gestern, als Joan Ritter starb, im Haus waren. Aber das lässt sich ja leicht feststellen. Wenn sie da waren, hat der Koch für sie Mahlzeiten zubereitet. Tun Sie mir einen Gefallen und rufen Sie ihn an. Fragen Sie ihn, ob er von Dienstag bis gestern für die Kinder gekocht hat.«

»Ist das ein Befehl?«, fragte Caldwell. Er hielt die Zigarette zwischen Mittel- und Ringfinger, beim Rauchen drückte er sich die ganze Hand an den Mund.

»Nein, natürlich nicht. Es ist eine Bitte.«

Der gemütliche, freundliche Ausdruck verschwand aus Caldwells Gesicht, sein Blick verhärtete sich.

»Für mich klang es wie ein gottverdammter Befehl«, sagte er leise. »Aber vielleicht höre ich ja schlecht. Kann gut sein, bei den Mengen, die ich saufe. Wollen Sie einen?«

Er holte eine angebrochene Flasche Tequila aus der Schublade und stellte sie auf den Tisch. Er blickte Jensen lauernd an.

»Nein danke«, sagte Jensen.

»Raucht nicht. Trinkt nicht. Und Vögeln, wie steht's damit? Sind Sie sich dazu auch zu fein?«

Jensen konnte sich Caldwells plötzliche Feindseligkeit nicht erklären. Caldwell mochte seine Bitte, den Koch anzurufen, als ungebührliche Einmischung empfunden haben, vielleicht war es das. Um die Situation zu entspannen, griff Jensen nach der Flasche und sagte: »Na gut, Sie haben recht. Ich sollte mich nicht so anstellen. Ein Schluck am Morgen kann nicht schaden. Bei der Hitze.«

Aber Caldwell ließ sich durch nichts mehr besänftigen.

»Bei der Hitze?«, fragte er. »Was soll das heißen? Hören Sie die verdammte Klimaanlage nicht? Sie tut ihr Bestes, um Ihre Eier zu kühlen. Sie sollten verdammt noch mal dankbar sein, dass ich mich überhaupt mit einem Lackaffen wie Ihnen abgebe! Geben Sie die Flasche her! Ich trinke nicht mit Leuten, denen meine Klimaanlage nicht gut genug ist. Na los, her mit der Flasche!«

Jensen gab sie ihm, Caldwell schnippte mit dem Daumen den Korken weg und trank, wie er rauchte, auf maßlose Art.

»So«, sagte er und stellte die Flasche geräuschvoll auf den Tisch. Er war außer Atem vom Trinken, sein Gesicht hatte sich gerötet. »Und jetzt komme ich zum springenden Punkt. Und Sie, Mister Ist-mir-zu-heiß, werden mir gut zuhören. Es gibt hier nur eine Version der Geschichte. Weil es nämlich immer dieselbe Geschichte ist. Wir haben hier in Holbrook keine Schwierigkeiten mit Einheimischen. Die prügeln sich nur hin und wieder, das ist alles. Schwierigkeiten haben wir mit den Bastarden, die nachts drüben in New Mexiko mit einem nassen Arsch aus dem Rio Grande kriechen, mit ihren stinkenden Bälgern und ihren Nutten, mit allem, was sie zu Hause in ihrem dreckigen Scheißland nicht durchfüttern können, weil sie zu faul sind, um beim Scheißen das Arschloch aufzumachen. Und dann kommen diese Nassärsche hierher in unser schönes Arizona, und die Nutten unter ihnen, Nutten wie dieses Hausmädchen, klauen bei der ersten Gelegenheit das Familienbesteck der Idioten, die ihnen einen Job gegeben haben. So läuft das hier. Und jetzt sehen Sie sich das mal an!«

Er warf Jensen ein Blatt Papier hin. Es stand nur ein Name darauf, Esperanza Aguilar.

»Ist schon viel, wenn man weiß, wie die Nassarschweiber heißen«, sagte Caldwell als Erklärung. »Wenn es überhaupt ihr richtiger Name ist. Aber das wird sich herausstellen. Sie hat einen Wagen geklaut, einen auf Joan Ritter zugelassenen BMW X5, wenn Ihnen das was sagt. Diese Nassarschmöse ist wirklich dümmer als der Schleim, der bei ihr unten raustropft. Einen solchen Wagen gibt's hier weit und breit nur einen, und falls sie damit über die Grenze will, werden wir sie schnappen, und dann gnade ihr Gott! Ich werde diese verfluchte Mexe persönlich in ihre Einzelteile zerlegen. Ich war nämlich mal Elektriker und weiß so einiges über die kleinen Dinger in den Stromleitungen. Die heißen Elektronen und können ganz schön weh tun.«

Jensen lachte unwillkürlich, es klang einfach zu absurd.

»Ja lach nur, du belgisches Arschloch«, sagte Caldwell und trank erneut Tequila, der Wurm in der Flasche näherte sich schon seinem Mund.

Jensen begriff plötzlich, womit er es zu tun hatte: eine kleine Polizeistation in der endlosen Steinwüste Arizonas, fernab jeder größeren Stadt. Jeder war hier mit jedem verschwägert, seit Jahrzehnten kochten alle im eigenen Saft, wer konnte, zog weg, wer klug war, zog nicht hierher, und alle anderen drehten sich im Kreis, ohne Hoffnung auf Veränderung. Und wenn einer, wie offensichtlich Caldwell, aus dem Ruder lief, war es besser, nicht hinzusehen, wenn er am helllichten Tag im Dienst Tequila trank.

In abgeschiedenen Dörfern wie Holbrook beobachtete jeder jeden, aber die Konsequenz aus der Beobachtung hieß Wegschauen.

Caldwell zog aus einer Schublade ein in der Mitte gespaltenes Stromkabel hervor und fuchtelte vor Jensen damit herum.

»Da sind Elektronen drin«, sagte er. »Die fließen durch die Drähte, und wenn du den einen Pol an der Möse einer Mexe befestigst und den anderen Pol an ihrer Titte, dann bringen die Elektronen die Mexe ganz schön in Fahrt. Und ich finde, dass die Elektronen verdammt recht haben, wenn sie jemandem, der zwei minderjährige Kinder entführt hat, die Scheiße aus dem Darm drücken.«

Caldwells fette Hand lag auf seiner Hose, auf dem Schritt, es sah aus, als würde er sich dort kratzen, aber der stumpfe Ausdruck in seinen Augen sagte Jensen, dass es kein Kratzen war.

Jensen fühlte sich durch die Widerwärtigkeit des Ganzes wie vergiftet. Er stand auf, der Hocker stürzte um.

»Auf Wiedersehen«, sagte er und ging zur Tür, Caldwells heiseres Lachen im Rücken.

»War schön, mit Ihnen gesprochen zu haben«, rief Caldwell ihm nach. »Und falls Sie Ihre Nase nicht aus diesem Fall rausziehen, zeige ich meinen Elektronen den Weg durch Ihre Eier. Das schwöre ich Ihnen!«

Jensen eilte hinaus, an dem anderen Büro vorbei, in dem der Beamte noch immer schlief, wahrscheinlich bediente er jeweils den Stromschalter, wenn sein Chef sich vergnügte.

Draußen atmete Jensen tief ein. Ein heißer Wind blies, die an einem quer über die Straße gespannten Draht hängende Verkehrsampel schaukelte hin und her, kein Mensch war zu sehen.

Jensen hatte den Chevrolet Blazer in der prallen Sonne geparkt, es war unmöglich, einzusteigen, ohne vorher alle Türen zu öffnen. Die im Fahrersitz gespeicherte Sonnenwärme drang durch seine Kleider, er setzte sich aufrecht hin, um die Berührungsfläche zu verringern. Wärme entstand durch heftig sich hin und her bewegende Atome, aber das Wissen darum brachte keine Abkühlung.

Jensen fuhr zurück, in Richtung des Motels, und hielt Ausschau nach der Telefonzelle, die er auf der Fahrt hierher gesehen hatte. Als er sie sah, hielt er an. Er öffnete die Tür der Telefonzelle mit dem Fuß, da der Griff glühend heiß war. Im Telefonbuch suchte er die Nummer von Brian und Joan Ritter, eigentlich ohne Hoffnung, sie zu finden, denn er hatte es ja schon in Brügge versucht und war damals zur Überzeugung gekommen, dass die Ritters eine Geheimnummer hatten. Doch im örtlichen Telefonbuch war die Nummer verzeichnet, eigenartigerweise, es ersparte ihm die Mühe, sie auf anderem Weg ausfindig machen zu müssen. Er speicherte die Nummer in sein Handy und stellte sich in den Schatten eines Geschäftes, dessen Schaufenster schier undurchsichtig geworden war von Staub und Dreck. In der Auslage war ein Kerzenhalter in Gestalt eines Totenkopfes zu erkennen, auf der Stirn stand »Route 66«. Erst jetzt fiel Jensen auf, dass fast alle Geschäfte an der Hauptstraße diesen Begriff in ihrem Namen führten, Route 66. Es war eine legendäre Straße, sie hatte einst Chicago mit Los Angeles verbunden, doch vor einigen Jahren war sie geschlossen und durch eine neue Autobahn ersetzt worden. Jensen hatte auf der nächtlichen Fahrt von Phoenix hierher ab und zu entsprechende Hinweistafeln gesehen, »Historical Route 66«, verweisend auf das schmale Sträßchen, das hinter einem Zaun neben dem Highway herlief. Jetzt erst verstand Jensen, was mit Holbrook geschehen war. Er schaute die Hauptstraße hinunter, ein Souvenirladen reihte sich an den anderen, doch die meisten Schaufenster waren mit Brettern vernagelt, denn die berühmte Straße wurde nicht mehr benutzt. Keine Fremden stiegen mehr von ihren Motorrädern oder aus ihren Autos, um ein Andenken zu kaufen, einen Totenschädelkerzenständer, der zu Hause auf dem Kaminsims davon kündete, dass man hier gewesen war. Holbrook lag im Sterben.

Jensen rief die gespeicherte Nummer ab, im Haus der Ritters meldete sich ein Mann, der weder seinen Namen nannte noch irgendwelche Einwände erhob, als Jensen den Koch zu sprechen verlangte.

»Ich verbinde«, sagte der Mann nur.

Nach einer Weile war der Koch am Apparat. Jensen verstand seinen Namen nicht, es klang slawisch, viele Konsonanten auf engstem Raum. Da Jensen, was Caldwell betraf, nichts mehr zu verlieren hatte, log er und behauptete, er rufe mit Einwilligung des Sheriffs an. Den Koch schien es nicht zu interessieren, wer Jensen war, bereitwillig beantwortete er die Fragen.

»Wann sind die Kinder zu Hause angekommen?«, fragte Jensen. Der Koch lispelte und sprach überhaupt so undeutlich, dass Jensen ihn bitten musste, es zu wiederholen.

»Ich sagte«, sagte der Koch langsam, »am Dienstag. Oder am Mittwoch. Ich sagte, dass ich es nicht genau weiß.«

»Haben Sie die Kinder gesehen?«

»Nein. Gesehen habe ich sie nicht.«

»Und weshalb wussten Sie, dass die Kinder im Haus sind?«

»Weil Misses Ritter es mir sagte.«

Der Koch gab sich Mühe, er sprach manche Worte doppelt aus, damit Jensen sie verstehen konnte.

»Aber Sie selbst haben die Kinder nicht gesehen?«

»Nein. Nein. Aber sie waren da. Das habe ich schon dem Sheriff gesagt.«

»Haben Sie für die Kinder gekocht? Irgendwann zwischen Dienstag und Freitag dieser Woche?«

»Nein. Ich habe für Misses Ritter gekocht. Für die Kinder nicht.«

»Und wie erklären Sie sich das?«

Nun war es der Koch, der nicht verstand.

»Was soll ich mir erklären?«

»Die Kinder waren im Haus, aber Sie haben nicht für sie gekocht. Nur für Misses Ritter. Warum?«

»Misses Ritter hat eine Mahlzeit bestellt. Und ich habe eine Mahlzeit gekocht.«

»Und das Hausmädchen? Esperanza Aguilar? War sie diese Woche die ganze Zeit über im Haus?«

»Sie ist nicht das Hausmädchen. Sie ist das Kindermädchen. Aber jetzt hat sie Leine gezogen. Das Aas. Man sollte sie ...«

»Und wann genau ist sie verschwunden?«

»Gestern natürlich. Misses Ritter war noch keine zehn Minuten tot. Ich habe das Auto gehört. Das Aas hat die Schlüssel geklaut. Aber das habe ich doch alles schon dem Sheriff erzählt. Wer sind Sie eigentlich?«

»Nur eine Frage noch«, sagte Jensen. »Haben Sie gesehen, dass das Kindermädchen mit den beiden Buben ins Auto gestiegen ist?« Nein, natürlich hat er es nicht gesehen, dachte Jensen. Weil die Kinder gar nicht da waren. Jensen wollte es nur noch einmal hören.

»Nein«, sagte der Koch. »Gesehen habe ich das nicht. Aber ich habe das Auto gehört. Und nachher war das Aas weg und die Kinder auch. Und jetzt will ich wissen, wer Sie eigentlich sind.«

»Ein ehemaliger Polizist«, sagte Jensen. »Vielen Dank, ich habe keine weiteren Fragen. Leben Sie wohl.« Er legte auf.

Und nun die Entschuldigung, dachte er. Bringen wir es hinter uns.

13

Jensen fuhr zum Motel zurück, und als er auf den Parkplatz einbog, sah er O'Hara auf einem Klappstuhl sitzen, im schmalen Schatten unter dem Vordach der Rezeption, und sehr dicht neben ihr saß Dunbar, auf einem etwas höheren Stuhl, seine Füße erreichten den Boden nicht. Dunbar winkte Jensen zu und beugte sich zu O'Hara hinüber, wohl um ihr Jensens Ankunft mitzuteilen.

Jensen stieg aus, er spürte seinen Magen, er war nervös; der Hund, gestern noch freundlich, sprang hinter einem Trockengebüsch hervor und bellte ihn an.

»Schnauze!«, rief Dunbar. »Das ist ein Gast. Platz!«

Der Hund näherte sich Jensen mit gesenktem Kopf.

»Sie müssen ihn streicheln«, rief Dunbar. »Oder schlagen. Ist egal, er versteht beides.«

Jensen wich dem Hund aus und ging zu dem Paar hinüber, tatsächlich kamen sie ihm so vor, ein Paar, das im Schatten gemeinsam das Ende der Mittagshitze abwartete und sich die Zeit mit leisen Gesprächen vertrieb. O'Hara saß wie immer aufrecht, sie gestattete sich nie eine legere Haltung, ihre Knie ragten aus dem Schatten ins Sonnenlicht, sie trug rote Schuhe mit hohen, spitzen Absätzen, völlig ungeeignet für den staubigen, unebenen Boden hier, aber passend zu dem kurzen Rock.

Dunbar grinste Jensen zufrieden an, es gefiel ihm sehr, neben einer schönen Frau zu sitzen, die noch dazu seine begehrlichen, auf ihre Beine gerichteten Blicke nicht erkennen konnte.

»Ich war beim Sheriff«, sagte Jensen. Er stellte sich neben O'Hara in den Schatten.

»Das wissen wir«, sagte Dunbar. »Nicht wahr, Annie?« Er strich ihr kurz über den Arm, und sie ließ es geschehen, mehr noch, sie lächelte sogar in Dunbars Richtung und nickte.

»Ja, Jack«, sagte sie. »Herr Jensen war beim Sheriff. Darüber haben wir vorhin gesprochen. Über Sie, Jensen. Wir haben uns gefragt, auf welche Weise Sie sich wohl bei mir entschuldigen werden. Mit Worten? Oder durch ein kleines Geschenk? Oder gar nicht, weil Sie nämlich glauben, allein hier zu sein? Und mit hier meine ich Holbrook und die Welt.«

Annie! dachte Jensen. Er nennt sie Annie, und sie nennt ihn Jack, das ging schnell. Sie hatten sich binnen einer Stunde zu einer Einheit zusammengeschlossen, einer kleinen Front, die sich jetzt gegen ihn richtete.

»Ich entschuldige mich«, sagte er. »Aber ich hatte meine Gründe, Sie nicht mitzunehmen. Ich werde sie ihnen später erklären. Jetzt würde ich gern mit Ihnen über etwas anderes sprechen. Allein, wenn es möglich ist.«

»Aber natürlich!«, sagte Dunbar und stieg vom Stuhl hinunter. »Ich muss ja noch was einkaufen, für heute Abend. Das werd' ich gleich jetzt tun, in der Affenhitze. Da geht niemand raus, und ich komme an der Kasse im Supermarkt schneller dran.«

»Nein«, sagte O'Hara und streckte ihre Hand nach Dunbar aus. »Ich möchte, dass Sie bleiben, Jack. Mister Jensen und ich haben keine Geheimnisse. Was er mir sagen will, geht auch Sie etwas an, davon bin ich überzeugt.«

Dunbar ergriff O'Haras Hand und hielt sie lange fest.

»Was immer Sie wollen, Annie«, sagte er. »Ich werde mich dann also wieder neben Sie setzen. Ich kann später einkaufen, wenn es kühler ist.«

Er warf Jensen einen schmierigen Blick zu, die Kleine steht auf mich, siehst du, ich hab sie in der Tasche. Er kletterte wie ein Kind, mit dem Knie voran, auf den Stuhl und ließ die Beine baumeln, wobei er Jensen vergnügt angrinste. Auf seiner Stirn klebte ein kleiner Stoffballen, eine Unterhose? Jensen war sich nicht sicher, aber etwas in der Art, vielleicht auch eine zusammengefaltete weiße Socke, die Dunbar mit einem dicken Klebstreifen befestigt hatte, der jämmerlichste Wundverband, den man sich denken konnte, an einer Stelle blutgetränkt.

O'Hara berührte Jensen mit ihrem Stock am Bein.

»Also«, sagte sie. »Erstatten Sie uns Bericht. Was haben Sie beim Sheriff erfahren?«

»Da Sie offenbar darauf bestehen«, sagte Jensen, »dass Mister Dunbar an diesem Gespräch teilnimmt, möchte ich ihm zuvor eine Frage stellen. Dieser Mann, der Sie gestern Abend zusammengeschlagen hat, war das Sheriff Caldwell?«

»Nein«, sagte Dunbar. »Nein und nochmals nein. Ich sagte doch, es war ein Schwein. Verzeihen Sie den Ausdruck, Annie, aber mir fällt kein anständiges Wort ein für jemanden, der mir mit einem Schlagring die Stirn zertrümmert.«

»Es ging um das Kindermächen, nicht wahr? Esperanza Aguilar. Jemand wollte von Ihnen wissen, wo sie steckt. War es so?«

»Ja, so war es«, sagte O'Hara. »Und der Mann, der es von Jack wissen wollte, heißt Botella. Aber ich glaube, Jack, es verhält sich hier genau umgekehrt. Nicht Mister Jensen hat Neuigkeiten für uns, wir haben Neuigkeiten für ihn. Also erzählen Sie ihm doch bitte, was Sie mir erzählt haben. Damit er auf dem neusten Stand ist.«

»Gern, Annie.« Dunbar benutzte jede Gelegenheit, ihr seine Hand auf den Arm zu legen. Diesmal ließ er sie darauf liegen.

»Kurz bevor Sie gestern hier ankamen«, sagte Dunbar zu Jensen, »trampelte ein Kerl in mein Büro. Ich habe ihn hier in der Gegend noch nie gesehen. Es war einer dieser Typen, die hinten aus einem Bulldozer rauskommen, wenn der neun Monate zuvor von einer Dampfwalze gedeckt worden ist. Tut mir leid, Annie, aber ich kann's nicht anders ausdrücken. Er wollte von mir wissen, wann ich zum letzten Mal mit Esperanza gesprochen habe. Ich hab gesagt, leck mich und hau ab, von mir erfährst du kein Wort. Da sagt er, das wollen wir mal sehen und steckt sich den Schlagring an die Finger. Na gut, ich hab dann was gesagt, ich sagte, keine Ahnung, vor einer Woche vielleicht, da hab ich sie zum letzten Mal gesehen. Er sagte, du lügst, du weißt, wo sie steckt, und da hab ich ihm mit meinem Schuh, dem dicken hier, eins in sein Familienglück verpasst, und ...«

»Ja«, sagte Jensen. »Aber weshalb kam er auf die Idee, dass Sie wissen könnten, wo das Kindermädchen sich aufhält?«

»Weil ich sie kenne, deshalb. Jeder hier weiß das. Ich hab's nie verheimlicht. Ich hatte ihre Hilfe auch verdammt noch eins nötiger als die anderen, die darüber die Nase rümpfen.«

»Welche Art Hilfe hatten Sie nötiger?«

»Heilung«, sagte Dunbar. Er pfiff durch die Finger, der Hund trottete zu ihm und legte ihm die Schnauze in den Schoß.

»Heißt das, dass Esperanza Aguilar Sie von einer Krankheit geheilt hat?«, fragte Jensen.

»Esperanza Toscano Aguilar«, vervollständigte O'Hara. »So lautet ihr Name. Es gefällt mir nicht, dass Sie ihn dauernd verkürzen. Möchten Sie Jen genannt werden?«

»Das ist doch nicht dasselbe!«, sagte Jensen. Herrgott noch mal, was war hier eigentlich los!

»Ich entschuldige mich nochmals förmlich«, sagte Jensen, »dass ich vorhin nicht auf Sie gewartet habe. Ich hoffe, das genügt Ihnen jetzt endlich. Und jetzt beantworten Sie bitte meine Frage, Mister Dunbar. Hat sie Sie geheilt?«

»So wahr ich hier sitze«, sagte Dunbar. Er legte seine Hand auf seine Hüfte. »Ich hatte einundzwanzig Jahre lang Schmerzen beim Gehen, da drin ist alles verschoben, das kommt vom Hinken, die Knochen schnappen sich den Nerv und nehmen ihn in die Mangel. Aber jetzt ist der Schmerz weg. Dank ihr. Sie hat mich geheilt, sie und nicht die Idioten vom Krankenhaus. Sie ist eine Heilige.«

Er bekreuzigte sich.

»Und wie hat sie es gemacht?«, fragte Jensen.

Dunbar schaute ihn an, feierlich und ernst, das Schmierige von vorhin, die Geilheit, das beständige Grinsen, es war alles aus seinem Gesicht gewichen, und nun strahlte es Würde und Demut aus.

»Sie hat den Engel angerufen«, sagte Dunbar. »Sie hat vierzig Mal zu ihm gebetet, und dann war ich geheilt. Er hat ihre Gebete für mich erhört und sie Gott überbracht, und durch ihre Hand hat Gott mir seine Gnade erwiesen.«

»Amen«, sagte O'Hara ohne jede Ironie.

»Amen«, sagte Dunbar.

Jensen stand nur da und sagte nichts.

Der Hund leckte Dunbars Hand.

»Esperanza Aguilar, Toscano Aguilar wird vorgeworfen«, sagte Jensen nach einer Weile, »dass sie die beiden Kinder von Joan und Brian Ritter entführt hat. Rick und Oliver. Die Zwillinge. Sheriff Caldwell jedenfalls glaubt das.«

»Wenn sie es getan hätte«, sagte Dunbar, »dann sicher aus gutem Grund. Sie ist rein. Nur die Gebete reiner Menschen erreichen den Engel. Bei mir und Ihnen hört er gar nicht zu. Er hört nichts, wenn wir beten.«

Erzähl das meinen Träumen, dachte Jensen.

»Wissen Sie, wo Esperanza Toscano Aguilar sich jetzt aufhält?«, fragte er.

Dunbar schloss die Augen.

»Das könnte sein«, sagte er. »Ja, es könnte sein, dass ich es weiß. Aber wenn ich es jemandem sagen würde, müsste ich mich hinterher erschießen. Ich könnte mit dieser Schuld nicht leben. Wenn Sie also eine Kanone auf meine Schläfe richten, damit ich es Ihnen sage, macht das für mich keinen Unterschied. Wenn Sie abdrücken, tun Sie nur das, was ich tun müsste, wenn ich es Ihnen sagen würde.«

»Und Sie?«, fragte Jensen O'Hara auf Flämisch. »Wissen Sie denn nicht, wo sie sein könnte? Ihr Mann hat diese Frau doch in ihrem Heimatdorf besucht. Vor zwei Jahren. Das haben Sie mir in Brügge erzählt.«

»Richtig«, sagte O'Hara, gleichfalls auf Flämisch. »Aber er hat den Namen des Dorfes nie erwähnt, es war damals ja auch völlig unwichtig. Ich habe ihn nie danach gefragt.«

»Aber gab es da nicht einen mexikanischen Priester, der mit Ihrem Mann befreundet war? Sie sagten doch, er habe Ihren Mann auf die Heilerin aufmerksam gemacht.«

»Mein Mann hatte viele Freunde, überall auf der Welt. Der Priester hieß Raoul, glaube ich, aber sonst weiß ich nichts über ihn. Das ist aber kein Problem. Ich werde schon herausfinden, wo die Frau sich aufhält.«

»Eine schöne Sprache«, sagte Dunbar. »Ist das Belgisch? Ich habe jedenfalls kein Wort verstanden, machen Sie sich keine Sorgen. Und jetzt, Mister Jensen: Wie möchten Sie Ihr Steak?«

»Was?«, Jensen verstand nicht, was er meinte.

»Ihr Steak. Heute Abend. Ich werde für Annie und Sie kochen. Meine Steaks waren früher mal berühmt, die Leute haben sich die Bäuche gerieben von hier bis Flagstaff.«

»Jack hat uns eingeladen«, sagte O'Hara. »Aber ich bin mir nicht sicher, ob ich möchte, dass Sie auch kommen, Herr Jensen.«

»Natürlich kommt er auch!«, sagte Dunbar. »Er kann mir später beim Abwasch helfen. Also, wie soll's sein für Sie? Blutig, halb durch, ganz durch? Sagen Sie nicht ganz durch, das kann jeder Idiot von Koch.«

»Halb durch«, sagte Jensen und schaute O'Hara an.

Deshalb also, dachte er. Sie will versuchen, es aus ihm herauszubekommen.

»Dann also dreimal halb durch. Großartig!«, sagte Dunbar. Er stieg von seinem Stuhl. »Dann mache ich mich mal auf den Weg zum Supermarkt.«

»Ich werde Sie begleiten«, sagte O'Hara. Sie stand gleichfalls auf, ihr hautenger blauer Rock war nach oben verrutscht, jeder konnte die Farbe ihrer Unterwäsche erkennen, Dunbar starrte darauf, und da O'Hara sich der Blöße nicht bewusst zu sein schien, griff Jensen ein, er übertrat alle Grenzen.

Er sagte: »Verzeihen Sie bitte«, und rückte ihr den Rock zurecht, zog ihn so weit wie möglich über ihre Schenkel hinunter.

Einen Moment lang hielten alle, auch Jensen, den Atem an.

Dann schlug O'Hara mit ihrem Stock nach ihm, sie traf ihn am Ohr, es schmerzte höllisch.

Ohne ein weiteres Wort wandte Jensen sich ab, er ging die Treppe hoch, er verpasste eine Stufe, rutschte aus, hielt sich am Geländer fest und blieb atemlos eine Weile so stehen.

Als er sich umdrehte, sah er O'Hara auf ihren spitzen Absätzen über den unebenen Grund balancieren, den Stock wie einen Fühler ausgestreckt, gestützt von Dunbar, der sich bei ihr untergehakt hatte, halb so groß wie O'Hara, wirkte er an ihrer Seite wie ein verkrüppeltes Kind. In diesem Moment begriff Jensen, dass O'Hara sich nicht mit ihm einließ, um den Aufenthaltsort von Esperanza Aguilar in Erfahrung zu bringen, nicht nur jedenfalls. Sondern sie und Dunbar teilten eine Welt miteinander, zu der Jensen keinen Zugang hatte, weil er im Unterschied zu ihnen vollständig war, wie das Heliumatom. O'Hara und Dunbar, denen beiden etwas fehlte, waren eine Verbindung eingegangen, und beim Gedanken an das gemeinsame Nachtessen zog sich Jensen der Magen zusammen. Ein gemeinsames Essen würde es nur für Dunbar und O'Hara sein, für ihn aber das genaue Gegenteil.

In seinem Zimmer legte er sich aufs Bett, eine der Lamellen der Klimaanlage klapperte.

Das hättest du nicht tun dürfen, dachte er.

Es war nicht gut gemeint gewesen, er hatte ihr den Rock nicht zurechtgezogen, um sie vor Dunbars unflätigen Blicken zu schützen, er hatte es getan, um sie in ihre Schranken zu weisen. Eine blinde Frau sollte keine derart kurzen Röcke tragen, das hatte er ihr damit zu verstehen geben wollen. Eine Anmaßung sondergleichen, er hätte sich gern jetzt sofort bei ihr dafür entschuldigt.

Er stand vom Bett auf und setzte sich ans Fenster. Von hier aus hatte man Sicht über den ganzen Parkplatz; er würde O'Hara sofort sehen, wenn sie vom Supermarkt zurückkehrte.

Eine halbe Stunde schaute er hinaus und wartete auf sie. Dunbars Hund saß unten vor der Rezeption im Schatten und hechelte, seine mageren Flanken pulsierten beängstigend schnell, der Wassernapf war leer, vielleicht lag es daran. Jensen ging ins Badezimmer, füllte eine leere Mineralwasserflasche mit Wasser und trug sie hinunter zur Rezeption. Der Hund geriet außer sich, als sein Napf sich mit frischem Wasser füllte, ungestüm streckte er die Schnauze hinein, verschüttete die Hälfte, leckte das Wasser vom Boden auf. Jensen füllte den Napf nochmals bis zum Rand, dann ging er wieder hinauf ins Zimmer, in der Gewissheit, soeben einen Freund gewonnen zu haben, einen wenigstens.

Am Fenster sitzend wartete er weiter auf O'Hara, aber es war jetzt nicht mehr so dringend. Er dachte über Joan Ritters Tod nach, jetzt endlich kam er dazu, sich über die Merkwürdigkeit zu wundern, dass sie an derselben Krankheit gestorben war wie ihr Mann, an derselben sehr seltenen Krankheit. Balasundaram hatte von sechshundert oder achthundert Fällen pro Jahr in Europa gesprochen. Bei diesen Zahlen war es höchst unwahrscheinlich, dass zwei Personen derselben Familie daran erkrankten. Aber hier war es so geschehen, und es war nicht das einzig Merkwürdige. Joan Ritter hatte gegenüber dem Koch behauptet, Rick und Oliver seien bei ihr, sie seien aus Brügge zu ihr zurückgekehrt. Der Koch, der entweder ein vertrauensseliger oder ein gleichgültiger Mensch sein musste, hatte es ihr geglaubt, obwohl er die Kinder in der Zeit von Dienstag bis zum Tod der Hausherrin kein einziges Mal zu Gesicht bekam, natürlich nicht, sie waren keineswegs zu Hause, sie waren in Mexiko. Sheriff Caldwell, der Elektroniker, suchte nun irrtümlicherweise nach einer Mexikanerin mit zwei Kindern in einem BMW, auch auf ihn hatte sich Joan Ritters Lüge übertragen. Welchen Grund aber hatte Joan Ritter gehabt, den Koch und damit alle anderen Bediensteten und letztlich auch Freunde und Bekannte glauben zu machen, Rick und Oliver seien in Holbrook? Und wie hatte das Kindermädchen darauf reagiert, Esperanza Aguilar, die einzige Person, die die Lüge durchschaute? Für Jensen stand es jetzt, nach Esperanza Aguilars Flucht, außer Zweifel, dass sie in die Vorgänge verstrickt war, und zwar erheblich, sie war die Hauptperson.

Sie lehrt uns das Beten.

Es ist ein Geheimnis.

Der Engel mit dem Schwert.

Rick und Olivers Worte damals, im Hotel De Tuilerieën, es kam Jensen wie eine Ewigkeit vor, diese Worte machten jetzt immer mehr Sinn, es fügte sich eines zum anderen. Mit sehr hoher Wahrscheinlichkeit hatte Esperanza Aguilar die Abreise der Kinder aus Brügge organisiert, keine Entführung, wie Caldwell glaubte, eine geplante Flucht vielmehr, die die Kinder in irgendein Versteck in Mexiko führte. Und zu diesem Versteck war Esperanza in diesem Augenblick unterwegs.

Die Gesundbeterin.

Vierzig Gebete zum Engel des Herrn.

Es war erst drei Uhr, der Nachmittag stand in voller Blüte, die Hitze drang durch das schlecht abgedichtete Fenster, durch die Türritzen und den Lüftungsschacht im Badezimmer ungehindert in Jensens Zimmer. Die Lamelle klapperte im eiskalten Luftstrom, der aus der Klimaanlage ein Stück weit ins Zimmer vordrang und sich dann in der von draußen nachdrängenden Wärme verlor, und um diese Zeit schon öffnete Jensen den Kühlschrank und holte eine Bierdose heraus.

Eine Ausnahme, dachte er.

Er trank sonst nie vor sechs Uhr abends. Jahrelang hatte er sich eisern daran gehalten, die Wahrscheinlichkeit, dass er vor sechs Uhr ein Bier trank, war bis vor einer Minute noch sehr gering gewesen. Und nun geschah es doch, er riss den Bügel ab, trank einen Schluck, das Bier schmeckte seifig. Dennoch beendete er, was er begonnen hatte, und als die Dose leer war, zerknüllte er sie und warf sie in den Papierkorb.

Dann rief er Balasundaram an. Er war froh, dessen vertraute Stimme zu hören, sie weckte Heimweh, nach Brügge, wo es, wie Balasundaram sagte, soeben zu regnen aufgehört hatte, Heimweh nach der aufgeräumten Wohnung, dem Keller mit der Trennwand für das Doppelspaltexperiment, die gemütliche Einsamkeit.

Er teilte Balasundaram die Neuigkeit mit, dass auch Brian Ritters Frau nun an einem Aortariss gestorben sei, und danach erkundigte er sich nach den Streptokokken, ob diese inzwischen in Brian Ritters Blut nachgewiesen worden seien. Ja, sagte Balasundaram, De Plancke habe wohl doch recht gehabt, Streptokokken des Typs A, atypische Fascitiis necroticans, daran zweifle jetzt auch er, Balasundaram, nur noch ganz hinten in seinem Kopf, dort gebe es noch ein schwächer werdendes Stimmchen, das sage: Das kann doch nicht sein!

Die Lamelle der Klimaanlage ratterte plötzlich so laut, dass Jensen dadurch im Gespräch gestört wurde. Er stellte die Klimaanlage ab und begann schlagartig zu schwitzen.

»Sind Sie noch da?«, fragte Balasundaram von weit her.

Ja, er sei noch da, sagte Jensen und kam nun auf die Ansteckungsgefahr zu sprechen. Denn ganz offensichtlich habe sich Brian Ritters Frau dieselben Viren zugezogen wie ihr Mann. Nicht Viren, Streptokokken, korrigierte ihn Balasundaram, und deshalb sei die Krankheit auch nicht ansteckend, ganz unmöglich, jedenfalls unter normalen Umständen. Man müsste schon jemandem, sagte Balasundaram, das Blut eines Infizierten in die Venen spritzen, und selbst dann wäre es höchst unwahrscheinlich, dass die Krankheit auch bei dieser Person in derselben Weise atypisch verlaufen würde. Sind Sie sicher, fragte Balasundaram, dass seine Frau gleichfalls an einer Aortaruptur gestorben ist? Wirklich? Dann habe man es hier mit einem bemerkenswerten Zufall zu tun.

»Es gibt keine Zufälle«, sagte Jensen, und in diesem Moment brach die Verbindung, die von Anfang an instabil gewesen war, vollends ab. Die Netzanzeige auf Jensens Handy stand beim ersten von sechs möglichen Treppchen, aber im Grunde war es schon bemerkenswert, dass hier draußen in der gleißenden Steinwüste, fernab der großen Zentren überhaupt eine Funkantenne vorhanden war.

Jensen rief Balasundaram nochmals an, und dieser beeilte sich nun, ihm mitzuteilen, dass es für den Zufall, den er erwähnt hatte, einen Präzedenzfall gebe. Er habe, um mehr über diese Krankheit zu erfahren, im Internet recherchiert und sei dort auf einen Fall gestoßen, eine statistisch relevante Häufung von Fascitiis necroticans, vor ein paar Jahren, in Victoria, Kanada. Sechs Erkrankungen in kurzer Zeit, ohne erkennbaren Zusammenhang, keiner der Erkrankten habe zuvor Kontakt zu einem der anderen gehabt.

»... gibt es ...«, hörte Jensen Balasundaram noch sagen, bevor die Verbindung erneut abbrach.

Er schickte Balasundaram eine SMS-Nachricht, in der er sich für das Gespräch bedankte und ihn zu einem Bier einlud, »sobald ich wieder zurück bin«.

Aber wenn ich wieder zurück bin, dachte er, werde ich Balasundaram nicht mehr sehen, ebenso wenig wie Stassen. Ich werde allein in meinem Keller sitzen, und einzig die Elektronen werden mir Gesellschaft leisten. Eines Tages werde ich vielleicht mit ihnen zu sprechen beginnen und es für ganz natürlich halten.

Am späten Nachmittag erst kehrten O'Hara und Dunbar vom Einkauf zurück. Jensen beobachtete durch das Fenster, wie sie sich unten auf dem Parkplatz trennten, O'Hara strich Dunbar übers Haar, noch war es eine neckische Geste, aber es lag bereits eine Andeutung von Zärtlichkeit darin.

Jensen öffnete die Zimmertür und trat hinaus auf die Veranda, es roch schlecht, von irgendwoher drückte Uringestank hinauf. O'Hara stieg die Treppe hoch, mit einer Einkaufstüte. Jensen konnte sich nicht erklären, weshalb, aber sie bemerkte seine Anwesenheit schon von weitem.

»Geben Sie sich keine Mühe«, sagte sie. »Ich nehme keine Entschuldigung an. Sie haben an mir herumgefummelt wie eine Mutter!«

Sie schwang ihren Stock wütend zwischen den Zimmertüren und dem Geländer der Balustrade hin und her, Jensen war gezwungen, in sein Zimmer auszuweichen, um nicht getroffen zu werden.

»Ich werde mich trotzdem entschuldigen«, sagte er als sie an ihm vorbeiging. »Bitte verzeihen Sie, ich hätte das nicht tun dürfen.«

Sie blieb stehen und drehte sich zu ihm um.

»Und was das Abendessen betrifft«, sagte sie, »Sie sind wieder ausgeladen worden. Jack und ich werden allein essen. Ich hoffe, Sie respektieren wenigstens das.«

Zumindest das würde ihm also erspart bleiben.

»Wie Sie wollen«, sagte er. »Aber ich finde, wir sollten trotzdem miteinander reden. Ich habe Neuigkeiten.«

»Schon wieder? Und? Ist es wieder etwas, das ich schon weiß?«

»Ich denke, nicht. Es geht um die Todesursache. Sie steht jetzt eindeutig fest. Brian Ritter und seine Frau sind beide an derselben Krankheit gestorben. Sie heißt Fasciitis necroticans und wird von Streptokokken verursacht.«

»Jensen«, sagte sie und trat einen Schritt auf ihn zu. Der warme Wind trug ihm ihren Duft zu, der sich seit dem Morgen verändert hatte, das Parfüm roch jetzt noch intensiver durch den Schweiß auf ihrer Haut.

»Jensen«, wiederholte sie. »Sie erzählen mir entweder Neuigkeiten, die ich schon kenne, oder solche, die mich nicht interessieren. Dazwischen scheint es nichts zu geben. Es ist mir vollkommen egal, auf welche Weise diese Leute gestorben sind. Mich interessiert nur Esperanza Toscano Aguilar, oder besser gesagt: Mich interessiert nur mein Mann. Alles andere ist allein Ihre Sache. Ich verstehe ja, dass Ihnen das Herz überläuft. Ritter ist an irgendeiner Krankheit gestorben, und niemand kann jetzt noch behaupten, dass Sie für seinen Tod mitverantwortlich sind. Aber mir wäre es auch egal, wenn es anders wäre. Gibt es sonst noch Neuigkeiten oder kann ich jetzt endlich gehen?«

»Ja, gehen Sie«, sagte Jensen und schlug die Tür zu.

Er holte sich aus dem Kühlschrank eine zweite Dose Bier, immer noch war es zu früh dazu, aber er trank, es schmeckte ihm nicht, er trank, als schade es O'Hara und nicht ihm. Wenn ihr Mann das Einzige war, das sie interessierte, weshalb lief sie dann in Kleidern herum, in denen sie keineswegs aussah wie eine Frau, deren Gedanken sich einzig um ihren verstorbenen Gatten drehten? Sie kleidete sich wie eine Frau, die einen Ersatz suchte, der andere war tot, jetzt musste ein neuer her, so einfach war das für gewisse Leute.

Jensen schaltete den Fernseher ein und schaute verärgert auf den Bildschirm, ohne etwas anderes wahrzunehmen als Menschen, die sich bewegten oder Brot zusammendrückten, ja, einer drückte zwischen seinen Händen einen Laib Toastbrot zusammen wie eine Ziehharmonika und sagte: »So muss Brot sein!« Und sie hatte nicht einmal recht, O'Hara, es war gar nicht so, wie sie dachte.

Jensen empfand keine Freude über die nun endlich vollständig geklärte Todesursache, keine Erleichterung, nichts. Es war Zeit, dass er es sich eingestand: Er glaubte das alles nicht. Er glaubte nicht an die Streptokokken, nicht an die atypische Krankheit mit dem mühsamen Namen, nicht an den Zufall, den alle anderen einfach hinnahmen, er nicht. Unter einem Zufall verstanden die meisten Menschen das Zusammentreffen zweier Ereignisse, die miteinander nicht in Verbindung standen. Aber in der makroskopischen Welt, der Sphäre der Menschen, Bäume und Planeten, standen zwei Ereignisse stets miteinander in Verbindung. Für alle, ausnahmslos alle Geschehnisse galt hier das Gesetz von Ursache und Wirkung. Zufälle waren lediglich Ereignisse, deren genaue Ursache man nicht kannte, gleichwohl gab es eine solche. Selbst der unglaublichste Zufall war nichts anderes als eine komplexe Verknüpfung zahlreicher Geschehnisse, die wiederum alle eine Ursache und eine Wirkung hatten. Echte Zufälle, nämlich das Entstehen eines Ereignisses aus sich selbst heraus, vollkommen willkürlich, ohne jede Ursache, gab es nur in der Welt der kleinsten und elementarsten Dinge, im subatomaren Bereich. Hier geschahen die Dinge einfach nur deshalb, weil sie geschahen, hier endete alle Kausalität. Ob etwa der radioaktive Zerfall eines Atoms morgen oder in einer Million Jahre einsetzte, war absolut unvorhersehbar, es geschah stets völlig zufällig, und es war müßig, nach einer Ursache zu fragen, es existierte keine. Jeder, der aus einem Fenster schaute, wurde Zeuge dieser Tatsache. Wenn Lichtteilchen, Photonen, auf ein Fenster trafen, wurde stets eine gewisse Anzahl von ihnen reflektiert, so entstanden Spiegelungen. Es war aber prinzipiell unmöglich, vorauszusagen, ob ein einzelnes Photon durch die Scheibe hindurchgehen oder reflektiert werden würde. Jedes Photon entschied sich im Moment des Kontakts mit der Scheibe vollkommen akausal und zufällig für das eine oder das andere. Aber Joan und Brian Ritter waren keine Photonen.

Sehr scharfsinnig, dachte Jensen.

Er trank die Dose leer, die zweite, eine dritte war noch vorrätig, er öffnete auch sie.

Joan und Brian Ritter, beide tot aufgrund eines Aortarisses, hervorgerufen durch Streptokokken, die sich völlig untypisch verhielten; kein Zufall also, aber es gab natürlich immer auch eine gewisse Wahrscheinlichkeit dafür, dass das Unwahrscheinliche eintrat.

Ich müsste Mathematiker sein, dachte Jensen.

Er spürte das Bier, er war schon ein wenig betrunken. Man könnte es vielleicht berechnen. Man könnte sich mit einer Zahl, die den Grad der Wahrscheinlichkeit benennt, über das hinwegtäuschen, was einem der Bauch sagte, der Magen, die Stelle eine Handbreit unter dem Brustbein, an der Jensen manchmal spürte, ob etwas stimmte oder nicht.

Ich muss logisch vorgehen, dachte er.

Die Hitze war es, die Hitze hier drin in seinem Motelzimmer verlangsamte seinen Kreislauf, das musste es sein, deshalb war er nach zwei Dosen Bier viel betrunkener als sonst. Aber müsste es nicht genau umgekehrt sein, beschleunigter Kreislauf gleich schnellerer Transport des Alkohols in die Hirngefäße? Im Fernsehen sah er ein Raumschiff auf einem Planeten landen, dessen Oberfläche so aussah wie die Umgebung von Holbrook, Steine, im Wind herumtorkelnde Dornbüsche, kleine Staubtornados, die unendlich langsam über die vertrocknete Erde glitten.

Jensen wandte den Blick von dem Fernsehbild ab.

Oder am besten einfach auf deinen Magen hören, dachte er. Und sein Magen sagte ihm, dass hier etwas nicht stimmte, ganz und gar nicht. Sein Magen sagte, es war Esperanza Aguilar, die Beterin. Du hörst es nicht gern, aber es war so. Sie schickt vierzig Gebete, um einen verkrüppelten Mann zu heilen, dessen Hüftknochen sich verschoben haben und auf einen Nerv drücken. Und sie schickt vielleicht die doppelte Anzahl von Gebeten, achtzig, vielleicht auch die dreifache, um zwei Buben von ihren Eltern zu befreien, für immer. Befreien von einer Mutter, die behauptet, die Kinder seien bei ihr, obwohl es nicht stimmt, die Kinder wollten eben gerade nicht zu ihr zurückkehren. Und befreien von einem Vater, der sagte: »Wenn es diesen Gott, zu dem sie beten, geben würde, wäre ich schon längst tot.«

Dann ist es eben so, dachte Jensen. Dann gibt es eben solche Gebete. Leckt mich am Arsch!

Er öffnete den Kühlschrank, aber es war kein Bier mehr da. Aber unten stand ein Wagen, er konnte in den Supermarkt fahren und gleich ein Sechserpack holen, heute war der Tag, an dem nichts galt, was sonst galt. Er suchte die Autoschlüssel, wo zum Teufel hatte er sie hingelegt? Der Fernseher störte ihn bei der Suche, es kamen von dort widerliche Geräusche, er schaltete ihn aus. Die Schlüssel fand er unter dem Tischchen am Fenster, aber die Geräusche drangen noch immer an sein Ohr, der Fernseher war doch abgeschaltet! Er bemerkte nun, dass sie aus seinem Badezimmer kamen, eindeutige Geräusche, jemand erbrach sich. Durch den Lüftungsschacht im Badezimmer konnte er es hören, das Würgen, Spucken, unterbrochen von kurzen Pausen, in denen nur das Rauschen des Lüftungsschachtes zu hören war. Dann wieder ein Husten, das anschließende erneute Würgen klang hohl durch den Schacht.

Ihr ist schlecht, dachte er. Natürlich ist ihr schlecht.

Er schüttelte den Kopf. Weshalb nur war er so betrunken? Er hatte doch auf der Dose den Alkoholgehalt gesehen, er überprüfte das immer, bevor er ein ihm unbekanntes Bier trank. Fünf Prozent, ganz normal. Er setzte sich auf den Rand der Badewanne und hörte O'Haras Geräuschen zu, es war furchtbar, es klang, als erbreche sie ihre Eingeweide.

Im nächsten Moment stand er draußen auf der Veranda vor ihrer Tür, er konnte sich erinnern, dass er vom Wannenrand aufgestanden und zur Tür geschwankt war, aber es war eine eigenartig unwirkliche Erinnerung, so als hätte er sich alles nur vorgestellt. Doch zweifellos stand er nun hier. Er klopfte.

»O'Hara?«, sagte er. »Ist alles in Ordnung?«

Sie meldete sich nicht. Er klopfte erneut, diesmal weniger zaghaft.

»Was ist?«, hörte er sie rufen. »Was wollen Sie! Lassen Sie mich in Ruhe!«

»Sie sind krank!«, rief er und ging zurück in sein Zimmer, beleidigt. Sie war krank, man hörte es doch. Er setzte sich aufs Bett und erinnerte sich, dass er in den Supermarkt hatte fahren wollen, um Bier zu kaufen. Er suchte die Autoschlüssel, er hatte sie doch vorhin noch gehabt. Irgendetwas stimmte nicht mit diesem Bier. Im Badezimmer streckte er den Kopf ins Lavabo und drehte den Kaltwasserhahn auf. Er hörte O'Hara husten, aber das Schlimmste schien vorbei zu sein. Das lauwarme Wasser erfrischte ihn nicht, und es wurde nicht kälter, so lange er auch darauf wartete. Woher hätte die Kälte auch kommen sollen. Das Trinkwasser von Holbrook wurde in Wassertürmen gespeichert, Jensen hatte sie gesehen, sie glühten in der Sonne, und an der Eiswürfelmaschine neben dem Treppenaufgang hing ein Schild mit der Aufschrift »Außer Petrieb«. Mit nassem Kopf stellte Jensen sich in einem günstigen Winkel vor die Klimaanlage, seine Stirn wurde angenehm kalt, er schloss die Augen und ließ sich von der kalten Luft anwehen bis er zu frösteln begann.

In der linken Hosentasche, dachte er und griff hinein. Der Autoschlüssel.

Er ging hinunter auf den Parkplatz, öffnete wie immer alle Türen des Chevrolet Blazers und wartete. Es wäre der Moment gewesen, eine Zigarette zu rauchen. Er hatte es sich vor zehn Jahren abgewöhnt, an seinem vierzigsten Geburtstag, aus einem Gefühl der Endlichkeit heraus. Er hatte den Geburtstag allein gefeiert, in einer Brasserie in Paris, vor ihm stand eine mit kleingehacktem Eis gefüllte Platte, viel zu groß für eine Person, darauf Meeresfrüchte, komplizierte Krebse, Austern; die kleinen grünen Schnecken lebten noch, sie krümmten sich auf seiner Gabel. In dem Aschenbecher auf dem Tisch lagen drei Zigaretten, die er zum Aperitif geraucht hatte, und als er sich mit den lebenden Schnecken im Bauch die vierte Zigarette anzündete, wurde ihm klar, dass er nun zehnmal so alt war wie die Anzahl Zigaretten, die er in dieser Brasserie bisher geraucht hatte. Es waren keine Geburtstags-, sondern Totenzigaretten, eine für jedes Jahrzehnt, und plötzlich hatte er keine Vorstellung mehr von sich als altem Mann. Er versuchte, sich als Sechzigjährigen vor sich zu sehen, was er dann tun, wie er aussehen würde, aber es gelang ihm nicht. Der Leuchtturm in der Ferne war erloschen, eine Dunkelheit breitete sich vor ihm aus, die einsame Geburtagsfeier endete mit einem namenlosen Schrecken. Von diesem Tag an hatte er keine Zigarette mehr angerührt, und nach einem Jahr war die Vorstellung endlich zurückgekehrt: Er sah sich als alten Mann am Strand eines warmen Meeres sitzen, die nackten Füße von den Wellen umspielt, und hinterher würde er zu seinem kleinen Häuschen zurückgehen und auf der Veranda in der Hängematte ein Buch lesen.

Mal sehen, dachte Jensen und setzte sich hinter das Steuer des Chevrolet Blazers. Er fuhr auf der Hauptstraße Richtung Süden, vorbei am Büro des Sheriffs, er hupte zweimal, er war in einer eigenartigen Stimmung, nicht fröhlich oder übermütig, nur aufgekratzt, er hätte jetzt gern ein paar Scheiben zerschlagen oder etwas aus dem Fenster gebrüllt.

Im Supermarkt eilte er durch die Gänge, er war hungrig, aber er hatte keine Zeit, sich darum zu kümmern. Aus dem Kühlfach entnahm er ein Sechserpack Bier, er achtete weder auf die Marke noch den Alkoholgehalt.

Und dann kaufte er sich eine Packung Zigaretten.

Die Verkäuferin nannte ihm den Preis, er legte das Geld hin und fand es merkwürdig und amüsant, dass sie nicht einschritt, ihn nicht davor warnte, wieder mit dem Rauchen zu beginnen, nach so langer Zeit. Diese Frau war sich in keiner Weise bewusst, was hier geschah, es kümmerte die Welt nicht, ob er rauchte oder nicht.

Im Wagen zündete er sich die erste Zigarette an, der Rauch schien ihm den Hals zu versengen, die ganze Verheerung offenbarte sich schon beim ersten Zug. Mit der Zigarette im Mund fuhr er ins Motel zurück, enttäuscht darüber, dass ihm der Rauch nicht mehr schmeckte. Aber es gefiel ihm, sich selbst im Rückspiegel mit einer Zigarette im Mundwinkel zu sehen, ein vollkommen neuartiger Anblick, er hatte früher die Zigarette nie im Mund behalten. Es war unbequem, die Augen tränten, die Asche fiel einem in den Schoss, es war etwas für Männer wie Caldwell.

In seinem Zimmer angekommen, schloss Jensen sich mit der angebrochenen Zigarettenpackung und den sechs Bierdosen ein, er verriegelte die Tür und zog den Vorhang zu. Er setzte sich auf den Stuhl am Fenster, trank die erste der neuen Dosen, also das vierte Bier heute, rauchte die zweite Zigarette, es ging jetzt nur noch um Quantität. Manchmal horchte er, hörte von O'Hara drüben aber nichts. Vielleicht saß sie schon bei Dunbar unten und aß sein legendäres Steak, eine Art Rose, die er ihr halb durch auf den Teller gelegt hatte. Und dann? Was kam als Nächstes?

Nicht mein Problem, dachte Jensen und rauchte verbissen die dritte Zigarette.

14

Er schlug die Augen auf, etwas Seltsames hing über dem Bett, er erschrak und setzte sich auf, verwirrt, mit trockenem Mund, die Kehle fühlte sich rau und krank an wie vor einer Erkältung. Es war nur die Deckenlampe, sie hatte ihn erschreckt, sie hing direkt über dem Kopfende des Bettes, so dass der Schläfer, wenn er nachts erwachte, über sich einen dunklen Schlund sah.

Ein Geräusch am Fenster war merkwürdig, es klang, als würde jemand Steinchen an die Scheibe werfen.

Jensen legte sich wieder hin, sein Kopf war von Schmerzen bekränzt, die Strafe für die zwei Sünden, die er am Abend zuvor begangen hatte, zu früh zu viel Alkohol, und weshalb er Zigaretten geraucht hatte, konnte er sich jetzt nicht mehr erklären, eine unverzeihliche Entgleisung. Wieder hörte er das Geräusch, ein gläsernes Klöpfeln mit einem spitzen Gegenstand. Er stieg aus dem Bett und zog den Vorhang zurück, sah einen Schatten vor dem Fenster, dahinter den im Morgenlicht verblassenden Mond.

»Was ist?«, sagte er. »Wer ist da?«

Der Schatten verschwand, und gleich darauf hörte er an der Tür ein leises Klopfen. Er öffnete, und jemand stieß ihn ins Zimmer zurück.

»Schließen Sie die Tür«, sagte O'Hara mit gedämpfter Stimme. »Und kein Licht!«

»Es ist mitten in der Nacht!«, protestierte er.

»Nein, es ist vier Uhr früh. In einer Stunde wird es hell. Wir werden in einer halben Stunde abreisen. Stellen Sie keine Fragen. Ich erkläre Ihnen alles, wenn wir unterwegs sind.«

»Weshalb flüstern Sie?«

»Ziehen Sie sich an und packen Sie. Na los, das ist eine Bitte. Ich warte solange hier. Danach gehen wir in mein Zimmer. Ich benötige leider Ihre Hilfe beim Packen, meine Ordnung ist durcheinander geraten.«

»Ihre Ordnung? Ich verstehe überhaupt nichts«, sagte Jensen.

Er war müde, durstig, er hatte Kopfschmerzen, und er war nackt, wie er jetzt bemerkte, er hatte wegen der Hitze ohne Kleider geschlafen. Einen Augenblick lang vertraute er auf O'Haras Blindheit, doch dann deckte er seinen Penis trotzdem mit der Hand ab, und während er sich anzog, drehte er ihr den Rücken zu.

»Hat Ihre Eile etwas mit Dunbar zu tun?«, fragte er.

»Keine Fragen!«, zischte sie. »Keine Fragen, wie oft muss ich mich noch wiederholen!«

Sie stand in einer dunklen Ecke neben der Tür, außerhalb des fahlen, verschlafenen Lichts der Morgendämmerung, das durch das Fenster ins Zimmer fiel.

»Wie soll ich packen, wenn ich nichts sehe?«, sagte er. »Ich werde jetzt das Licht anknipsen.«

»Nein! Das werden Sie nicht tun. Schließen Sie die Augen für zehn Sekunden. Danach werden Sie genügend sehen. Und jetzt machen Sie endlich vorwärts, verdammte elende Scheiße!«

Es musste etwas Gravierendes geschehen sein, etwas, das sie dazu brachte, zu fluchen, obwohl sie das sonst wahrscheinlich nie tat: verdammte elende Scheiße, so fluchte nur ein Anfänger.

»Na gut«, sagte Jensen. »Ich bin gleich soweit.«

Er trank im Badezimmer Wasser, es war noch wärmer als tagsüber. Die halbleere Packung Zigaretten lag auf dem Ablagefach unter dem Spiegel, Jensen konnte sich nicht erinnern, sie dort deponiert zu haben. Er zerknüllte die Packung, warf sie in die Toilette und spülte; er hatte das Bedürfnis nach einer symbolischen Beseitigung des Übels, am liebsten hätte er die Packung verbrannt, aber dazu blieb keine Zeit, O'Hara drängte durch leise Zurufe zur Eile.

»Hier stinkt es nach Rauch«, sagte O'Hara leise, als er ins Schlafzimmer zurückkam. »Ich dachte, Sie seien Nichtraucher. Im Auto wird jedenfalls nicht geraucht, darauf bestehe ich.«

»Es war nur ein Rückfall«, sagte Jensen.

Ein Hund bellte, ganz in der Nähe, Dunbars Hund.

»Sind Sie jetzt endlich fertig?«, fragte O'Hara.

»Gleich«.

Jensens Augen hatten sich inzwischen an das Halblicht gewöhnt, außerdem gab es nicht viel zu packen, das Necessaire, ein vom Schweiß des Vortags noch feuchtes Hemd, das war alles. Er ließ die Verschlüsse des Koffers einschnappen und sagte: »Ich bin fertig.«

»Dann gehen wir jetzt in mein Zimmer.«

O'Hara öffnete die Tür und trat hinaus auf die Veranda. Sie ging dicht an der Wand entlang zu ihrem Zimmer und stieß die Tür auf, die nur angelehnt war. Jensen folgte ihr mit seinem Koffer.

»Kommen Sie herein«, sagte sie. Sie schloss die Tür hinter sich. Selbst im Dämmerlicht trat die Unordnung deutlich hervor, das Bett war stark zerwühlt, es lagen Schuhe herum, die Tür des Kleiderschranks stand offen, unter dem Tisch lag der Rock, den sie gestern getragen hatte.

»Werfen Sie alles, was Sie sehen, in meinen Koffer«, sagte sie. »Sie brauchen die Kleider nicht zusammenzufalten. Werfen Sie sie einfach in den Koffer.«

»Ja«, sagte Jensen und begann damit. Auf dem Nachttisch lag etwas, das ihm alles erklärte. Es war die zusammengefaltete, blutdurchtränkte Socke, mit der Dunbar gestern seine Stirnwunde verbunden hatte. Der Klebstreifen hing noch daran.

»Das auch?«, fragte er und hielt ihr die Socke hin. »Soll ich das auch einpacken? Ich glaube, es gehört Jack Dunbar. Er hat es offenbar hier vergessen.«

Als er dich gefickt hat, dachte Jensen. Allzu leidenschaftlich konnte dieser widerwärtige Vorgang nicht gewesen sein, sonst hätte er durch den Lüftungsschacht bestimmt entsprechende Geräusche gehört, ebenso deutlich wie gestern O'Haras Erbrechen.

»Was immer es ist«, sagte O'Hara ruhig, »es gehört nicht in meinen Koffer.«

»Es ist sein Verband«, sagte Jensen. »Eine alte Socke. Er hat sich eine Socke auf die Wunde geklebt. Was soll ich mit ihr tun? Möchten Sie, dass ich ihm die Socke zurückgebe? Wer weiß, vielleicht wird er bald einmal wieder zusammengeschlagen, dann kann er seine Wundsocke gut gebrauchen.«

Wundsocke. Jensen lachte. Das Wort gefiel ihm. Hatte sie überhaupt eine Ahnung davon, mit wem sie heute Nacht geschlafen hatte? Es roch in ihrem Zimmer jetzt noch nach Dunbar, und es war ein ätzender Geruch, der Geruch eines Mannes, dessen Nase den eigenen Gestank nicht mehr wahrnahm, weil es niemanden gab, der ihn darauf aufmerksam machte, dass er seit einem Monat dasselbe Hemd trug. Wie hatte sie nur diesen Gestank ertragen? Die Gravitationskraft, dachte Jensen, nimmt umgekehrt proportional zum Quadrat zur Entfernung ab, beim Gestank gilt dieselbe Gleichung, nur umgekehrt.

»Also, was soll ich mit der Socke tun?«, fragte er.

»Stecken Sie sie sich in den Mund. Das wäre das Beste. Stecken Sie die Socke tief Ihren Hals hinunter, damit ich Ihren Sarkasmus nicht mehr hören muss. Aber achten Sie darauf, dass Sie noch genügend Luft bekommen. Als Toter nützen Sie mir nichts.«

»Gut«, sagte Jensen. »Wissen Sie was? Packen Sie Ihren Koffer allein. Ich gehe jetzt in mein Zimmer zurück und schlafe weiter. Ihr Verhältnis mit Dunbar geht mich nichts an, Sie haben völlig recht. Es geht mich nichts an, und deshalb sehe ich nicht ein, weshalb ich mit Ihnen in aller Herrgottsfrühe aus diesem Motel flüchten soll. Und es ist doch eine Flucht, nicht wahr? Sie wollen verschwinden, ohne dass er es merkt, und ich glaube, ich weiß auch, warum. Sie haben dem armen Kerl Hoffnung gemacht, einem Krüppel, der wahrscheinlich noch nie in seinem Leben eine ...« So schöne Frau wie Sie, hätte Jensen beinahe gesagt. »... eine Frau gehabt hat, für die er nicht Geld hinlegen musste. Er wird Sie nicht so einfach ziehen lassen, das sehen Sie völlig richtig. Denn Sie sind das Beste, das ihm je passiert ist.«

O'Hara trat auf ihn zu, aus der Dunkelheit ins Licht des anbrechenden Tages, der sich hinter dem Fenster in kräftigen, rötlichen Farben abzeichnete. Jensen konnte jetzt ihr Gesicht erkennen, es war schmal und klein, so als hätte sich alles darin auf einen letzten Punkt zurückgezogen, die Lippen waren zu einem Strich geschrumpft, über die hohlen Wangen rannen zwei Tränen, aber Tränen konnten es nicht sein, sie waren blau und wirkten zähflüssig, wie Kerzenwachs.

O'Hara streckte ihr Hand nach ihm aus, ihre Finger berührten seine Schulter, wanderten von dort zu seinem Hals, und plötzlich drückte sie zu, an einer bestimmten Stelle, nicht einmal besonders kräftig.

Sie sagte leise und sehr langsam: »Halten Sie den Mund. Halten Sie Ihren Mund.«

Es war Jensen unmöglich, sich von dem Griff zu befreien, jede Bewegung verursachte starken Schmerz, O'Hara schien sich mit neuralgischen Punkten gut auszukennen. Jensen ergab sich ihrem Griff, weil ihm nichts anderes übrig blieb, aber auch, weil der Ausdruck ihres Gesichts ihn erschütterte, er dachte gar nicht an Gegenwehr. Sie litt, sie war krank, er konnte es jetzt sogar riechen; ihr Parfüm, in dem der Duft von Orangen und Glyzinien anklang, das Parfüm, das sie stets benutzte, vermochte den säuerlichen Geruch ihrer Haut nicht vollständig zu überdecken.

»Halten Sie den Mund«, wiederholte sie, jedes Wort betonte sie einzeln. »Sie halten jetzt den Mund.«

»Ja«, sagte er. »Es ist gut. Es tut mir leid. Lassen Sie mich jetzt bitte los. Ich werde Ihren Koffer fertig packen, und dann fahren wir los.«

Ihre Finger lösten sich von seinem Hals, sie trat zurück, tastete nach der Lehne des Stuhls und setzte sich, erschöpft, ihr Oberkörper sank nach vorn, das Gesicht war auf den Boden gerichtet, eine der bläulichen Tränen hing an einem dünnen Faden von ihrer Wange. Dunbars Hund bellte wieder, und jetzt war es Jensen nicht mehr gleichgültig. O'Hara war krank, und sie wollte Dunbar nicht sehen, und der Wunsch einer Kranken war etwas anderes als der einer herzlosen Liebhaberin, für die er sie soeben noch gehalten hatte. Mit fliegenden Händen warf er Schuhe, Kleider, Unterwäsche in O'Haras Koffer.

»Wir können gehen«, sagte er.

O'Hara richtete sich in ihrem Stuhl auf und nickte.

Sie verließen das Zimmer, der Morgenstern verblasste schon, in der Luft lag eine Vorahnung der Hitze, die allen Lebewesen dieser Gegend wieder bevorstand.

Auf dem Weg zum Wagen sprachen sie kein Wort, der Hund ließ sich nicht blicken, es war still, unangenehm still, wenn man wie Jensen darauf bedacht war, Geräusche zu vermeiden. Selbst die Entriegelung der Wagentüren verursachte in dieser Stille Lärm. Mit angehaltenem Atem öffnete Jensen die Hecktür des Wagens, behutsam hob er die beiden Koffer auf die Ladefläche, die Tür drückte er hinterher nur hinunter, er ließ sie nicht ins Schloss einschnappen. Er war wohl ein wenig übervorsichtig, im Gegensatz zu O'Hara, die sich auf den Beifahrersitz setzte und die Tür lautstark zuschlug, als gebe es jetzt nichts mehr zu verbergen. Plötzlich stand der Hund vor der Tür zur Rezeption bei seinen leeren Näpfen, und als er Jensen sah, kam er bellend auf ihn zugelaufen, bellend vor Freude, den Napffüller wieder zu sehen.

»Ruhig!«, sagte Jensen leise. »Sei still!« Das eine Ohr des Hundes war innen schwarz, voller Parasiten, Jensen starrte darauf, als gehe es einzig und allein darum. Er strich dem Hund über den Kopf und stieg dann ein. Der Hund war darüber sehr enttäuscht, er sprang ans Wagenfenster und bellte aus tiefster Seele.

»Fahren Sie!«, sagte O'Hara.

Der Motor sprang sofort an. Jensen wendete den Wagen, langsam, um den Hund nicht anzufahren, der dicht bei den Rädern blieb und immerzu bellte. Der Motor röhrte, Dunbar hätte tot sein müssen, um nicht alarmiert aus dem Bett zu springen. Im Rückspiegel sah Jensen ihn aus der Rezeption hinken, mit zerzausten Haaren, nackt bis auf eine rote Unterhose.

»Er kommt«, sagte Jensen. »Dunbar.«

»Dann fahren Sie jetzt endlich los!«

»Ich muss vorsichtig sein, der Hund ist irgendwo da unten bei den Rädern, ich kann ihn nicht sehen.«

»Der Hund!«, sagte O'Hara. »Der Hund interessiert mich nicht! Ich will, dass Sie fahren!«

»Annie!« hörte Jensen Dunbar rufen. »Annie! Bleib hier!«

Jensen hupte, um den Hund wenigstens zu warnen, dann gab er Gas. Die Räder drehten durch, Staub wirbelte auf, Dunbar humpelte mit erhobenen Armen vor die Kühlerhaube, Jensen musste scharf bremsen. Er fuhr ein Stück zurück, um Dunbar in einem Bogen zu umgehen, aber dieser erahnte das Manöver und machte sich bereit, Jensen alle Richtungen zu versperren.

»Annie!«, schrie er. »Annie! Du hast es mir versprochen! Ich liebe dich! Das kannst du nicht tun!«

Jensen starrte auf Dunbars rechten Fuß, einen zehenlosen Klumpen, schier zu einem Quadrat gestaucht. Dieser Fuß war der Herrscher über Dunbars Leben, und er schleppte ihn verzweifelt hinter sich her, während er Jensen den Weg zu versperren versuchte; Tränen liefen ihm über das Gesicht.

»Bringen Sie es zu Ende!«, rief O'Hara. »Bringen Sie es um Himmels willen endlich zu Ende!«

Der Hund tauchte wieder auf, er bellte jetzt Dunbar an, wütend, vielleicht glaubte er, dass sein Herr an allem schuld war. Jensen steuerte den Wagen durch die knappe Lücke zwischen dem Hund und Dunbar, nicht viel, und er hätte einen von beiden gestreift. Und dann war es plötzlich zu Ende, sie hatten die Straße erreicht, zurück blieb nur das Bild von Dunbar im Rückspiegel, Dunbar, der sich auf die Knie fallen ließ und sich die Fäuste an die Schläfen presste.

Sie fuhren schweigend durch Holbrook, kein Mensch zeigte sich, dann öffnete sich das weite Land.

Nach einer Weile fragte Jensen: »Haben Sie wenigstens Ihr Zimmer bezahlt?«

Auf O'Haras Wangen klebten noch immer die bläulichen Tränen oder was immer es war.

»Ich habe das Geld hingelegt«, sagte sie.

»Und wohin fahren wir?«

»Nach Albuquerque. Von dort nehmen Sie die Straße nach El Paso.«

»Sie wollen also nach Mexiko.«

»Sie auch.«

»Und wohin genau in Mexiko?«

»Die Ortschaft heißt Nuevas Tazas. Sie liegt in der Sierra Madre, etwa hundertfünfzig Kilometer von Monterrey entfernt. Wir werden zunächst nach Monterrey fahren und uns dort nach dem Weg erkundigen.«

Die Sonne ging auf, sie schien ihnen in den Rücken, sie zog die Schatten der Trockensträucher am Straßenrand grotesk in die Länge.

»Er hat es Ihnen also verraten«, sagte Jensen. »Dann war das also der Grund.«

»Der Grund wofür?«

»Schon gut. Lassen wir das. Es geht mich nichts an. Jedenfalls hat er es Ihnen gesagt, und Sie haben recht. Auch ich will nach ... wie heißt die Ortschaft?«

»Nuevas Tazas.«

»Nuevas Tazas. Aber sind Sie auch sicher, dass er Ihnen die Wahrheit gesagt hat? Gestern sagte er doch, er müsste sich erschießen, wenn er jemandem verraten würde, wo Esperanza Aguilar sich aufhält. Für mich klang das überzeugend. Er hat Ihnen vielleicht nur ein ... Gegengeschenk gemacht.«

»Sie heißt Esperanza Toscano Aguilar«, sagte O'Hara. »Und im Übrigen glaube ich, dass Jack Dunbar sich nur wünscht, ein Mensch zu sein, der lieber stirbt als ein Geheimnis zu verraten. Jedenfalls sind wir nicht die Einzigen, die jetzt wissen, wo sie zu finden ist. Er hat es auch diesem Botella gesagt. Sie erinnern sich, der Mann, der ihn in der Nacht unserer Ankunft zusammengeschlagen hat.«

Jensen drückte unwillkürlich aufs Gas.

»Sind Sie sicher?«, fragte er.

»Jack Dunbar kann nicht lügen, das ist es ja. Der geringste Reiz, sei es ein angenehmer oder ein unangenehmer, genügt, um ihm die versiegelten Lippen zu öffnen. Ich hoffe, Ihnen ist jetzt klar, dass wir uns sehr beeilen müssen. Dieser Botella hat einen gewaltigen Vorsprung, er ist vielleicht schon dort. Und wenn er Esperanza Toscano Aguilar vor uns findet, war alles umsonst.«

»Wieso? Was wissen Sie über diesen Botella?«

»Nichts. Er heißt Francisco Botella, das ist alles. Jack hat ihn noch nie gesehen, und Botella hat sich nicht erklärt, weder wer er ist noch was genau er von Esperanza Toscano Aguilar will. Den Namen kennt Jack nur, weil Botella beim Zuschlagen das Portemonnaie aus der Tasche gefallen ist, sein Führerschein lag auf dem Boden. Aber wir können davon ausgehen, dass jemand, der einen anderen zusammenschlägt, um den Aufenthaltsort einer Person zu eruieren, auf diese Person nicht gut zu sprechen ist, aus welchem Grund auch immer.«

»Das muss nicht so sein«, sagte Jensen. Er fuhr jetzt sehr schnell, die Straße erlaubte es, sie war breit, leer und makellos, bis auf die flachgedrückten Überreste von Tieren, die in der Nacht überfahren worden waren.

»Botella könnte mit Esperanza Aguilar, Toscano Aguilar«, korrigierte sich Jensen, »liiert gewesen sein, ihr Freund oder auch nur ein flüchtiger Liebhaber. Sie wollte nichts mehr mit ihm zu tun haben und hat sich davongemacht, ohne ihm eine Adresse zu hinterlassen. Das kommt vor.«

O'Hara überhörte seine Anspielung, und mehr war es auch nicht gewesen, eine Anspielung, Jensen glaubte selbst nicht daran, dass es sich mit Botella so verhielt.

»Gibt es eine Beschreibung von Botella?«, fragte er nach einer Weile. »Hat Dunbar etwas erwähnt, wie er aussieht, ein besonderes Merkmal?«

»Ja. Wir werden ihn erkennen, wenn Sie ihn sehen. Er ist sehr groß.«

»Das sind viele.« Aus Dunbars Blickwinkel gesehen sowieso, dachte Jensen.

»Ja. Aber Botella ist außergewöhnlich groß. Jack sagte, Botella habe sich ducken müssen, als er zur Tür hereintrat. Und der Türrahmen ist offenbar fast zwei Meter hoch.«

»Ein Riese. Na gut. Dann ist er bestimmt kein Polizist, das können wir ausschließen. Wer zu klein oder zu groß ist, wird nicht aufgenommen, das wird auch hier in Amerika so sein. Er könnte Privatdetektiv sein, aber auch das glaube ich nicht. Ein Zweimetermann fällt zu sehr auf, für eine Observation wäre er völlig untauglich. Spielen wir einmal die restlichen Möglichkeiten durch«, sagte Jensen. Es gefiel ihm, rein anhand der bekannten Körpergröße eines Menschen eine plausible Theorie über dessen Tätigkeit zu entwickeln. »Der Chef irgendeiner Verbrecherbande würde gleichfalls keinen Zweimetermann anheuern, jedenfalls nicht für öffentliche Aufgaben, wenn man es so nennen will. Allenfalls könnte ich mir Botella in diesem Zusammenhang als Schläger vorstellen, der in einem Keller Leute zum Reden bringt. Ich habe mit solchen Typen allerdings schon öfter zu tun gehabt, und sie waren nie übermäßig groß. Für Berufsverbrecher jeder Couleur ist es wichtig, möglichst unauffällig zu sein, in jeder Hinsicht. Die Fahndung nach einem zwei Meter großen Mann wäre für die Polizei ein Kinderspiel. In der Straßenbahn, in der U-Bahn, überall würde er sofort erkannt werden. Aus all dem schließe ich, dass Botella weder der einen noch der anderen Seite angehört. Er ist weder ein Ermittler, welcher Art auch immer, noch ein berufsmäßiger Verbrecher. Er ist ein Türsteher, Bauarbeiter, vielleicht auch Boxer, und er sucht nach Esperanza Aguilar aus persönlichen, privaten Gründen.«

»Ja, sehr schön«, sagte O'Hara. »Sehr interessant. Es spielt nur absolut keine Rolle, wer oder was Botella ist. Das Einzige, das zählt, ist sein Vorsprung. Wie schnell fahren Sie?«

»Hundertzwanzig.«

»Das ist zu langsam. Fahren Sie hundertsechzig, falls die Verhältnisse es gestatten. Wir werden seinen Vorsprung zwar nicht aufholen können, aber es ist trotzdem wichtig, dass wir so schnell als möglich in Nuevas Tazas sind. Seine Größe wird Botella eine Weile aufhalten, wenn er dort ist. Sie sagten ja selbst: Er fällt auf. Esperanza Toscano Aguilar wird auf der Hut sein, sie weiß, dass sie verfolgt wird. Die Ankunft eines so auffälligen Mannes wird sich in den Dörfern in der Sierra Madre schnell herumsprechen, sie wird gewarnt sein und sich verstecken. Botella wird eine Weile brauchen, um aus irgendeinem Bewohner von Nuevas Tazas ihren Aufenthaltsort herauszuprügeln. Wir müssen dort sein, bevor er damit Erfolg hat.«

Damit sie dich heilt, dachte Jensen. Denn nur das konnte doch der Grund sein, O'Hara war krank, es ging ihr nicht um die Erinnerungen an ihren Mann, es ging ihr um die vierzig Gebete, vielleicht ihre letzte Hoffnung. Vielleicht war die Krankheit unheilbar, und nachdem die Ärzte bedauernd den Kopf geschüttelt hatten, war O'Hara in ihrer Verzweiflung auf die Idee gekommen, sich an die Gesundbeterin zu wenden, von der ihr Mann ihr kurz vor seinem Tod erzählt hatte.

Jensen fuhr etwas schneller, er überholte einen Kleinlaster, dessen Radkappen wackelten, der Fahrer hupte, wahrscheinlich eine Warnung, dass Polizei in der Nähe war. Der Polizeiwagen hätte sich dann aber unter der Erde verbergen müssen, denn das Land war fast geometrisch flach, bar jeder Vegetation außer den üblichen Trockenbüschen, Thumbling weed, fiel Jensen ein, so nannte man diese entwurzelten, vom Wind über die Staubebene getriebenen Büsche. Am Himmel kreisten große Vögel, vielleicht warteten sie darauf, dass ein Tier überfahren wurde, Armadillo, das Gürteltier, ihre zerquetschten Rückenpanzer auf der Straße, Armadillo war das Wort. Raccoon, der Waschbär; die Überreste auf der Straße bekamen allmählich Namen.

Eine halbe Stunde fuhren sie schweigend, die Landschaft bewegte sich scheinbar nicht vom Fleck. O'Hara hatte sich das Gesicht mit einem Taschentuch abgewischt, aber die Spuren der bläulichen Tränen waren noch immer zu sehen. Jensen fuhr in der Mitte der Straße, um eine Merkwürdigkeit genauer betrachten zu können, es war ihm erst jetzt aufgefallen: Hinter den Gläsern von O'Haras schwarzer Sonnenbrille steckte etwas, von der Seite war es gut zu sehen, etwas Poröses, wie ein dünnes Stück Schwamm und von der derselben Farbe wie die Tränen.

Ein Verband, dachte er. Befestigt an der Rückseite der Gläser. Es gab also Wunden, sie war blind, weil ihre Augen verletzt waren.

Plötzlich, als habe sie seine Blicke bemerkt, wandte sie ihm ihr Gesicht zu, schweigend.

»Dieser Griff, vorhin im Motel«, sagte Jensen. »Wo haben Sie den gelernt?«

Sie antwortete nicht.

»Es war ein professioneller Griff«, sagte Jensen. »Einen, den man in einer Ausbildung lernt, im Militär, bei einer Spezialeinheit der Polizei. Wie nennt man diesen Griff?«

»Hausfrauenkralle«, sagte O'Hara. »Er ist mir in Shanghai beigebracht worden, von unserem Hauswart. Das ist schon lange her. Möchten Sie Musik hören?«

Jensen wusste nicht, was er von ihrer Antwort halten sollte. Einen so speziellen Nahkampfgriff lernte man wohl kaum von einem Hauswart. Andererseits: In Shanghai vielleicht schon.

»Nicht, wenn es die Beatles sind«, sagte er.

»Etwas anderes habe ich nicht. Musik würde Sie wachhalten, Sie werden heute sehr lange fahren müssen. Die Fahrt nach Nuevas Tazas dauert ungefähr zwanzig Stunden.«

»Ich werde nicht zwanzig Stunden am Stück fahren. Allenfalls zehn. Und wenn Sie Sergeant Pepper's Lonely Hearts Club einlegen werden es nur sieben Stunden sein.«

»Wo sind wir jetzt?«

»Neunzig Kilometer vor Albuquerque. Ich muss bald tanken. Und etwas essen. Sind Sie nicht hungrig?«

»Vielleicht halten Sie ja doch zwanzig Stunden durch«, sagte sie. »Vielleicht kennen Sie Ihre Grenzen noch nicht. Lassen Sie uns ein bisschen reden, das verkürzt die Zeit.«

Sie sah schlecht aus, ihr Gesicht war aschfahl und bildete einen dramatischen Kontrast zu dem schwarzen Hosenanzug, den sie trug. Sie hatte sich den Brillantvogel, den sie im Flugzeug am Revers der Bluse getragen hatte, jetzt ans Jackett geheftet. Jensen wunderte sich, dass sie das Jackett anbehielt, die Klimaanlage kam gegen die Macht der aufsteigenden Sonne nicht an, nur gerade im direkten Luftstrom aus den Düsen war die Hitze erträglich. Gestern der kurze Rock, jetzt diese unangemessen korrekte Bekleidung, Jensen wurde nicht klug aus ihr.

»Und worüber möchten Sie reden?«, fragte er.

»Natürlich über Quantenphysik. Das ist es doch, was Sie interessiert. Sie sagten, es sei Ihr Hobby.«

»Hobby würde ich es nicht nennen.«

»Aber Sie nannten es Hobby, auf unserem Flug hierher.«

»Es ist eine Leidenschaft von mir«, sagte er, mochte es auch ein wenig pathetisch klingen.

»Das verstehe ich. Mein Mann hat sich gleichfalls dafür interessiert. Er hat mir ein wenig darüber erzählt. Ein wenig viel.«

Sie lachte, nur ganz kurz, sie schien es sofort zu bereuen.

»Ich dachte, Ihr Mann habe im Auftrag des Vatikans Wunder untersucht«, sagte Jensen.

»Nicht im Auftrag des Vatikans. Es war ein Freundschaftsdienst, für den damaligen Präfekten der Kongregation.«

»Trotzdem erstaunt es mich, dass jemand, der religiöse Wunder untersucht, sich für Quantenphysik interessiert.«

»Mein Mann war der Meinung, dass das eine das andere nicht ausschließt. Ganz im Gegenteil. Wie ist das zum Beispiel mit der Entropie? Sie wollten mir das doch erklären. Jetzt wäre der geeignete Moment dazu, wir haben viel Zeit. Was genau ist Entropie?«

Jensen hatte den Verdacht, dass sie es schon wusste und nur herausfinden wollte, wie viel er davon verstand. Nun, das gab ihm die Gelegenheit, sich selbst ein wenig zu prüfen.

»Entropie«, sagte er, »ist ein Maß für die Unordnung eines physikalischen Systems. Alle physikalischen Prozesse im Universum verlaufen in eine bestimmte Richtung, nämlich von Ordnung zu Unordnung. Am besten denkt man ganz einfach an ein Ei, das vom Tisch fällt. Das Ei war zuvor ganz, dann fällt es vom Tisch und zerspringt. Die Schale geht kaputt, das Eiweiß läuft heraus, der Dotter platzt und ergießt sich über den Boden. Als das Ei noch ganz war, befand es sich in einem Zustand niedriger Entropie oder hoher Ordnung, das ist dasselbe. Als es am Boden zerschellte, ging es in einen Zustand höherer Entropie oder niedrigerer Ordnung über. Das ist im Grunde das ganze Geheimnis. Alle Vorgänge im Universum folgen diesem Prinzip: Ordnung geht in Unordnung über. Nun könnten Sie einwenden, dass das nicht stimmt. Wenn man beispielsweise aus einem ungeordneten Haufen von Ziegelsteinen ein Haus baut, scheint die Unordnung sich zu vermindern und die Ordnung zuzunehmen, denn ein Haus ist ein geordneteres System als ein Haufen Ziegelsteine. Um aber ein Haus zu bauen, benötigt man Energie, die Bauarbeiter schwitzen und geben Wärme ab, die Maschinen desgleichen, so dass sich aufgrund der Wärme, die bei einem Hausbau entsteht, die Unordnung des Universums insgesamt erhöht. Wenn Sie ein Brot essen, tun Sie nichts anderes, als relativ geordnete Materie in Wärme, also relativ ungeordnete Energie zu verwandeln.«

»Ich verstehe«, sagte O'Hara, obwohl Jensen noch keineswegs zum Punkt gekommen war. »Wenn sich also Ordnung prinzipiell stets in Unordnung verwandelt, ergibt sich daraus die Richtung, in die die Zeit fließt. Ist das so?«

Jensen sah im Rückspiegel einen Wagen, der schnell zu ihm aufschloss. Er bremste ab, um das Überholmanöver abzukürzen. Er konnte nicht fahren und sich gleichzeitig auf die Entropie konzentrieren, über die O'Hara zweifellos mehr zu wissen schien, als sie vorgab.

»Ja, so ist es«, sagte er, während der andere Wagen an ihm vorbeizog. »Wir haben nur eine Möglichkeit, zu erkennen, in welche Richtung die Zeit fließt. Was wir Vergangenheit nennen, ist der Zeitpunkt, in dem die Ordnung des gesamten Universums größer war als jetzt, in diesem Moment. Das ist der Grund, weshalb ein Ei immer zuerst ganz ist und dann kaputt geht und weshalb wir nie das Gegenteil erleben. Ein zertrümmertes Ei setzt sich nie zusammen und landet als ganzes Ei wieder auf dem Tisch, und zwar tut es das deshalb nicht, weil es damit gegen das Gesetz der Entropie verstoßen würde.«

»Nehmen wir aber einmal an«, sagte O'Hara, »dass das zerschlagene Ei sich eben doch von allein zusammensetzt und heil wieder im Eierbecher landet. Wie würden Sie einen solchen Vorgang nennen? Könnte man sagen, dass das ein Wunder ist?«

»Man würde das als Wunder bezeichnen, ja. Eben deshalb, weil es unmöglich ist.«

Pass auf! dachte er. Das ist keine präzise Formulierung. Er wollte sich korrigieren, aber O'Hara kam ihm zuvor, als hätte sie nur darauf gewartet.

»Unmöglich?«, fragte sie. »Ich kann mich erinnern, dass mein Mann das anders interpretierte. Er sagte, die Entropie sei zwar ein Naturgesetz, aber jeder Hobbyphysiker wisse, dass alle Naturgesetze unabhängig von der Zeitrichtung gültig sind. Sie sind wahr, ganz egal, ob man sie sich in die Zukunft oder in die Vergangenheit gerichtet vorstellt. Das gilt auch für die Entropie. Oder sehen Sie das anders?«

Jensen schwitzte, er richtete die Kühlluftdüse neben dem Lenkrad direkt auf sein Gesicht.

»Ich werde es präziser formulieren«, sagte er. »Alle Vorgänge in der Natur verlaufen in eine Richtung, von Ordnung zu Unordnung. Aber Max Planck, einer der Begründer der Quantenphysik, hat entdeckt, dass dieses Gesetz nicht absolut ist, es schließt nicht die Möglichkeit aus, dass es auch umgekehrt geschehen könnte. Genauer gesagt, geht es um Wahrscheinlichkeiten. Die Wahrscheinlichkeit, dass ein Ei, wenn es auf den Boden fällt, kaputt geht, beträgt annähernd hundert Prozent. Aber eben nur annähernd. Das Entropie-Gesetz lässt einen winzigen, wirklich nur unendlich winzigen Spielraum zu, in dem theoretisch das Gegenteil geschehen könnte.

In einem ausreichend großen Raum wie dem Universum, und wenn man extrem große Zeiträume hinzurechnet, ist es nicht ausgeschlossen, dass irgendwo einmal äußerst unwahrscheinliche Dinge geschehen. Das Entropie-Gesetz sagt nicht, dass zertrümmerte Eier, die sich selbst wieder zusammensetzen, oder Blut weinende Madonnenstatuen unmöglich sind. Es sagt nur, dass die Wahrscheinlichkeit, dass so etwas geschieht, unvorstellbar gering ist.«

»Aber es ist nicht unmöglich«, sagte O'Hara. »Sie sagten, es sei unmöglich.«

»Ich habe mich ja jetzt korrigiert.«

»Wenn ich Sie also recht verstehe, anerkennt die Physik, die rationalste aller Wissenschaften, dass Wunder zwar äußerst unwahrscheinlich, aber dennoch möglich sind.«

»Irgendwo im Universum, in vierzehn Milliarden Jahren einmal. Und auch das ist nicht sicher.«

»Was möglich ist, wird geschehen«, sagte O'Hara. Sie fuhr mit den Fingern über die Tasten des CD-Geräts und entschied sich für die vierte Taste.

It's been a hard day's night ...

Jensen beschloss, an der nächsten Tankstelle eine CD zu kaufen; Bob Dylan, den er verehrte, würde er vermutlich nicht finden, aber Country, Johnny Cash, das führten sie bestimmt im Sortiment jeder Tankstelle. Sobald es eine Alternative zu den Beatles gab, würde O'Hara sich dem Gesetz des Abwechselns beugen müssen.

»Ich werde ein wenig schlafen«, sagte sie. »Wecken Sie mich, wenn Sie anhalten.«

»Das wird bald sein«, sagte Jensen, aber sie schien es bereits nicht mehr hören. Es ärgerte ihn, dass sie diese Musik abspielte, nur um dann zu schlafen. Er drehte die Lautstärke um eine paar Striche zurück, sie reagierte nicht.

Die Landschaft, so grandios sie sein mochte, nutzte sich jetzt ab, Jensen wurde ihrer überdrüssig. Sie hatten inzwischen den Staat New Mexico erreicht, die Gegend war hier öder als drüben in Arizona. Sie bestand fast ausschließlich aus Weite, deren hypnotische Wirkung sich verflüchtigt hatte, jetzt war die Weite ein Ärgernis, ein Stillstand. Hin und wieder erhoben sich bizarre Felsformationen in sehr eigenartigen Farben, aber wenn man sie ohne den Willen, sich bezaubern zu lassen, betrachtete, erinnerten sie einen einfach nur an Steinbrüche. Nach einer Weile merkte Jensen, dass sich sein Verdruss gar nicht auf die Landschaft bezog, sondern auf O'Haras Äußerung, dass alles, was möglich ist, auch geschehen werde. Es war eine Binsenweisheit, aber sie stimmte, und im Zusammenhang mit dem Entropie-Gesetz plagte ihn jetzt die Frage, ob das äußerst unwahrscheinliche Ereignis, das irgendwann einmal im Univerum sich ereignen könnte, nicht bereits geschehen war, damals in jener Nacht, in der er betete, seine Mutter möge sterben. Der Gedanke war natürlich absurd, aber es ließ sich eben nicht mit absoluter Sicherheit ausschließen. Die Physik erlaubte solche Vorgänge grundsätzlich, das war das Beunruhigende. Mochten sie auch völlig unwahrscheinlich sein, so waren sie eben doch gestattet, und niemand konnte Jensen garantieren, dass das Universum sich nicht gerade in jener Nacht eine Eskapade erlaubt hatte. Diesen Zustand empfand Jensen als höchst unbefriedigend, und zum ersten Mal verstand er wirklich, weshalb Einstein die Herrschaft der Wahrscheinlichkeiten in der Quantenphysik zeit seines Lebens so vehement, ja stur abgelehnt hatte. Ein Universum, in dem alles Geschehen letztlich auf Wahrscheinlichkeiten beruhte, war ein unzuverlässiges Universum, weil in ihm nichts unmöglich war, nicht einmal, dass im Grunde gar nichts wirklich existierte, wenn man es nicht beobachtete, so dass alle

Realität schlussendlich nur ein illusionäres Konstrukt des Beobachters wäre. Allerdings hatten alle Experimente, die Einstein vorschlug, um den Beweis zu erbringen, dass Gott nicht würfelt, wie er es nannte, exakt zum Gegenteil geführt, nämlich zu einer triumphalen Bestätigung der zentralen Aussagen der Quantenphysik. Die Ursubstanz, aus der Mensch und Universum bestanden, war flitterhaft, unvorhersagbar, es war eine Substanz, die sich selbst aus dem Hut zauberte, und zwar aus einem Hut, den es nicht gab. Und es war eine Substanz, die das denkbar Unwahrscheinlichste gleichwohl beinhaltete und jederzeit in die Realität heben konnte, heute oder in zwanzig Milliarden Jahren oder auch nie.

Und die Träume sind weg, dachte Jensen. Auch das war sehr sonderbar. In den Nächten seit seiner Abreise aus Brügge hatte kein einziges Mal seine Mutter oder eine ihrer zahlreichen Erscheinungsformen ihre Stimme erhoben, um ihn anzuklagen. Die Nächte waren dunkel und ruhig gewesen, so als sei der Gerichtshof der Träume in Brügge zurückgeblieben. Seit fast vierzig Jahren hatte er mindestens zwei Mal in der Woche sich im Traum sagen lassen müssen, dass seine Mutter seinetwegen gestorben war, und nun plötzlich diese Stille. Es war außergewöhnlich, eine gespenstische Stille, passend zu der vom Wind geschliffenen Schlucht, durch die er gerade fuhr; sie erinnerte ihn an jenen Moment, in dem der Held sein Pferd zügelte und mit Blick auf die abgeflachten Kämme der Schlucht sagte: Zu ruhig. Vielleicht schwiegen die Träume, weil sie etwas wussten, von dem Jensen erst eine Ahnung gehabt hatte, gestern, als er nachmittags schon betrunken gewesen war: Dann gibt es eben solche Gebete.

O'Hara schlief jetzt tief, sie schnarchte, sehr leise nur, er hörte es in einer Pause zwischen zwei belanglosen, biederen Melodien der Pilzköpfe. Jensen schaltete das CD-Gerät versuchsweise aus, darauf gefasst, dass O'Hara aus dem Schlaf hochschreckte und ihm eine Rüge erteilte.

Annick, dachte er. Ein schöner Name eigentlich.

15

GEGEN ABEND ERREICHTEN sie den Grenzübergang von El Paso, ein junger mexikanischer Zollbeamter verbarg hinter der Hand ein Gähnen und winkte sie durch. An einer Tankstelle kurz vor der Grenze hatte Jensen eine Straßenkarte von Mexiko und eine Johnny-Cash-CD gekauft.

»Bis Monterrey sind es noch achthundert Kilometer«, sagte er, als sie vor Ciudad Juárez, der Schwesterstadt von El Paso, im Stau standen. »Zwei oder drei Stunden werde ich noch fahren, aber dann ist Schluss.«

»Wie spät ist es?«, fragte sie.

»Halb sieben.«

»Und um zehn Uhr wollen Sie schon ins Bett? Achthundert Kilometer, das könnten wir in acht Stunden schaffen. Um drei Uhr morgens wären wir in Monterrey. Sie könnten dort ein wenig schlafen, und frühmorgens fahren wir dann weiter nach Nuevas Tazas. Gegen Mittag könnten wir dort sein, wenn Sie sich ein wenig zusammenreißen.«

»Ich bin den ganzen Tag gefahren«, sagte Jensen. »Sie haben geschlafen, ich bin gefahren. Wollen Sie ans Steuer, Herrgott noch mal?«

O'Hara aß Kekse, die er ihr in einem Tankstellenshop gekauft hatte. Ihre Bluse war mit Krümmeln übersät.

»Entschuldigung«, sagte er. »Es tut mir leid. Ich bin einfach müde. Ich fahre noch bis zehn Uhr, und dann suchen wir uns ein Hotel.«

»Ich wünschte, Sie wären jemand anders«, sagte O'Hara.

Er stand im Stau, es bewegte sich nichts, neben ihm drehte ein Motorradfahrer den Gashebel bis zum Anschlag, als könne er durch infernalischen Lärm sich eine Gasse durch die unpassierbare Straße schlagen, in der die Wagen so dicht standen, dass nur ein Blatt Papier hindurchgekonnt hätte und auch nur, wenn es sich vertikal hochgestellt hätte, und sie sagte »Ich wünschte, Sie wären jemand anders.« In einer anderen Situation, wenn es wenigstens vorangegangen wäre, wenn er wenigstens zur nächsten Ampel hätte vorrücken können, hätte ihn dieser Satz vielleicht gar nicht berührt. Aber jetzt, in der Enge, es war stickig im Wagen, es roch nach Abgasen, der Motorradfahrer stützte sich mit einer Hand am Fahrerfenster ab, Jensen hatte diese fremde Hand direkt vor Augen, traf ihn O'Haras Äußerung mitten ins Herz, und er sagte: »Das nehmen Sie zurück!«

»Es ist wahr. Weshalb also sollte ich es zurücknehmen?«

»Sie nehmen das zurück!«, rief er.

Der Motorradfahrer schaute durchs Fenster hinein, neugierig, er grinste, Jensen schlug gegen die Scheibe. Der Motorradfahrer zeigte ihm den Mittelfinger. Jensen öffnete mit Wucht die Tür, es war alles vollkommen lächerlich. Der Motorradfahrer stürzte gegen den nächsten Wagen, dessen Fahrer wild zu hupen begann, die Nerven sehr vieler Menschen lagen bloß, jeder hupte jetzt, aber nicht jeder wünschte sich, der andere wäre ein anderer.

»Ich nehme es zurück«, sagte O'Hara irgendwann, viel später, als sie auf einer schlechten Straße Richtung

Chihuahua fuhren. Nach langem beidseitigem Schweigen sagte sie es.

»Gut«, sagte Jensen. »Dann wäre das erledigt.«

»Von wem ist diese Musik?«, fragte sie. »Die jetzt schon seit sehr langer Zeit zu hören ist, finde ich.«

»Johnny Cash.«

»Hält Sie das wach? Dieses Pathos in der Stimme des Sängers meine ich.«

»Besser als das Nichts in der Stimme von Paul McCartney.«

Jensen musste sich beim Fahren jetzt sehr konzentrieren, Mexiko war erstaunlich anders, engere Straßen, knietiefe Schlaglöcher, und der Eindruck, dass der Verkehr hier viel dichter war als vorhin in Amerika, entstand dadurch, dass die wenigen Wagen, die tatsächlich unterwegs waren, auf waghalsige Weise gefahren wurden. Ein alter Dodge ohne Windschutzscheibe überholte Jensen nun schon zum dritten Mal, die drei jungen Burschen im Wagen fassten es als Spiel auf, sie überholten Jensen in irrsinnigem Tempo, bremsten dann brüsk, so dass er wiederum sie überholen musste, und das Ganze ging von vorne los. In einer unübersichtlichen Kurve rollte ein Lastwagen direkt auf Jensen zu, auf der falschen Spur, der Fahrer riss im letzten Moment das Steuer herum, der Lastwagen schlingerte rechtwinklig von der Straße in die Böschung, wobei die hintere Laderampe aufsprang. Im Rückspiegel sah Jensen drei lebende Schweine hinten aus dem Wagen stürzen.

Wenig später fuhr Jensen an einem verrosteten Schild mit der Aufschrift »Hotel Deluxe« vorbei, zwanzig Kilometer seien es noch bis dort, behauptete das Schild. Jensen war fest entschlossen, in diesem Hotel zu schlafen, aber nach zwanzig Kilometern ging die Sonne unter, und außer weißen Grabkreuzen am Straßenrand, die im Scheinwerferlicht aufblitzten, nicht als Warnung, sondern als Fazit, gab es hier nichts. Das Hotel war vielleicht vor langer Zeit abgerissen oder gar nie gebaut worden.

Jensen war unsäglich müde, auf einer ebenen Fläche neben der Straße hielt er an, vielleicht war es ein offizieller Rastplatz, denn es stand eine Öltonne dort mit der Aufschrift Paleto, was vermutlich Abfall hieß.

»Was ist?«, fragte O'Hara. »Warum halten Sie an? Wo sind wir?«

»Irgendwo. Ich weiß es nicht genau. Es ist eine Art Rastplatz. Ich muss ein paar Stunden schlafen, das ist alles.«

»Im Auto? Gut, ich bin einverstanden. Dann dauert es wenigstens nicht so lange. Ich werde Sie in fünf Stunden wecken.«

16

Um Mitternacht rüttelte sie ihn wach, er hatte von ihr geträumt, es war ihm peinlich, ein verräterischer Traum. Die Erektion hatte sich erhalten, er öffnete die Tür und ging draußen ein paar Schritte, machte sogar einige Kniebeugen.

»Was tun Sie?«, hörte er O'Hara fragen. »Wir müssen weiter. Beeilen Sie sich.«

Er konnte sich an den Traum nicht erinnern, es war wie das Wallen eines durchsichtigen Tuches gewesen, der schwere Duft von Parfüm, die Hitze ihres Körpers. Die Sterne funkelten über ihm, ein Tier heulte, und in einem Gebüsch raschelte etwas, Zweige knackten, es musste etwas Schweres sein, gab es hier Bären?

Jensen setzte sich wieder in den Wagen und fuhr sofort los. Die Scheinwerfer erfassten noch einmal die Mülltonne. Paleto.

»Sprechen Sie eigentlich Spanisch?«, fragte Jensen.

»Ja. Fließend.«

»Heißt Paleto Abfall?«

»Nein, Trottel. Genauer Dorftrottel. Warum?«

»Nur so.« Was war das nur für ein Land, in dem die Leute Dorftrottel auf eine Mülltonne schrieben. An Arizona hatte Jensen die Kombination von Hitze und Ordnung gemocht, im Winter und Frühjahr musste es dort herrlich sein, ein mediterran mildes Klima ohne die entsprechend überdrehten, lauten und oberflächlichen Menschen, Klima plus angelsächsische Disziplin, er wusste nicht, weshalb er einen solchen Unsinn dachte, es stimmte ja auch nur halb, man brauchte sich nur Sheriff Caldwell vor Augen zu halten.

Nach einigen Stunden Fahrt, O'Hara schlief die ganze Zeit über, wurde die Straße breiter, zwei, dann drei Spuren, die sich mit Lieferwagen füllten, die alle erdenklichen Beschädigungen aufwiesen. Später kamen schwere Lastzüge hinzu, deren Fahrer beim Überholen den Takt einer Fußballhymne hupten, und Schwärme von Motorrädern zerknatterten die Erhabenheit der Morgendämmerung. Jensen weckte O'Hara.

»Wir sind gleich in Monterrey«, sagte er. »In welche Richtung soll ich jetzt fahren? Nuevas Tazas ist auf meiner Karte nicht eingezeichnet.«

»Es liegt in den Bergen, in der Sierra Madre Oriental. Im Bundesstaat Nuevo León. Nördlich von Monterrey.«

»Ja, aber eine Sierra Madre ist auf den Richtungsschildern nirgends angegeben. Ich muss wissen, wie die nächste größere Ortschaft heißt.«

»Halten Sie an einer Tankstelle. Ich werde fragen.«

Jensen verließ die Autobahn, und an der Tankstelle stiegen sie aus. Es roch stark nach Benzin, Jensen hielt den Atem an, denn er hatte nicht mit dem Rauchen aufgehört, um seine Lunge dann mit karzinogenen Dämpfen zu schädigen, die zu inhalieren noch nicht einmal Genuss bereitete.

Drinnen in der Bar standen Männer mit breiten Strohhüten an der Theke und tranken Kaffee. Sie drehten sich nach O'Hara um, die Gespräche verstummten. Die Männer bemerkten schnell, dass die schöne Frau blind war, und nun starrten sie Jensen an, missbilligend, wie ihm schien.

»Kommen Sie«, sagte Jensen. Er führte O'Hara zu der alten Frau, die hinter der Kasse saß. »Fragen Sie die.«

»Ist es eine Frau?«

»Ja.«

»Jung oder alt?«

»Alt. Warum?« Jensen verstand nicht, was für einen Unterschied das machte.

O'Hara sprach nun mit der Alten, und sie hatte nicht übertrieben, sie sprach tatsächlich fließend Spanisch, der Name Nuevas Tazas wurde mehrmals erwähnt.

Die Alte schüttelte den Kopf, dann wieder nickte sie, beim Reden schloss sie die Augen, sie nuschelte, ihr fehlten die Schneidezähne, und ihre Zunge zwängte sich manchmal in die Lücke wie ein eingesperrtes Tier, das zu entweichen versuchte. Plötzlich rief die Alte etwas, sie klopfte mit der Hand auf den Tisch, die Männer an der Bar wandten sich ihr zu und horchten aufmerksam. Dann begannen die Männer untereinander zu diskutieren, und schließlich schickten sie einen Abgesandten zu Jensen und O'Hara, es war der Jüngste, ein Knabe fast noch. Er nahm seinen Hut ab und sagte etwas zu Jensen, der lächelnd den Kopf schüttelte, no habla esponal, español, der Junge grinste, sein Blick suchte einen Spalt in

O'Haras Bluse, durch den man vielleicht etwas zu sehen bekam. O'Hara drehte sich zu dem Jungen, er senkte den Blick und si, si, Señora, si. Er zeigte zum Fenster hinaus, in Richtung der Hochhäuser, deren Spitzen von hier aus zu sehen waren.

O'Hara bedankte sich, sie streckte dem Jungen eine Note hin, Jensen konnte nicht genau sehen, wie viel es war, der Junge schnappte zu schnell nach dem Geld.

»Gehen wir«, sagte O'Hara.

»Ja, gehen wir«, sagte Jensen, es bereitete ihm Unbehagen, dass sie dem Jungen Geld gegeben hatte, nur weil dieser ihr eine Auskunft erteilt hatte, ein Reflex aus seiner Jugend meldete sich: Du sollst den armen Ausgebeuteten kein Geld schenken, sondern du sollst ihnen bei der Revolution behilflich sein, indem du in Konstanz vor dem Warenhaus Flugblätter verteilst. Als Jensen sich am Ausgang noch einmal umdrehte, sah er das glückliche Gesicht des Jungen, und fast schmerzhaft wurde ihm wieder einmal bewußt, wie viel Zeit seiner Jugend er mit der Anbetung von frommen Halbwahrheiten verschwendet hatte.

»Und?«, fragte er, als sie wieder im Auto saßen. »Was haben sie gesagt?«

»Zuerst dachten sie, dass wir neue Tassen kaufen wollen. Nuevas Tazas heißt neue Tassen. Sie kennen kein Dorf mit diesem Namen. Aber sie sagen, es gibt viele Dörfer in der Sierra Madre, man kann sie unmöglich alle kennen, weil man nämlich nie dorthin fährt, warum sollte man. Sie haben uns geraten, nach Veinte de Noviembre zu fahren, das ist eine Bezirkshauptstadt mitten in den Bergen. Sie sind sicher, dass die Leute aus Veinte de Noviembre Nuevas Tazas kennen. Also fahren wir dorthin. Zwei oder drei Kilometer von hier zweigt die Straße ab. Sie sagen, es sei ausgeschildert. Veinte de Noviembre.«

»Wir fragen besser noch einmal, an einer anderen Tankstelle.«

»Nein. Fahren Sie los. Ich vertraue diesen Leuten.«

Na gut, dachte Jensen. Vertrauen wir Leuten, die nichts Genaues wissen.

Es gab tatsächlich die Abzweigung, sie führte von Monterrey weg in die Berge. Die Straße verengte sich, der Verkehr blieb unten im Tal zurück, sie waren bald die einzigen, die sich durch enge Kurven zwischen steil abfallenden Felswänden höherschraubten. Die Automatik schaltete in den zweiten Gang hinunter, Pflanzen, denen es im Tiefland zu heiß und zu trocken war, wucherten hier aus den Felsritzen und brachen mit ihren Wurzeln lockeres Gestein heraus, das in faustgroßen Stücken herumlag; man konnte den Brocken nicht ausweichen, und um die Reifen zu schonen, fuhr Jensen noch langsamer. Manuell schaltete er in den ersten Gang, der Motor drehte hoch, oft ging es nur im Schritttempo voran. In den Bergwipfeln verfingen sich graue Wolken, es wurde kühler, Jensen schaltete die Klimaanlage aus. Je höher sie stiegen, desto schlechter wurde die Straße; Äste, Steine, Geröll, was immer Wind und Erdbewegungen auf die Fahrbahn trugen, blieb liegen, es schien sich niemand um den Erhalt der Straße zu kümmern, obwohl sie doch die einzige Verbindung zum Flachland war. An einer Stelle war die Straße vollends verschüttet; Erde, Steinbrocken, Gestrüpp machten die Weiterfahrt unmöglich. Und O'Hara schlief wieder! Jensen überlegte sich, sie zu wecken, obwohl es ohne Nutzen gewesen wäre, einfach nur, damit sie Zeuge wurde, wie sehr er sich hier abmühte.

Er stieg aus und räumte die problematischsten Steinbrocken aus dem Weg, sie konnten glücklicherweise alle gerade noch mit Körperkraft beseitigt werden. Einen der

Brocken stieß Jensen mit dem Fuß den Abhang hinunter, erst als es zu spät war, fiel ihm ein, dass er damit vielleicht jemanden gefährdete. Er schaute hinunter in eine enge Schlucht, in deren Tiefe ein kleiner Fluß am rostroten Skelett eines Lastwagens nagte. In den Mesquitesträuchern ganz in der Nähe kreischten Tausende von Zikaden, der Lärm zersägte einem förmlich das Trommelfell. Jensen warf Steine in die Sträucher, natürlich vergebens. In der Ferne erhoben sich die Gipfel sehr hoher Berge; es fröstelte Jensen bei ihrem Anblick, es musste sehr kalt sein dort oben, vielleicht lag sogar Schnee. Es schien so, aber vielleicht war es auch nur ein besonderes, weißes Gestein.

Jensen stieg wieder ein und fuhr sehr langsam über das verbliebene Geröll. Hinter der nächsten Biegung wurde die Straße noch steiler, der Asphalt war an vielen Stellen gerissen, es bestand Rutschgefahr. Jensen dachte an das Gerippe des Lastwagens unten in der Schlucht. Er empfand diese Gegend jetzt endgültig als bedrohlich, alles war zu hoch oder zu tief, zu schmal, zu steil, zu unsicher, es war eine Gegend, in der man verschluckt werden konnte.

Wolken zogen auf, es begann leicht zu regnen, und weit und breit kein Dorf, kein Haus, nichts, nur diese launische Straße. O'Hara schlief seit Stunden, mit offenem Mund, Jensen konnte sich das gar nicht mehr erklären. Der Wagen rumpelte doch, es gab brüske Erschütterungen, wenn die Reifen in ein Schlagloch stürzten, und da wäre noch sein Fluchen gewesen, er war müde, die Fahrt war über alle Maßen anstrengend, und deshalb fluchte er manchmal laut. Aber nichts vermochte O'Haras Schlaf zu stören, er war inzwischen überzeugt, dass es kein natürlicher Schlaf sein konnte. Es war ein medikamentöser, sie hatte irgendetwas zu sich genommen, ein sehr starkes Schmerzmittel vielleicht. Dass sie unter

Schmerzen litt, zeigte ihr Gesicht; selbst jetzt im Schlaf waren die Spuren zu erkennen, die Furchen und Verzerrungen, die Anstrengung des Leidens.

Endlich tauchte ein Schild auf, Veinte de Noviembre, 85 Kilometer. Jensen entspannte sich ein wenig, es gab jetzt wenigstens eine Zahl, aus der man schließen konnte, dass die mühsame Fahrt ein Ende haben würde und überhaupt in die richtige Richtung führte und nicht etwa ein großes Versehen war. Allerdings musste man bei den gegebenen Straßenverhältnissen die Zahl mit drei multiplizieren, sie würden wohl erst bei Einbruch der Dunkelheit diese Ortschaft erreichen.

17

So war es. Die Sonne war hinter den Bergen schon längst untergegangen, der Himmel hing tief, die dunklen Wolken strichen schier über das Wagendach, als sie endlich eine Hochebene erreichten, auf der Lichter zu sehen waren. Es war zwar nicht das stete Licht von elektrischen Lampen, eher das von Feuern oder Fackeln, aber jedes von Menschen entzündete Licht war Jensen jetzt recht. Er weckte O'Hara, es war gar nicht leicht, er musste sie schließlich recht heftig rütteln, damit sie zu sich kam.

»Wir sind da«, sagte er.

»In Veinte de Noviembre?« Ihre Stimme klang matt und kraftlos.

»Ja. Ich werde ein Hotel suchen.«

Sie hob die Hand und seufzte.

»Meinetwegen«, sagte sie. »Ist es eine große Stadt?«

»Ich glaube nicht.«

Die Hauptstraße wand sich in unsinnig vielen Kurven an jedem einzelnen Haus vorbei. Hinter einigen Fenstern flackerten Kerzen, Jensen konnte deutlich sehen, dass sie mit Madonnenbildnissen bedruckt waren; die Straße war so eng, dass er die Kerzen vom Wagenfenster aus hätte ausblasen können.

An einer Kreuzung saßen Männer an Klapptischen und tranken im Scheinwerferlicht eines verbeulten Kleinlasters Bier. Sie studierten den fremden Wagen, der an ihnen vorbeifuhr, sehr genau. Jensen winkte, sie reagierten aber nicht.

Die Hauptstraße mündete in einen gepflasterten Platz, in dessen Mitte ein Brunnen stand. Die Häuser ringsum waren stattlicher als die an der Straße, zweistöckig immerhin, manche Fassaden waren mit Stukkaturen verziert, der heilige Georg und der Drachen, pustende Putten, das Auge des Allmächtigen in einem Strahlenkranz. Die Gebäude schienen früher eine Einheit gebildet zu haben, ein ehemaliges Kloster vielleicht, jetzt aber besaß jedes Haus einen eigenen Blitzableiter und eine eigene Fernsehantenne. An zwei dieser Antennen war quer über den Platz ein Draht befestigt, von dem Glühbirnen herunterhingen. Jensen hielt neben dem Brunnen an.

»Ich sehe mal nach«, sagte er. »Warten Sie hier im Wagen. Schließen Sie ab.«

Er stieg aus, ein kühler Wind wehte, Jensen zog den Reißverschluss seiner Lederjacke zu. Das Knattern eines Generators hallte von den Hauswänden wider, mit sehr viel Aufwand wurde hier wenig Licht erzeugt. Der Generator lief unregelmäßig, wenn er aber auf Touren kam, glommen die Glühbirnen am Draht oben sekundenlang in voller Pracht.

Es roch nach Regen, und hinter den Bergen zuckten Blitze. Ein einziges der Häuser besaß eine eigene Glühbirne, sie war über dem Eingang angebracht, Jensen wandte sich dorthin. Auf die verwitterte Mauer des Hauses hatte jemand vor langer Zeit in verschnörkelten Buchstaben das Wort »Bar« gemalt. Jensen teilte mit den Händen die bunten Plastikstreifen, die vor dem Eingang hingen.

Drinnen war es dunkel, Jensen stieß gegen einen kleinen Tisch und brachte die Madonnenstatue ins Wanken, die darauf stand. Jensen griff rasch nach ihr, damit sie nicht umkippte. Der Geruch von faulem Obst stieg ihm in die Nase, und nachdem sich seine Augen an die Dunkelheit gewöhnt hatten, erkannte er, dass auf dem Madonnentisch drei schimmlige Orangen lagen, wahrscheinlich eine Opfergabe, an der jetzt aber nicht einmal mehr die Fliegen interessiert waren. Sie surrten alle in einen Nebenraum, angezogen vom Licht, das dort brannte. Jensen folgte den Fliegen, und als er den Raum betrat, schöpfte er Hoffnung. Es war tatsächlich eine Bar, es gab Tische und Stühle und eine aus Brettern gezimmerte Theke, an der zwei Jugendliche saßen, ein Junge und ein Mädchen.

»Buenas noches«, sagte Jensen, das war alles, was er auf Spanisch zu bieten hatte.

Die beiden schauten ihn an, der Junge grinste, das Mädchen starrte aus irgendeinem Grund auf Jensens Beine. Sie tranken beide Bier aus der Flasche, der Junge trug ein T-Shirt mit der sehnsüchtigen Aufschrift »Los Angeles«.

Jensen fragte sie, ob sie Englisch sprechen, und der Junge sagte: »Bisschen.« Er legte seinen Arm um das Mädchen und drückte es an sich, vielleicht um die Besitzverhältnisse klarzustellen. Das Mädchen kicherte und flüsterte dem Jungen etwas ins Ohr. Ihr Blick war noch immer auf Jensens Beine gerichtet. Jensen schaute kurz an sich hinunter, aber er konnte an seinen Hosen nichts Ungewöhnliches entdecken.

»Gibt es hier Zimmer?«, fragte Jensen den Jungen.

»Gibt es Zimmer?«, wiederholte der Junge.

»Ja. Gibt es hier welche? Ich suche zwei Zimmer zum Übernachten.«

Der Junge winkte ihn zu sich. Er bot Jensen einen Schluck aus seiner Bierflasche an.

»Gibt es Zimmer«, sagte der Junge. »Zum über Nacht? Okay. Zum über Nacht. Mann.«

Jensen lehnte das Bier höflich ab, der Junge, das war ihm jetzt klar, verstand kein Wort, wollte dies aber seiner Freundin gegenüber verheimlichen. Wahrscheinlich hatte er ihr einmal erzählt, dass Englisch für ihn kein Problem sei. Sie trug, wie Jensen jetzt sah, dasselbe T-Shirt, »Los Angeles«.

In diesem Moment erschien unter dem Türbogen ein schmächtiger älterer Mann. Er schob mit dem Fuß eine Kiste Bier in die Bar. Da er Sandalen trug, konnte jedermann sehen, dass ihm zwei Zehen fehlten. Als er Jensen erblickte, klärten sich seine trüben Augen, sein Körper spannte sich.

»Gonzales!«, sagte der Junge. Er redete auf Spanisch auf den Mann ein, das Wort »Americano« fiel. Der Mann brachte den Jungen mit einer Handbewegung zum Schweigen und trat begeistert einen Schritt auf Jensen zu.

»Es ist mir eine große Freude«, sagte er in melodiösem Englisch.

Er schüttelte Jensen die Hand. »Mein Name ist Fernando Gonzales. Und falls Sie ein Zimmer suchen, so kann ich Ihnen sagen: Sie haben Glück. Es ist noch eines frei. Es kostet zwanzig Dollar. Und es ist sauber. Ich habe es heute morgen erst gesprüht. Mit einem sehr guten

Mittel. Baygon. Es ist ungiftig, es tötet nur das Ungeziefer. Sie werden sehr zufrieden sein. Aber kommen Sie. Kommen Sie, ich zeige es Ihnen.«

Er winkte Jensen aus der Bar, und als sie im Flur vor der Treppe standen, flüsterte er: »Ich kann mir meine Gäste nicht aussuchen, verstehen Sie? Der Junge da drin, der mit dem Mädchen, er macht seinen Eltern viel Sorgen. Da ein Kind, dort ein Kind, dabei ist er erst siebzehn. Am besten, Sie übersehen ihn einfach. Meine anständigen Gäste sollen sich wohlfühlen, dann kommen Sie wieder. Ist es nicht so?«

»Ja«, sagte Jensen. »Ich brauche aber zwei Zimmer. Für zwei oder drei Nächte.«

»So lange?« Gonzales schnalzte mit der Zunge.

»Das ist sehr gut! Aber nun muss ich Ihnen sagen, dass es in meinem Haus im Ganzen nur zwei Hotelzimmer gibt. Und eines ist nicht mehr frei. Ein Herr hat es gestern Abend gemietet. Er kam sehr spät, meine Frau und ich waren schon im Bett. Er ist ein anständiger sauberer Mensch. Ein Americano, aber er spricht besser Spanisch als ich. Sie werden mit ihm keinerlei Probleme haben. Wir stellen einfach ein Bett in unseren ...« Er dachte über ein geeignetes Wort nach. »... in unser privates Gästezimmer. Wir bewahren darin zwar einige Dinge auf, aber meine Frau wird es ordentlich herrichten. Dann haben Sie zwei sehr gute Zimmer. Sagen wir fünfunddreißig Dollar für beide?«

Ein Notbett in einer Abstellkammer, dachte Jensen. Besser als nichts, aber die Frage musste dennoch erlaubt sein.

»Ich nehme an, es gibt hier kein anderes Hotel?«

»Leider nicht«, sagte Gonzales zufrieden. »Erst wieder in Ocampo, fünf Stunden Fahrt von hier. Und schmutzig. Nichts für Amerikaner. Ich habe zehn Jahre in Amerika gearbeitet, in Albuquerque, ich kann das beurteilen. Ich war Taxifahrer, in einem Buick Century. Der Wagen war stets sauber, darauf habe ich großen Wert gelegt. Und was in Amerika richtig ist, das muss hier erst recht gelten.«

»Ich nehme die zwei Zimmer«, sagte Jensen.

»Wunderbar«, sagte Gonzales. »Das ist ein guter Tag für alle. Eine gute Entscheidung. Sie werden es nicht bereuen.«

18

O'Hara war im Wagen wieder eingeschlafen. Jensen weckte sie.

»Es gibt hier ein Hotel«, sagte er. »Aber wir sind nicht die einzigen Gäste. Der Hotelbesitzer, er heißt Gonzales, sagte, gestern sei ein Amerikaner hier angekommen.«

»Botella. Sie haben den Hotelbesitzer doch hoffentlich nicht nach ihm gefragt?«

»Natürlich nicht.«

»Das wäre nämlich nicht klug gewesen.«

»Das ist mir bewusst.«

»Wir wissen von ihm, er aber nicht von uns. Und so muss es auch bleiben.«

»O'Hara«, sagte Jensen. »Ich habe das vollumfänglich verstanden. Steigen Sie jetzt bitte aus. Ich bringe Ihnen das Gepäck auf Ihr Zimmer.«

Es donnerte, das Gewitter, das sich hinter den Bergen sammelte, machte sich bereit für den Aufbruch hierher. Die Glühbirnen über dem Platz hüpften am Draht auf und ab.

Jensen schleppte die Koffer hinüber ins Hotel, der von O'Hara schien schwerer geworden zu sein. Er fragte sich, ob er sich das nur einbildete.

Im Hoteleingang brannten jetzt zwei frische Kerzen vor der Madonnenstatue, eine für jeden neuen Gast, den die Muttergottes Gonzales beschert hatte. Das ganze Haus, vorher still, war jetzt in Unruhe, Eimer schepperten, Anweisungen wurden gerufen, Zitronenduft überlagerte den Biergeruch. Das Haus schüttelte sich wie ein Hund, der seine Flöhe abwarf. Die beiden Flügel einer Schwingtür im Erdgeschoss sprangen für Gonzales auf, der sich mit einem Geschirrtuch das Gesicht trocken rieb.

»Ah, da sind Sie ja!«, rief er, als er die Gäste bemerkte, die mit ihrem Gepäck im Eingang standen. »Gerade rechtzeitig. Das Zimmer wurde soeben noch einmal gereinigt. Damit die Señora sich wohl fühlt. Ich irre mich doch nicht? Das Hotelzimmer für die Señora, das Gästezimmer für den Señor? Oder sind Sie zu dritt?«

»Nein«, sagte Jensen.

»Ganz wie Sie wünschen. Leider sind beide Zimmer noch nicht ganz fertig«, sagte Gonzales. »Aber vielleicht hat die Reise Sie ja hungrig gemacht? Warum also nicht aus einem Nachteil einen Vorteil machen?« Sein Gesicht glänzte vor Schweiß, so fleißig er es auch mit dem Geschirrtuch trocknete. »Ich könnte Ihnen schönes, durchwachsenes Rindfleisch anbieten«, schlug er vor. »Gebraten, gegrillt, was immer Sie wollen. Der Tisch kann gedeckt werden in einer Minute.«

»Sehr freundlich«, sagte O'Hara. »Ich bin tatsächlich hungrig. Für mich bitte gegrillt.«

»Einmal gegrillt also. Und für den Señor?«

Halb durch, dachte Jensen, den die Szene unangenehm an Dunbar erinnerte.

»Zweimal gegrillt bitte«, sagte er.

»Ich werde es gleich der Küche melden«, sagte Gonzales und eilte davon, ein sechzig- oder schon siebzigjähriger Mann, dem die Jahre die Zähne, die Zehennägel, das Haar gelb gefärbt hatten, und dessen unerfüllte Träume ihn wie Schatten umgaben. Es tat Jensen ein wenig leid, zu sehen, wie sehr dieser alte Mann sich bemühte, seine Gäste gut zu bewirten.

Jensen stellte das Gepäck im Hotelflur in eine Mauernische, die er von der Bar aus im Auge behalten konnte. O'Hara hatte den Weg in die Bar bereits gefunden; der Junge und das Mädchen beobachteten mit offenem Mund, wie die große, schöne Frau mit ihrem langen weißen Stock die Hindernisse abtastete und sich dann ganz hinten an einen Tisch setzte. Vielleicht wurde den beiden in diesem Moment klar, dass man auch hier in Veinte de Noviembre etwas Außergewöhnliches erleben konnte, wenn man nur lange genug jeden Abend in der einzigen Bar ein Bier trank. Jensen setzte sich neben O'Hara und lächelte den beiden zu, worauf sie sich abwandten und sich flüsternd über die Ereignisse unterhielten.

»Sie sitzen neben mir«, sagte O'Hara. »Warum nicht mir gegenüber?«

»Weil Sie mit dem Gesicht zum Eingang der Bar sitzen. Von hier aus kann man unser Gepäck sehen. Ich möchte es im Auge behalten. Und am liebsten auch den Dorfplatz. Aber Sie sitzen am Fenster. Wenn es Ihnen nichts ausmacht, würde ich gern die Plätze tauschen.«

»Sie haben recht«, sagte O'Hara. Sie stand auf und tastete sich um den Tisch herum.

Jensen setzte sich ans Fenster. Er schob den steifen, karierten Vorhang zurück und konnte nun den Dorfplatz überblicken. Das Licht der Glühbirnen geisterte im Wind über die Hausfassaden. Eine Gestalt verschwand in einem Hauseingang, es war nicht zu erkennen, ob es ein Mann oder eine Frau war, alt oder jung, nur ein Schatten.

»Und jetzt warten wir also auf Botella«, sagte O'Hara.

»Ja. Sieht so aus.«

Wir warten auf einen zwei Meter großen Schläger, dachte Jensen. Er war seit jeher ein schlechter Nahkämpfer gewesen, in gefährlichen Situationen hatte er lieber seine Waffe gezogen, oft etwas übereilt. Er war ein ausgezeichneter Schütze, hatte einige Preise gewonnen, Bester Schütze des Korps; er konnte selbst in Bewegung punktgenau die Stelle neben dem Schlüsselbein treffen, ein Schuss, mit dem man den Arm eines Angreifers lähmen konnte ohne die Person ernsthaft zu verletzen. Aber jetzt besaß er keine Waffe, und falls Botella handgreiflich werden sollte, würde er ihm wenig entgegenzusetzen haben.

»Falls er hier auftaucht, und das ist ja sehr wahrscheinlich«, sagte Jensen, »stellen wir uns am besten tot.«

»Tot? Wie meinen Sie das?«

»Wir brauchen nicht mit ihm zu sprechen, was würde das bringen? Wir wissen, dass er nach Nuevas Tazas will, und ich sehe keine Möglichkeit, das zu verhindern. Unter keinen Umständen darf er erfahren, dass auch wir dorthin wollen. Falls er uns also anspricht, werden wir behaupten, wir seien Touristen. Kein Wort von Nuevas Tazas, das ist das Beste.«

»Sie haben Angst«, sagte O'Hara. »Das gefällt mir nicht. Man kann sich nicht auf Sie verlassen. Vielleicht ist es wirklich besser, wenn Sie sich tot stellen. Spielen Sie den Touristen, ziehen Sie den Kopf ein, lecken Sie Botella die Schuhe. Aber geben Sie acht, dass Sie mir mit Ihrer Feigheit nicht schaden. Ich habe nämlich sehr wohl vor, diesen Mann aufzuhalten. Und ich möchte nicht, dass Sie mir dabei in die Quere kommen. Haben Sie mich verstanden?«

Jensen wollte etwas entgegnen, aber Gonzales erschien, er hatte sich das Geschirrtuch über den Arm gelegt und sagte: »Sitzen Sie bequem? Soll ich Ihnen Kissen bringen? Die Stühle sind vielleicht ein wenig hart?«

»Nein«, sagte O'Hara. »Die Stühle sind perfekt.«

»Das ist gut«, sagte Gonzales. »Bei einem guten Essen ist der Stuhl nicht das Unwichtigste. Auf einem unbequemen Stuhl kann man das Fleisch nicht genießen. Sie wollten es gegrillt, deshalb wird es noch eine Weile dauern, wir haben leider keine Holzkohle im Haus, nur Steineichenholz, das gibt eine ausgezeichnete Glut, aber sie braucht ihre Zeit. Darf ich Ihnen zuvor ein wenig Wein anbieten? Er kommt aus Kalifornien, von einem hervorragenden Weingut. Ich habe die Flasche für besondere Gäste aufgespart, und ich ...«

»Wie weit ist es von hier bis Nuevas Tazas?«, unterbrach O'Hara ihn. Sie ließ Gonzales nicht im Zweifel darüber, dass Sie an seinem Wein und an ihm selbst nicht im Geringsten interessiert war.

Jensen missbilligte ihre Geringschätzung, er sagte: »Vielen Dank, Señor Gonzales. Bitte bringen Sie uns den Wein, das ist sehr freundlich von Ihnen.«

»Ja«, sagte Gonzales. Er blickte verwirrte von Jensen zu O'Hara. »Der Wein. Selbstverständlich. Ich werde ihn gleich servieren. Bitte verzeihen Sie«, wandte er sich an O'Hara, »ich habe Ihre Frage noch gar nicht beantwortet. Sie wollen nach Nuevas Tazas?«

»Nein, wir haben nur davon gehört«, sagte Jensen.

»Ich möchte dorthin«, sagte O'Hara. »Sonst würde ich Sie ja wohl kaum nach dem Weg fragen, Señor Gonzales.«

Was zum Teufel war nur mit ihr los!

»Es war doch abgemacht«, sagte Jensen auf Flämisch, »dass wir niemandem davon erzählen! Der Mann, Sie wissen, welcher, ich werde seinen Namen nicht nennen, ist Hotelgast wie wir. Der, der jetzt an unserem Tisch steht, ist ein sehr gesprächiger Mensch. Er wird dem anderen Gast erzählen, dass wir nach Nuevas Tazas wollen.«

Gonzales lächelte unsicher; was immer die Fremden da redeten, es konnte nicht schaden, höflich zuzuhören und ab und zu zu nicken.

»Jetzt kommen Sie mir ja doch in die Quere!«, sagte O'Hara, gleichfalls auf Flämisch. »Ich sagte doch, ziehen Sie den Kopf ein und lassen Sie mich diese Angelegenheit erledigen. Also, Señor Gonzales«, fuhr sie auf Englisch fort, »wie lange dauert die Fahrt von hier nach Nuevas Tazas?«

»Zwei Stunden, Señora, mit Ihrem Wagen vielleicht auch nur eine. Aber leider ist die Straße seit vorgestern unpassierbar, verschüttet. Ein Erdrutsch. Das ist sehr ungewöhnlich für diese Jahreszeit. Seit ich denken kann, hat es in keinem Sommer so oft und so stark geregnet wie dieses Jahr. Und nun ist da gar kein Durchkommen, es liegt meterdick Erde auf der Straße, Baumstämme, Steine, es ist zum Verzweifeln für jemanden, der nach Nuevas Tazas will. Allerdings wollen das nicht sehr viele Leute, es sind ja nur ein paar Hütten, Ziegenhirten, Gesindel, könnte man sagen. Wir haben hier am liebsten gar nichts mit diesen Leuten zu tun, sie sind verschroben und einfältig, wenn ich mir diese Bemerkung erlauben darf.«

Vorgestern, dachte Jensen. Botella war also bestimmt erst nach dem Erdrutsch hier eingetroffen. Er saß hier fest, genau wie sie auch.

»Und wann wird die Straße geräumt sein?«, fragte O'Hara.

»Ich werde mich persönlich darum kümmern, Señora«, sagte Gonzales. »Das habe ich bereits auch meinem anderen Gast versprochen. Er ist gestern hier eingetroffen, und er wollte gleichfalls nach Nuevas Tazas. Wer hätte das gedacht. Alle meine Gäste wollen nach Nuevas Tazas. Aber seien Sie unbesorgt. Der hiesige Bürgermeister ist mein Schwager, und ich werde gleich morgen mit ihm sprechen. Es besteht doch jetzt ein wichtiger Grund dafür, die Straße sofort zu räumen. Mein Schwager ist ein kluger Mann, er wird verstehen, dass jetzt gehandelt werden muss. Es gibt hier genügend Männer, die den ganzen Tag nur herumsitzen.« Gonzales warf dem Jungen, der an der Theke saß, einen Blick zu und hob den Zeigefinger, worauf der Junge das Mädchen mit dem Ellbogen anstieß, zum Zeichen, dass es Zeit war, zu gehen. »Wir brauchen ein paar Schaufeln«, fuhr Gonzales fort, »und dann werden wir diese Männer zu der Stelle hochschicken, und sie werden Ihnen die Straße in zwei Tagen freiräumen. Oder in drei Tagen, es hängt davon ab, wer sie beaufsichtigt.«

Ein Kind, ein Bübchen von vielleicht vier Jahren, flitzte plötzlich durch die Bar, in einem Nachthemd und mit nackten Füßen. Das Kind zog Gonzales heftig am Hemd und sprang wieder davon.

»Aber nun müssen Sie mich entschuldigen«, sagte Gonzales. »Ich werde in der Küche gebraucht. Und der Wein, er kommt, er ist schon unterwegs.«

Der Junge und das Mädchen legten Münzen auf den Tisch, und mit einem letzten verstohlenen Blick auf O'Hara verließen sie die Bar. Aber unter dem Türbogen warf sich das Mädchen dem Jungen unvermittelt an den Hals, ihr Kinn ruhte auf der Schulter des Jungen, und in diesem Moment, in dem der Junge das Gesicht seines Mädchens nicht sehen konnte, zeigte sie Jensen ihre Zunge. Sie sah ihn an und zeigte ihm die Zunge, und es war keine Verhöhnung, sie strich mit der Zunge langsam über ihre Oberlippe, ganz kurz nahm sie ihren Daumen in den Mund. Dann zog sie den Jungen mit sich, und sie verschwanden.

Eigenartig, dachte Jensen. Warum hatte das Mädchen das getan? Eine Neckerei? Oder eine ernsthafte Aufforderung?

»Was gibt's?«, fragte O'Hara. »Sie sind so ruhig.«

»Ich habe nur gerade nachgedacht«, sagte Jensen. »Es wird eine Woche dauern, bis die Straße wieder befahrbar ist. Mindestens.«

»Ich bin auf alles eingerichtet«, sagte O'Hara.

»Diese Leute funktionieren anders als wir. Sie haben alle Zeit der Welt. Es macht ihnen nichts aus, eine Woche auf die Schaufeln zu warten und sich dann eine weitere Woche zu überlegen, wann sie mit der Arbeit beginnen sollen. Ich meine das gar nicht abwertend.«

»Doch, das tun Sie. Und das erstaunt mich. Sie haben doch jetzt auch alle Zeit der Welt. Was macht es Ihnen aus, hier eine oder zwei Wochen zu warten.«

»Ich habe zu tun«, sagte Jensen.

»Und was genau haben Sie zu tun?«

Es widerstrebte ihm, dieses Gespräch weiterzuführen. Er blickte hinaus auf den Dorfplatz, die tanzenden Lichter, aus dem offenen Fenster eines Hauses gegenüber flatterte ein Vorhang, der Himmel war tiefschwarz und grollte.

»Was genau?«, fragte O'Hara. »Was haben Sie so Dringendes zu tun?«

»Wenn Sie es unbedingt wissen wollen: Es ist ein Experiment. Das Doppelspaltexperiment. Das Schlüsselexperiment der Quantenphysik. Ich habe vor, es zu Hause im meinem Keller durchzuführen. Und ich wäre jetzt lieber dort als hier.«

»Das verstehe ich. Es ist ein sehr interessantes Experiment. Mein Mann hat mir davon erzählt. Er sagte, das Experiment beweise, dass Elementarteilchen wie das Elektron beides sein können, ein Teilchen und eine Welle. Und wenn man ein einzelnes Elektron in Richtung zweier Löcher abschießt, teilt es sich in zwei Wellen auf und ...«

»Ja«, sagte Jensen. »Das ist mir bekannt.«

»Und wie interpretieren Sie das Ergebnis dieses Experiments?«

»Wie hat es denn Ihr Mann interpretiert?«

Der Wundergläubige aus dem Dunstkreis des Vatikans, dachte Jensen. Einer dieser zahllosen Esoteriker und Metaphysiker, die die Wunder der Quantenphysik in die Niederungen ihres Märchenglaubens hinunterzogen.

»Nun, er sagte, das Experiment zeige vor allem eines. Wenn ein einzelnes, folglich komplett isoliertes Elektron auf zwei Löcher abgeschossen wird, weiß es gewissermaßen nicht, wie es sich verhalten soll. Es ist allein, ein einsames Objekt, künstlich erzeugt in einem Labor. Aus diesem Grund teilt es sich in zwei Wellen auf, die eine Welle geht durch dieses Loch, die andere durch jenes, es entsteht auf dem Detektorschirm ein Interferenzmuster. Das bedeutet nichts anderes, als dass das Elektron, weil sonst nichts da ist, mit dem es wechselwirken könnte, mit sich selbst wechselwirkt. Sobald aber jemand zuschaut, um herauszufinden, durch welches Loch das Elektron hindurchgeht, fliegt es keineswegs durch beide Löcher, sondern entweder durch das eine oder das andere. Es verhält sich jetzt völlig normal, weil es nicht mehr allein ist. Menschen, die zu lange allein leben, benehmen sich mit der Zeit ebenso merkwürdig und realitätsfremd wie ein einzelnes Elektron, das niemanden hat, mit dem es wechselwirken kann. Die Aufteilung in zwei Wellen und die Interaktion mit sich selbst beim Doppelspaltexperiment entspricht gewissermaßen einem Selbstgespräch. Reden Sie manchmal mit sich selbst, Jensen?«

»Ich wusste gar nicht«, sagte er, »dass man das Experiment auch trivialpsychologisch interpretieren kann. Das ist einmal etwas Neues.«

In diesem Moment brach ein Gewitter los, wie Jensen es noch nie erlebt hatte. Der Donner explodierte scheinbar direkt über seinem Kopf, den er nun tatsächlich einzog. Die Bierflaschen auf der Bartheke zitterten, das ganze Haus erbebte, taghell trat draußen der Dorfplatz aus der Dunkelheit hervor, ein Blitz jagte den nächsten. Jensen blickte hinaus, im gleißenden Irrlicht sah er im Haus gegenüber eine weißhaarige Frau nach dem flatternden Vorhang greifen, mit der anderen Hand wehrte sie den Fensterladen ab, den der Sturmwind ihr entgegenschlug. Das Licht der Deckenlampe in der Bar flackerte bei jedem Blitz, schließlich erlosch es, im Gleichklang mit den Glühbirnen draußen auf dem Platz. Ein eigenartiges Surren war zu hören, vielleicht eine überlastete elektrische Leitung.

»Hat das Haus hier einen Blitzableiter?«, fragte O'Hara.

»Ja«, sagte Jensen.

Das Licht der Blitze spiegelte sich in den schwarzen Gläsern ihrer Sonnenbrille und erfasste für einen kurzen Augenblick auch Gonzales, bevor er wieder in der Dunkelheit versank.

»Das ist hier leider seit Neustem üblich«, hörte Jensen ihn sagen. »Aber meine Gäste essen stets mit Licht. Darauf können Sie sich verlassen. Ich werde gleich morgen neue Sicherungen kaufen und Ihnen jetzt Kerzen bringen. Und zwar solche aus echtem Bienenwachs. Nicht die schlechten aus dem Supermarkt. Die zünde ich für die Mexikaner an.«

Seine Schritte entfernten sich wieder. Es begann zu regnen, die ersten Tropfen trippelten noch leise wie Mäuse über das hölzerne Vordach, aber dann kam es eimerweise, buckets of rain, buckets of tears, dachte Jensen in Erinnerung an eine Liedzeile von Dylan, got all them buckets comin' out of my ears, er hatte den Sinn dieser Liedzeile nie recht verstanden. Draußen knallte es, einige der Glühbirnen platzten, Funken stoben, der Wind wehte den Geruch von Feuchtigkeit und Verbranntem in die Bar, das Verbrannte war hoffentlich nur das Rindfleisch auf dem Grill. Es wurde kühl, und auf dem Dorfplatz bildeten sich bereits große Pfützen. Der Regen fiel jetzt so dicht, dass man selbst in den kurzen Momenten, in denen ein Blitz niederging, die Häuser auf der anderen Seite des Platzes nicht mehr sehen konnte.

»Es würde mich nicht wundern«, sagte Jensen, »wenn es die Straße nach Nuevas Tazas morgen überhaupt nicht mehr gäbe. Sie wird einfach weggeschwemmt werden.«

»Das spielt keine Rolle«, sagte O'Hara. »Ist Ihnen übrigens nichts aufgefallen? Als ich diesen Gonzales nach dem Weg fragte?«

»Nein. Was?«

»Herr Gonzales war erstaunt, dass jemand nach Nuevas Tazas will. Mit keinem Wort hat er Esperanza Toscano Aguilar erwähnt. Finden Sie das nicht merkwürdig? Sie war, bevor sie nach Amerika ging, eine lokale Berühmtheit. Mein Mann sagte damals, die Leute seien von weit her gekommen, um sich von ihr heilen zu lassen. Das ist erst zwei Jahre her. Bestimmt haben doch damals viele Leute hier in Veinte de Noviembre eine Unterkunft gesucht, etwas getrunken, gegessen, hier, bei Herrn Gonzales. Ach, Sie wollen zur Heilerin? Die ist nicht mehr dort. Eine solche Reaktion hätte ich von ihm erwartet. Aber er tat so, als wisse er von allem nichts.«

»Er hat zehn Jahre lang in Albuquerque gelebt«, sagte Jensen. »Er war dort Taxifahrer. Wahrscheinlich ist er erst vor kurzem zurückgekehrt. Er hat von der Heilerin nie etwas gehört, er war weg.«

»Mag sein. Aber Veinte de Noviembre ist eine sehr kleine Stadt, nicht wahr? Es geschieht hier nicht viel, jeder weiß alles, und jeder erzählt jedem alles weiter, auch einem, der zehn Jahre lang weg war. Nein, Jensen. Ich befürchte, Jack Dunbar ist von Esperanza Toscano Aguilar falsch informiert worden. Oder er hat mich angelogen. Jedenfalls stammt Sie nicht aus Nuevas Tazas. Vielleicht aus einem Dorf in der Nähe, aber nicht aus Nuevas Tazas.«

»Warum ist Botella dann auch hier?« Es war eine dumme Frage, und Jensen gab sich die Antwort selbst: »Natürlich, ja. Weil Dunbar ihm dasselbe erzählt hat wie Ihnen.«

»Sie tun jetzt Folgendes«, sagte O'Hara. »Gehen Sie und sprechen Sie mit Gonzales. Jetzt gleich, bevor Botella hier auftaucht. Fragen Sie ihn nach Esperanza Toscano Aguilar. Und lassen Sie ihn auf die Muttergottes schwören, dass er niemandem etwas von dem Gespräch verrät. Und dann geben Sie ihm das hier.«

O'Hara schob ihm eine Fünfzigdollarnote zu.

»Tun Sie mir den Gefallen«, sagte sie.

»Na gut.«

Jensen stand auf und ging. Es mochte sein, dass O'Hara recht hatte, man musste es abklären. Er steckte die Fünfzigdollarnote in die Tasche, vielleicht würde er Gonzales das Geld geben, vielleicht nicht. Auf keinen Fall würde er ihm einen Muttergottesschwur abnötigen.

Im Korridor vor der Bar war es dunkel, die beiden Opferkerzen hatte der Wind ausgeblasen. Jensen erinnerte sich an die Flügeltür, links neben dem Treppenaufgang, er tastete sich dorthin und sah einen Lichtschein, hörte Frauenstimmen und das Zischen von Fleisch. Er stieß die Flügeltür auf, im Schein einiger Kerzen standen zwei Frauen, die knöchellange Röcke trugen, vor einem großen, steinernen Herd; beide wischten sich mit ihren Schürzen das Gesicht trocken, als sie Jensen sahen, verlegen warteten sie auf ein Wort von ihm.

»Señor Gonzales?«, fragte er.

Die Frauen schauten einander an, die eine war sehr viel älter als die andere, und die ältere rief: »Hombre! Hombre!«, den Rest verstand Jensen nicht. Als hätte ihn der Ruf herbeigezaubert, stand Gonzales plötzlich neben den Frauen, beladen mit einer Flasche Wein und vier dicken Kerzen.

»Sie sind es!«, sagte er. »Aber kommen Sie, kommen Sie, das ist kein Ort für einen Gast. Hier ist es heiß, hier wird gekocht. Sie sehen, hier ist alles sauber, darauf achte ich wie auf meine eigene Seele. Aber kommen Sie doch, ich wollte Ihnen gerade den Wein und die Kerzen bringen. Suchen Sie die Toilette? Es gibt eine, natürlich, ich werde Ihnen den Weg zeigen.«

Er drückte sich mit einem nicht ganz freien Lächeln an Jensen vorbei und hielt ihm mit dem Ellbogen einen Flügel der Tür offen.

»Bitte, hier entlang.«

»Vielen Dank«, sagte Jensen, und als sie draußen im Korridor standen, am Fuß der Treppe, die nach oben führte, hielt er Gonzales leicht am Arm fest.

»Ich würde Sie gern etwas fragen«, sagte Jensen.

Der Ort schien ihm geeignet zu sein, die Frauen in der Küche drin konnten nichts hören, die Kochgeräusche waren zu laut und sicher verstanden sie kein Englisch. Und falls Botella sich überhaupt im Hotel aufhielt, dann bestimmt im oberen Stockwerk in seinem Zimmer, gleichfalls außer Hörweite, falls man die Stimme ein wenig dämpfte.

»Ja gern«, sagte Gonzales. »Fragen Sie mich alles, was Sie wollen. Aber vielleicht möchten Sie ein wenig Licht? Es ist sehr dunkel hier, ich kann eine Kerze anzünden.«

»Nein, das ist nicht nötig. Ich wäre allerdings froh, wenn das, worüber wir jetzt sprechen, unter uns bleiben würde. Das mag seltsam klingen, aber es würde mir wirklich viel bedeuten, wenn Sie mir das versprechen könnten.«

Gonzales schwieg einen Moment, dann sagte er: »Ihr Vertrauen ist für mich eine Ehre. Und seien Sie unbesorgt, ich werde kein Wort weitergeben. Das schwöre ich bei allen Heiligen.«

Gonzales Pathos steckte Jensen an. Er sagte in gewichtigem Ton: »Ich wusste, dass ich auf Sie zählen kann. Also, es geht um Folgendes. Wir suchen eine Frau namens Esperanza Aguilar, Toscano Aguilar. Sagt Ihnen der Name etwas?«

»Nun ...« Gonzales zögerte. »Ich habe von ihr gehört, ja. Der Name ist mir bekannt.«

Es ist ihm unangenehm, dachte Jensen.

»Wir haben gehört, dass sie in Nuevas Tazas wohnt. Oder gewohnt hat. Stimmt das?«

»Nuevas Tazas? Ach deshalb. Jetzt verstehe ich. Aber ich muss Ihnen leider sagen, dass ich und meine Familie nie etwas mit dieser Frau zu tun hatten. Wir kennen sie nicht. Natürlich haben wir davon gehört, aber es ist nicht gut, sich auf solche Dinge einzulassen, wenn ich mir die Bemerkung erlauben darf.«

»Auf Heilungen durch Gebete?«, fragte Jensen. »Meinen Sie das.«

»Auf Heilungen durch Gebete zu wem auch immer«, sagte Gonzales, er sprach jetzt sehr leise. »Gott hat auch dem Anderen eine gewisse Macht verliehen, verstehen Sie? Der Andere wandelt in Gottes Schatten, und man merkt es oft erst, wenn er aus dem Schatten hervortritt. Dann aber ist es zu spät.«

Gonzales bewegte sich, er schien sich zu bücken, Jensen konnte es in der Dunkelheit nicht genau erkennen, der Regen rauschte, der Donner klang entfernt.

Er bekreuzigt sich, dachte Jensen. Er hat die Weinflasche und die Kerzen auf den Boden gelegt, um sich bekreuzigen zu können.

»Ich bin gleichfalls der Meinung«, sagte Jensen, »dass für Heilungen die Ärzte zuständig sind. Wir suchen die Frau nicht aus diesem Grund.«

Jedenfalls ich nicht, dachte er.

»Es geht um etwas anderes«, fuhr er fort. »Wir möchten nur mit ihr sprechen. Werden wir sie in Nuevas Tazas finden oder wohnt sie eventuell in einem anderen Dorf?«

»In einem anderen. Soviel ich weiß. In Mazatil, sagt man. Oberhalb von Nuevas Tazas. Man fährt nach Nuevas Tazas, dort endet aber die Straße. Mazatil ist noch erbärmlicher, es führt nur ein Pfad dorthin. Das ist alles, was ich Ihnen darüber sagen kann, Señor.«

»Sie haben uns sehr geholfen, Señor Gonzales. Nur eine Frage noch: Ihr anderer Gast, hat er auch nach dieser Frau gefragt?«

»Nein. Er hat nicht gefragt. Nur nach dem Weg nach Nuevas Tazas. Und falls er mich jetzt fragen sollte, werde ich schweigen. Ich habe es geschworen. Sie können sich auf mich verlassen.«

»Und jetzt freuen wir uns auf das gute Essen«, sagte Jensen, um die angespannte Stimmung zu entkrampfen. »Es riecht ja schon herrlich aus Ihrer Küche!« Es roch verbrannt, und die Fünfzigdollarnote, die Jensen im Schutz der Dunkelheit aus der Tasche gezogen hatte, klebte an seiner Hand, es war einfach unmöglich, sie Gonzales zu überreichen, nicht hier, es war zu dunkel, und nicht anderswo, es hätte zu sehr nach Bestechung ausgesehen. Dann aber fand Jensen doch noch eine Lösung.

»Ich möchte gern der Muttergottes eine Kleinigkeit spenden«, sagte er. »Zum Dank dafür, dass ich und meine ...« Er suchte nach dem passenden Wort. »... und Señora O'Hara hier so freundlich aufgenommen worden sind. Ich werde die Spende unter die Statue der Lieben Frau legen.«

»Und ich«, sagte Gonzales in einem Ton, in dem die Freude über die Spende mitschwang, »werde Ihnen nun den Wein servieren. Sie werden nicht enttäuscht sein. Und dann werde ich Ihnen das Essen bringen. Und alles wird so sein, wie wir es besprochen haben.«

Gonzales ging in die Bar, Jensen legte die Note unter die Madonnenstatue, und er musste zugeben, dass O'Hara von vielen Dingen etwas verstand. Botella würde, sofern die Straße überhaupt in absehbarer Zeit passierbar war, in Nuevas Tazas nach jemandem suchen, der sich in Wirklichkeit in Mazatil aufhielt. Er war früher hier angekommen als sie, aber sein Vorsprung hatte ihm nichts genützt, und nun lag er sogar entscheidend hinter ihnen zurück.

19

Gonzales träufelte Wachs auf den Tisch und verankerte die Kerzen darin, eine vor Jensen, und mit besonderem Stolz zwei vor der blinden Señora; es freute ihn, seinen Gästen zu zeigen, wie großzügig er war. Die drei Flammen flackerten im Luftzug, ein nervöses Licht, es war vorhin im Dunkeln fast gemütlicher gewesen. Man würde sich jetzt dauernd um die Flammen kümmern müssen. Gonzales schirmte eine von ihnen mit der Hand ab und goss den Wein in die Wassergläser, die er Jensen und O'Hara hingestellt hatte. Es war eine angebrochene Flasche, nur zur Hälfte voll, aber Jensen verlor darüber kein Wort.

»Und nun werde ich Ihnen das Essen bringen«, sagte Gonzales und eilte davon.

»Sie wohnt in Mazatil«, sagte Jensen. »Er sagt, es ist ganz in der Nähe von Nuevas Tazas. Es führt aber keine Straße dorthin, wir werden zu Fuß gehen müssen.«

O'Hara tastete nach dem Weinglas und leerte es in einem Zug.

»Scheußlich«, sagte sie. »Was verlangt er für diesen Fusel?«

Jensen nippte an seinem Glas, der Wein war tatsächlich sauer, seine Zunge bekam eine Gänsehaut.

»Keine Ahnung«, sagte er. »Sicher nicht viel.«

Die erste Kerze erlosch, Jensen zündete sie wieder an. Die Bar war jetzt voller Schatten, die an den Wänden seltsame Formen annahmen. Von der Decke tropfte Wasser, glücklicherweise nicht über ihrem Tisch, sondern über dem daneben. Der Wind heulte durch die Fensterritzen.

»Mazatil«, sagte O'Hara. »Und Botella? Hat er Gonzales auch danach gefragt?«

»Nein.«

»Gut. Schenken Sie mir noch mal von diesem Wein ein. Ich möchte nicht, dass Sie dieses Zeug trinken müssen.«

Sie sagte es ohne Ironie, und er schenkte ihr ein, draußen waren Stimmen zu hören. Gonzales unterhielt sich mit jemandem, auf Englisch, Jensens Kehle wurde eng.

»Ich glaube, Botella kommt«, sagte er leise.

Er behielt den Türbogen im Auge und erwartete, gleich einen Riesen sich bücken zu sehen, denn die Tür war niedrig.

»Bitten Sie ihn an unseren Tisch«, sagte O'Hara.

»Ist das Ihr Ernst? Wieso denn?«

»Alles andere wäre verdächtig.«

Sie hatte natürlich recht. Die Unterhaltung draußen brach ab, Schritte waren zu hören, Jensen trank sein Glas nun auch leer, die eine Kerze erlosch erneut, die anderen flackerten um ihr Leben. Ein Mann betrat die Bar, im Halbdunkel war nicht viel mehr zu erkennen, als dass es nicht Botella sein konnte, der Mann war sogar ausgesprochen klein. Er ging an der Theke vorbei, das Licht der Kerzen erfasste ihn, er trug einen dunklen Anzug mit Krawatte, sein Gesicht wirkte vollkommen harmlos. Unschlüssig blieb der Mann stehen, er hob die Hand zum Gruß, schaute sich um, er schien sich zu überlegen, ob er sich an den Nebentisch setzen sollte, auf dem sich aber eine Wasserlache gebildet hatte, in die von der Decke beständig neue Tropfen fielen.

»Guten Abend«, sagte der Mann. Sein Anzug wirkte konventionell und billig, wie der eines mittleren Verwaltungsbeamten.

»Guten Abend«, sagte Jensen.

Der Mann strich sich über die Glatze, nur ein schmaler Haarkranz war ihm geblieben, es konnte unmöglich Botella sein. Dieser hier sah aus wie ein Buchhalter, allerdings war er auffallend muskulös, es passte alles nicht zusammen, das biedere Gesicht und der zweifellos trainierte Oberkörper, denn dick war er nicht, nur eben stark gebaut, selbst der zerknitterte, zu weit geschnittene Anzug verbarg es nicht.

»Sind Sie Amerikaner?«, fragte der Mann. Er stand noch immer in der Nähe der Theke.

»Nein«, sagte O'Hara. Sie drehte sich in seine Richtung. »Wir kommen aus Belgien.«

Der Mann starrte sie an, O'Haras Schönheit schien ihm nicht zu behagen, es war etwas Außergewöhnliches, und darauf war er nicht gefasst gewesen.

»Aus Belgien«, sagte er. »Ein schönes Land, nehme ich an. Na, dann will ich Sie mal nicht länger stören. Ich ...«

»Sie stören überhaupt nicht«, sagte O'Hara. »Setzen Sie sich doch zu uns. Soviel ich weiß, sind wir drei die einzigen Gäste hier. Ich möchte nicht, dass Sie alleine essen.«

»Alleine essen«, sagte der Mann. »Ja, nein. Nein, da haben Sie ganz recht. Das ist sehr freundlich von Ihnen.«

Ungelenk, so als habe er das Gehen für einen Moment lang verlernt, trat er an ihren Tisch, wobei er die Stühle, die in seinem Weg standen, unnötig weit von sich wegschob.

Wer zum Teufel ist das? dachte Jensen. Gonzales hatte von einem weiteren Gast gesprochen, einer, nicht zwei.

»Das ist wirklich sehr nett«, sagte der Mann und setzte sich neben Jensen. Das Kerzenlicht hob die Unebenheiten in seinem Gesicht hervor, kleine Vertiefungen, Pockennarben, dachte Jensen, der Mann war als Kind nicht geimpft worden. Er musste in einer abgelegenen Gegend aufgewachsen sein, in ärmlichen Verhältnissen.

»Und Sie kommen also aus Belgien«, sagte der Mann. »Das ist interessant.« Er starrte auf O'Haras Blindenstock, der an der Tischkante lehnte, es war nur der Griff mit der Handschlaufe zu sehen. »Ich meine, es ist interessant, weil meine Vorfahren auch aus Europa stammen. Aus Chieti, das ist ein kleines Städtchen in Italien, ich war noch nie dort. Leider. Aber ich habe mich Ihnen noch gar nicht vorgestellt. Botella, Francisco Botella. Aus Phoenix, in Arizona.«

Er streckte Jensen die Hand hin, es war eine rohe Hand, breit, mit kurzen Fingern.

»Sehr erfreut«, sagte Jensen. Das ist doch unmöglich! dachte er.

Botellas Hand fühlte sich weich und kalt an, es steckte vielleicht mehr Kraft in ihr, als dieser Händedruck erkennen ließ, aber das änderte nichts daran, dass Dunbar ein offenbar notorischer Lügner war. Kein Nuevas Tazas und kein zwei Meter großer Botella, nur ein pockennarbiger Buchhalter mit gutmütigen Augen.

»Hannes Jensen«, fügte er hinzu.

»Und mein Name ist Annick O'Hara«, sagte sie. Sie streckte ihre Hand aus, zu forsch, eine Kerze stürzte um, Botella stellte sie sofort wieder auf und sagte: »Das macht doch nichts. Ich werde die Kerze wieder anzünden.« Er zog ein Feuerzeug aus der Tasche, bemerkte dann aber, dass O'Hara ihm ihre Hand noch immer hinhielt, und nun schüttelte er sie übertrieben lange. Eine schöne Frau und noch dazu blind, zu viel Unerwartetes versammelte sich hier, es machte ihn befangen.

»Entschuldigung«, sagte er. »Und Sie sind also ... Sie kommen aus Belgien. Ist es eine Reise? Ich meine, sind Sie unterwegs zu einer Sehenswürdigkeit?«

Jensen entspannte sich vollständig. Er hatte sich vor Botella gefürchtet, und nun stellte sich heraus, dass dieser Mann ein Nervenbündel war, das man durch ein lautes Wort wahrscheinlich zum Vibrieren bringen konnte.

»Ja«, sagte Jensen. »Wir möchten Mexiko kennenlernen. Aber nicht die üblichen Dinge, Acapulco, die Mayatempel. Sondern das ursprüngliche Mexiko. Abseits der Touristenströme.«

Jensen war zufrieden mit sich: abseits der Touristenströme, das klang nach Ökotourismus, und falls Botella sich überhaupt Gedanken darüber machte, weshalb zwei Europäer tief in der Sierra Madre am selben Tisch wie er saßen, konnte er es sich nun eben damit erklären, dass er es mit zwei anspruchsvollen Individualisten zu tun hatte, denen ein Land nur ursprünglich genug war, wenn sie es von seiner schlechtesten Seite kennenlernten.

»Das freut mich!«, rief Gonzales, der mit zwei dampfenden Tellern zu ihrem Tisch eilte. »Ich sehe, Sie haben sich bereits miteinander bekannt gemacht. Alle meine

Gäste an einem Tisch! Leider wusste ich nicht«, wandte er sich an Botella, »dass Sie auch zum Essen kommen werden. Aber auch Ihr Essen wird sofort bereit sein. Ich könnte natürlich das Fleisch auch im Ofen noch einen Moment warm halten, dann könnten Sie alle gemeinsam essen?«

»Um Himmels willen nein«, sagte Botella. »Nein, die Herrschaften haben sicher Hunger. Und wer zuerst kommt, isst zuerst, so soll das sein.«

»Was immer Sie wünschen«, sagte Gonzales und stellte O'Hara, dann Jensen den Teller hin, ein großes Stück Rindfleisch, ehemals saftig, jetzt mit einer schwarzen Kruste überzogen, das Fleisch wölbte sich auf dem Teller, man brauchte nicht hineinzustechen, um zu wissen, dass es lederhart war.

»Und noch eine Flasche Wein«, sagte O'Hara. »Roten. Sie nehmen doch auch Wein, Mister Botella?«

»Einen Schluck, gern«, sagte er.

»Ein Rotwein dann also«, sagte Gonzales mit besorgter Miene. Wo sollte er eine weitere Flasche auftreiben? Es stand ihm ins Gesicht geschrieben, dass er nur diese eine angebrochene Weißweinflasche im Keller gehabt hatte. »Ich werde das sofort erledigen.«

»Und was führt Sie hierher?«, wandte sich O'Hara an Botella. Sie zerschnitt ihr Fleisch und führte sich ein verkohltes Stück zum Mund.

»Es ist vollkommen verbrannt«, sagte Jensen auf Flämisch. »Und der andere ist nicht zwei Meter groß. Er ist kleiner als ich.«

»Ja«, sagte O'Hara auf Englisch. »Es ist verkohlt. Aber ich mag es so. Was ich hingegen nicht mag, ist, wenn man jemandem beim Reden unterbricht. Und Mister Botella wollte uns gerade sagen, was ihn hierhergeführt hat. Suchen Sie auch das Mexiko abseits der Touristenströme?«

»Ich weiß nicht«, sagte Botella. »Nein. Ich meine, ich weiß nicht, ob Sie das interessiert. Es ist leider eine eher traurige Angelegenheit. Ich möchte Ihnen nicht den Abend verderben.«

»Jetzt bin ich aber erst recht neugierig«, sagte O'Hara mit vollem Mund, das Fleisch musste stark gekaut werden.

Jensen schabte mit dem Messer wenigstens die gröbsten Verbrennungen weg.

»Nun, es ist eine wirklich üble Geschichte«, sagte Botella. Es war ihm anzumerken, dass er sie sich gern vom Herzen gesprochen hätte, aber noch immer nicht ganz sicher war, ob er sie seinen Tischgefährten zumuten durfte.

»Erzählen Sie«, sagte Jensen. »Es gibt hier kein Fernsehen«, fügte er hinzu, um es Botella durch einen kleinen Scherz etwas leichter zu machen.

»Es ist leider nicht zum Lachen«, sagte Botella vorwurfsvoll. »Immerhin geht es um zwei Kinder, die bisher in ihrem Leben nicht besonders viel Glück gehabt haben.«

»Die Kinder leiden immer am meisten«, sagte O'Hara, es klang unecht, aber Botella schien das nicht zu bemerken.

»Ja, so ist es leider«, sagte er. »Ich erlebe es Tag für Tag. Ich arbeite als Betreuer in einem Kinderheim, seit zwanzig Jahren schon. Im St. Paul's Kinderheim, in Phoenix. Vielleicht haben Sie schon einmal davon gehört? Wir wurden letztes Jahr vom Staat Arizona ausgezeichnet wegen unserer vorbildlichen pädagogischen Arbeit. Das ist allerdings nicht mein Verdienst. Ich betreue die Kinder nur, das heißt, ich sorge dafür, dass sie sich die Zähne putzen, ihre Betten ordentlich machen und nicht ausreißen. Wir haben die niedrigste Ausreißerquote im ganzen Südwesten.«

Botella zog die Nase hoch, und als das nicht half, schneuzte er sich zwischen die Finger und rieb sie an seiner Hose trocken, mit großer Selbstverständlichkeit.

»Die niedrigste«, wiederholte Botella, er hatte wohl ein Lob erwartet. »Aber genau genommen ist auch das nicht mein Verdienst. Es liegt an der psychologischen Art, wie Misses Baker mit den Kindern umgeht. Sie ist die Leiterin unseres Heims.«

Er war selber ein Heimkind, dachte Jensen. Es war eine plötzliche Gewissheit.

»Die Kinder lieben Misses Baker, und deswegen reißen nur sehr wenige aus.«

»Aber wenn ich Sie richtig verstehe«, sagte O'Hara, »sind nun doch zwei Kinder ausgerissen? Ist das der Grund, weshalb Sie hier sind?«

»Nein, ganz und gar nicht!« Botella schüttelte den Kopf. »Nein, sie sind nicht ausgebüchst.« Er verwahrte sich mit beiden Händen gegen diese Mutmaßung. »Nein, verstehen Sie, es war so. Vor neun Jahren wurden bei uns zwei Babys abgegeben, vom Fürsorgeamt. Die Eltern waren bei einem Unfall umgekommen, beim Deltasegeln oben in Montana. Man muss verrückt sein, einen so gefährlichen Sport auszuüben, wenn man zu Hause zwei einjährige Babys hat. Aber das geht mich natürlich nichts an. Jedenfalls gab es da einige Verwandte, aber sie wollten die Kinder nicht. Stellen Sie sich das vor! Sie wollten die Kinder einfach nicht! So ist das heutzutage. Also kamen Sie zu uns, und wie immer in solchen Fällen haben wir sie zur Adoption freigegeben, mit Einwilligung der Verwandten natürlich, die waren sogar froh, diese ...«

Botella schluckte die Verwünschung hinunter.

»Es waren Zwillinge, sie hießen ...«

Rick und Oliver, dachte Jensen.

»... Oliver und Rick, und sie waren natürlich sehr ansprechend, wie die meisten Kinder in diesem Alter. Drei

Monate später erschien ein Ehepaar, sehr reiche Leute, sie war die Tochter von Samuel Wayman. Wayman Kopiergeräte, vielleicht ist Ihnen das ein Begriff? Sie schauten sich die Zwillinge an, und einen Tag später hatten sie sich schon entschlossen. Das ist unüblich, das hätte uns zu denken geben sollen. Normalerweise entscheiden sich die Leute nicht so schnell, sie wollen viele Kinder sehen, man könnte auch sagen, sie wollen sie ausprobieren. Sie gehen mit ihnen spazieren, kaufen ihnen ein Eis, suchen irgendwelche Ähnlichkeiten mit ihrem verstorbenen Kind oder mit dem, das sie sich wünschen. Aber meistens dauert das eben länger. Die Leute hießen Ritter, Joan und Brian Ritter. Ich kann mich noch gut erinnern. Er roch nach Schnaps, dafür lege ich meine Hand ins Feuer. Sie war ein harter, kalter Typ, sie waren eigentlich beide gar nicht geeignet, wenn Sie mich fragen.«

Botella wurde unterbrochen von Gonzales, der vollkommen durchnässt an ihren Tisch trat, unter dem Arm eine Flasche. Die Kerzen flackerten, als er sie auf den Tisch stellte, eine Flasche ohne Etikett.

»Bitte entschuldigen Sie die Verzögerung«, sagte Gonzales, er war außer Atem und holte tief Luft. »Aber hier ist nun Ihr Wein, ein Rioja.« Er legte große Bedeutung in das Wort. »Ein spanischer Wein. Ich musste ihn aus meinem Lager holen, dem Lager mit den speziellen Weinen, die ich für besondere Anlässe aufbewahre.« Mit zitternden Händen drehte er den Korkenzieher in den Korken, der so weit aus dem Flaschenhals ragte, dass man ihn auch leicht mit den Fingern hätte herausziehen können. Als Gonzales Jensens unberührtes Stück Fleisch sah, hielt er inne.

»Schmeckt es Ihnen nicht, Señor?« fragte er bekümmert. »Ist das Fleisch nicht gut?« Er sah, dass O'Hara das ihre schon fast aufgegessen hatte, das machte ihm Hoffnung. »Ich kann Ihnen jederzeit ein neues Steak bringen, es dauert keine zwanzig Minuten, und es wäre mir eine Ehre.«

Jensens Antwort ging in einem Donnerschlag unter, das Gewitter war zurückgekehrt, einen Moment lang schauten alle außer O'Hara zum Fenster hinaus, wo der Regen von Windböen umhergetrieben wurde.

Als der Donner verebbte, sagte Jensen: »Das wäre sehr freundlich von Ihnen, Señor Gonzales. Ein neues Stück Fleisch.«

»Aber natürlich«, sagte Gonzales. »Diesmal wird meine Frau es rechtzeitig vom Grill nehmen. Die Arme sieht nicht mehr gut, ich bitte Sie, dies zu verzeihen. Es wird nicht wieder vorkommen, darauf haben Sie mein Wort.«

»Ich war sehr zufrieden«, sagte O'Hara. »Und jetzt füllen Sie bitte die Gläser, vergessen Sie das von Mister Botella nicht.«

»Natürlich«, sagte Gonzales. »Sehr zufrieden, das freut mich. Ich werde es der Küche mitteilen.« Er zerrte den Korken aus der Flasche und goss die Gläser voll, und voll schienen sie ihm erst zu sein, wenn der Wein über den Rand hinunterrann.

»Und nun lassen Sie uns anstoßen«, sagte O'Hara, als Gonzales gegangen war. Sie hob ihr Glas und verschüttete eine Menge. »Das macht doch nichts«, sagte Botella mit Blick auf O'Haras nasse Finger. »Ihr Glas war zu voll. Er hat zu viel eingeschenkt.« Er schlürfte hastig die überschüssige Menge aus seinem eigenen Glas und stieß dann mit O'Hara an.

»Nennen Sie mich Annick«, sagte sie.

»Francisco«, sagte Botella und warf Jensen einen unsicheren Blick zu. Ein Liebespaar? Eheleute? Wie hatte man es zu verstehen?

»Hannes«, sagte Jensen. »Nennen Sie mich John. Es lässt sich auf Englisch leichter aussprechen.

»Frank«, sagte Botella und stieß mit ihm an.

»Und wie geht Ihre Geschichte weiter?«, fragte O'Hara. »Dieses Ehepaar adoptierte also die Zwillinge. Und dann?«

»Ja. Sie adoptierten sie, sie sagten, dass sie sich Zwillinge gewünscht hätten. Und sie waren reich, hatten einen guten Ruf. Wir haben das natürlich alles überprüft. Wir schicken immer jemanden, der sich das Haus ansieht, mit den Nachbarn spricht, wir nehmen das sehr ernst. Und es war ja auch alles in Ordnung, die ganzen Jahre. Wenn wir Kinder weggeben, heißt das ja nicht, dass wir uns danach nicht mehr um sie kümmern. Es gibt eine jährliche Inspektion, man besucht die Kinder, schaut nach, ob es ihnen gut geht, und das ist beileibe nicht immer der Fall. Wenn wir sehen, dass etwas nicht stimmt, schalten wir das Fürsorgeamt ein, und unter Umständen wird die Adoption rückgängig gemacht, und die Kinder kommen wieder zu uns. Aber hier war alles in Ordnung. Vor drei Jahren habe ich die Inspektion selbst durchgeführt, das ist eigentlich nicht meine Aufgabe. Aber die zuständige Psychologin war krank, und Misses Baker hat mich geschickt. Ich fand, dass alles in Ordnung war, ich konnte ja nicht hinter die Kulissen sehen.«

Botella trank sein Glas leer und füllte es erneut, seine Wangen hatten sich bereits gerötet. Der Wein war tatsächlich hervorragend, reif, schwer, er schmeckte nach Aprikosen, und am Glasrand zeigten sich ölige Schlieren, ein gutes Zeichen, dachte Jensen. Er trank diesen Wein gern, er hoffte, dass Gonzales noch mehr davon besaß.

»Ich konnte es ja nicht riechen«, sagte Botella und stürzte den Wein hinunter. »Ich saß in dieser Villa in Holbrook, es gab Tee. Tee! Und englisches Gebäck, die Leute waren sehr vornehm. Er roch wieder nach Schnaps, aber ich hätte nicht sagen können, dass er besoffen war, er redete ganz normal. Sie war auch da, ich meine Joan Ritter. Sie spielte mit den Buben, sie warf ihnen einen Ball zu, und sie warfen den Ball zurück. Sie waren damals sieben Jahre alt, und ich kann's einem Kind ansehen, wenn es unglücklich ist. Ich kann's normalerweise sehen. Aber in dieser riesigen Villa mit all den Statuen, griechische Göttinnen seien das, sagte er, ich meine Brian Ritter. Griechische Göttinnen und Tee am Nachmittag, und einen Pool hatten sie auch und so elektrische kleine Motorräder, auf denen die Kinder herumfuhren. Sie fuhren damit zum Pool, sie fragten mich, ob ich auch baden will, und dann wurde ein Cocktail serviert, etwas Süßes mit Rum und Ananasstücken darin, nur für die Erwachsenen natürlich. Ich lag im Liegestuhl und schaute zu, wie Rick und Oliver im Pool herumplantschten, und ich dachte, wie könnte man da als Kind unglücklich sein? Verstehen Sie? Ich konnte es einfach nicht sehen, weil ich all diese anderen Dinge sah, alles, was sich ein Kind wünscht.«

Und du nie gehabt hast, dachte Jensen traurig. Der Wein begann zu wirken.

»Aber was genau haben Sie nicht gesehen?«, fragte O'Hara.

»Es waren Verrückte!«, sagte Botella, sein Glas war schon wieder voll, die Flasche wanderte zu Jensen weiter. »Religiöse Spinner! Und zwar von der übelsten Sorte, die einer sich denken kann. Aber das weiß ich doch erst seit Kurzem! Das konnte doch vorher keiner ahnen!« Der Donner und das Rauschen des Regens machten es erforderlich, mit lauter Stimme zu sprechen, aber es wäre nicht nötig gewesen zu schreien, wie Botella es jetzt tat.

»Das konnte keiner auf dieser Welt riechen!«, rief er und schlug mit der Hand auf den Tisch. Jensen griff nach einer Kerze, die umstürzen wollte, heißer Wachs rann ihm über die Finger.

»Verstehen Sie?«, fragte Botella etwas leiser. »Da sind diese beiden Kinder, Rick und Oliver. Und da ist dieses Kindermädchen. Sie hatten ein Kindermädchen, natürlich, wie alle Eltern in Arizona, die es sich leisten können. Irgendein Geschöpf aus den Bergen, aus diesen Bergen hier. Und jetzt Folgendes.« Er trank sein Glas wieder in einem Zug leer und schob es Jensen hin, der gerade im Besitz der Flasche war. »Ich muss es Ihnen von Anfang an erzählen, das ist wichtig. Sonst versteht man nicht, was hier vorgeht. Vor zwei Wochen, ich glaube, es sind zwei Wochen, vor zwei Wochen erfahren wir, dass der Adoptivvater, ich meine Brian Ritter, gestorben ist.«

Botella schaute Jensen an, dann O'Hara. Er atmete tief ein, die Knöpfe seines Hemdes spannten sich.

»In Belgien«, sagte er. Auf seinem Gesicht zeichneten sich seine Gedanken ab: Belgien. Und stammten nicht diese beiden an seinem Tisch gleichfalls aus Belgien? Ein merkwürdiger Zufall nur? Oder musste man von nun an misstrauischer sein?

»In Belgien?«, fragte O'Hara. »Was wollte er denn dort? Unser Heimatland ist nicht gerade ein lohnendes Ziel für jemanden aus Arizona.«

»Ja«, sagte Botella. »Aber er ist in Belgien gestorben. Haben Sie davon nichts gehört? Oder waren Sie gar nicht dort? Ich meine, seit wann sind Sie schon hier in Mexiko?«

»Erst seit ein paar Tagen«, sagte O'Hara. »Aber wir waren vorher drei Wochen in Amerika unterwegs. Ich hoffe, Sie nehmen es uns nicht übel, dass dieser Mann in unserer Heimat gestorben ist.«

»Nein, natürlich nicht«, sagte Botella. »Nein, ich war nur einen Moment ...« Er schwieg, er wich Jensens Blick aus, seine Wangenmuskeln zuckten. »Ich muss vorsichtig sein«, sagte er. »Man weiß nicht, wem man trauen kann. Das müssen Sie verstehen. Diese Sekte, ich glaube, dass da noch mehr Leute im Spiel sind. Sehen Sie, als der Adoptivvater starb, Brian Ritter meine ich, haben wir uns natürlich mit der Mutter in Verbindung gesetzt. Mit Joan Ritter. Wir wollten mit ihr über die Veränderungen sprechen. Der Vater war ja jetzt tot, und manchmal kommt es in solchen Fällen zu Schwierigkeiten, die Mutter ist allein überfordert, die Kinder leiden darunter. Man muss ein Auge darauf haben. Sie war zu einem Gespräch bereit, aber am Tag vor dem vereinbarten Gespräch hören wir, dass sie auch gestorben ist. Da klingeln jetzt natürlich bei uns die Alarmglocken«, sagte Botella. Alles Misstrauen war aus seinem Blick verschwunden, zwei Belgier, nun war es halt so, was konnten sie dafür, ein Zufall, sonst nichts. »Jetzt musste sich doch jemand um die Kinder kümmern, die armen Würmer, sie waren zum zweiten Mal in zehn Jahren Waisen geworden. Das geht einem ans Herz. Misses Baker, die Heimleiterin, meine ich, weiß inzwischen, dass ich nach all den Jahren als Betreuer psychologisch einiges gelernt habe, und deshalb hat sie mich nach Holbrook geschickt, damit ich die Kinder in dieser schweren Stunde betreue, vorübergehend wenigstens. Ich bin also nach Holbrook gefahren, zu der Villa, aber als ich dort nach den Kindern fragte, sagte mir ein Kvasnila oder Kvasnika, ich habe seinen Namen nicht richtig verstanden, er sagte, er sei der Koch hier und die Polizei sei hier gewesen, natürlich wegen der Leiche, aber auch, weil das mexikanische Kindermädchen mit den beiden Kindern abgehauen sei. Die Kinder, unsere Kinder, verstehen Sie, sie waren ja jetzt wieder unsere Kinder, unsere Kinder waren entführt worden! Ich bin sonst ein friedlicher Mensch.« Botella ballte die Fäuste. »Aber so etwas lasse ich mir nicht bieten.«

»Und hier ist schon das Essen für die beiden Herren!« rief Gonzales von weitem. O'Hara hob gebieterisch ihre Hand.

»Stellen Sie es einfach hin«, sagte sie. »Bitte ohne weiteren Kommentar. Und bringen Sie uns noch eine Flasche Rioja.«

Gonzales nickte heftig, er biss sich auf die Lippen, damit ihm nur ja kein Wort entschlüpfte. Er stellte Jensen und Botella die Teller hin und machte gleich wieder kehrt.

»Und weiter?«, fragte O'Hara. »Was haben Sie dann getan?«

»Ich bin ausgerastet«, sagte Botella. »Ich habe den armen Kerl am Kragen gepackt, den Koch, meine ich. Aber er wusste nichts Genaues über dieses Kindermädchen, nur ihren Namen kannte er, Esperanza Toscano Aguilar, so heißt sie. Ich bin dann zum Sheriff gefahren, er sagte, er werde sie schon kriegen, er habe die Grenze abriegeln lassen. So ein Unsinn! Hat er etwa hinter jeder Klapperschlange zwischen Yuma und Douglas einen Beamten postiert? Das müsste man nämlich tun, um die Grenze abzuriegeln, so ein Blödsinn. Dieser Sheriff ist ein Dummkopf, er wird sie nie finden, er findet ja nicht mal seine eigenen Füße, so fett ist dieses Arschloch!«

Gonzales eilte mit einer neuen, bereits geöffneten Flasche Wein herbei, Botella riss sie ihm aus der Hand und füllte sein Glas.

»Na, jedenfalls ist diese Aguilar in Holbrook keine Unbekannte«, sagte er, nachdem er sein Glas zur Hälfte geleert hatte. »Der Sheriff erzählte mir, sie habe da so Heilungen durchgezogen, mit Gebeten und Kerzen und dem ganzen abergläubischen Quatsch. Die Leute, vor allem natürlich die Mexen und die Navajos, standen, scheint's, Schlange bei ihr, damit sie ihnen die Prostata verkleinert.« Er grinste und stieß Jensen verschwörerisch mit dem Ellbogen an. Zu O'Hara gewandt sagte er: »Entschuldigen Sie. Aber das war eben so. Sie ist ein Scharlatan, aber es kam dann noch schlimmer, verdammte Scheiße.«

»Geben Sie ihm keinen Wein mehr«, sagte O'Hara auf Flämisch. »Noch betrunkener darf er nicht werden.«

Botella schien tatsächlich zu jenen Leuten zu gehören, bei denen der Alkohol im Sinne eines Quantensprungs wirkt: Sie sind nüchtern und dann ohne erkennbaren Übergang plötzlich vollkommen betrunken.

»Was?«, fragte er. »Ich habe Sie nicht verstanden, Ann... Anneck?«

»Annie«, sagte sie. »Ich habe Sie gefragt, ob Ihnen das Essen schmeckt.«

»Oh. Ach so. Ja.« Botella starrte auf seinen Teller. »Ja, sieht gut aus. Aber Sie müssen wissen, dass ich keiner von denen bin, die so schnell lockerlassen. Ich wusste jetzt, dass sie Indianer und Mexen geheilt hat, also habe ich mich im Denny's ein wenig umgehört, an der Hauptstraße. Die Kellnerin sagte mir, sie kenne einen, der sich von der Nutt... von der Aguilar hat heilen lassen. Er hat es überall rumerzählt, ein Navajo. Na ja, ich mach' da keinen Unterschied, meine Vorfahren waren Itaker, aus Chieti, das ist in Italien. Und zwischen einem Itaker und einem Navajo ist der einzige Unterschied der, dass die Navajos verdammt noch mal recht haben, wenn sie einem das Autoradio klauen. Arizona hat schließlich mal ihnen gehört.«

Mit einem leisen Knall sprang das Fenster auf, neben dem Jensen saß, der Wind hatte es aufgedrückt, eine Regengischt spritzte über den Tisch, die Kerzen erloschen, es wurde dunkel. Jensen schloss das Fenster wieder, O'Hara trocknete sich mit einer Papierserviette ihr Gesicht, Botella ignorierte den Zwischenfall, er stand mit einem Fuß in einer anderen Welt.

»Der Kerl hieß Dunbar«, sagte er, während Jensen die Kerzen wieder anzündete. »Ich fand ihn im Motel, gibt ja nur eins in Holbrook, und er sang wie eine Amsel. Es war vielleicht nicht recht von mir, dass ich ihn ein bisschen angefasst habe, aber unsere Kinder sind weg, ich habe die Babys noch im Arm gehalten, als sie noch klein waren. Sie heißen Oliver und Rick, und jetzt hat diese Hexe sie hier irgendwo versteckt. Und Dunbar kannte die Hexe sehr gut, er hat alles schön ausgespuckt. Sie wohnt hier in diesen Bergen, das Dorf heißt Nuevas Tazas. Aber er hat mir noch mehr verraten, der kleine Scheißer.«

Die Kerzen brannten wieder, Botella konnte die Weinflasche jetzt sehen und bediente sich. Schweiß rann ihm über die Stirn, er lockerte die Krawatte, öffnete den obersten Hemdknopf und sagte: »Es ist unglaublich. Der Kleine hat alles gewusst, Dunbar, meine ich. Ich glaube, er hat mit der Schlampe gefickt, sie hat ihm nämlich alles erzählt.«

Jensen spürte seinerseits den Wein, auch sein Glas war nie lange voll, und er dachte, ja, vielleicht hat Dunbar wirklich beide gehabt.

»Jetzt passen Sie auf«, sagte Botella. »Die Adoptiveltern, Joan und Brian Ritter meine ich, das waren beides schwere Diabetiker. Und die Aguilar hat sie geheilt, und wissen Sie, wie? Haben Sie irgendeine Ahnung, wie? Ich schon. Na los, sagen Sie mir, wie hat die Aguilar die beiden geheilt, was denken Sie?«

»Ein Quiz hat in diesem Fall wenig Sinn«, sagte O'Hara.

»Ein Quiz? Ach so. Nein«, sagte Botella. »Nein, das war nicht als Quiz gemeint. Sie hat den Adoptiveltern diesen ganzen Quatsch erzählt, von göttlichen Zwillingen, von irgendwelchen Überschwemmungen, die kommen werden. Ich hab's nicht begriffen, als der Indianer es mir erzählte, und er selbst hat es auch nicht kapiert, da bin ich mir sicher. Diese Aguilar ist eine Verrückte, sie betet zu irgendeinem Maya-Gott, und sie glaubt, dass die Babys, ich meine Rick und Oliver, Quatsch, sie sind keine Babys mehr. Sie sind jetzt zehn Jahre alt, und diese Verrückte glaubt, dass sie in irgendeinem heiligen Buch vorkommen und dass man ihr Blut trinken muss, und dann wird man geheilt. Und genau das hat sie getan. Sie hat diesen Diabetikern das Blut unserer Kinder zu saufen gegeben! Und dieser verfluchten Rothaut auch! Sie hat ihnen Blut abgezapft und es jedem verdammten Idioten zu trinken gegeben!«

Botella stand auf. Er schwankte, er musste sich auf die Stuhllehne abstützen.

»Ich schwöre. Ich schwöre bei allem«, lallte er, »was mir heilig ist! Ich werde diese verfluchte Nutte finden, und dann bringe ich die Kinder zu uns zurück, und ihr breche ihr vorher alle Knochen im Leib! Ich meine vorher, vorher, bevor sie die Kinder umbringt. Das hat sie nämlich vor. Sie zapft ihnen Blut ab, jeden Tag, und ich habe das nicht gesehen, ich war doch dort, vor drei Jahren, ich habe die Inspektion gemacht, und ich habe es nicht gesehen. Aber das lasse ich nicht zu!«, rief er. Er zeigte mit dem Finger auf Jensen, Tränen rannen ihm über sein Gesicht. »Das mache ich wieder gut, das schwöre ich Ihnen.«

Botella ließ sich auf den Stuhl fallen, er legte den Kopf auf seine Arme und weinte wie ein Kind.

»Schon gut«, sagte Jensen. »Beruhigen Sie sich. Essen Sie ein Stück Fleisch, das wird Ihnen guttun.«

Botella rückte ein wenig von ihm weg, er war für Tröstungen nicht zugänglich, sein Schluchzen rief Gonzales herbei, der unter dem Türbogen ratlos stehenblieb und wohl befürchtete, Botellas Zusammenbruch stehe in irgendeinem Zusammenhang mit der Bewirtung.

O'Hara stand auf und schob ihren Stuhl zu Botella. Sie setzte sich und legte den Arm um ihn.

»Das muss schrecklich für Sie sein«, sagte sie leise. »Ich kann das gut verstehen. Aber Sie sollten sich keine Vorwürfe machen. Es ist nicht Ihre Schuld.«

»Doch!«, wimmerte Botella. »Es ist meine Schuld. Ich habe die Inspektion gemacht. Ich hätte mit den Kindern länger sprechen müssen, aber ich habe nur Tee getrunken und Gebäck gefressen, und ich war neidisch, weil es den Kindern so gut ging ...«

Er griff nach O'Haras Hand und drückte sie.

»Es wird alles gut«, sagte sie dicht an seinem Ohr.

Jensen war plötzlich vollkommen erschöpft, er füllte sein Glas zum wievielten Mal? Diabetiker, dachte er. Brian Ritter war ein schwerer Diabetiker? Davon hatte Balasundaram nichts erwähnt, und bei der Obduktion, der Blutuntersuchung wäre das doch bekannt geworden. Es sei denn, Ritter wäre tatsächlich geheilt worden. Aber wenn Esperanza Aguilar die Kinder für solche widerwärtigen Rituale missbrauchte, wie kam es dann, dass sie von ihr als einer Freundin, einer Verbündeten gesprochen hatten? Jensen hatte damals, während seines Gesprächs mit den Zwillingen im De Tuilerieën, keineswegs den Eindruck gehabt, dass sie sich vor Esperanza Aguilar fürchteten, ganz in Gegenteil. Andererseits waren da diese Namen, Hunahpu und Ixbalanke, Ritter hatte sie im Zusammenhang mit Rick und Oliver erwähnt, und Jensen hatte ja damals im Internet nachgeforscht. Es waren die Namen mythischer Zwillinge aus dem heiligen Buch der Maya, dem Popol Vuh. Das wiederum passte zu Botellas Behauptung, dass die Aguilar einer vorkolumbianischen Religion anhing. Blutrituale, es klang absonderlich, aber den Menschen war jederzeit alles zuzutrauen, das war Jensens Fazit nach mehr als zwanzig Jahren Polizeidienst. Vielleicht erschöpften sich die Heilungsrituale nicht darin, das Blut der beiden Kinder zu trinken, vielleicht hatten Joan und Brian Ritter sich auch noch mit ihrem eigenen Blut gegenseitig eingerieben. Blut war bei vielen Religionen im Spiel, die einen tranken es in Form von Messwein, die anderen bestanden auf der echten Flüssigkeit; es hätte jedenfalls erklärt, weshalb beide Eltern an dieser atypischen Form jener Krankheit gestorben waren, deren Namen Jensen im Augenblick nicht mehr zustande brachte. Man ritzt sich die Haut auf, der andere reibt sich mit dem infizierten Blut ein, es klang plausibel. Und vielleicht standen die Kinder so sehr unter Esperanza Aguilars Einfluss, dass sie sogar stolz waren, wenn sie ihnen Blut für Heilungen abzapfte.

Zu kompliziert, dachte Jensen, viel zu kompliziert.

Er hatte zu viel getrunken, und er würde in diesem Zustand zu keinem verlässlichen Urteil kommen über das, was Botella ihnen erzählt hatte.

Botella hielt seinen Kopf noch immer in den Armen verborgen, seinen Griff um O'Haras Hand wollte er nicht lockern, er strich mit dem Daumen über ihren Handrücken.

»Sie sollten jetzt etwas essen«, sagte sie.

Botella schwieg.

O'Hara hob den Kopf und sagte zu Jensen auf Flämisch: »Er lügt. Kein Wort von dem, was er gesagt hat, stimmt. Überlassen Sie alles Weitere mir.«

»Woher wollen Sie das wissen?«, fragte Jensen, gleichfalls auf Flämisch. »Für mich klingt es halbwegs überzeugend.«

»Ja. Weil Sie ihn sehen und hören. Das eine lenkt vom anderen ab. Sie hören nur seine Worte. Aber ich höre seine Stimme. Und ich sage Ihnen: Er lügt. Es ist für einen Lügner sehr schwierig, seine Stimme zu verstellen. In der Stimme bleibt immer etwas Verräterisches zurück, für den, der es hören kann.«

»Reden Sie über mich?«, fragte Botella. Er ließ O'Haras Hand los und setzte sich aufrecht hin. »Dass ich ein Spinner bin? Dass ich Ihnen den Abend versaut habe mit meinen Problemen? Das tut mir leid, ich werde Sie nicht länger belästigen. Ich werde jetzt gehen. Ich bin müde. Ich werde schlafen gehen.«

Er blieb aber sitzen, er wartete O'Haras Reaktion ab.

Sie hat ihn umarmt, ihr Duft ist auf ihn übergegangen, dachte Jensen, er hat ihre Hand berührt, die Weichheit ihrer Haut gespürt, und er ist betrunken genug, um etwas zu wagen, für das er sich morgen nicht schämen muss, falls es misslingt, er kann es dem Suff in die Schuhe schieben.

»Nein«, sagte O'Hara. »Wir haben nicht über Sie gesprochen. Ich habe meinen Reisepartner nur gebeten, mir den Koffer auf mein Zimmer zu bringen. Aber es ist ihm anscheinend wichtiger, die Flasche Wein noch leer zu trinken. Es ist immer dasselbe. Nun gut, dann werde ich den Koffer eben selbst hinauftragen.«

Reisepartner, dachte Jensen. Mein Zimmer, sie hatte es betont, mein Zimmer, damit Botella die Situation nicht falsch einschätzte.

»Aber das geht doch nicht!«, sagte Botella. »Und Sie wollen wirklich hier sitzen bleiben?« wandte er sich an Jensen.

»Ja, das wollen Sie«, sagte O'Hara auf Flämisch.

Nein, dachte Jensen. Nein, das will ich nicht.

»Ich bringe Ihren Koffer auf Ihr Zimmer«, sagte Jensen, ohne allerdings den Mut zu haben, diesem Vorsatz Endgültigkeit zu verleihen, indem er ihn auf Englisch aussprach.

»Also was ist jetzt?«, fragte Botella ihn. »Wenn Sie es nicht tun, tue ich es. Sehr gern sogar. Bleiben Sie nur sitzen.«

»Dieser Mann hier bringt den Koffer auf mein Zimmer!«, sagte O'Hara in scharfem Ton. »Und nicht Sie! Kommen Sie mir jetzt nicht in die Quere!«

Und nun, im Schutz seines Weinrausches, in dem die Gedanken stumpf und die Taten folgenlos waren, sagte

Jensen zu O'Hara ohne jede Furcht vor den Konsequenzen, denn ihm war in dieser Sekunde alles gleichgültig: »Ich möchte mit Ihnen schlafen.«

20

»SIE HABEN MIR lange zugehört, Señor Gonzales.«

»Ja, Señor. Es war mir eine Ehre.«

»Ich möchte Ihnen jetzt gern noch etwas anderes erklären, etwas, das wichtiger ist als die Gründe, weshalb Señora O'Hara mit Señor Botella nach oben gegangen ist. Und nicht mit mir.«

»Sprechen Sie, Señor. Erklären Sie mir, was immer Sie wünschen.«

»Das freut mich, Señor Gonzales. Es geht um die Frage, warum es Sie und mich, die Welt, die Galaxien, das Universum, warum es das alles gibt. Es ist schon spät, ich weiß. Sie sind müde, und ich habe zu viel getrunken, aber ich denke, ich habe auf diese Frage eine Antwort gefunden. Es ist vielleicht nicht die richtige Antwort, aber eine, die richtig sein könnte. Ich habe darüber nachgedacht, Señor Gonzales. Das Doppelspaltexperiment ist der Schlüssel. Ich würde Ihnen das gern erklären.«

»Ja, Señor. Ich bin nicht müde.«

»Bei diesem Experiment, es ist sehr berühmt, und es wurde tausendfach wiederholt, stets mit demselben Ergebnis. Bei diesem Experiment wird ein Elektron auf zwei sehr dicht beieinander liegende sehr dünne Spalte geschossen. Ein einzelnes Elektron.«

»Ein Elektron, Señor?«

»Fragen Sie mich nicht, was das ist, Señor Gonzales. Niemand weiß es, denn kein Mensch hat je ein Elektron gesehen. Schauen Sie sich Ihre Hand an. Es gibt darin mehr Elektronen als Sterne am Himmel, und ohne die Elektronen gäbe es Ihre Hand nicht, und dennoch können wir nicht genau sagen, was ein Elektron ist. Das liegt daran, dass es vieles sein kann. Wenn man nämlich ein einzelnes Elektron in dem Experiment auf die zwei Spalte schießt, teilt es sich vor den Spalten in zwei Wellen auf, und nun geht die eine Welle durch den linken und die andere durch den rechten Spalt.«

»Ja, Señor.«

»Aber was hat sich da geteilt, Señor Gonzales? Man hat entdeckt, dass sich gar nichts teilt. Es war da nicht etwas, das beschloss, sich vor den zwei Spalten in zwei Wellen zu teilen. Sondern das, was wir Elektron nennen, bestand von Anfang aus zwei Möglichkeiten. Es wurde nicht etwas bereits Existierendes auf die zwei Spalte geschossen, sondern zwei Möglichkeiten. Wenn man nun hinter dem Spalt nachschaut, auf dem Detektorschirm, sieht man, dass dic zwei Möglichkeiten sich wie zwei Wellen verhalten, die miteinander interferieren. Werfen Sie zwei Steine ins Wasser, und dort, wo die beiden Wellen aufeinandertreffen, entsteht dasselbe Bild wie auf dem Detektorschirm. Und heute, Señor Gonzales, ist mir klar geworden, was bei dem Experiment eigentlich geschieht. Es geht um Isolation und Wechselwirkung. Wenn das Experiment mit einem im Labor isolierten Elektron durchgeführt wird, und wenn man dabei das Elektron nicht beobachtet, also nicht herauszufinden versucht, durch welchen Spalt es fliegen wird, dann besteht dieses Elektron aus zwei Möglichkeiten, die mit nichts wechselwirken können außer mit sich selbst. Und genau das tun die zwei Möglichkeiten, sie wechselwirken mit sich selbst, und wir sehen dann zwei Wellen, die interferieren. Señor Gonzales?«

»Ja?«

»Ich dachte, Sie seien eingenickt.«

»Nein, Señor. Ich habe nur die Augen geschlossen, um mir die Wellen besser vorstellen zu können.«

»Wissen Sie, was geschieht, wenn man beim Doppelspaltexperiment das Elektron beobachtet, weil man herausfinden möchte, durch welchen Spalt es fliegt?«

»Nein, Señor.«

»Wenn man das Elektron beobachtet, sind die Möglichkeiten, aus denen es besteht, nicht mehr isoliert. Denn für die Beobachtung braucht man Licht. Mindestens ein Photon wird ausgeschickt, und wenn es auf die zwei Möglichkeiten trifft, findet eine Wechselwirkung statt. Und durch diese Wechselwirkung werden die zwei Möglichkeiten zu einem wirklichen Elektron. Sie werden zu einem realen Teilchen, das nun nur noch eine Wahl hat: Entweder fliegt es durch den linken oder durch den rechten Spalt. Ich würde das gern noch einmal wiederholen, Señor Gonzales, denn es ist sehr wichtig. Wenn man ein Elektron nicht beobachtet, ist es isoliert, und dann ist es nichts Wirkliches. Es besteht dann einzig und allein aus zwei Möglichkeiten, die miteinander interferieren, also wechselwirken, weil sonst nichts da ist, mit dem sie wechselwirken könnten. Wenn man die zwei Möglichkeiten aber beobachtet, wechselwirken sie mit einem Photon, also mit etwas anderem als sich selbst, und dadurch erst entsteht ein wirkliches Teilchen. Das bedeutet, dass Möglichkeiten durch Wechselwirkung zu etwas Wirklichem werden. Und ich meine das nicht etwa in einem übertragenen Sinn, ›Unternimm etwas, dann entsteht etwas‹. Sondern es ist ein fundamentales Prinzip. Alles, was ist, war zunächst Möglichkeit, bevor es durch Wechselwirkung zu etwas Wirklichem wurde.«

»Ja, Señor. Das ist sehr interessant.«

»Das will ich meinen, Señor Gonzales. Denn es sagt uns, dass Sie und ich und das ganze Universum das Ergebnis einer gigantischen Transformation sind, der Transformation von Möglichem in Wirkliches mittels Wechselwirkung. Heute Abend ist mir bewusst geworden, mit welcher Selbstverständlichkeit wir es hinnehmen, dass es Tiere, Steine, Bäume, Planeten und Galaxien gibt. Wir vergessen ganz, dass es das alles nur gibt, weil die Möglichkeit dazu bestanden hat. Allerdings ist mit der Transformation von Möglichem in Wirkliches auch eine Verödung verbunden, eine Reduktion der Möglichkeiten. Es ist einfach, das zu verstehen, wenn man sich vor Augen hält, dass das Mögliche auf einem ganz anderen Prinzip beruht als das Wirkliche. Señor Gonzales, wenn Sie genügend Geld hätten, würden Sie vielleicht Ihr Haus neu streichen wollen. Ist das so?«

»Das wäre wohl nötig, Señor. Ja, Sie haben ganz recht.«

»Sie hätten dann die Wahl. Sie könnten es weiß streichen, gelb oder vielleicht blau. All diese Möglichkeiten existieren gleichberechtigt nebeneinander, solange Sie sich für keine bestimmte entscheiden. Sobald Sie sich aber entscheiden, sagen wir für blau, existieren die anderen zwei Möglichkeiten nicht mehr. Sie können Ihr Haus nicht gleichzeitig blau, gelb und weiß streichen. Das ist der Grund, weshalb alle Dinge vergänglich sind, der Grund, weshalb wir sterben müssen. Das Mögliche basiert auf dem Prinzip des ›und‹, das Wirkliche aber auf dem des ›Entweder-oder‹. Und mit jedem ›Entweder‹, das wirklich wird, geht ein ›oder‹ verloren. Das führt dazu, dass mit jeder Wechselwirkung, die in der Natur stattfindet, sei es auf atomarer oder auf makroskopischer Ebene, etwas Wirkliches auf Kosten des Möglichen entsteht. Und je mehr Wirkliches entsteht, desto mehr Wechselwirkungen gibt es, desto weniger Spielraum bleibt folglich dem Möglichen. Warum, Señor Gonzales, sind die Naturgesetze so zuverlässig, und warum gibt es so wenige Naturkräfte, nämlich nur vier? Es liegt daran, dass die heute beobachtbaren Naturgesetze und die vier Kräfte das sind, was von den ursprünglich unendlichen Möglichkeiten übrig geblieben ist. Es ist der kärgliche Rest dessen, was alles hätte sein können. Dem Universum geht es nicht anders als uns, Señor Gonzales. Je länger wir leben, desto beengender werden die Fesseln des Wirklichen, das sich in unserem Leben angehäuft hat. Das Meer der Möglichkeiten ist zu einem Tümpel geschrumpft. Aus diesem Grund verhält sich das Universum ähnlich wie ein alter Mensch äußerst konservativ, es hält sich sklavisch an die Naturgesetze, und nur in unserer Fantasie tobt das Mögliche sich noch aus, allein dort noch gibt es alles, was es geben könnte. Aber ich habe den Tod vergessen. Er ist eine Erfindung des Möglichen, denn nur das Mögliche hat ein Interesse daran, dass sich etwas verändert. Das Wirkliche will Beständigkeit, Ewigkeit, aber die ist ihm nicht vergönnt, und zwar aus einem bestimmten Grund. Es mag, nach allem, was ich gesagt habe, paradox klingen, aber das Wirkliche ist weniger real als das Mögliche. Das Wirkliche ist etwas Geisterhaftes, das nur von geborgter Zeit und geborgtem Raum lebt, während das Mögliche zeitlos ist, demzufolge auch raumlos ... Señor Gonzales? Schlafen Sie? Hallo?«

21

Jensen erwachte mit dem Gefühl, soeben erst eingeschlafen zu sein.

»Es tut mir leid, dass ich Sie wecken musste«, sagte Gonzales. »Die Señora möchte Sie sprechen. Sie wartet in der Bar auf Sie. Ich habe Ihnen dort einen Kaffee bereitgestellt.«

Jensen schaute sich um, er befand sich in der Abstellkammer, in der er Gonzales gestern Nacht einen Vortrag gehalten hatte, die Kerzen und die Mineralwasserflasche standen noch auf dem Boden, draußen donnerte es, es schien keine Zeit vergangen zu sein.

»Wie spät ist es?«, fragte Jensen. Er fühlte sich noch immer ein wenig betrunken, sein Mund war trocken, in seinen Schläfen pochte ein dumpfer Schmerz.

»Etwa sieben Uhr«, sagte Gonzales. »Und nun muss ich mich bei Ihnen entschuldigen. Ich habe Ihnen sehr gern zugehört heute Nacht. Die Wellen, von denen Sie mir erzählten, und diese Dinge, die in meiner Hand sind, ich werde noch sehr lange darüber nachdenken. Man bekommt hier oben bei uns nicht oft etwas so Lehrreiches zu hören. Aber es war schon sehr spät, und Sie sind eingeschlafen, und ich dachte, soll ich den Señor etwa wecken, nur weil ich nie etwas Lehrreiches zu hören bekomme und mir deshalb von Herzen wünsche, dass er weitererzählt? Das wäre sehr selbstsüchtig gewesen von mir, und deshalb habe ich mir erlaubt, Sie schlafen zu lassen.«

»Vielen Dank«, sagte Jensen. »Sagen Sie bitte der Señora, dass ich gleich kommen werde. Ich muss mich umziehen.«

Er hatte in den Kleidern geschlafen, sie waren klamm, die Feuchtigkeit drückte durch die Bretterritzen der Abstellkammer, zudem war es kalt.

Sieben Uhr, dachte er, als er im Koffer nach einem warmen Pullover suchte, so als habe sich der in Brügge selber eingepackt. Es gab keinen Pullover, Jensen hatte nur ein Sweatshirt mitgenommen. Eine Reise hinauf auf fast zweitausend Meter war ja nicht geplant gewesen.

Sieben Uhr. Dass O'Hara ihn so früh wecken ließ, erinnerte ihn an ihre frühmorgendliche Flucht vor Dunbar, wahrscheinlich war das ihre Art, mit ihren sexuellen Verfehlungen umzugehen. Und wie, wenn nicht Verfehlung, sollte man es nennen, wenn eine selbstbewusste, schöne Frau wie O'Hara mit Männern wie Dunbar und Botella schlief, nur um etwas zu erreichen, das auch auf anderem Weg zu erreichen gewesen wäre. Zwei Unterhemden, darüber das baumwollene Sweatshirt, dazu die Lederjacke, das musste genügen.

Jensen verließ die Abstellkammer, die Plastikstreifen vor dem Hoteleingang teilten sich in einem Windstoß und gaben den Blick frei auf das graue Licht des verregneten Morgens. Die Fünfzigdollarnote steckte nicht mehr unter der Madonnenstatue, aber die verfaulten Orangen zu ihren Füßen waren durch zwei Eier ersetzt worden, man spendete, was in der Küche gerade entbehrlich war.

O'Hara stand an der Bartheke, mit hochgeschlagenem Kragen, denn durch eine zerbrochene Fensterscheibe wehte ein kalter Luftzug. Jensen erinnerte sich undeutlich, dass die Fensterscheibe seinetwegen zu Bruch gegangen war. Er hatte gestern Nacht, nachdem O'Hara und Botella ihn am Tisch allein zurückgelassen hatten, irgendetwas ans Fenster geworfen. Und da war noch etwas gewesen, von dem jetzt gleichfalls nur eine Ahnung übrig geblieben war, etwas Unangenehmes, etwas, das Jensen zögern ließ, O'Hara anzusprechen. Aber natürlich hatte sie ihn bereits bemerkt.

»Jensen? Sind Sie es?«, fragte sie.

Sie trug eine wetterfeste Jacke in einer Alarmfarbe, orange, und das Signal übertrug sich auf Jensen, er ahnte, was sie heute vorhatte. Eine solche Jacke trug man, wenn man in gefährlichem Gelände im Falle eines Absturzes von weitem entdeckt werden wollte. Dazu passte die militärisch anmutende Hose, die sie trug, eine Hose mit vielen Taschen, in denen man Verbandszeug, Kompass und Kraftnahrung verstaute, und ihre Schuhe waren schwer und für den Marsch bestimmt.

»Ja«, sagte er. »Ich bin es. Es ist erst sieben Uhr. Wo ist Botella? Schläft er noch?«

»Halten Sie den Mund«, sagte sie. Sie trank einen Schluck Kaffee. Ihre Haare waren unordentlicher als sonst, sie hatte sich nur nachlässig gekämmt.

»Ich werde jedenfalls in Ruhe frühstücken«, sagte Jensen und riss einen der vielen Zuckerbeutel auf, die Gonzales auf die Untertasse gelegt hatte. »Und danach sollten wir uns überlegen, was wir als Nächstes tun.«

Am liebsten gar nichts, dachte er.

Am liebsten hätte er sich an einen Tisch in der Bar gesetzt und über seine Erkenntnisse von gestern Nacht nachgedacht, über Wirkliches und Mögliches. Und dann war da noch die Frage von $t = 0$ zu klären, jener der Physik nicht zugängliche Moment, in dem das Universum entstanden war. Die Planck-Zeit, zehn hoch minus dreiundvierzig Sekunden, erst ab diesem Moment, der also nicht genau dem Punkt Null entsprach, konnte die Physik zuverlässig die Entstehung des Universums beschreiben. Doch aus der Gleichung Wirkliches = Möglichkeit plus Wechselwirkung ergab sich zumindest ein Hinweis darauf, was beim Punkt Null geschehen sein könnte. Gab es irgendetwas, das wichtiger gewesen wäre, als sich mit solchen substanziellen und fundamentalen Aussagen über das Wesen der Natur zu beschäftigen? Jensen konnte sich im Augenblick jedenfalls nichts Wichtigeres vorstellen. Die Suche nach Esperanza Aguilar kam ihm völlig bedeutungslos vor, die Frage, ob Gebete heilen oder töten konnten, gehörte in den Mülleimer der Metaphysik. Aber natürlich, da waren auch noch Rick und Oliver, zwei zehnjährige Kinder, von denen man nicht wusste, ob sie sich in der Gewalt einer Frau befanden, die in ihnen mythische Zwillinge sah, deren Blut über Heilkräfte verfügte.

Das muss abgeklärt werden, dachte Jensen, und er warf einen sehnsüchtigen Blick auf einen der vielen leeren Stühle in der Bar, und auf keinem von ihnen würde er also sitzen und über $t=0$ nachdenken können. Er hatte Rick und Oliver versprochen, dass er da sein würde, wenn sie Hilfe brauchten, da gab es kein Entweder und kein Oder.

»Was?«, fragte er. O'Hara hatte etwas zu ihm gesagt, aber er war so sehr in seinen Gedanken gewesen, dass ihre Worte ihn nicht erreicht hatten.

»Ich sagte, dass es schon feststeht. Was wir als Nächstes tun werden, meine ich. Wenn Sie Ihren Kaffee getrunken haben, fahren wir los. Der Hotelbesitzer sagte mir vorhin, dass die Straße zehn Kilometer vor Nuevas Tazas verschüttet ist. Mazatil ist ungefähr zehn oder fünfzehn Kilometer von Nuevas Tazas entfernt, er wusste es nicht genau. Aber selbst wenn es fünfzehn sind, müssen wir insgesamt nur fünfundzwanzig Kilometer zu Fuß gehen. Das können wir an einem Tag schaffen.«

»Ja, das dachte ich mir«, sagte Jensen. Die Kopfschmerzen wurden stärker, der Kaffee tat ihm nicht gut, er musste unbedingt viel Wasser trinken. Er schaute sich nach Gonzales um, konnte ihn aber nirgends entdecken. »Ja, ich dachte mir, dass Sie einen Fußmarsch im Sinn haben. Wissen Sie, dass ich ursprünglich aus Konstanz stamme?«

»Nein. Warum?«

»Es ist von dort nicht weit bis zu den Alpen, ich kenne mich also ein bisschen aus mit Bergwanderungen. Sie haben gute Schuhe, sehe ich, trittfest. Ich habe nur leichte Schuhe dabei, zwei Paar. Schon bei gutem Wetter wäre es für mich schwierig, in steilem Gelände zu wandern. Und hier ist das Gelände steil, überall. Jetzt aber regnet es, sie hören es sicher. Es regnet sehr stark, und seit gestern Abend hängt ein Gewitter über der Gegend. Die Steine sind nass, die Felsen glitschig, der Untergrund aufgeweicht und deshalb gefährlich. Fünfundzwanzig Kilometer in den Bergen bei solchen Verhältnissen, das werde ich nicht schaffen. Es ist ein Irrsinn. Ich werde nach fünf Kilometern völlig durchnässt sein, und bei irgendeinem Fehltritt werde ich den ersten Schuh verlieren oder mir den Knöchel brechen.«

Jensen redete weiter, er orakelte nur das Schlimmste. Gleichzeitig wusste er, dass es nichts ändern würde. O'Hara war entschlossen, zu Fuß nach Mazatil zu gehen, und er war es im Grunde genommen auch.

»Kommen Sie zum Punkt«, sagte O'Hara, sie schob ihre Kaffeetasse von sich. »Und hören Sie auf, es so darzustellen, als seien Sie das Problem. Das widert mich an. Bei einer Bergwanderung bin ich das Problem, das ist mir selber bewusst. Sie werden mich führen. Ich werde eine Hand auf Ihre Schulter legen. So.«

Sie legte ihm ihre Hand auf die Schulter und drückte zu, es war schmerzhaft.

»Sie werden mich führen«, sagte sie. »Und das ist alles, was ich Ihnen je gestatten werde.«

Sie zog ihren Stock zu voller Länge aus und ging an ihm vorbei aus der Bar. Unter dem Türbogen drehte sie sich um.

»In fünf Minuten beim Wagen. Mein Koffer steht oben vor meiner Zimmertür. Packen Sie Ihren Koffer, bringen sie das Gepäck zum Auto, laden sie es ein. Wir werden nicht hierher zurückkommen. Fünf Minuten!«, wiederholte sie und ging.

Jensen sah durchs Fenster, wie sie durch den Regen auf den Chevrolet Blazer neben dem Brunnen zuschritt, sie hatte sich offenbar die Position des Wagens eingeprägt. Die Standlichter blinkten kurz auf, als sie mit der Fernbedienung die Türen entriegelte. Sie stieg ein und schloss die Tür, und von nun an wartete sie auf ihn, ihre Ungeduld war bis in die Bar zu spüren.

Das ist alles, was ich Ihnen je gestatten werde.

Jensen verstand nicht, was sie damit gemeint hatte, aber dann fraß der Satz sich tiefer, wie eine Säure, und plötzlich legte er die Erinnerung frei an das, was er gestern Abend zu O'Hara gesagt hatte, im Weinrausch.

Ich möchte mit Ihnen schlafen.

Am besten wieder vergessen, dachte er. Und was war schon dabei, ja, er hätte gestern gern mit ihr geschlafen. Wobei gern das falsche Wort war, er hätte es gewollt, und sei es nur, um endlich seine Enthaltsamkeit zu beenden. Vielleicht schadete sie ihm inzwischen, in jeder Hinsicht, vielleicht war es aus rein medizinischen Gründen ratsam, endlich wieder einmal bei einer Frau zu liegen. Warum also ein Geheimnis daraus machen. Ihre Bemerkung von vorhin zeigte, dass die Angelegenheit für sie erledigt war, nur störte es Jensen, dass sie von nun an vieles vielleicht falsch interpretierte und auf seinen im Suff geäußerten Wunsch zurückführte. Aber auch das würde mit der Zeit in Vergessenheit geraten.

Jensen trank seinen Kaffee aus und ging langsam, ohne Eile die Treppe hinauf in den oberen Stock, um O'Haras Koffer zu holen. Er stand vor ihrer Zimmertür, daneben gab es aber noch eine weitere Tür, das zweite Gästezimmer, jenes von Botella. Jensen hatte aus prinzipiellen Gründen nicht vor, sich an O'Haras apodiktische fünf Minuten zu halten, und nun kam noch seine Neugier hinzu, was Botella wohl gerade tat, ob er noch schlief, das war anzunehmen, er hatte ja eine aufregende Nacht hinter sich, nicht frei von Anstrengung.

Jensen horchte an der Tür, hörte aber nichts. Er blickte durchs Schlüsselloch und sah zwei nackte Füße, mit denen irgendetwas nicht stimmte. Das Schlüsselloch ließ nur einen sehr engen Blickwinkel zu, es lag etwas über dem einen Fuß, etwas dünnes. Ein dünner, schwarzer Schlauch? Jensen konnte es nicht genau erkennen, und weil er sehr müde und noch immer ein wenig vom Wein beduselt war, tat er etwas, das er unter normalen Umständen nie getan hätte: Er drehte den Türknauf, vorsichtig, um einen kurzen Blick ins Zimmer zu werfen. Die Tür war aber abgeschlossen. Das war merkwürdig, weil ja der Schlüssel nicht im Schloss steckte. Weshalb sollte Botella die Tür von innen schließen und dann den Schlüssel entfernen? Jensen hörte unten Stimmen, die von Gonzales und einer Frau, und so brach er die Unternehmung ab und trug O'Haras Koffer hinunter zum Ausgang. Dann packte er seinen, das war schnell getan, er brauchte ihn nur zu schließen. Hatte O'Hara Zimmer und Verpflegung bereits bezahlt? Gerade als Jensen sich das fragte, erschien Gonzales vor der Tür der Abstellkammer. Er starrte auf den Koffer in Jensens Hand.

»Sie wollen abreisen?«, fragte er, sein Gesicht nahm vor Bestürzung einen weinerlichen Ausdruck an. »Aber das ist ... Señor, damit habe ich nicht gerechnet. Es gibt in Nuevas Tazas kein Hotel. Schon gar nicht in Mazatil.

Wo wollen Sie denn übernachten? War das Essen nicht gut? Der Wein? Nein, es ist dieses Zimmer! Ich weiß ja, Señor, ich weiß es ja. Es ist nur eine Notunterkunft, ich wollte Ihnen gerade den Vorschlag machen, dass Sie umziehen, in ein viel besseres Zimmer. Meine Frau wird es herrichten, es ist unser Schlafzimmer, in einer halben Stunde schon wird das Zimmer für Sie bereit sein. Meine Frau wird das Bett frisch beziehen, und Sie wird ...«

»Señor Gonzales«, sagte Jensen. »Unsere Abreise hat nichts mit Ihrer Bewirtung zu tun. Ganz im Gegenteil. Wir waren mit allem sehr zufrieden, und ich wäre sehr gern noch einige Tage geblieben. Aber das Leben macht Sprünge, und deshalb müssen wir früher als erwartet abreisen.«

Gonzales senkte den Kopf, er war über alle Maßen betrübt.

»Aber in Mazatil«, wiederholte er, »gibt es nichts, man kann dort nicht übernachten. Und Sie wollen doch dorthin? Wir haben doch gestern darüber gesprochen.«

Jensen zog seinen Geldbeutel aus der Tasche und entnahm ihm eine Hundertdollarnote. Es war viel zu viel, aber nur was die Unterkunft und das Essen betraf; für Gonzales' Freundlichkeit und die Mühe, die er sich gegeben hatte, war es noch zu wenig.

»Hier«, sagte Jensen und drückte ihm die Note in die Hand. »Ich möchte mich für Ihre Gastfreundschaft erkenntlich zeigen. Und vielen Dank, dass Sie mir gestern so lange zugehört haben. Alles Gute, leben Sie wohl.«

»Señor«, sagte Gonzales. Er blickte auf den Geldschein in seiner Hand. »Señor. Ich werde das nie vergessen. Ich meine nicht Ihre Großzügigkeit. Sondern dass Sie mich Señor genannt haben, von Anfang an. Die ganze Zeit. Das ist es, was ich nicht vergessen werde.« Er umarmte Jensen und ging ohne ein weiteres Wort weg.

Jensen trug die beiden Koffer zum Wagen, ein wenig wehmütig, dieser freundliche alte Herr würde ihm fehlen. Jensen öffnete die Kofferraumklappe, O'Hara beschwerte sich, warum das so lange gedauert habe, Jensen hörte nicht hin. Er warf die Koffer auf die Ladefläche, und als er sich ans Steuer setzen wollte, sah er Gonzales vors Haus treten, im strömenden Regen winkte er Jensen zu und rief: »Und die Wellen! Darüber werde ich nachdenken! Und über die Dinge in meiner Hand!« Er hatte das heute morgen schon einmal gesagt, aber diesmal klang es ehrlich.

22

Die Strasse, auf der sie nach Veinte de Noviembre hineingefahren waren, war jetzt, als sie das Dorf verließen, nicht mehr dieselbe, sie hatte sich im Regen aufgelöst, ein unscharfer Pfad aus Lehm, in dem die Räder des Chevrolet Blazers nur mit Mühe Halt fanden, trotz des Vierradantriebs. Der Wagen rutschte vorwärts, manchmal seitwärts, Jensen fuhr im ersten Gang, aber nicht zu langsam. Er erinnerte sich, einmal gelesen zu haben, dass die Araber, wenn sie mit einem Geländewagen durch die Wüste fuhren, streng darauf achteten, eine bestimmte Geschwindigkeit einzuhalten, nicht zu schnell und nicht zu langsam, denn beides hätte dazu geführt, dass die Räder im Sand steckenblieben.

»Wir werden bald zu einer Abzweigung kommen«, sagte O'Hara. »Fahren Sie links, das ist die Straße nach Nuevas Tazas.«

»Es gibt hier keine Straßen mehr«, sagte Jensen. Das Heck des Wagens brach aus, er musste heftig gegensteuern. »Es gibt nur Dreck, auf dem wir vorwärtsrutschen. Und hier, wo wir jetzt sind, ist das Gelände noch flach. Falls die Straße nach Nuevas Tazas höher in die Berge hinaufführt, und das wird wohl so sein, werden wir nicht mehr vorwärts, sondern hinunterrutschen. So stehen die Dinge.«

»Das ist ein guter Wagen«, sagte O'Hara nur. »Außerdem wird es aufhören zu regnen. Ich habe heute morgen den Wetterbericht gehört.«

Der Regen prasselte auf das Dach, die Scheibenwischer fegten hektisch über die Windschutzscheibe, und dennoch sah Jensen nur Wasser vor sich. Man konnte nicht einmal erkennen, ob es am Himmel Anzeichen dafür gab, dass das Wetter sich an den Bericht hielt. Der Wagen musste beständig im Zaum gehalten werden, wenigstens ließen Jensens Kopfschmerzen nach, die Konzentration beschleunigte seinen Puls und die Atmung, dem Gehirn wurde mehr Sauerstoff zugeführt, die Fahrt war in dieser Hinsicht gesund.

»Wir müssten schon längst bei der Abzweigung sein«, sagte O'Hara nach einer Weile. »Sie haben sie verpasst.«

»Da war keine Abzweigung.«

O'Hara schwieg. Sie hatte allerdings recht gehabt. Im Rückspiegel sah Jensen jetzt die Abzweigung, einen hellen Pfad im Morast, und der Pfad führte an Gestrüpp vorbei steil aufwärts, wie er befürchtet hatte. Er legte den Rückwärtsgang ein und fuhr zurück.

»Und was bedeutet das?«, fragte O'Hara.

Jetzt war es Jensen, der schwieg.

Er bog links auf die Abzweigung ab, die Straße führte entlang einer Bergflanke höher, aber man kam hier besser vorwärts als unten, ein Geschenk der Erosion. Wind und Wetter hatten den Humus abgetragen, und so kahl wie die Bergflanke war auch die Straße, festes Gestein mit Geröll bedeckt. Die Reifen knirschten, manchmal wurden unter ihrem Gewicht kleine Steine weggeschleudert, mit einem leisen, dumpfen Knall. Jensen entspannte sich ein wenig, die Straße war sehr viel angenehmer als jene unten.

»Und?«, fragte er. Er schaute kurz zu O'Hara hinüber, die in ihrer gefütterten, orangen Sturmjacke seltsam verletzlich wirkte, der Anblick rührte ihn.

»Und was?«

»Botella. Glauben Sie immer noch, dass er gelogen hat?«

Sie wandte ihm ihr Gesicht zu, ein kleines, bleiches Gesicht über dieser monströsen Jacke. Ein schönes, von Schmerz gezeichnetes Gesicht.

»Für mich spielt das keine Rolle«, sagte sie. »Es führt beides in dieselbe Richtung.«

»Das verstehe ich nicht.«

»Er sucht Esperanza Toscano Aguilar. Wenn er nicht gelogen hat, sucht er sie aus dem Grund, den wir jetzt kennen. Wenn er gelogen hat, sucht er sie aus einem andern Grund. Lüge oder nicht Lüge, es ändert nichts daran, dass er sie sucht. Oder gesucht hat. Er wollte sie finden, und ich war dagegen.«

»Und weil Sie dagegen waren, haben Sie mit ihm geschlafen? Kennen Sie keine anderen Methoden, um jemanden umzustimmen?«

Halt den Mund, dachte Jensen.

»Aber es geht mich ja nichts an«, fügte er hinzu. »Sie sind merkwürdig, wissen Sie das?«

Schweig endlich! Aber weshalb eigentlich? Weshalb sollte er den Mund halten. Sie war merkwürdig, und es war sein Recht, es ihr zu sagen, er musste sich endlich von dieser Beklommenheit frei machen; er war in O'Haras Anwesenheit nicht er selbst. Eine Eskalation, jetzt und hier, er war gerade in der Stimmung dazu, die Straße war leicht, er musste sich nur immer gut rechts halten, denn links ging es steil abwärts.

»Ja«, sagte er. »Ich finde Ihr Verhalten merkwürdig. Wir sind immerhin seit einigen Tagen zusammen unterwegs. Aber ich weiß nichts über Sie, gar nichts. Sie sind krank, aber Sie reden nicht darüber. Jeder kann sehen, dass es Ihnen nicht gut geht, aber Sie reden nicht darüber.«

»Sie haben mich nie danach gefragt«, sagte sie.

»Ich habe Sie danach gefragt. An jenem Morgen, bevor ich zu Sheriff Caldwell fuhr. Ich habe Sie gefragt, ob Sie Hilfe brauchen, ob ich Ihnen Medikamente holen soll. Stattdessen haben Sie mir befohlen, Ihnen Ihre Schuhe zu bringen. Also, was weiß ich von Ihnen? Nichts. Ich muss mir alles selber zusammenreimen. Sie sind krank, ernsthaft krank, und aus diesem Grund wollen Sie bei diesem Wetter fünfundzwanzig Kilometer zu Fuß durchs Gebirge gehen, Sie wollen sich von Esperanza Aguilar heilen lassen. Es geht Ihnen nicht um ihre Erinnerungen an Ihren Mann, daran glaube ich nicht mehr. Sie suchen Heilung, und mit dem einen Kerl schlafen Sie, damit er Ihnen verrät, wo Sie die Heilerin finden. Und mit dem anderen schlafen Sie, damit er Ihre Pläne nicht durchkreuzt, falls das überhaupt seine Absicht war, was ich bezweifle. Haben Sie Botella in seinem Zimmer eingeschlossen? Das vermute ich nämlich. Sie haben ihn eingeschlossen. Warum genau haben Sie das getan? Wer sind Sie überhaupt? Vielleicht irre ich mich ja, vielleicht sind Sie gar nicht krank, ich hoffe es für Sie. Also, Annick, korrigieren Sie mich, wenn ich mich geirrt habe. Sagen Sie mir endlich, was mit Ihnen los ist.«

Jensen wischte sich den Schweiß von der Stirn, es war kühl im Wagen, aber er schwitzte, er hatte Lust auf eine

Zigarette und ein Bier, jetzt ein Bier, morgens um acht Uhr.

»Ich habe nicht mit ihm geschlafen«, sagte O'Hara. »Beruhigt Sie das?«

Er wusste es nicht. Ja, vielleicht beruhigte es ihn, er war erleichtert, aber nicht seinetwegen, ihretwegen.

»Ich habe ihn nur gefesselt«, fuhr sie fort. »Ich schlug es ihm vor, und er war einverstanden, er fand es abenteuerlich. Er war sehr betrunken, er war zu vielem bereit. Ich habe ihn ans Bettgestänge gefesselt. Dann habe ich ihm den Mund zugebunden und ihm den Daumen und den Mittelfinger gebrochen. An beiden Händen. Mehr ist nicht nötig, um zu verhindern, dass jemand sich anzieht oder Auto fährt oder sonst etwas mit seinen Händen tun kann.«

Jensen trat auf die Bremse. Der Wagen kam sofort zum Stehen, rutschte aber auf dem feinen Geröll gefährlich seitwärts auf den Abgrund zu. Es war Jensen egal, er riss die Tür auf und stieg aus, der Wagen rutschte langsam weiter, einen Stein schob Jensen noch unter das linke Wagenrad, dann ging er. Es hatte aufgehört zu regnen, Nebeldämpfe stiegen vom Tal herauf und verhüllten die Sicht auf die Häuser von Veinte de Noviembre.

»Kommen Sie zurück!«, hörte er O'Hara rufen. »Was soll das! Ich verlange, dass Sie sofort weiterfahren!«

Jensen setzte seinen unbestimmten Weg fort, unbestimmt, obwohl es nur diese eine Straße gab, er hätte nirgendwo anders hingehen können, und trotzdem war es ein zielloses Gehen. Er glitt auf dem losen Gestein aus, fing sich auf, die Luft war kalt, eine einzelne Zikade zirpte.

Die Finger gebrochen, dachte er. Was für eine perfide Art, jemanden außer Gefecht zu setzen, genau kalkulierte Brutalität, effizient und ökonomisch, Berufsverbrecher handelten so.

»Jensen!«, schrie sie, aber er ging weiter, der Abstand zu ihr war ihm noch nicht groß genug. Aber natürlich musste bald eine Entscheidung fallen, es hatte keinen Sinn, zu Fuß zurück nach Veinte de Noviembre zu gehen.

Plötzlich kam ihm ein eigenartiger Gedanke. Er dachte an das Mädchen von gestern Abend, sie hatte ihm ihre Zunge gezeigt hinter dem Rücken ihres Burschen. Er könnte das Mädchen suchen, sie war bestimmt leicht zu finden in dem kleinen Dorf. Er könnte mit ihr reden, vielleicht wollte sie nach Amerika, warum sonst hätte sie ihm dieses Zeichen geben sollen. Bestimmt nicht, weil sie sich seine Umarmung wünschte. Los Angeles, die Aufschrift auf ihrem T-Shirt, darum ging es ihr, sie wollte nach Amerika, wie wohl die meisten ihres Alters hier, und ihr Bursche hatte kein Geld. Ich nehme dich mit, komm, steig in den Wagen, ich bringe dich über die Grenze. Warum nicht, dachte Jensen. Warum nicht aus dieser Geschichte aussteigen, dachte er, in der es keine Alternativen mehr gab, keine Möglichkeiten. Sie hatten sich alle in Wirkliches verwandelt, in einen steinernen Wald von Wirklichem, aus dem es keinen Ausweg mehr gab. Ihm blieb keine Freiheit mehr, er musste nach Mazatil, er musste O'Haras Obsession folgen und seinem Pflichtgefühl gegenüber den beiden Buben, der Weg war genauestens abgesteckt, und nur eines konnte ihn jetzt noch aus dieser erdrückenden Unausweichlichkeit retten. Quantenverhalten, dachte er. Die Natur hielt für jemanden in seiner Situation eine Möglichkeit bereit, die sie auch sich selbst erlaubte. Es war gestattet, sich ganz dem Zufall zu unterwerfen und unberechenbar, unvorhersehbar zu handeln, das genaue Gegenteil dessen zu tun, was man vor einer Sekunde noch hatte tun wollen, und sich durch einen Quantensprung aus den Zwängen des Wirklichen zu befreien. Ja, es war prinzipiell gestattet, sich so unberechenbar wie ein Photon zu benehmen, von dem vollkommen ungewiss war, ob es durch eine Fensterscheibe hindurchfliegen oder von ihr reflektiert werden würde; ein Photon zog die Freiheit der Zuverlässigkeit vor. Aber um so zu handeln, hätte man auch das Gewissen eines Photons haben müssen, nämlich keines. So blieb Jensen, als er zum Wagen zurückging, nur der tröstliche Gedanke, dass es ihm immerhin möglich gewesen wäre, ins Dorf hinunterzugehen, mit dem Mädchen nach Amerika zu fahren und in einem Motel mit ihr zu schlafen.

»Das war dumm von Ihnen«, sagte O'Hara, als Jensen sich wieder ans Steuer setzte. »Wir haben Zeit verloren. Fahren Sie jetzt endlich weiter! Und falls Sie sich um Botella Sorgen machen: Ich habe den Zimmerschlüssel heute morgen früh der Frau des Hotelbesitzers gegeben. Vertraulich. Ich sagte ihr, sie solle Botella zwei Stunden nach unserer Abfahrt wecken und vorher niemandem etwas davon erzählen. In einer Stunde ungefähr wird man Botella also finden, und irgendeinen Arzt wird es hier schon geben, der ihm die Finger schient. Und jetzt reißen Sie sich zusammen und fahren Sie los!«

Jensen startete den Motor und folgte wieder der schmalen Straße. Es klarte auf, durch die Risse in der Wolkendecke schien gefächertes Sonnenlicht.

»Sie haben meine Frage noch nicht beantwortet«, sagte Jensen nach einer Weile. »Was wollen Sie von Esperanza Aguilar?«

»Sie wissen es doch. Heilung.«

»Hat es etwas mit Ihren Augen zu tun?«

»In gewisser Hinsicht, ja.«

»Was heißt das, in gewisser Hinsicht?«

»Es heißt, dass ich eine ganz andere Art von Heilung suche. Was mit meinen Augen geschehen ist, hat nur indirekt damit zu tun. Mehr werde ich jetzt dazu nicht sagen. Wenn wir dort sind, werden Sie verstehen, was ich meine.«

»Ich würde es aber gern jetzt schon erfahren. Ich will wissen, worauf ich mich einlasse.«

»Sie selbst bestimmen, worauf Sie sich einlassen und worauf nicht. Das hat nichts mit mir zu tun. Achten Sie jetzt auf die Straße. Wir werden bald zu der verschütteten Stelle kommen.«

Sie sucht Heilung, dachte Jensen, aber mit ihren Augen hat es nichts zu tun, mit den Augen, mit denen etwas geschehen ist, wie sie sagte. Drückt man sich so aus, wenn es ein Unfall war oder eine Krankheit? Würde man bei einem Unfall oder einer Krankheit ein Geheimnis daraus machen? Vielleicht war sie Opfer eines Verbrechens geworden, jemand hatte ihre Augen verletzt. Aber warum brachte Sie Esperanza Aguilar damit in Verbindung? Ich suche eine ganz andere Art von Heilung. Das klang merkwürdig, aber Jensen kannte O'Hara inzwischen immerhin gut genug, um zu wissen, dass es keinen Zweck hatte, ihr in dieser Angelegenheit weitere Fragen zu stellen; er würde keine Antwort bekommen.

O'Hara öffnete das Wagenfenster und streckte die Hand hinaus.

»Es regnet nicht mehr«, sagte sie. »Wie sieht der Himmel aus?«

»Die Wolken lösen sich auf. Sie sind sich doch bewusst, dass Botella die Polizei informieren wird? Gonzales, der Hotelbesitzer, weiß, wohin wir unterwegs sind. Er hat mir zwar versprochen, es für sich zu behalten. Aber jetzt, nachdem Sie Botella die Finger gebrochen haben, wird er uns für das halten, was zumindest Sie in meinen Augen sind.«

»Und was bin ich in Ihren Augen?«

»Zwielichtig«, sagte Jensen.

O'Hara lachte kurz.

»Eine sonderbare Bezeichnung für eine Blinde«, sagte sie. »Im Übrigen bezweifle ich, dass die Polizei von Veinte de Noviembre, falls es überhaupt eine gibt, sich für die gebrochenen Finger eines Ausländers interessiert. Botella wird sich nur lächerlich machen. Eine Frau, noch dazu eine Blinde, soll ihm, einem Mann, die Finger gebrochen haben? Kein mexikanischer Mann, ob Polizist oder nicht, wird ihn ernst nehmen. Man wird denken, dass er entweder lügt, oder dass in Wahrheit Sie ihm die Finger gebrochen haben. Aus Eifersucht. Das würden die Männer verstehen. Aber Sie haben ja ein Alibi. Maria, die Frau des Hotelbesitzers hat mir erzählt, dass ihr Mann fast die ganze Nacht bei Ihnen im Zimmer saß. Sie haben ihm Ihr Leben erzählt und noch andere Dinge, etwas mit Wellen, die verrückte Dinge tun. Ich nehme an, Sie haben ihn in die Geheimnisse der Quantenphysik eingeführt.«

»Kann schon sein«, sagte Jensen.

»Sie sagten vorhin, dass Sie nichts über mich wissen. Das ist richtig. Aber ich weiß über Sie genauso wenig. Minus eins plus minus eins gibt minus zwei. Wir beide sind also gewaltig im Minus, finden Sie nicht auch?«

Nach einer Kurve streckte die Straße sich plötzlich, sie erreichten eine schmale, steinige Hochebene, eigentlich war es nur ein Grat über einen breiten Bergrücken. Eine einzelne Weißkiefer war in der Ferne zu sehen, und überall glänzten Wasserpfützen im Sonnenlicht. Die Straße führte auf zwei Hügel zu und endete in einem dritten, kleineren Hügel dazwischen, der Verschüttung. Schon von weitem konnte Jensen erkennen, dass es unmöglich sein würde, die verschüttete Stelle zu umfahren, denn zu beiden Seiten der zwei Hügel fiel das Gelände steil ab.

»Haben Sie mir zugehört?«, fragte O'Hara.

»Ja«, sagte er. »Ja, wir sind im Minus. Ich bin ganz Ihrer Meinung. Da vorn endet die Straße. Wir werden gleich dort sein.«

»Warum sind Sie eigentlich nicht Physiker geworden?«, fragte O'Hara. »Ich habe den Eindruck, dass Sie sich für Physik mehr interessieren als für alles andere. Was finden Sie eigentlich interessanter, Menschen oder Atome?«

»Natürlich Menschen«, sagte Jensen.

Menschen, die sich für Atome interessieren, dachte er.

»Ich glaube, dass Sie sich für Menschen nur interessieren, weil sie aus Atomen bestehen«, sagte sie. »Und trotzdem sind Sie nicht Physiker geworden, sondern Polizist. Das verstehe ich nicht.«

»Die meisten Menschen, die die Musik von Bach lieben«, sagte Jensen, »spielen selber kein Instrument. Sie verstehen nichts von Kompositionslehre, von Fuge und Kontrapunkt, aber sie verstehen die Musik. Dasselbe gilt für mich und die Physik. Ich muss nicht Physiker sein, um die Heisenberg'sche Unschärferelation zu verstehen und darüber zu staunen. Ich muss die Sprache der Physik nicht beherrschen, um die tiefen Wahrheiten zu lieben, die die Quantenphysik entdeckt hat. Wahrheiten, die jeden Menschen betreffen, weil sie in jedem Menschen wirksam sind.«

Das Ende der Straße war erreicht, vor Jensen türmte sich die mit großen Felsbrocken durchsetzte Geröllmasse auf, die von den beiden Hügeln hinunter auf die Straße nach Nuevas Tazas gerutscht war. Er hielt an, stellte den Motor ab und zog die Handbremse an.

»Die Sprache der Physik ist die Mathematik«, sagte Jensen. »Nur die Mathematik kann das Verhalten der Elektronen beim Doppelspaltexperiment exakt beschreiben, weil sie eine abstrakte Sprache ist, genau so abstrakt wie die Elektronen selbst. Wer diese Sprache nicht beherrscht, kann die Physik selbstverständlich nur als Zuschauer bewundern. Es gab eine Zeit, in der ich mir von Herzen gewünscht habe, diese Sprache zu lernen, und dann eine Zeit, in der mir bewusst wurde, dass es mir nie gelingen wird. Ich sehe Zahlen und verstehe sie nicht. Schon die elementarste Algebra habe ich nie begriffen, a plus b gleich b plus a, ich konnte das mit nichts Handfestem in Beziehung bringen, ich verstand nicht, worauf es sich bezog. Sinus, Cosinus, Tangens klang für mich wie Glibb, Flusch und Gollak, und deshalb war mir rätselhaft, weshalb die Wurzel aus Glibb Flusch ergibt und was eine Wurzel überhaupt ist. Ich brauchte Jahre, um zu begreifen, was genau mit dem Begriff Masse gemeint ist. Im Physikunterricht sah ich griechische Buchstaben, die sich über- und unterhalb von Bruchstrichen versammelten. Nur blieb mir der Zweck dieser Versammlung vollkommen schleierhaft. Aber am schlimmsten war, dass ich absolut nicht begriff, weshalb meine Klassenkameraden, selbst solche, die sonst in jedem Fach schlechter waren als ich, den Sinn dieser Formeln verstanden. Sie verstanden es! Sie verstanden etwas, das meiner Meinung nach prinzipiell unverständlich war. Noch heute ist mir sogar die berühmteste aller Formeln, $E = mc^2$ ein Rätsel. Ich verstehe natürlich, was sie bedeutet, die Äquivalenz von Energie und Materie, aber ich verstehe die Bedeutung von Lichtgeschwindigkeit im Quadrat nicht. Ich verstehe nicht, weshalb ...«

»Ja«, unterbrach ihn O'Hara. »Damit ist meine Frage erschöpfend beantwortet. Ich nehme an, wir sind jetzt an der verschütteten Stelle. Dann lassen Sie uns jetzt aussteigen. Wir haben noch einen langen Fußmarsch vor uns.«

Sie stieg aus. Sie hatte recht, er hatte zu lange darüber geredet, es war ja auch nicht wichtig, nicht für sie jedenfalls. Und wahrscheinlich hatte sie sich auch nicht aufrichtig dafür interessiert, für sein großes Leiden, die Unfähigkeit zur Mathematik, die ihn zu einem mathematischen Krüppel gemacht hatte, der nun dazu verurteilt war, mit Wörtern subatomare Vorgänge zu beschreiben. Das Dumme daran war, dass Atome zu klein waren für Wörter, und wenn man eines davon in ein Atom hineindrückte, bestand das Atom hinterher nur noch aus dem Wort, es selbst war gänzlich verschwunden. Die schmerzliche Erkenntnis daraus lautete, dass er einer Selbsttäuschung erlag: Er war nur mit dem kleinen Finger in die Quantenphysik eingetaucht, mit der Spitze des Fingers nur, mit dem Rand des Fingernagels. Er hatte im Grunde keine Ahnung von Physik. Alles, was er darüber wusste, waren Geschichten aus Büchern, geschrieben von Physikern, Mathematikern, die der Ehrlichkeit halber stets darauf hinwiesen, dass sich das wahre Wesen der Quantenphysik letztlich nur auf mathematischem Weg vollständig begreifen ließ.

O'Hara klopfte ans Wagenfenster.

»Ich warte auf Sie«, sagte sie. »Bitte steigen Sie jetzt aus. In meinem Koffer finden Sie einen kleinen Rucksack. Nehmen Sie den bitte mit. Es ist ein wenig Proviant darin und Wasser.«

23

JENSEN SCHNALLTE SICH den Rucksack um. Ein heftiger Wind wehte, der Himmel war klar, die Sonne schien, das konnte in so großer Höhe heimtückisch sein. Zweieinhalbtausend Meter, schätzte Jensen, das Atmen bereitete noch keine Mühe, aber das würde sich ändern, wenn sie erst einmal losmarschiert waren und die Anstrengung sich bemerkbar machte. Vor allem aber die

Sonne machte Jensen Sorgen. Sie brannte auf seinem Gesicht, er hatte kein Sonnenschutzmittel dabei, und in den Bergen holte man sich die schlimmsten Sonnenbrände.

»Wir folgen zuerst der Straße nach Nuevas Tazas«, sagte O'Hara. »In Nuevas Tazas fragen wir nach dem Weg nach Mazatil.«

Sie hatte ihre Sturmjacke ausgezogen und sie sich um die Hüfte gebunden.

»Als Erstes müssen wir über den Erdrutsch klettern«, sagte Jensen. »Es gibt keine Möglichkeit, ihn zu umgehen. Zu beiden Seiten der Straße geht es steil hinunter. Ich schlage vor, Sie haken sich bei mir unter. So fest Sie können, damit ich Sie notfalls stützen kann, falls Sie ausrutschen.«

»Das wollte ich auch gerade vorschlagen«, sagte O'Hara und trat an ihn heran. Er schob seinen rechten Arm unter ihren linken.

»Halten Sie sich mit der linken Hand an Ihrem Gürtel fest«, sagte er.

Auf diese Weise verankerten sie sich gegenseitig. Die ersten Schritte waren kompliziert, einmal zog er sie, einmal sie ihn, und da sie so dicht nebeneinander gingen, kamen dem einen die Füße des anderen in die Quere.

»Wir müssen jetzt über die verschüttete Stelle steigen«, sagte Jensen. »Sind Sie bereit?«

»Natürlich.«

Es erwies sich als schwierig, der kleine Schutthügel war anfangs steil, bei jedem Schritt löste sich Gestein. Jensen rutschte ab, seine Schuhe waren völlig ungeeignet für dieses Terrain, mehrmals musste er bei O'Hara Halt suchen, die mit ihren trittfesten Bergschuhen hier im Vorteil war. Schweigend arbeiteten sie sich hoch, und nachdem sie den Gipfel des Schutthügels erreicht hatten, wendete sich das Blatt. O'Hara machte einen Schritt ins Leere, sie stürzte und zog Jensen mit sich, die Verankerung löste sich, jeder für sich schlidderte den Abhang hinunter, es war aber nicht wirklich gefährlich, sie schürften sich beide nur die Hände auf. Nun war die Verschüttung überwunden, der weitere Weg schien leicht zu sein, die Straße führte auf dem Berggrat weiter, aber zu beiden Seiten war genügend Platz.

Sie hakten sich wieder unter, dicht an dicht folgten sie dem Weg; mit der Zeit synchronisierten ihre Schritte sich, sie kamen zügig voran. Dann aber stolperte O'Hara über einen Stein, keinen besonders großen, er war Jensen gar nicht aufgefallen.

»So geht es nicht«, sagte sie. »Sie müssen mich über Hindernisse informieren. Ich werde Ihnen erklären, wie man das macht. Ich werde meinen Kopf geradeaus halten. Mein Kopf weist nach vorn. Diese Richtung ist zwölf Uhr. Wenn Sie nun irgendein Hindernis sehen, wie beispielsweise den Stein vorhin, sagen Sie: Stein auf zehn Uhr, Stein auf ein Uhr, je nachdem, wo er gerade liegt. Haben Sie das verstanden?«

Das Orientierungssystem von Kampfpiloten, dachte Jensen. In der Luft gab es keine Merkpunkte, ebenso wenig wie in der Dunkelheit, in der O'Hara lebte. Man orientierte sich an der Richtung, in die die eigene Nase zeigte. Feindliche Maschine auf sechs Uhr.

»Verstanden«, sagte Jensen.

»Dann ist es ja gut. Wir werden das von jetzt an immer so handhaben. In jeder Situation. Wenn ich Sie frage, wo etwas sich befindet, werden Sie mir auf diese Weise antworten.«

»Wie Sie wünschen«, sagte Jensen.

Zu Befehl, dachte er. Warum nur sprach sie dauernd in diesem Kasernenton mit ihm. Er musste lernen, es nicht persönlich zu nehmen, es war eben eine Marotte von ihr. Vielleicht auch hatte er sie in einer besonderen

Phase ihres Lebens kennengelernt, einer Phase des Leids und der Anspannung, daher ihr oft barsches Verhalten, die Unduldsamkeit und eben dieser Befehlston. Womöglich war dies alles nur eine zeitweilige Erscheinung, hervorgerufen durch die besondere und schwierige Situation, in der sie sich zur Zeit befand.

Jetzt, da er so dicht neben ihr ging, glaubte Jensen ihre Anspannung deutlich zu spüren, ihr Körper fühlte sich hart an, als seien alle Muskeln im Alarmzustand, jederzeit zur Abwehr bereit. Außerdem strengte das Gehen sie sehr an, obwohl das Gelände eigentlich keine Schwierigkeiten bot. Erst in einiger Entfernung stieg die Straße wieder steiler an. O'Hara atmete schwer. Es mochte an der Höhe liegen, auch Jensen spürte es und musste öfter tief Luft holen. Aber bei O'Hara handelte es sich um etwas Grundsätzlicheres, ihr mangelte es an Kraft. Jensen fragte sich, ob sie die zwanzig Kilometer, die noch vor ihnen lagen, überhaupt durchstehen würde. Die Sonne zehrte zusätzlich an den Kraftreserven, es war jetzt sehr heiß, bei vollkommener Windstille. Normalerweise wehte in den Bergen doch stets ein Wind, vor einer halben Stunde noch, als sie den Marsch begonnen hatten, war er sogar sehr heftig gewesen. Jetzt aber rührte sich nichts, das Surren von Insekten war zu hören und dann plötzlich ein Knurren.

Scheinbar aus dem Nichts war das Tier aufgetaucht, und nun stand es einige Meter von ihnen entfernt mitten auf der Straße.

»Ein Tier auf zwölf Uhr«, sagte Jensen leise. »Ich glaube, es ist ein Kojote.«

Oder ein Wolf, dachte er. Jedenfalls etwas Hundeähnliches, etwas mit Fangzähnen, ein mageres hundeähnliches Wesen, das den Anblick von Menschen wohl nicht gewohnt war, denn es blieb auf der Straße stehen und schaute zu ihnen hinüber. Das Knurren hatte sich Jensen wohl nur eingebildet, jedenfalls war es jetzt nicht mehr zu hören.

O'Hara blieb stehen.

»Wie groß ist das Biest?«, fragte sie. »Kleiner als ein Schäferhund?«

»Nein. Etwa gleich groß.«

»Dann ist es kein Kojote. In der Sierra Madre sind Wölfe selten, aber es gibt sie. Ist er allein?«

Jensen blickte sich um. Einige Meter neben der Straße fiel das Gelände sanft ab, aber von hier aus war es schwierig zu beurteilen, ob danach ein Abgrund folgte oder nur eine Senke, in der sich dann sehr wohl weitere Wölfe hätten verstecken können.

»Ich weiß nicht«, sagte Jensen. »Vorläufig sehe ich nur diesen einen.«

»Werfen Sie einen Stein nach ihm. Versuchen Sie, ihn zu töten. Das wäre das Beste für uns. Er muss jedenfalls Respekt vor uns bekommen. Los, verlieren Sie keine Zeit.«

Der Wolf beobachtete sie geduldig.

Geduld ist die große Tugend der Tiere, dachte Jensen. Wenn er nervös war wie jetzt, kamen ihm oft solche Dinge in den Sinn, Weisheiten, die in der gegebenen Situation einen Wert von exakt null besaßen.

Er bückte sich nach einem Stein, sehr langsam, um den Wolf in Sicherheit zu wiegen. Der Stein war handlich, aber die Distanz viel zu groß. Außerdem war Jensen sich nicht sicher, ob es richtig war, den Wolf anzugreifen. Der Wolf gähnte und blickte über die Schulter in die Richtung, aus der er wohl gekommen war. Seine Gelassenheit, seine demonstrative Furchtlosigkeit hingen vielleicht mit seinem Wissen um die anderen zusammen, die bald zu ihm stoßen würden. Einen Augenblick lang war Jensen eigentümlich gefangen von dem Gedanken, dass er vielleicht schon bald hier oben in den mexikanischen Bergen von Wölfen gefressen werden würde, eine Todesart, an die er sein Leben lang nie gedacht hatte. Er holte zum Wurf aus, der Stein verfehlte den Wolf um gute zwei Meter. Dennoch jaulte der Wolf auf und sprang in panischer Eile davon, nur um aber ein Stück weiter wieder stehenzubleiben. Er leckte sich kurz die Flanke, wie es Katzen taten, wenn sie verlegen waren.

»Er ist weg«, sagte Jensen, um O'Hara nicht zu beunruhigen.

»Sie haben ihn aber nicht getroffen. Sonst würde ich jetzt sein Winseln hören.«

»Nein. Aber ich glaube, er wird uns nicht mehr belästigen.«

O'Hara griff plötzlich nach seinem Arm, sie drückte stark zu, es schmerzte beinahe. Ihr Gesicht nahm einen seltsamen Ausdruck an, ihr Mund stand offen, sie sah in diesem Moment aus wie eine Schwachsinnige.

»Was haben Sie?«, fragte Jensen.

Sie schüttelte den Kopf.

»Ist Ihnen nicht gut?«

»Es geht schon«, sagte sie. »Es ist nichts. Lassen Sie uns jetzt weitergehen. Wir kommen nicht schnell genug vorwärts.«

Sie hakte sich wieder bei ihm unter und zog ihn mit sich. Jensen ließ den Wolf nicht aus den Augen und der ihn nicht. Sie gingen an dem Wolf vorbei, er aber blieb stehen. Das bedeutete, dass sie ihn jetzt im Rücken hatten.

»Er ist noch immer da, nicht wahr?«, sagte O'Hara.

»Jetzt hinter uns. Auf fünf Uhr. Aber ich bin mir inzwischen fast sicher, dass er allein ist. Und er hat Angst. Der Steinwurf hat ihn verwirrt.«

»Da bin ich mir nicht so sicher«, sagte O'Hara. »Ich hatte vorhin eine meiner Eingebungen. Ich weiß nicht, ob es mit dem Wolf zusammenhängt. Aber ich weiß, dass wir uns beeilen müssen.«

Sie zog Jensen kräftig vorwärts, jetzt bestimmte sie das Tempo.

Schon bald erreichten sie die Stelle, an der die Straße steil anstieg. Jensen blickte sich um, der Wolf folgte ihnen, wobei er wie sie stets auf der Straße blieb, wahrscheinlich, weil er wie alle Caniden schlecht sah. Er folgte einfach ihrem Geruch, und wenn er nicht dumm war, hatte er bemerkt, dass sich in Jensens Duftmarke Adrenalinmoleküle angesammelt hatten, was der Wolf entweder als Kampfbereitschaft oder als Furcht interpretieren konnte. Beides traf zu, aber Letzteres überwog.

Eine weitere Stunde verging, sie sprachen wenig, denn die Steigung wollte nicht enden, sie konnten es sich nicht leisten, beim Sprechen Sauerstoff zu verschwenden. Seite an Seite keuchten sie. Jensen war schweißnass, sein Hemd blieb an dem von O'Hara kleben. Manchmal stöhnte sie leise vor Anstrengung, er ächzte, und er fragte sich, ob ihr die kuriose Analogie ebenso bewusst war wie ihm: Sie klangen wie zwei, die sich liebten.

Die Straße wurde immer unwegsamer.

»Großer Stein auf ein Uhr.«

»Loch auf zwölf Uhr.«

Immer öfter war Jensen jetzt zu solchen Warnungen gezwungen. O'Hara stolperte dennoch sehr oft, er fing sie aber jedesmal auf.

Nach einer besonders mühsamen Steigung erreichten sie einen Punkt, von dem aus man endlich einen größeren Überblick hatte, es war allerdings ein erschreckender. Zu ihrer Rechten ragte eine kahle Felswand auf, über der im Aufwind Vögel trieben. Die Straße war von nun an nicht mehr als eine in diese Felswand gehauene Kerbe. Linkerhand reichte der Blick senkrecht hinunter, ohne Ende, wie es schien. In der Tiefe schlichen Nebelschwaden umher, ein kalter Wind zog von unten zu ihnen hinauf. Zunächst war Jensen diese Abkühlung willkommen, aber er merkte bald, dass sie keineswegs vorübergehend war. Sie waren an einer Wetter- oder Temperaturscheide angekommen und würden sich bald nach der Hitze sehnen, die ihnen zuvor zu schaffen gemacht hatte.

»Wir werden hier kurz rasten«, sagte O'Hara. Sie zog ihre Sturmjacke an. »Aber setzen Sie sich nicht hin. Das Gehen ist sonst nachher doppelt beschwerlich.«

»Alte Pfadfinderweisheit«, sagte Jensen.

»Was ist mit dem Wolf?«

Jensen drehte sich um.

»Ich kann ihn nicht sehen. Aber vor fünf Minuten war er noch hinter uns.«

»Er ist allein. Sonst hätten sie uns schon längst angegriffen. Geben Sie mir bitte Wasser, und eine Wurst aus meinem Rucksack.«

Sie tranken und aßen, im Stehen, die Wurst schmeckte ranzig, Jensen legte seine nach einem Biss wieder in den Rucksack zurück.

»Woher haben Sie die?«, fragte er.

»Von der Frau des Hotelbesitzers. Sie sagte, es seien hausgemachte.« O'Hara aß bereits die zweite. »Ich finde, sie schmecken sehr gut. Es ist Kümmel drin und viel Knoblauch.«

Zehn Minuten später brachen sie wieder auf, sie drückten sich an die Bergflanke, für einen dritten Menschen wäre kein Platz gewesen. Die Leute, die in Nuevas Tazas wohnten, mussten Selbstversorger sein, denn auf diesem schmalen und gefährlichen Pfad hätte nicht einmal ein Eselskarren Güter vom Tal herauftransportieren können, geschweige denn ein Lastwagen.

Es war schon lange nach Mittag, seit nunmehr sechs Stunden waren sie unterwegs und gerieten nur immer verzwickter in die Berge hinein. Bisher hatten sie keine einzige menschliche Behausung gesehen, und da die Gegend immer unwirtlicher wurde, begann Jensen daran zu zweifeln, dass hier im Umkreis von hundert Kilometern überhaupt jemand lebte.

»Es dauert nicht mehr lange«, sagte O'Hara, mitten im Satz holte sie tief Atem. »Bald werden wir in Nuevas Tazas sein.«

Nach Jensens Meinung konnte sie das aber gar nicht wissen, sie versuchte wohl eher, sich selbst zu motivieren. Es war sehr kalt geworden, die Sonne hatte alle Kraft verloren, die Nebel drückten von unten herauf, Jensens berguntaugliche Schuhe ließen ihn jeden spitzen Stein spüren, vorn hatte sich bereits die Sohle gelöst.

So ein Irrsinn, dachte er. Selbst wenn es hier ein Nuevas Tazas gab, was er inzwischen ernsthaft bezweifelte, würden sie den ganzen Weg wieder zurückgehen müssen, er dann wahrscheinlich barfuß, wenn er sich die Schäden an seinen Schuhen betrachtete. Sein rechter Arm war schon fast taub, seit Stunden klammerte O'Hara sich daran fest; aber Mut hatte sie, das musste man ihr lassen. Eine Blinde, die ins Gebirge stieg und ein so gefährliches Gelände durchquerte, musste von einer starken Kraft dazu getrieben werden. Es erfüllte Jensen mit Respekt, aber auch mit Sorge. Was nur konnte für O'Hara so wichtig sein, dass sie diese Strapaze und Gefahr auf sich nahm?

Ich suche eine ganz andere Art von Heilung.

Jensen nahm sich vor, sie nun eben doch noch einmal zu fragen, diesmal darauf zu insistieren, dass sie ihm die Frage beantwortete. Ihm fehlte im Augenblick nur die Luft dazu, sie hatten schätzungsweise weitere vierhundert Höhenmeter hinter sich gelegt. Seine Lungen brannten und dennoch kam nicht genügend Sauerstoff in den Beinen an, sie wurden schwer, sie trugen einen nicht, man trug sie, schleppte sie mit sich wie Ballast.

Jensen sah nur noch den nächsten Schritt vor sich, die Landschaft um ihn herum war verschwunden. Eine grandiose Stille herrschte, nur der Wind war zu hören und das Keuchen von O'Hara und sein eigenes.

Irgendwann legte O'Hara ihren Arm um seine Schulter, und nun spürte er ihr Gewicht, es drückte seine Beine noch tiefer in den Boden, ihm wurde schwindlig. Die Zeit streckte sich wie ein Gummiband, dessen eines Ende an Jensens letztem Gedanken befestigt war, das andere Ende reichte in die Ewigkeit. Sein Vorhaben, O'Hara zu fragen, welche Art von Heilung sie suchte, lag plötzlich so weit in der Vergangenheit zurück, dass er sich daran erinnerte wie an eine Begebenheit aus seiner Kindheit. Seine Mutter kam ihm in den Sinn, sein Gebet, mit dem er sie getötet hatte. »Nein«, sagte er zu sich selbst. »Nein, das stimmt nicht. Ich bin nur sehr erschöpft.«

»Ja«, hörte er O'Hara sagen. »Ich auch. Das ist die Luft. Die Höhe. Wir sind gleich dort.«

Ich habe sie nicht getötet, dachte er. Die Schwäche brachte solche Gedanken hervor.

Ein breites Tal öffnete sich vor ihnen, der Weg führte abwärts, endlich, und es gab unten im Tal einen Fluss und Bäume, Zedern, niedrige Büsche bewuchsen die Berghänge. Jensen blieb stehen.

»Es ist grün«, sagte er. »Hier ist alles grün!«

»Ja«, sagte O'Hara nur. Für sie machte es keinen Unterschied, sie besaß keine Erinnerung an die kargen, vegetationslosen Gebiete, die sie in den letzten Stunden durchwandert hatten. Jensens Augen hingegen weideten sich am Grün, er hatte das Gefühl, endlich angekommen zu sein, denn hier lebten bestimmt Menschen, es gab Wasser und Gras für Ziegen, Holz, um zu kochen und die Räume zu beheizen. Er rechnete damit, im nächsten Moment die ersten Häuser zu sehen.

Doch dann geschah etwas vollkommen anderes.

Jensen hörte ein eigenartiges Geräusch, dann stürzte O'Hara vornüber, unter dem Aufprall eines unwirklichen Wesens, Jensen begriff zuerst gar nicht, was passierte. O'Hara lag am Boden, auf ihrem Rücken tobte der Wolf. Er knurrte, sein Kiefer schnappte wild nach einer geeigneten Stelle, auf O'Haras Nacken hatte er es abgesehen. Jensen schaute zu, es kam ihm vor, als sei er der ruhende Pol in einem fürchterlichen Chaos. Er rührte sich nicht, er hatte sogar das Bedürfnis, sich zu setzen, und erst als O'Hara schrie, begriff er, dass er sich das alles nicht einbildete; er war kein ruhender Pol, er war Teil des Chaos, er musste sich hineinwerfen, und das tat er. Er warf sich auf den Wolf, ein beißender Gestank stieg ihm in die Nase. Er stürzte über den Rücken des Wolfes, doch es gelang ihm, eines der Beine des Tiers mit sich zu zerren, ein dünnes, verletzliches Bein. Jensen spürte die Knochen, man konnte sie brechen. Mit beiden Händen griff er nach diesen Knochen. Und mit aller Kraft bog er sie, sie knackten, ein blutiges Stück ragte aus der Haut. Der Wolf hatte sich in Jensens Schulter verbissen, aber die Lederjacke dämpfte den Biss, und Jensen konzentrierte sich voller Wut auf den blutigen Knochen. Er drehte das verletzte Wolfsbein wie man einen feuchten Lappen auswindet, und schließlich, als ein Teil des Beins nur noch an einem Hautfetzen hing, überschlug der Wolf sich beim Versuch, zu fliehen, er riss sich aus Jensens Griff los und rannte auf drei Beinen davon. In Jensens blutiger Hand blieb das verdrehte Beinstück zurück, eine Pfote hing daran. Jensen stand auf, eine seltsame Kraft durchströmte ihn, sein Herz raste. Sein Schrei hallte von den Berghängen wider, er zitterte am ganzen Körper vor Erregung, und noch einmal schrie er dem Wolf sein Siegesgeheul hinterher.

Dann erst fand er in die Wirklichkeit zurück. Er sah O'Hara auf allen vieren über den Boden kriechen, er half ihr hoch, er rückte ihre dunkle Sonnenbrille zurecht, denn das war ihr sicher wichtig, sie wollte nicht, dass jemand ihre Augen sah.

»Sind Sie verletzt?«, fragte er.

Sie nickte.

»Wo? Warten Sie, ich werde nachsehen.« Die wattierte Sturmjacke hatte sie vor den Bissen des Wolfes wahrscheinlich ebenso geschützt wie ihn seine Lederjacke. Jensen untersuchte O'Haras Hals, er strich ihr die Haare aus dem Nacken. Er sah Kratzer, aber nichts Ernstes.

»Nein«, sagte sie. »Nicht der Wolf. Etwas hat mich gebissen. Verdammte Scheiße! Etwas hat mich gebissen! Hier!«

Sie streckte ihm ihre rechte Hand hin, die Hand zitterte so sehr, dass er sie festhalten musste.

»Am Handgelenk«, sagte sie. Ihr Atem ging stoßweise. »Am Handgelenk. Ich glaube, es war eine Schlange. Als ich gestürzt bin. Schauen Sie doch endlich nach!«, schrie sie. »Was ist da?«

Jetzt konnte Jensen es sehen. Mehrere kleine, schwarze Löcher, direkt hinter ihrem Handrücken, paarweise angeordnete Einstiche.

»Ja«, sagte Jensen. Sein Mund war trocken, Schweiß rann ihm in die Augen. Er hatte Angst, mit der Situation nicht fertig zu werden. Es war zu viel auf einmal.

»Was? Was ist es? Eine Schlange? Es sind Schlangenbisse, nicht wahr!«

»Ja«, sagte er.

Wenn jemand erfriert, dachte er, wird er sehr müde. Er spürt die Kälte nicht mehr, ihm ist warm. Er legt sich in den Schnee und schließt die Augen. Jensen schloss die Augen. Wie herrlich wäre es, sich jetzt auch einfach hinzulegen und alle Verantwortung dem Schlaf zu übergeben, einfach einschlafen und nicht mehr vorhanden sein.

»Verdammte Scheiße!«, sagte O'Hara. »Verdammte, verfluchte Scheiße! Sie müssen mir die Wunde aufschneiden, na los! Schneiden Sie sie auf! Und dann binden Sie mir den Arm ab! Worauf warten Sie noch!«

»Hören Sie mir jetzt gut zu«, sagte Jensen leise. »Ich werde mich um Sie kümmern. Vertrauen Sie mir. Ich werde Sie nicht allein lassen. Aber es ist wichtig, dass Sie genau das tun, was ich Ihnen sage. Sie sind von einer Schlange gebissen worden. Es kann nur eine Felsenklapperschlange gewesen sein. Nur Felsenklapperschlangen leben in so großer Höhe. Ihr Biss ist sehr toxisch. Ich möchte, dass Sie das wissen. Ihr Biss ist lebensgefährlich. Sie müssen tun, was ich Ihnen sage. Nur dann haben Sie eine Chance. Ich möchte, dass Sie von jetzt an nicht mehr sprechen. Vor allem müssen Sie sich beruhigen. Atmen Sie möglichst ruhig. Halten Sie den Arm nach unten.«

»Sind Sie verrückt! Sie müssen die Wunde aufschneiden, Sie müssen das Gift heraussaugen! Sie müssen mir den Arm ...«

»Es tut mir leid«, sagte Jensen.

Er hielt sie fest, und mit der freien Hand, mit der Faust vielmehr führte er schnell und entschlossen einen Schlag gegen ihr Gesicht, gezielt, zwischen Kiefer und Wangenknochen, damit die Verletzung möglichst gering blieb. O'Hara sackte in seinen Armen zusammen.

»Es tut mir wirklich leid«, wiederholte er. Er kannte sich mit Klapperschlangen aus, aber sie hätte ihm das vielleicht nicht geglaubt, sie hätte wissen wollen, weshalb er sich mit ihnen auskannte, und am Ende, soweit kannte er sie inzwischen, hätte sie vermutlich doch darauf beharrt, dass er das Falsche tat. Sie hätten durch solche Diskussionen nur kostbare Zeit verloren, ihr Herz hätte zu schnell geschlagen, es hätte das Gift umso zügiger in ihre Gefäße gepumpt. Jetzt, da sie bewusstlos war, kam das Gift langsamer voran, und nur darum ging es. Es war ihre einzige Chance.

Er legte sich ihre Arme um die Schultern und zog O'Hara auf seinen Rücken. Dann fasste er sie unter den Beinen und marschierte los.

Er folgte dem Flusslauf, langsam nur kam er voran, er schätzte, dass er es, mit O'Hara auf dem Rücken, fünf oder acht Kilometer weit schaffen würde, und selbst wenn er Nuevas Tazas erreichte, war noch nichts überstanden.

Felsenklapperschlange, dachte er. Eine der Schlangen aus dem Buch auf dem Dachboden. Als Kind hatte er sich vor der Mutter oft auf den Dachboden geflüchtet, er hatte die Truhe geöffnet, in der sein Vater ausgelesene Bücher, wie er das nannte, aufbewahrte. Und eines dieser ausgelesenen Bücher war geheimnisvoll und gefährlich gewesen, Klapperschlangen fauchten einen an, an ihren gebogenen, spitzen Giftzähnen hingen die tödlichen Tropfen. Zunächst hatte er nur jeweils die Fotos betrachtet, er hatte den Finger in den Rachen der Schlangen gedrückt und seine Unverwundbarkeit genossen. Doch dann hatte er zu lesen begonnen, und nun bekamen die Monster einen Ort, einen Namen und Eigenschaften. Sie waren nicht alle gleich, das Gift der einen, der Mojave, war zwar das tödlichste von allen, doch andererseits war die Mojave beißfaul und träge, ganz im Gegensatz zur Diamantklapperschlange, die sehr schnell zubiss, deren Gift jedoch weniger wirksam war. Die Felsenklapperschlange lebte im Süden Nordamerikas und vor allem in Mexiko im Gebirge, und wie alle Klapperschlangen war sie eine pedantische Beißerin. Sie war es gewohnt, ihre Zähne in weiche Beute zu schlagen, Mäuse, Ratten und andere kleine Nager. Wenn sie aber aus Angst oder Notwehr einen Menschen biss, trafen ihre Zähne meist auf Widerstand, sie biss auf etwas Hartes, auf Fuß-

oder Handknochen. Und aus dem Gefühl heraus, nicht richtig zugebissen zu haben, wiederholte sie ihren Biss, blitzschnell hintereinander schnappte sie zu; sie hörte erst auf, wenn ihre Giftdrüsen leer waren. Genau das war bei O'Hara geschehen, deshalb die vielen Bissspuren. Niemals aber durfte man eine Bisswunde aufschneiden, sie aussaugen oder etwa den Arm abschnüren, das alles half dem Gift nur, sich schneller im Körper auszubreiten.

Crofab, dachte Jensen.

Er trug O'Hara nun schon seit einer halben Stunde auf seinem Rücken; sie wurde von Schritt zu Schritt schwerer. Sie würde nicht mehr lange bewusstlos bleiben, und noch immer war keine Hütte, kein Zaun in Sicht oder sonst etwas, aus dem man auf die Anwesenheit von Menschen hätte schließen können. Sie würde bald aufwachen, und dann würde das Fieber kommen. Schüttelfrost. Lähmungen. Und morgen um diese Zeit würde sie nicht mehr leben.

Jensen beschleunigte seinen Schritt, noch war etwas Kraft vorhanden, er hoffte auf verborgene Reserven in ihm. Der Fluss wurde breiter, er rauschte, ein kleiner Vogel stand auf einem Stein, an dem das Wasser sich teilte, er flog nicht auf, als Jensen O'Hara an ihm vorbeitrug. Vielleicht tauchte bald eine Hütte auf, Menschen, das Dorf Nuevas Tazas, aber selbst wenn es so war, würde dort nur der Tod auf O'Hara warten.

Jensen ächzte unter der Last, Tränen rannen ihm über das Gesicht. Er versuchte, ein paar Schritte zu rennen, und es gelang ihm auch, immer schneller kam er voran, ihm wurde übel vor Anstrengung, in seiner Brust entwickelte sich ein scharfer, beklemmender Schmerz. Aber das Schlimmste war die Sinnlosigkeit. Es war, als würde er unter Aufbietung letzter Kräfte eine Sterbende in ein brennendes Krankenhaus tragen, in dem alle Ärzte tot waren, die Medikamente verkohlt. Crofab hieß das Ge-

gengift, er hatte vor einigen Jahren einen Dokumentarfilm darüber gesehen: Crofab rettete fünfhundert Kilometer weiter nördlich, in den USA, jährlich Hunderten von Menschen das Leben. Kaum jemand starb dort an einem Schlangenbiss, jeder amerikanische Kleinstadtarzt war mit Crofab ausgestattet, sechs Ampullen waren für eine Behandlung nötig. Aber hier, in diesem abgelegenen Teil der Sierre Madre, konnte sich niemand das Serum leisten, es war zu teuer für die Einheimischen. Für einen mexikanischen Bauern bedeutete ein Schlangenbiss meistens den Tod. Es würde in Nuevas Tazas kein Crofab geben, nur eine Hütte mit einer Pritsche darin, auf der O'Hara sterben würde.

Und dann sah er drei kleine Kinder, sie standen bis zu den Knien im Fluss, zwei Buben und ein Mädchen, das Mädchen hielt den Rock hoch, damit er nicht nass wurde. Die Buben zeigten auf Jensen, alle drei sprangen jetzt weg, einer der Buben rutschte aus und fiel kopfvoran ins Wasser. Das Mädchen zerrte ihn hoch, und nun flüchteten sie auf dem Pfad neben dem Fluss; ihre nackten Fußsohlen sah Jensen, und er hörte ihr Geschrei, und er empfand eine namenlose Trauer darüber, dass das Ziel, das O'Hara und er unter solchen Mühen jetzt endlich erreicht hatten, letztlich die Ursache sein würde für O'Haras Tod. Ein paar Schritte trug er O'Hara noch, dann versagten ihm die Beine. Er fiel auf die Knie, die Sonne versank hinter einem Berg, über dem ein Flugzeug zwei Kondensstreifen in den Himmel zeichnete, ein Passagierflugzeug, unerreichbar fern.

24

Fünf Männer näherten sich Jensen mit bedächtigen Schritten und ernsten Gesichtern. Ihnen folgte ein Schwarm Kinder, die Kleinsten wirbelten zwischen den Beinen der Männer herum, jedes wollte die fremde kranke Frau als Erstes sehen. Die Männer stießen die Kinder jedoch immer wieder zurück, und schließlich hob einer von ihnen die Hand, wie zum Schlag, und die Kinder blieben stehen und schwiegen. Als die Männer Jensen erreicht hatten, hoben die, die einen Hut trugen, ihn kurz ab, zum Gruß. Jensen deutete auf O'Hara, er schob den Ärmel ihrer Sturmjacke zurück, damit die Männer die Bisswunden sehen konnten. Die Männer schauten nur kurz hin, sie schienen Bescheid zu wissen. Einer, der sehr groß war und sehr jung, winkte denen zu, die gemächlich eine Bahre herantrugen. Sie bestand aus zwei dicken Ästen, die mit einem Geflecht getrockneter Pflanzenfasern verbunden waren. Schweigend, ohne Hast, aber ganz auf ihre Aufgabe konzentriert, legten die beiden Männer O'Hara auf die Bahre. Bisher war kein Wort gesprochen worden, doch nun fragte Jensen die Männer, ob einer von ihnen Englisch spreche?

»No english«, sagte der große junge Mann, nicht bedauernd, eher klang es hoffnungslos, so als wolle er Jensen verständlich machen, dass es keinen Sinn hatte zu sprechen. Mit der Hand formte der junge Mann ein Maul, er ließ den Daumen und die anderen Finger mehrmals zuschnappen, dann bog er seine Zeigefinger zu

Haken, und zuletzt vollführte er mit der Hand eine schlängelnde Bewegung.

Die beiden Bahrenträger hoben O'Hara hoch und trugen sie in Richtung der Hütten, die unweit einer Flussbiegung dicht beieinander standen, windschiefe Behausungen aus mit Lehm verputztem Holz, mit Dächern aus Wellblech; ärmlich und provisorisch wirkte es, und Crofab würde es hier nicht geben. Jensen folgte der Bahre, es war bereits ein Trauerzug, schon jetzt spürte Jensen den Schmerz des Verlustes. Er ließ seinen Tränen freien Lauf, es war den Männern peinlich, sie blickten weg. Nur einer von ihnen nicht, er berührte Jensen an der Schulter und schüttelte den Kopf. Vielleicht war es Missbilligung, vielleicht Trost, Jensen verstand die Geste nicht, es kümmerte ihn auch nicht. Die Kinder schlossen sich dem Trauerzug an, eines von ihnen, ein etwa fünfjähriger Knabe, dessen Mund von einer Hasenscharte entstellt war, berührte O'Haras Sonnenbrille, und nun wandten auch die anderen Kinder ihre Aufmerksamkeit dieser Brille zu. Ihre Händchen glitten zu der Brille, bald würde eines der Kinder es wagen, die Brille von O'Haras Augen zu nehmen, und da keiner der Männer etwas unternahm, wahrscheinlich waren sie selber neugierig, wie die fremde Frau ohne Brille aussah, verscheuchte Jensen die Kinder, er stieß sie grob von der Bahre weg, am liebsten hätte er eines von ihnen verprügelt.

»Lasst sie in Ruhe!«, schrie er.

Die Kinder wichen zurück, ängstlich und feindselig, ihre Blicke wanderten hilfesuchend zu den Männern, vermutlich waren es ihre Väter. Aber die Väter mischten sich nicht ein.

Sieben oder acht Hütten nur waren es, vor einer hingen an einem Seil zwei tote Hühner, vor einer anderen stapelten sich alte Lastwagenreifen. Zwei magere Hunde schlichen herum, keine Wachhunde, zugelaufen, fremd hier im Dorf und stets auf der Hut vor den Schlägen der Menschen, wie es schien, denn sie bellten nicht und blieben auf Abstand. Die Bahrenträger blieben vor einer der Hütten stehen, ein anderer öffnete die Tür, und nun trugen sie O'Hara hinein.

In der Hütte stank es nach Schweiß und tierischen Fäkalien, der Boden war mit Stroh bedeckt, es gab weder Tisch noch Bett. Jensen begriff, dass es eine Art Stall war, für Ziegen vielleicht. Die Männer stellten die Bahre auf dem Stroh ab und gingen hinaus. Vor der Tür standen die anderen Männer, die Kinder und nun auch einige Frauen. Alle blickten in den Stall hinein, schweigend.

»Gracias«, sagte Jensen, dann schloss er die Tür. Denn er glaubte zu verstehen, dass die Männer O'Hara in den Stall getragen hatten, damit er mit ihr allein sein konnte. Sie wollten an ihrem Tod nicht teilhaben, sie war eine Fremde, und sie sollte unter den Augen des Fremden sterben.

Jensen kniete sich neben sie, sie war noch immer bewusstlos, aber nicht wegen seines Schlages. Er legte die Hand auf ihre Stirn, sie glühte, sie hatte hohes Fieber. Der Arm mit den Bisswunden war geschwollen, er hatte sich bläulich verfärbt, Eiter sickerte aus den Bisslöchern. Jensen streichelte O'Haras Gesicht, er nahm ihre unverletzte Hand in die seine, es gab nichts, was er sonst für sie tun konnte. Inständig hoffte er, dass sie aus ihrer Bewusstlosigkeit nicht erwachte, das war die einzige Gnade, die ihr jetzt noch widerfahren konnte, nicht aufzuwachen, schlafend zu sterben, ohne Schmerzen. Es war kalt, durch die Ritzen des Stalls pfiff ein eisiger Wind. Jensen zog seine Lederjacke aus und legte sie über O'Hara, obwohl es medizinisch gesehen falsch war, ihre Körpertemperatur noch zu erhöhen. Aber wenn es keine Heilung gab, war es besser, dem Tod die Tore noch weiter zu öffnen, damit er sein Werk schnell vollbringen konnte.

Jensen beugte sich über O'Hara, er flüsterte in ihr Ohr: »Annick. Ich möchte, dass Sie wissen, dass ich hier bin. Ich bin hier bei Ihnen. Wir sind in Nuevas Tazas, und ich kann nichts für Sie tun. Ich habe das Gegenmittel nicht, es heißt Crofab. Und ich weiß nicht, was ich jetzt tun soll. Ich weiß nur, dass ich nicht will, dass Sie sterben. Wir sind doch noch im Minus, erinnern Sie sich? Sie sagten: Minus eins plus minus eins gibt minus zwei. Ja, und jetzt weiß ich schon nicht mehr, was ich sagen soll. Mir fällt nichts ein, und ich glaube, das liegt daran, dass wir einander fremd geblieben sind. Wir haben uns nicht kennengelernt, all die Tage nicht, wir waren beide zu verschlossen. Wir müssen uns ändern, Annick. Ich möchte Sie kennenlernen, ich möchte erfahren, wer Sie sind. Und ich möchte, dass Sie mich fragen, wer ich bin. Das klingt banal, ich weiß, ich rede dummes Zeug. Aber wir sollten uns nicht als Fremde trennen. Ich möchte Ihnen nahekommen, Annick, und das kann ich nicht tun, wenn Sie jetzt sterben. Hören Sie? Sie dürfen jetzt nicht sterben.«

Schaum trat aus ihrem Mund. Jensen wischte ihn weg. Er fühlte ihren Puls, ihr Herz raste. Ihre Beine begannen zu zittern, und plötzlich stöhnte sie.

»Nicht aufwachen«, sagte Jensen. »Nicht aufwachen, Annick. Das sind nur Muskelkrämpfe. Ich werde Sie festhalten. Spüren Sie es? Ich halte Sie fest.«

Er umklammerte sie mit aller Kraft, sie bäumte sich auf, das Gift schüttelte ihren Körper, ihre Beine und Arme zuckten jetzt regellos, ihr Mund stand weit offen, wieder trat Schaum daraus hervor, sie röchelte, hustete, Schaumfetzen spritzten Jensen ins Gesicht.

Sie erstickt, dachte Jensen panisch. Sie erstickt!

Er hielt sie fest in seinen Armen, um die Kontraktionen zu dämpfen, und mit den Lippen saugte er ihr den Schaum aus dem Mund, er spuckte ihn aus, saugte erneut, sein Mund brannte, er spuckte aus, ohne zu wissen, ob er das Richtige tat. Seitenlagerung, fiel ihm ein, Seitenlagerung.

Er drehte O'Hara auf die Seite, öffnete ihr mit den Fingern den Mund, damit der Schaum herausfließen konnte. Ihr Arm schlug heftig gegen sein Nasenbein, er musste sie unbedingt wieder festhalten, die Krämpfe wurden stärker. Doch als er seine Arme um sie legen wollten, spürte er einen heftigen Schmerz in seiner Schulter, es war die Stelle, an der der Wolf ihn gebissen hatte, ausgerechnet jetzt machte es sich bemerkbar, jetzt, wo der Tod seine Karten ausspielte und O'Hara durch Muskelkrämpfe und hohes Fieber zermürbte, um sie aus der Welt herauszubrechen, so wie Hunde bei einer Treibjagd die Füchse aus den Büschen auf das freie Feld hetzen. Aber das lasse ich nicht zu, dachte Jensen, er warf sich auf O'Hara, er rang mit ihr und ihrem Tod, er schlug ihr ins Gesicht, wachen Sie auf! Wachen Sie auf, Annick! Es war vielleicht doch besser, sie musste zu Bewusstsein kommen, er änderte seine Meinung komplett. Sie musste wach werden, er wollte mir ihr sprechen, er hatte sie zu früh aufgegeben, vielleicht geschah ja ein Wunder, vielleicht erholte sie sich, wenn sie wach wurde, wenn sie Wasser trank. Sie musste Wasser trinken, sie hatte noch gar kein Wasser bekommen, er hatte gar nicht daran gedacht, er hatte es für sinnlos gehalten, es hätte nur ihr Leiden verlängert, aber woher wollte er das überhaupt wissen!

»Annick!« rief er. Er rüttelte sie, mit einem Arm, der andere war im Augenblick ein einziger Schmerz. Jensen tätschelte ihre Wangen, heftig, es waren Ohrfeigen. »Annick! Schauen Sie mich an! Sie müssen aufwachen!«

Mazatil, dachte er. Mazatil. Esperanza Toscano Aguilar. O'Hara hatte recht gehabt, der Name klang wie eine Liedstrophe. Und diese Frau hatte Menschen geheilt, was immer man davon halten mochte, sie musste über irgendwelche Fähigkeiten verfügen, andernfalls wäre O'Haras Mann nicht den weiten Weg nach Mexiko gereist, um mit ihr zu sprechen, er war doch immerhin Arzt gewesen, ein katholischer Arzt, einer, der Wunder untersuchte, Wunder, die Esperanza Toscano Aguilar bewirkt hatte, obwohl das höchst unwahrscheinlich war. Aber die geringste Wahrscheinlich war jetzt besser als nichts, besser als O'Hara hier sterben zu lassen.

Jensen stand auf und lief zur Tür, er riss sie auf, draußen standen die Männer von vorhin, sie schienen hier gewartet zu haben, und sie blickten ihn schweigend an.

»Mazatil!«, rief Jensen. »Esperanza Toscano Aguilar! Kennen Sie diese Frau? Esperanza Toscano Aguilar! Mazatil!«

Jener große junge Mann, der die anderen um eine Hauptlänge überragte, wies mit der Hand in eine Richtung. Dort stand ein Maulesel, vor einen schmalen, zweirädrigen Karren gespannt. Zwei andere Männer hievten Dinge vom Karren herunter, Jensen konnte nicht genau sehen, was es war, denn es war dunkel geworden, und die Männer hatten die Fackeln, die sie in der Hand trugen, noch nicht entzündet.

»Mazatil«, sagte der junge Mann. Er deutete mit dem Kopf nach oben in die dunklen Schatten, die sich über dem Dorf erhoben, die Berge. »Mazatil«, wiederholte er und zeigte wieder auf den Karren.

Und nun begriff Jensen, dass er sich geirrt hatte. Die Männer hatten O'Hara nicht in diesen Stall getragen, um sie hier ihrem Schicksal zu überlassen. Sie hatten von Anfang an vorgehabt, sie hinauf nach Mazatil zu bringen, zur Heilerin, so, wie sie es wohl stets taten, wenn jemand von ihnen krank wurde. Doch man hatte einen Maulesel auftreiben müssen, einen Karren, um O'Hara zu transportieren, und das hatte seine Zeit gedauert. Plötzlich schämte Jensen sich, denn diese Männer, die in zerschlissenen Hemden im Abendwind standen, mit bloßer Brust der Kälte ausgesetzt, diese Männer hatten O'Hara nie aufgegeben, obwohl sie für sie nur eine Fremde war, deren Tod ihnen gleichgültig sein konnte, zumal der Tod in diesem ärmlichen Dorf wahrscheinlich ohnehin ein ständiger Gast war. Er aber, Jensen, hatte O'Hara zu schnell aufgegeben, vollkommen zu recht, wenn man es sachlich betrachtete, rein rational; wenn man über das nötige medizinische Wissen verfügte, war es nur vernünftig, ihr keine Überlebenschance zuzugestehen. Aber diese Männer waren ungebildet, sie wussten nichts von den Proteasen im Gift der Felsenklapperschlange, Eiweißen, die zur Zerstörung der Skelettmuskulatur führten, sie hatten noch nie etwas gehört von den hämorrhagischen Bestandteilen des Giftes, die die roten Blutkörperchen zerstörten, so dass das Opfer gewissermaßen erstickte. Von all dem wussten sie nichts, und deshalb glaubten sie unbeirrt an die andere Möglichkeit, die des Wunders, der Heilung ohne das Gegenmittel Crofab, der Heilung durch vierzig Gebete. Jensen war fast froh, dass der junge Mann ihm nun ein eindeutiges Zeichen gab, er rieb die Finger aneinander. Sie wollten Geld, auch sie hatten ihre Schwächen. Jensen nickte und zog einige Dollarscheine aus der Hosentasche, es waren fünfzig oder hundert Dollar, er achtete nicht darauf. Der junge Mann hingegen hatte mit soviel nicht gerechnet, er steckte das Geld hastig unter seinen Strohhut und begann die anderen nun mit lauten Kommandos herumzuscheuchen. Jedem erteilte er Anweisungen, ladet den Karren schneller ab, bringt Decken her, steht hier nicht herum, holt die Frau aus dem Stall, legt sie auf den Karren, nun macht schon!

Jensen war unendlich erleichtert, dass endlich konkrete Rettungsmaßnahmen ergriffen wurden. Sein Verstand sagte ihm zwar nach wie vor, dass es nur ein hohles Spektakel war und dass O'Hara, wenn nicht hier im Stall, dann eben unter den Händen einer Heilerin sterben würde. Wie wollte denn Esperanza Aguilar die Proteasen aufhalten und die anderen verheerenden molekularen Vorgänge, die jetzt in O'Haras Körper die Sauerstoffatome aus den Kohlenstoffverbindungen herauslösten? Vielleicht verlief die Vernichtung O'Haras auf molekularer Ebene auch anders; er wusste es im Grunde nicht genau, von Chemie verstand er zu wenig, aber immerhin genug, um zu bezweifeln, dass Gebete die Zerstörung aufhalten konnten. Dennoch kniete er sich neben O'Hara hin, er strich mit der Hand über ihre heiße Stirn, und er sagte: »Jetzt wird alles gut, Annick. Wir werden Sie zu Esperanza Toscano Aguilar bringen. Halten Sie durch, nur noch eine oder zwei Stunden. Sie wird Sie heilen, es wird alles gut.«

Drei Männer betraten nun den Stall. Der eine brachte in einer kleinen Holzschale Wasser und hielt sie Jensen hin. Die anderen zwei richteten O'Hara auf, damit sie trinken konnte. Jensen griff nach der Schale, der Mann zog sie zurück und sagte: »Un Dollar, Mister.«

Jensen zog wieder einen Schein aus seiner Hosentasche, aufs Geratewohl. Es schien ihm plötzlich ratsam zu sein, den Männern nicht zu zeigen, wie viel Geld er bei sich hatte. Er hatte nach der Abfahrt aus Holbrook an einer Tankstelle kurz vor El Paso an einem Geldautomaten fünfhundert Dollar bezogen, es war also noch viel Geld in seiner Tasche, das meiste davon aber in größeren Scheinen. Die Note, die er nun blind hervorkramte, war ein Fünfdollarschein, Jensen reichte dem Mann das Geld, und dieser bedankte sich eifrig und händigte ihm die Wasserschale aus.

Jensen setzte die Schale an O'Haras Lippen, einer der anderen beiden Männer öffnete ihr den Mund, indem er ihre Wangen zusammendrückte. Jensen flößte ihr das Wasser ein, das meiste rann herunter, doch ein bisschen davon schluckte O'Hara. Die Männer legten sie wieder auf die Bahre und trugen sie aus dem Stall. Draußen wurden die Fackeln entzündet, einer der Männer hielt seine zu dicht bei seinem Strohhut, die Krempe fing Feuer. Schreiend warf er den Hut zu Boden und trampelte darauf herum. Die anderen Männer lachten schallend, und Jensen stimmte in das Gelächter ein, denn die Männer blickten sich nach ihm um, sie legten Wert darauf, dass er mitlachte. Der Mann, der die Heiterkeit ausgelöst hatte, trampelte, ermutigt durch das Gelächter, übertrieben lange auf seinem Hut herum, man verlor kostbare Zeit. Schließlich war es der große junge Mann, der dem Treiben ein Ende bereitete, indem er die anderen Männer rüde anstieß und wieder seine Befehle erteilte. Jensen begriff, dass dieser Mann durch die gute Bezahlung von vorhin sich ihm und O'Hara am stärksten von allen verpflichtet fühlte, und sei es auch nur durch die Hoffnung auf eine nochmalige Entlohnung. Während die beiden Männer, die O'Hara aus dem Stall getragen hatten, sie nun auf den Maultierkarren legten, trat Jensen zu dem jungen Mann.

»John«, sagte Jensen und zeigte auf sich.

Der Mann nickte. Er legte sich die Faust an die Brust und sagte: »Pedro.«

Jensen hielt ihm die Hand hin, Pedro schüttelte sie kurz.

»Pedro, vamos Mazatil«, sagte Jensen.

»Si«, sagte Pedro. »Mazatil.« Er zeigte erneut aufwärts, dorthin, wo jetzt die Sterne schienen.

25

O'Hara lag unter Wolldecken auf dem Karren, die Holzräder des Karrens knarrten bei jeder Umdrehung, der Maulesel stieg bergan, mit erstaunlicher Kraft und Geschwindigkeit. Sie waren jetzt nur noch drei, O'Hara, Jensen, der hinter dem Karren ging, und Pedro, der den Maulesel am kurzen Zügel führte. Es war bitter kalt, Jensen griff unter die Wolldecken und tastete nach der Lederjacke, die er im Stall wärmend über O'Hara gelegt hatte. Mit schlechtem Gewissen zog er die Jacke an, die Luft war einfach zu eisig, seine Zähne klapperten, und die Sturmjacke und die Wolldecken hielten O'Hara bestimmt genügend warm.

Einen Weg oder Pfad konnte Jensen nicht erkennen, er sah immer nur das nächste kurze Wegstück im Schein von Pedros Fackel. Der Maulesel, fast so groß wie ein Pferd, stemmte sich ins Zaumzeug und zog den Karren zusehends schneller, so dass Jensen hin und wieder Mühe hatte, mit dem Tier Schritt zu halten. Pedro sprach fortwährend in sanftem Ton auf den Maulesel ein, manchmal schnalzte er mit der Zunge, dann schlug der Maulesel eine andere Richtung ein.

Nach einer Stunde etwa setzte O'Hara sich plötzlich im Karren auf. Sie sagte etwas, aber Jensen konnte es nicht verstehen, sie sprach zu leise.

»Ich bin hier, Annick«, sagte er. Er lief neben dem Karren her und versuchte ihren Rücken zu stützen. »Sie müssen sich wieder hinlegen. Wir sind bald in Mazatil, bei Esperanza Toscano Aguilar. Sie wird Ihnen helfen. Aber jetzt müssen Sie sich wieder hinlegen.«

»Er ist tot«, keuchte O'Hara. »Er hat es mir gesagt.«

Sie sank wieder auf die Decken zurück. Jensen tastete nach ihrem Hals, er versuchte, ihren Puls zu fühlen, und dann konnte er ihn spüren, ein schwaches aber irrsinnig schnelles Flattern.

Vier Stunden, dachte Jensen. Vor vier oder fünf Stunden ist sie gebissen worden. Und wie lange konnte sie noch durchhalten? Er wusste es nicht, es war alles ungewiss, es musste nicht alles stimmen, was er einst in dem Buch über Klapperschlangen gelesen hatte, vor allem seine Erinnerungen an das Gelesene stimmten vielleicht nicht, vielleicht trat der Tod bei einem unbehandelten Biss früher ein, als er gedacht hatte.

»Pedro«, sagte Jensen. »Mazatil. Un ora? Due ora?«

»Mazatil«, sagte Pedro. Er deutete mit der Fackel in die Dunkelheit. Die Geste schien zu bedeuten, dass sie bald dort sein würden. Vermutlich hatte Pedro Jensens italienisches Kauderwelsch durchaus verstanden. Es war wohl eher so, dass er den Weg nach Mazatil noch nie in Stunden gemessen hatte.

Die Sterne waren erloschen, es begann zu regnen, nicht besonders stark, dennoch zog Jensen seine Lederjacke wieder aus und legte sie über O'Hara. Wenn die Wolldecken sich bei dieser Kälte mit Nässe vollsogen, drohte O'Hara Unterkühlung, ihr Kreislauf wäre dann noch zusätzlich belastet worden.

Die Holzräder knirschten, der Maulesel, wohl aus Verdruss über den Regen, gab einen gespenstischen, heiseren Laut von sich.

Die Regentropfen zischten in der Flamme von Pedros Fackel, die zu erlöschen drohte; Pedro blies heftig in die Flamme, er versuchte, ihr Leben einzuhauchen, denn sie hatten nur dieses eine Licht. Alles hing von dieser Fackel ab, wenn sie erlosch, wie sollten sie sich dann in der Dunkelheit zurechtfinden? Jensen hielt es zwar für wahrscheinlich, dass der Maulesel den Weg nach Mazatil genauestens kannte, er hatte schon oft einen Kranken im Karren dorthin gebracht, aber im Dunkeln halfen ihm bestimmt weder Gewohnheit noch Instinkt. Der Maulesel würde einfach stehen bleiben und auf das Licht des Morgens warten. Er hatte alle Zeit der Welt, aber O'Hara würde bei Sonnenaufgang tot sein. Der Regen wurde dichter, Pedro hielt jetzt seinen Hut wie einen Schirm über die Fackelflamme oder vielmehr über das, was von ihr übrig geblieben war, und er stieß Wörter aus, Flüche wahrscheinlich, er wurde nervös. Plötzlich begann er zu singen, sehr laut, ein schönes, melancholisches Lied, wie man es hier oben vielleicht an den Gräbern sang oder wenn man in Not geriet und jede Hoffnung verlor; es war jedenfalls kein Lied, mit dem man sich oder seinen Begleitern Mut machte. Das Lied allein hätte Jensen nicht gestört, aber Pedro sang wirklich sehr laut, er schrie fast, es passte überhaupt nicht zu der traurigen Melodie. Eine Weile sang er aus voller Kehle, der Regen prasselte auf O'Hara hinab, auf die Lederjacke, die die Nässe wohl nicht mehr lange von ihr fernhalten würde. Doch dann, gerade als nurmehr zwei oder drei Flämmchen kraftlos an der Fackel hingen, bereit, beim nächsten Windstoß zu vergehen, hörte Pedro plötzlich auf zu singen. Und aus der Ferne antwortete jemand, mit demselben Lied.

»Ah!«, sagte Pedro.

Er drehte sich zu Jensen um, sein Gesicht strahlte vor Zufriedenheit. Pedro sang wieder ein paar Takte, verstummte, horchte. Eine Männerstimme vollendete die Strophe. Die Fackel erlosch, aber jetzt gab es ja diesen hilfreichen Sänger, da draußen in der Dunkelheit, der ihnen den Weg wies. Es entstand ein immer dichterer Wechselgesang, manchmal sang Pedro jetzt nur noch zwei, drei Worte, der andere gleichfalls, und auf diese Weise schritten sie auf dem Pfad voran, bis endlich zu dem Gesang des anderen ein Licht hinzukam, das einer Taschenlampe, die der andere heftig hin und her schwenkte.

»Ah!« sagte Pedro wieder. »Mazatil.« Er schnalzte mit der Zunge, er tätschelte dem Maulesel den Rücken, um das Tier zu loben und zu einer letzten Kraftanstrengung zu ermuntern. Im strömenden Regen eilten sie auf das Licht zu, der Maulesel schien das Futter zu riechen, er zog den Karren fast gefährlich schnell, O'Hara stöhnte, die Erschütterungen des Karrens bereiteten ihr wahrscheinlich Schmerzen. Das letzte Mal, als Jensen im Fackellicht nach ihrem Arm mit den Bisswunden gesehen hatte, war dieser schwärzlich gewesen, die Nekrose, die Auflösung des Gewebes, hatte eingesetzt.

»Annick«, sagte Jensen. »Annick, wir sind da! In Mazatil. Gleich wird es Ihnen besser gehen. Sie werden sehen, es wird alles gut.«

Pedro führte den Maulesel um eine Kurve herum, und nun war schon das Licht zu sehen, es kam Jensen geradezu verschwenderisch vor, eine helle Aura in der Dunkelheit, und darin eingebetet ein Haus, ein sehr großes Haus, wie es Jensen schien. Eine Männerstimme rief ihnen etwas zu, der Mann selbst war nicht zu sehen, nur das Licht seiner Taschenlampe. Pedro antwortete ihm laut, Jensen glaubte das Wort »Americanos« zu hören. Die Taschenlampe erlosch, und als sie zu der Stelle kamen, an der der Mann vorhin gestanden haben musste, war dieser nicht mehr da. Das Haus aber strahlte, es war mit mehreren Girlanden aus Glühbirnen behängt, das Knattern eines Generators war zu hören, und als sie näher kamen, erkannte Jensen, dass das, was er zunächst für an die Mauern gelehnte Säcke gehalten hatte, in Wirklichkeit Menschen waren.

»Mazatil!« sagte Pedro. Er klopfte Jensen auf die Schulter. »Mazatil. Señora Toscano Aguilar!«

Die Menschen saßen in Decken gehüllt unter dem hölzernen Vordach des Hauses, es waren acht oder zehn Leute. Ein mit einer Plane abgedecktes Motorrad fiel Jensen auf, unter der Plane waren die breiten Stollenreifen zu sehen.

Sie waren nun vor der Tür des Hauses angekommen, der Maulesel blieb ohne entsprechende Aufforderung stehen und bleckte die Zähne. Ein gutes Tier, Jensen tätschelte ihm den Hals, er bereute es, kein Stück Zucker dabeizuhaben. Gern hätte er dem Tier auf diese Weise seine Dankbarkeit gezeigt.

»Aqui!«, sagte Pedro und deutete auf die Tür. Dann streckte er Jensen die Hand hin.

»Por favor«, sagte er.

Einige der Leute, die unter dem Vordach saßen, schliefen, die anderen, darunter ein Kind, schauten Jensen teilnahmslos an. Das Kind sah mager und zerstruppt aus, es zitterte unter seiner dünnen Wolldecke. Jensen griff in die Tasche, aufs Geratewohl wie schon unten in Nuevas Tazas, es war aber nur eine Eindollarnote, zu wenig für die Mühe, die Pedro sich gegeben hatte. Der nächste Griff brachte eine Fünfzigdollarnote ans Licht, das schien Jensen angemessen zu sein. Mit einer flinken Bewegung nahm Pedro ihm das Geld aus der Hand, danach bedankte er sich von ganzem Herzen.

Pedro öffnete die hintere Klappe des Karrens und zog O'Hara an den Füßen von der Ladefläche herunter. Jensen wollte ihm helfen, aber Pedro verbat sich das, er wollte es allein tun, er trug O'Hara in seinen Armen zur Tür und bedeutete Jensen, zu klopfen.

Jensen zögerte einen Augenblick. Er war auf die Begegnung mit Rick und Oliver überhaupt nicht vorbereitet, und zweifellos würde er ihnen hier begegnen, andernfalls wären alle seine Vermutungen fundamental falsch gewesen. Und wenn er nun aber plötzlich hier auftauchte, wie würden die Kinder reagieren? Seit Tagen suchte er die Kinder, und jetzt, da er sie gefunden hatte, waren seine Schubladen leer, es lag kein Plan darin, wie er den Kindern seine Anwesenheit erklären sollte oder was er tun würde, falls sich herausstellte, dass Esperanza Aguilar sie tatsächlich gegen ihren Willen hier festhielt. Und jetzt war es zu spät, Jensen war zu müde, zu erschöpft, um in den letzten Sekunden, bevor er an diese Tür klopfte, noch einen Plan zu entwickeln. Dann kamen ihm diese Gedanken aber plötzlich völlig unsinnig vor, er blickte auf O'Hara, die wie ein Kind auf Pedros Armen lag, alles verdichtete sich auf diesen Punkt, auf O'Haras Rettung, der Rest war doch vollkommen unbedeutend.

Jensen klopfte an die Tür, und fast im selben Moment wurde sie geöffnet, von einer alten Frau mit grauen, zu Zöpfen geflochtenen Haaren. Die alte Bäuerin vom Flughafen, dachte Jensen, sie hat die Kinder in Monterrey abgeholt, die Campesina, von der die Bordhostess gesprochen hatte.

Die Frau blickte Jensen nur kurz an, von Pedro nahm sie keinerlei Notiz. Ihr Interesse galt allein O'Hara. Wortlos legte sie ihre Hand auf O'Haras Stirn und zog sie abrupt wieder zurück, sie wischte sich die Hand an ihrem Rock ab, als habe sie sich beschmutzt. Dann trat sie einen Schritt zurück, zum Zeichen dafür, dass man eintreten durfte.

Pedro trug O'Hara in einen großen Raum mit Wänden aus unvermörtelten Steinen. Die Decke wurde von zwei quadratisch zugehauenen Holzbalken gestützt, an denen Büschel von Kräutern befestigt waren, die einen herben, krautigen Duft verströmten. Eine Katze hockte zuoberst auf einem Küchenregal, in dem hauptsächlich Flaschen standen. Es gab einen Tisch, ein paar Stühle, ein Herdfeuer knisterte, und auf einem mit einer Spitzendecke belegten Tischchen stand ein Fernsehapparat. Er war eingeschaltet, ohne Ton, die Antenne darauf empfing im Wesentlichen atmosphärische Störungen, nur undeutlich war eine blonde Frau zu erkennen, die etwas in die Kamera hielt, einen Mixer vielleicht, irgendein Küchengerät.

Die alte Frau eilte mit kurzen Schritten am Fernseher vorbei, mit einer ungeduldigen Handbewegung bedeutete sie Pedro und Jensen, ihr in den angrenzenden Raum zu folgen. Das Motorrad draußen, der Fernseher, dieses vergleichsweise prächtige Haus, gebaut aus Steinen, das alles unterschied sich sehr von den ärmlichen Hütten unten in Nuevas Tazas.

Pedro trug O'Hara nun in das andere Zimmer, es war ebenso geräumig wie das mit dem Fernseher, aber von ganz anderer Art. Die Mauern waren hier mit Wandteppichen behängt, und an den Teppichen hingen fromme Bilder, die Jungfrau Maria, schmerzgebeugt am Kreuz ihres Sohnes, der heilige Michael, der sein Schwert in den Rachen eines Ungetüms stieß, Jesus mit dem Dornenherz: Es war exakt dasselbe Bild wie jenes, das in Dunbars Rezeption hing. An den Stützbalken waren Kruzifixe befestigt, Dutzende davon und alle identisch, so als habe jemand in Lourdes einen Sack Kruzifixe desselben Modells gekauft. Drei Betten standen in dem Zimmer, und ohne dass er dazu aufgefordert worden wäre, legte Pedro O'Hara auf eines von ihnen. Danach bekreuzigte er sich und wandte sich zum Gehen. Zum Abschied nickte er Jensen ernst zu.

»Pedro«, sagte Jensen. »Gracias!«

Pedro senkte den Kopf und ging. Er schloss die Tür hinter sich.

Nun war Jensen mit der alten Frau und O'Hara allein in diesem über und über mit religiösem Kitsch verunzierten Zimmer, und da die Frau nur dastand und

O'Hara betrachtete, war Jensen vollkommen ratlos, was er nun als Nächstes tun sollte. Mit jedem neuen Kruzifix, jedem weiteren Heiligenbild, das er in diesem Raum entdeckte, schwand seine Hoffnung, dass O'Hara hier ins Leben zurückgeholt werden würde. Es war alles nur Brimborium, unseriös durch die bloße Masse. Die vielen heiligen Augenaufschläge mochten bei stark gläubigen Menschen, die an minder gefährlichen Krankheiten litten, die Selbstheilungskräfte aktivieren und so zu einer Besserung der Beschwerden beitragen. Aber bei jemandem, der wie O'Hara das hoch toxische Gift einer Felsenklapperschlange in den Adern hatte, würde das alles hier nichts bewirken. Dennoch durfte man nicht aufgeben, gib nicht auf, dachte Jensen.

»Sprechen Sie englisch?«, fragte er die Frau.

Weder antwortete sie, noch blickte sie ihn an. Sie beobachtete nur sehr aufmerksam O'Hara, die in ihrer Sturmjacke auf dem Bett lag, reglos, mit eingefallenem, weißem Gesicht.

»Esperanza Aguilar«, sagte Jensen. »Esperanza Aguilar. Por favor.«

In diesem Augenblick setzte O'Hara sich im Bett auf, ruckartig, als hätte eine unsichtbare Kraft sie hochgestemmt. Und dann erbrach sie sich, Blut spritzte aus ihrem Mund und färbte ihre Sturmjacke dunkelrot. Jensen sprang zu ihr hin, er hielt sie fest, sie erbrach Blut, er wusste, was das bedeutete, sie hatte das nächste Stadium des Zerfalls erreicht.

»Esperanza Aguilar!« schrie er. »Por favor! Por favor! Ich weiß, dass sie hier ist! Holen Sie sie!«

O'Haras Blut rann ihm über die Hand, es war heiß, und es roch nach Verwesung und Säure.

»Por favor!«, rief er.

O'Haras Kopf sank in seinen Armen nach hinten, ihr Mund stand weit offen, blutig rot, dunkles, venöses Blut, nicht das helle Blut der hundert offenen Jesusherzen hier.

»Por favor!«, schrie Jensen, und als er sich nach der alten Frau umblickte, war sie verschwunden, und jemand anderes stand im Zimmer.

26

Es war eine kleine, feingliedrige Frau mit langem, gewelltem Haar, rabenschwarz. Ihr hellhäutiges Gesicht war ebenmäßig, auf eine unscheinbare Weise schön. Die Frau trug einen bunten Faltenrock, einen kindlichen Rock, auf den Schmetterlinge aufgedruckt waren. Und hinter ihr standen Rick und Oliver, beide in weißen Hemden, weißen Hosen, barfuß, die blonden Haare aus der Stirn gekämmt, und ihre Münder standen offen, aus Erstaunen, Jensen hier zu sehen. Sie zeigten auf Jensen und redeten auf die Frau ein, sie sprachen spanisch mit ihr, und beide redeten gleichzeitig, sie verhaspelten sich, sie griffen nach den Händen der Frau, sie wollten sie von hier wegziehen. Die Frau ließ alles schweigend geschehen, aber dem Griff der Knaben widersetzte sie sich, sie legte ihre Arme um sie und zog sie an sich zum Zeichen, dass sie nichts zu befürchten hatten.

»Aber das ist der Mann!«, sagte Rick jetzt auf Englisch. »Es ist der Polizist! Ich weiß es genau!«

Jensen erkannte Rick an seiner schlankeren Statur, Oliver war etwas fülliger, und ängstlicher, er klammerte sich mit beiden Händen an Esperanza Aguilars Arm.

»Bitte«, sagte Jensen. Er hielt noch immer O'Hara fest, sie hustete Blut, sie stöhnte und bewegte tonlos die Lippen. »Bitte! Diese Frau ist krank. Sie ist von einer Klapperschlange gebissen worden. Sie wird sterben, wenn ihr niemand hilft.«

»Das weiß ich gut«, sagte Esperanza Aguilar, sie sprach mit starkem Akzent, und sie betonte die falschen Silben. »Geht fünf Minuten heraus«, wandte sie sich an Rick und Oliver. »Ihr lasst mich allein mit dem Señor. Ihr müsst keine Angst haben. Geht zu Maria Pilar, sie kocht euch Kakao. Jetzt geht.«

Widerstrebend lösten die Knaben sich von ihr.

»Aber es ist der Mann!«, sagte Rick noch einmal. Er warf Jensen einen zornigen Blick zu.

»Ja, ich bin es«, sagte Jensen. »Aber ich bin nicht hier, um euch zu holen. Ihr müsst mir das glauben. Ich will nur, dass die Frau gesund wird. Sie heißt Annick. Und sie wird sterben, wenn ihr niemand hilft.«

Rick sagte etwas zu Esperanza Aguilar, Jensen glaubte es zu verstehen: Er lügt. Glaub ihm nicht.

Esperanza Aguilar deutete mit der Hand auf die Tür, es war ein Befehl, und endlich gehorchten die Zwillinge, sie rannten aus dem Zimmer, Rick schlug die Tür in der Wut laut zu.

»Und Sie legen die Frau zurück«, sagte Esperanza Aguilar. »Sie halten sie nicht mehr fest. Sie legen Sie zurück, und Sie drehen ihren Kopf zur Seite. Tun Sie das jetzt.«

Jensen tat es. Er war bereit, alles zu tun, was diese Frau ihm sagte. Es erfüllte ihn mit Hoffnung, dass eine starke persönliche Kraft von ihr ausging, ein Charisma; vielleicht bildete er sich das aber auch nur ein, vielleicht entstand sein Eindruck aus dem Wunsch, sie möge eine Zauberin sein, die Verkörperung jener von den physikalischen Gesetzen nicht grundsätzlich ausgeschlossenen, aber unendlich geringen Wahrscheinlichkeit, dass im Universum ein Wunder geschah.

»Und jetzt stehen Sie auf«, sagte Esperanza Aguilar. Sie hob beide Hände. Ihr Blick war fest, herrisch, dennoch nicht unfreundlich. Jensen stand auf, ihm zitterten die Knie, nur mit Mühe hielt er sich aufrecht. Er war vollkommen erschöpft, die Tränen traten ihm in die Augen.

»Wir haben Sie kommen sehen«, sagte Esperanza Aguilar. »Ricco und Oliver haben gesagt, Sie sind der Polizist, der mit ihnen geredet hat in Europa. Und jetzt sind Sie hier. Mit dieser Frau, die sehr krank ist. Sie haben uns gesucht. Ich will nicht wissen, warum. Für das ist jetzt keine Zeit. Ich sage Ihnen nur das: Ich werde diese Frau gesund machen. Ich werde beten zum Quis ut deus. Das ist der Engel in roten Farben. Aber Sie müssen zuvor ein Versprechen ablegen. Sie werden Folgendes sagen: Ich verspreche, ich werde Ricco und Oliver nicht mitnehmen. Ich werde mit der Frau von hier weggehen, sobald sie wieder gesund ist. Ich verspreche, ich werde nie wiederkommen. Ich werde niemandem erzählen, dass ich hier war. Haben Sie das alles verstanden?«

»Ja«, sagte Jensen. »Ich verspreche es.« Es gab nichts zu überlegen. »Ich verspreche es.« Und er durfte jetzt auch nicht darüber nachdenken, er war sich der Konsequenzen seines Versprechens sehr bewusst: Falls Botella die Wahrheit gesagt hatte, befanden sich die Kinder in der Gewalt einer religiösen Fanatikerin, die ihnen Blut abzapfte und sie mit ihren Wahnvorstellungen vergiftete. Möglicherweise zerstörte diese Frau das Leben von Rick und Oliver, aber Jensen hatte sich entschieden, für O'Hara, für die geringe Chance, dass diese Frau hielt, was sie versprach.

»Ich verspreche es«, sagte er erneut, aber Esperanza Aguilar schüttelte den Kopf.

»Nicht mir müssen Sie es versprechen, den Kindern.« Sie rief etwas auf Spanisch, der Name Maria Pilar kam darin vor. »Sie versprechen es, oder ich heile die Frau nicht.«

»Ja, holen Sie die Kinder. Aber beeilen Sie sich«, sagte Jensen, denn O'Hara wurde auf ihrem Bett von neuen Muskelkrämpfen geschüttelt. Schon viel zu viel Zeit war mit Reden vergeudet worden, das Gift in O'Haras Körper kümmerte sich nicht um Versprechungen, es folgte unbeirrt seinen Gesetzen.

Die alte Frau mit den Zöpfen, die offenbar Maria Pilar hieß, brachte Rick und Oliver, aufmunternd tätschelte sie ihnen die Wangen.

»Ihr kommt her zu dem Señor«, sagte Esperanza Aguilar.

Rick und Oliver stellten sich vor Jensen auf, Rick misstrauisch, Oliver mit vor Angst geweiteten Augen.

Einen Moment lang war es ganz still, man hörte draußen den Regen plätschern.

Esperanza Aguilar bekreuzigte sich, die Buben taten es ihr gleich. Auch Jensen, unaufgefordert, zeichnete mit dem Daumen ein Kreuz auf Stirn, Kinn und Brust. Er wollte jede weitere Verzögerung vermeiden.

»Sie versprechen es jetzt«, sagte Esperanza Aguilar zu Jensen. »Sie legen eine Hand auf die Stirn von Ricco, die andere auf die Stirn von Oliver. Und dann versprechen Sie es ihnen.«

Jensen befolgte die Anweisungen, er legte seine Hände auf die Stirn der Buben und sagte: »Ich verspreche, ich werde euch nicht mitnehmen.«

»Und weiter«, sagte Esperanza Aguilar. »Sie versprechen alles genau, wie ich es Ihnen gesagt habe.«

Jensen konnte sich nicht mehr an alles erinnern, Esperanza Aguilar sagte es ihm vor, er wiederholte es. Und die ganze Zeit über, während er seine Versprechen rezitierte, sah er die Augen der Buben, er sah darin ihre Freude, ihre Erleichterung; selbst der misstrauische Rick schien von Herzen zu hoffen, dass Jensen es ehrlich meinte. Die beiden Buben wollten hierbleiben, er täuschte sich nicht, er sah es in ihren Augen. Die Buben sogen sein Versprechen in sich auf, sie wollten bei Esperanza Aguilar bleiben. Und wenn es also so war, dann ging es ihnen hier gut; es war keine Angst, kein Widerspruch zu erkennen, es gab keine Anzeichen dafür, dass sie hier zu irgendetwas gezwungen wurden.

»Ich glaube Ihnen«, sagte Oliver, als Jensen die Hand von seiner Stirn nahm.

»Ein Versprechen muss man halten«, sagte Rick zu ihm. »Und Sie werden es halten«, wandte er sich an Jensen. »Sie sind Polizist. Sie dürfen nicht lügen.«

»Ja«, sagte Jensen. »Versprochen.«

»Ich glaube dem Señor auch«, sagte Esperanza Aguilar. »Und jetzt geht wieder zu Maria Pilar. Ihr geht ins Bett und schlaft. Es ist schon spät.«

»Wer zuerst dort ist!«, rief Rick, und die beiden rannten los, zur Tür.

Als sie weg waren, trat Esperanza Aguilar nahe an Jensen heran. Sie stellte sich auf die Zehenspitzen.

»Und wenn Sie gelogen haben«, flüsterte sie ihm ins Ohr, »werde ich Sie töten.«

Sie hielt ihm ein Messer unters Kinn, Jensen fühlte die Kälte der Klinge; er hatte keine Angst, er fragte sich nur, wo sie das Messer die ganze Zeit über versteckt hatte.

»Ich habe noch nie einen Menschen getötet«, sagte sie leise. »Morgen werde ich Ihnen sagen, warum ich es jetzt aber tun würde, wenn Ihr Versprechen eine Lüge war.«

Sie warf das Messer auf eines der leeren Betten.

»Und jetzt ist nicht mehr viel Zeit«, sagte sie. »Sie tragen diese Frau dort hinein.« Sie wies auf eine zweite Tür, an der ein großes, mit frischen Blättern bekränztes Kruzifix hing. Jensen wollte O'Hara vom Bett hochheben, aber Esperanza stieß ihn heftig in die Seite.

»Nein«, sagte sie. »Nicht bewegen. Sie schieben das Bett. Die Frau muss ruhig liegen. Sie schieben das Bett dort hinein.«

Sie ging zu der Tür mit dem Kruzifix und öffnete sie. Erst jetzt erkannte Jensen, dass die dünnen, metallenen Beine des Bettes mit kleinen Rollen versehen waren, ähnlich wie die Liegen in einem Krankenhaus. Er löste die Arretierungsklemmen und rollte das Bett durch die schmale Tür in einen vollkommen dunklen Raum.

»Wohin soll ich es stellen?«, fragte er, seine Stimme hallte, es musste ein sehr großer Raum sein.

»Das ist unwichtig«, sagte Esperanza Aguilar. »Sie stellen das Bett ab, wo Sie wollen.«

Jensen rollte das Bett einen oder zwei Meter weiter in die Dunkelheit hinein und tastete dann mit den Fingern nach den Arretierungsklemmen. Es roch eigenartig in dem Raum, nach Ozon, wie eine Straße im Sommer, wenn es zu regnen beginnt.

»Sie gehen jetzt aus diesem Raum«, sagte Esperanza Aguilar. Sie stand in der Nähe der Tür, er konnte nur ihre Umrisse sehen. »Sie gehen hinaus vor das Haus und warten. Mein Bruder wird kommen. Er heißt Ramón. Sie haben Ricco und Oliver ein Versprechen gegeben. Das war für die Kinder. Aber Ramón müssen Sie etwas geben für die Frau. Gehen Sie jetzt.«

Etwas geben für die Frau, dachte Jensen. Die Heilung war selbstverständlich nicht gratis, das Motorrad, der Fernseher, alles bezahlt von den Kranken, von jenen, die draußen im Regen unter dem Vordach warteten. Jensens Skepsis gewann wieder an Boden, was für ein Irrsinn, dachte er, eine Scharlatanerie, ein grausames Spiel mit den Hoffnungen der Hoffnungslosen. O'Hara röchelte, dann kam von dort, wo sie lag, ein gurgelndes Geräusch, Blut quoll wahrscheinlich wieder aus ihrem Mund.

Sie wird sterben, dachte Jensen, unter unwürdigen Umständen, im Rahmen eines Jahrmarktspektakels, hätte sie das gewollt? Hätte sie es gutgeheißen, dass er sie nun dieser Frau überließ, die wider alle Vernunft behauptete, sie könne eine Sterbenskranke heilen? Sie hatte Esperanza Aguilar gesucht, aber vielleicht nicht, um sich von einer körperlichen Krankheit heilen zu lassen. Heute morgen noch hatte er das vermutet, aber möglicherweise hatte ihre Suche eben doch etwas mit ihrem Mann zu tun. Ich suche eine andere Art von Heilung, sie hatte es doch ausdrücklich gesagt. Dann aber wäre O'Hara vielleicht lieber ohne schamanisches Brimborium gestorben. Vielleicht, aber letztlich kannte er sie einfach nicht gut genug, um zu wissen, was sie sich in diesem Moment gewünscht hätte.

»Sie gehen!«, sagte Esperanza Aguilar. Sie zog ihn am Arm. »Es ist keine Zeit mehr! Sie gehen, und Sie warten vor dem Haus.«

Jensen entzog sich ihrem Griff und tastete nach dem Bett, nach O'Hara. Er strich ihr über die Stirn, die jetzt eiskalt war, er wollte nicht gehen, ohne ihr Lebewohl zu sagen, denn er war in diesem Augenblick überzeugt, dass er sie lebend nicht wiedersehen würde.

»Annick«, flüsterte er dicht an ihrem Kopf, er roch ihr mit Säure durchsetztes Blut. »Annick. Die Sterne leuchten.«

Dann wandte er sich an Esperanza Aguilar und sagte: »Bitte nehmen Sie Ihr die Brille nicht ab. Sie würde das nicht wollen.«

27

Jensen verliess das Haus, wie es ihm befohlen worden war, er setzte sich etwas abseits der in Decken gehüllten Menschen unter dem Vordach auf die Holzplanken und wartete.

Es hatte aufgehört zu regnen, nur das Motorengeräusch des Generators war zu hören und gelegentlich das Husten oder Ächzen eines der Kranken. Jensen verstand nicht, weshalb man die Leute nicht im Haus schlafen ließ, es wäre doch genügend Platz gewesen. Es war sehr kalt hier draußen und alles war feucht, die Holzplanken, die Hausmauern, eine Nacht unter solchen Bedingungen hätte selbst einen Gesunden krank gemacht. Jensen stand auf, um sich warm zu halten, er ging unter dem Vordach auf und ab, möglichst leise, um die Kranken nicht zu stören. Dennoch knarrten die Bretter bei jedem seiner Schritte. In der Ferne heulte ein Tier, Jensen konnte noch immer nicht recht glauben, dass es hier Wölfe gab, obwohl er doch einem von ihnen das halbe Bein abgerissen hatte; auch das kam ihm jetzt vollkommen unwahrscheinlich vor. Er konnte sich nicht mehr vorstellen, dass er dazu fähig gewesen oder es überhaupt möglich war, mit bloßen Händen das Bein eines Wolfes zu brechen. Er zog seine Lederjacke aus, streifte das Sweatshirt über seine Schulter und betrachtete die schmerzende Stelle, sie war grün und blau, aber es waren letztlich nur harmlose Quetschungen, die Kraft eines Wolfskiefers war offenbar begrenzt.

Jensen setzte sich wieder hin, er dachte an O'Hara, es waren unbestimmte Gedanken; wenn es ihm möglich gewesen wäre, hätte er für sie gebetet. Er anerkannte, dass darin Trost liegen mochte, für den, der betete, und für den, der wusste, dass für ihn gebetet wurde. Aber in Jensens Universum gab es keinen Ansprechpartner für Gebete, hier hing niemand an einem Kreuz, und kein Schöpfer blickte hinunter auf sein Werk. Als er an den unsäglichen Raum mit den Betten und den religiösen Bildern und Kruzifixen dachte, stieg in Jensen eine geradezu heilige weil in seinen Augen reine und gerechte Wut hoch auf jene Menschen, die das von Generationen von Physikern zusammengetragene Wissen über das Leben und den Kosmos ignorierten, obwohl es für jedermann frei zugänglich war. Diese Menschen glaubten lieber, anstatt zu wissen, und wenn aber das Wissen vorhanden war und man es verschmähte, dann war das nichts anderes als Blasphemie. Ein Gott, der seinen Sohn opferte, war von der Wirklichkeit des Universums so weit entfernt wie eine Bakterie vom Chorgesang. Wenn man von der Existenz eines mit Willen und Macht ausgestatteten Gottes ausging, musste einem das Universum überhaupt vollkommen verrückt erscheinen. Weshalb zum Beispiel hätte ein solcher Gott ein Universum schaffen sollen, das zu neunundneunzig Prozent aus Leere bestand? Wozu erschafft er einen Mond, Asteroiden und Milliarden von Gasplaneten, dachte Jensen, auf denen niemals Wesen leben werden, die ihn verehren? Ein solcher Gott wäre zweifellos ein Liebhaber heißer Gase, toten Gesteins und endloser leerer Räume. Wenn es ihn gäbe, müsste man an seinem Verstand zweifeln oder jedenfalls an seiner Kunstfertigkeit. Und doch war das Universum erfüllt von einem göttlichen Hauch. Aber das wurde einem eben erst dann klar, wenn man den Gedanken an einen Gott verwarf und das eigentliche Wunder erkannte: Das Universum hatte sich selbst erschaffen. Und schon in seinen kleinsten Teilen, den Quarks und Elektronen, wirkte eine blinde Vernunft, ein nie geschmiedeter Plan zum Zusammenschluss, zur geordneten Verklumpung, aus der immer komplexere Strukturen entstanden, Sonnen, Planeten, Amöben und schließlich ein Mensch, der an seinem Klavier die Arie der Königin der Nacht komponierte. Dies alles war weitaus wunderbarer und rätselhafter als alles, was je in ein heiliges Buch hineingeschrieben worden war.

Und deshalb, dachte Jensen, wäre es besser, wenn man diese Bücher für immer zuklappen würde. Und das, dachte Jensen, denke ich, während ich O'Hara jemandem überlasse, der in diesem Augenblick seine vierzig Gebete an den Quis ut deus schickt, den Erzengel Michael.

Quis ut deus bedeutete »Wer ist wie Gott?«. Jensen hatte das während seiner Ausbildung irgendwann einmal gehört, wie wohl jeder Polizist in einem katholischen Landstrich: Der Erzengel Michael galt als Schutzpatron der Polizisten.

Es begann wieder zu regnen, sehr plötzlich und heftig, jemand hastete über den Platz vor dem Haus und suchte Schutz unter dem Vordach. Es war ein kleiner, korpulenter Mann, der dicht neben Jensen stehen blieb und die Nässe aus seinen schulterlangen Haaren schüttelte.

Der Bruder, dachte Jensen.

Der Mann stampfte mit den Füßen auf, um seine Lederstiefel vom Dreck zu befreien, dann rieb er die Sohlen an den Holzplanken sauber.

Der Bruder, wer sonst. Er trug neue, jetzt aber durchnässte Jeans, sein Bauch wölbte sich über einen Gürtel mit Silberbeschlägen, an seinen Fingern glänzten Ringe. Ramón, fiel Jensen ein. Ramón, so hieß er, und er schien nicht schlecht zu leben von dem Geld, das seine Schwester mit Beten verdiente.

»Sie«, sagte er und zeigte auf Jensen. »Sie müssen der Americano sein. Mein Name ist Ramón Toscano Aguilar.«

Er streckte Jensen die Hand hin, und als Jensen sie ergriff, zog Ramón ihn mit einem Ruck vom Boden hoch.

»Sie sollten nicht auf dem Boden sitzen wie die da«, sagte Ramón. Er nickte in Richtung der Leute, die unter ihren Decken auf den Morgen warteten. »Das sind nur Bauern. Aber Sie sind ein intelligenter Mensch, das sehe ich sofort. Sie müssen mir Gesellschaft leisten, in meinem Büro. Wir haben viel miteinander zu besprechen. Und wir sollten es jetzt gleich tun. Der Bauer, der Sie hierhergebracht hat, sagte mir, dass Ihre Frau von einer Felsenschlange gebissen worden ist. Wir sollten uns also beeilen. Kommen Sie. Mein Büro ist gleich da vorn.«

Ramón ging an der Hausmauer entlang, vorbei an zwei mit hölzernen Läden verschlossenen Fenstern, und während des Gehens strich er sich die Haare nach hinten und band sie mit einem kleinen Gummi zu einem Schweif. Jensen, der hinter ihm ging, roch Ramóns Rasierwasser, mit dem dieser offenbar nicht sparte.

»Wir sind gleich da«, sagte Ramón. Er zeigte vage nach vorn.

Das Haus nahm kein Ende, an immer neuen Fenstern und Türen gingen sie vorbei und nun auch an rechteckigen Aussparungen in der Mauer. Jensen erkannte jetzt den wehrhaften Charakter des Gebäudes, die Aussparungen waren Schießscharten. Vermutlich war es eine ehemalige Kaserne, ein Stützpunkt aus einem vergessenen Krieg. Jensen konnte sich allerdings nicht vorstellen, was es hier oben je zu verteidigen gegeben hatte mit Ausnahme der Kaserne selbst.

Ramón zog einen Schlüsselbund aus der Tasche und entriegelte eine Tür, über deren Schloss eine weiße Hand gemalt war, zwei rote Striche kreuzten sie durch.

»Mein Büro«, sagte Ramón und ließ Jensen eintreten. »Bitte nehmen Sie Platz, auf dem Sofa, es ist am bequemsten.«

Ramón knipste das Licht an. Es war ein kleiner Raum, aber aufwendig möbliert, ein schwarzes Ledersofa, ein Schreibtisch aus hellem Holz, ein Glastisch, auf dem eine Flasche und mehrere Gläser standen. An den Wänden hingen Poster von amerikanischen Rockgruppen und von Schauspielern, die Schweißbänder um die Stirn trugen und dem Betrachter ihre Maschinengewehre präsentierten. Ein pubertäres Zimmer, fand Jensen. Ramón war kein junger Mann mehr, jetzt, im hellen Licht der Spotlampen an der Decke, sah man es deutlich. Jensen setzte sich auf das Sofa, Ramón nahm hinter seinem Schreibtisch Platz, schließlich ging es um eine geschäftliche Besprechung.

»Die Umstände machen es erforderlich«, sagte Ramón, »dass wir gleich zur Sache kommen.«

Er sprach ausgezeichnet Englisch, fast akzentfrei, aber das wirklich Besondere an ihm fiel Jensen erst jetzt auf: seine Augen waren ungleich. Das eine war blau, das andere braun. Eine Pigmentstörung, die Ramóns Blick etwas Schillerndes verlieh.

»Ich kann Ihnen helfen«, sagte Ramón, »aber die Art Hilfe, die ich Ihnen anbiete, verlangt ein gewisses Maß an Vertrauen. Die Kinder, die Zwillinge haben mir vorhin gesagt, dass sie Sie kennen. Sie sind Polizist. Sie kommen aus Belgien. Die Kinder haben allerdings Ihren Namen vergessen.«

»Hannes Jensen«, sagte er.

Ramón faltete die Hände.

»Gut«, sagte er. »Was die Kinder betrifft, Señor Jensen, wird meine Schwester bereits mit Ihnen alles Nötige vereinbart haben. Mir ist klar, dass die Suche nach den Kindern Sie hierher geführt hat. Aber das geht mich nichts an, das ist alleinige Angelegenheit meiner Schwester. Was ich mir hingegen nicht erklären kann, und das geht mich nun sehr wohl etwas an, ist die Anwesenheit Ihrer Frau. Sie ist blind, nicht wahr?«

»Ja«, sagte Jensen. »Aber sie ist nicht meine Frau. Sie sagten, Sie könnten mir helfen. Wie war das gemeint?«

»Das erkläre ich Ihnen später. Sie ist also nicht Ihre Frau. Wer ist sie dann?«

»Eine Freundin«, sagte Jensen, um die Dinge nicht zu komplizieren.

»Und wie ist ihr Name?«

Es war einer jener Augenblicke, in denen Jensen jenes besondere Gefühl in der Magengrube spürte, jenes Gefühl, das ihm sagte, dass er jetzt am besten auf seinen Bauch hörte. Es lag vielleicht an einer kaum merklichen Veränderung in Ramóns Blick.

»Annick Stassen«, sagte Jensen. Er konnte sich nicht erklären, weshalb er log, aber Ramóns Reaktion schien ihm recht zu geben. Ramón lächelte, er lehnte sich entspannt im Stuhl zurück, so als habe sich eine Befürchtung als unbegründet erwiesen.

»Und Sie steigen also mit einer blinden Frau in die Berge. Denken Sie nicht, dass das ziemlich fahrlässig war? Aber gut, auch das geht mich nichts an. Betrachten wir die Sache als erledigt. Ich kenne nun Ihren und den Namen Ihrer Freundin. Das genügt mir schon. Vielleicht bin ich zu vertrauensselig, aber es geht hier ja schließlich um Leben oder Tod, Señor Jensen.«

Ramón schob mit den Armen die unnützen Dinge zur Seite, die auf seinem Schreibtisch standen, darunter eine Marilyn Monroe aus Plastik und ein mit Ansteckern gefülltes Goldfischglas, jene Anstecker, die sich die Fans bestimmter Rockgruppen an die Lederjacke hefteten, wenn sie zum Konzert gingen.

Ramón lehnte sich über den Schreibtisch und sagte mit gesenkter Stimme: »Señor Jensen. Ich rede jetzt ganz offen mit Ihnen. Meine Schwester ist bei den Bauern hier in der Gegend sehr beliebt. Die Leute haben kein Geld für den Arzt, also kommen sie hierher. Aber nicht nur deswegen. Sie glauben, dass meine Schwester besser ist als jeder Arzt. Darüber maße ich mir kein Urteil an.« Ramón hob die Hände und schüttelte den Kopf. »Nein, wirklich nicht. Die Leute kommen mit Zahnschmerzen, mit Kröpfen, mit eiternden Wunden, mit Herzbeschwerden, und wenn sie gehen, erzählen sie überall herum, dass meine Schwester sie geheilt hat. Und so muss es ja dann wohl auch sein. Aber Sie und ich, wir sind Menschen, die nur unserem Verstand trauen. Ich glaube, das sagen zu dürfen, ich sehe Ihnen das an. Sie sind ein intelligenter Mensch. Sie wissen, dass Ihre Frau oder Freundin heute Nachmittag, also vor ...« Ramón blickte auf seine Armbanduhr. »... vor nunmehr sechs oder sieben Stunden von einer Klapperschlange gebissen worden ist. Eine Felsenklapperschlange, andere gibt es hier oben nicht. Und ausgerechnet diese Klapperschlangen sind sehr giftig. Wussten Sie das?«

»Ja«, sagte Jensen. »Ich weiß es.«

»Eben«, sagte Ramón. Er lächelte. »Und nun gibt es für Sie zwei Möglichkeiten. Sie können darauf vertrauen, dass meine Schwester Ihre Freundin heilt, so wie sie es immer macht, durch Gebete. Das kostet Sie fünfzig Dollar. Von den Bauern verlange ich natürlich sehr viel weniger, aber wer möchte schon ein Bauer sein.«

»Und die zweite Möglichkeit?«, fragte Jensen. Er ahnte es, vor Aufregung begann er zu schwitzen. »Haben Sie ein Gegenmittel?«

»Zweite Möglichkeit«, sagte Ramón. Er kostete den Moment aus, bevor er weitersprach. »Meine Schwester ist eine begnadete Heilerin, alle sagen es, und ich wäre der Letzte, der an ihren Fähigkeiten zweifeln würde. Ihre Fähigkeit besteht darin, die Menschen glauben zu machen, dass sie geheilt sind. Davor habe ich größten Respekt. Aber wenn es meine Freundin wäre, die vor sieben Stunden von einer Klapperschlange gebissen wurde, würde ich meinen Verstand arbeiten lassen.« Ramón tippte sich an die Stirn. »Und mein Verstand würde mir sagen, dass es Fälle gibt, in denen ein Kranker unmöglich dazu gebracht werden kann, zu glauben, dass er geheilt ist. Weil er nämlich bereits im Koma liegt.«

Jensen stand auf, er trat an Ramóns Schreibtisch.

»Schluss jetzt«, sagte er. »Kommen Sie endlich zur Sache. Ich bitte Sie. Haben Sie ein Gegenmittel oder nicht? Crofab. Haben Sie Crofab?«

Ramón blickte Jensen aus seinen zwei verschiedenfarbigen Augen an. Die Pupille des blauen Auges war winzig, die des braunen sehr viel größer, es war irritierend.

»Ich verstehe Ihre Ungeduld«, sagte Ramón. »Sie haben recht, ich sollte zur Sache kommen.«

Er zog seinen Schlüsselbund hervor, und mit einem sehr kleinen Schlüssel öffnete er eine Schublade seines Schreibtisches. Er legte zwei Ampullen auf den Tisch. Sie leuchteten, sie glänzten, so schien es Jensen.

»Ist es Crofab?«, fragte er. »Sind diese Ampullen hier Crofab?«

»Bitte setzen Sie sich wieder«, sagte Ramón. »Ich möchte Sie nicht daran hindern müssen, mir die Ampullen zu entreißen. Das wäre dumm von Ihnen, und es ist auch gar nicht nötig. Setzen Sie sich!«

Jensen fügte sich, was blieb ihm anderes übrig.

»So ist es besser«, sagte Ramón. »Es ist wichtig, dass Sie sich beruhigen. Es gibt keinen Grund zur Aufregung, denn Sie haben großes Glück. Ich bin vor fünf Jahren selber von einer Klapperschlange gebissen worden. Das war in Amerika. Und als ich dann hierher in meine Heimat zurückkehrte ...«

»Señor Aguilar«, sagte Jensen, seine Stimme zitterte; er drohte die Beherrschung zu verlieren. »Wenn das, was da auf Ihrem Tisch liegt, Crofab ist, muss es meiner Freundin sofort gespritzt werden. Sofort, verstehen Sie? Und zwei Ampullen genügen nicht. Ich brauche mindestens sechs. Also bitte, antworten Sie mir: Ist es Crofab? Und wie viele Ampullen können Sie mir geben?«

»Es ist Crofab«, sagte Ramón. »Und ich bin in der glücklichen Lage, Ihnen sogar acht Ampullen anbieten zu können. Zum Preis von vierhundert Dollar pro Ampulle. Ja, ich weiß, das ist wenig, und ich möchte Ihnen die Wahrheit nicht vorenthalten. Der Preis ist deshalb so günstig, weil das Serum seit sechs Wochen verfallen ist. Sie werden es an dem Aufdruck auf dem Etikett erkennen. Aber sechs Wochen sind nichts. Ein halbes Jahr, gut, dann würde ich es nicht wagen, Ihnen die Ampullen überhaupt anzubieten. Aber sechs Wochen, das kann ich absolut verantworten, vor mir und vor Gott.«

Er handelt mit alten Beständen, dachte Jensen. Er kauft irgendwo, wahrscheinlich in Amerika, Crofab auf, das nicht gebraucht und zu lange oder nicht fachgerecht gelagert worden ist. Man würde es wegwerfen, aber er kauft dieses Zeug auf und verschachert es in Monterrey an unseriöse Ärzte.

»Sechs Wochen«, sagte Jensen. Er glaubte einmal gehört oder gelesen zu haben, dass das Serum auch nach Ablauf des Aufbewahrungsdatums noch eine Zeit lang wirksam war, sechs Wochen lagen vielleicht noch im Toleranzbereich. Und selbst wenn nicht, es musste versucht werden.

»Zeigen Sie mir die Ampullen«, sagte er. »Alle. Wenn es tatsächlich nur sechs Wochen sind, kaufe ich Sie. Zu dem von Ihnen genannten Preis.«

Ramón breitete die Arme aus.

»Wunderbar«, sagte er. »Ich wusste, dass Sie sich von Ihrem Verstand leiten lassen würden. Sie dürfen die Ampullen selbstverständlich sofort überprüfen. Sobald das Geld hier auf meinem Tisch liegt. Dreitausendzweihundert Dollar. Nein, warten Sie. Ich mache für Sie eine runde Summe daraus. Dreitausend.«

»So viel habe ich nicht bei mir«, sagte Jensen. Er stand auf und klaubte die Dollarnoten aus seiner Tasche. Er warf sie auf Ramóns Schreibtisch. »Es müssen ungefähr dreihundert oder vierhundert Dollar sein«, sagte Jensen. »Mehr habe ich im Augenblick nicht.«

Ramón ignorierte die Geldscheine, der Betrag war zu gering, um auch nur eines Blickes würdig zu sein.

»Ich mache Ihnen einen Vorschlag«, sagte Ramón. »Sie stecken dieses Geld hier wieder ein, und dann geben Sie mir Ihre Kreditkarte und den Code dazu. Ich hatte ohnehin vor, morgen nach Monterrey zu fahren, ich habe dort geschäftlich zu tun. Ich nehme Ihre Kreditkarte mit, hebe in Monterrey an einem Geldautomaten die vereinbarte Summe ab, und wenn ich in drei oder vier Tagen wieder hier bin, wird Ihre Freundin gesund sein, und Sie bekommen Ihre Karte zurück. Der einfachste Weg ist immer der beste. Sie haben doch eine Kreditkarte?«

Jensen zog seinen Pass aus der Innentasche seiner Jacke, im Pass steckte die Kreditkarte, er warf sie Ramón auf den Tisch.

»Drei fünf sechs acht«, sagte er.

Ramón kritzelte den Code auf ein Blatt Papier und wickelte die Kreditkarte darin ein.

»Wunderbar«, sagte er. »Und hier wäre dann Ihre Ware.«

Er legte zu den zwei Ampullen, die bereits auf dem Tisch lagen, sechs dazu und schob sie Jensen hin.

»Bitte überzeugen Sie sich«, sagte Ramón. »Das Serum ist so gut wie frisch. Es ist klar. Es darf nicht trüb sein. Und wie Sie sehen, ist es nicht trüb.«

Jensen prüfte jede einzelne Ampulle, die Etiketten wirkten echt, das Verfallsdatum stimmte mit den Angaben von Ramón überein, und vermutlich war es wirklich Crofab und nicht einfach eine Kochsalzlösung, denn in diesem Fall hätte Ramón wohl kaum Etiketten mit abgelaufenem Datum gefälscht.

»Gut«, sagte Jensen. »Und jetzt die Spritzen.«

Ramón kam hinter seinem Schreibtisch hervor und drückte Jensen einen kleinen Beutel mit Spritzen in die Hand.

»Ein Geschenk«, sagte er, nicht zynisch, sondern ernst, als erwarte er dafür auch noch Dank. »Und jetzt müssen Sie mir gut zuhören.« Er legte seine Hand auf Jensens Schulter. »Meine Schwester darf unter keinen Umständen erfahren, dass wir handelseinig geworden sind. Kein Wort, das zwischen Ihnen und mir hier in diesem Büro gesprochen wurde, darf dieses Büro verlassen. Es geht mir dabei einzig um die Ehre meiner Schwester. Sie steht bei den Leuten hier in hohem Ansehen, und sie würde es nicht überleben, wenn der Verdacht aufkommen würde, dass ihr eigener Bruder an ihren Fähigkeiten zweifelt. Und ich zweifle in keiner Weise daran, so wahr mir Gott helfe! Ich tue das alles nur für Sie und Ihre Freundin.«

Jensen täuschte sich nicht: Ramóns Augen waren wässrig geworden.

»Ich bitte Sie deshalb«, sagte Ramón, »um absolute Diskretion.«

»Sie haben mein Wort.« Ramóns Befürchtungen waren Jensen völlig gleichgültig, er wollte jetzt nur sofort zu O'Hara, um ihr das Serum zu injizieren.

»Ich gehe dann jetzt«, sagte Jensen und wandte sich zur Tür, aber Ramón hielt ihn zurück.

»Haben Sie mir nicht zugehört?«, fragte Ramón. »Es muss alles unter größter Diskretion geschehen.« Er warf einen Blick auf seine Uhr. »Meine Schwester ist mit der Heilung jetzt fertig. Es dauert nie länger als eine halbe Stunde. Ihre Freundin wird jetzt also im Bettenzimmer liegen, das ist so üblich. Sie liegt im Zimmer mit den drei Betten und den vielen Kreuzen, an denen unser Heiland hängt, der gestorben ist, um hinwegzunehmen die Sünden der Welt.«

Ramón bekreuzigte sich, er schloss für einen Moment die Augen.

»Meine Schwester ist bestimmt zu Bett gegangen, nach einer Heilung ist sie immer sehr erschöpft. Meine Mutter und die Zwillinge schlafen sicher auch schon, das macht es einfacher. Aber wir müssen trotzdem vorsichtig sein. Ich werde Sie jetzt in den Hof hinter dem Haus führen. Es gibt dort eine Tür, die zum Gebetszimmer führt, und von dort gelangen Sie in den Bettenraum. Wir werden unterwegs nicht sprechen, deshalb sage ich es Ihnen jetzt: Seien Sie um Himmels willen leise. Spritzen Sie Ihrer Freundin sechs Ampullen nacheinander. Verstecken Sie dann die Spritzen und die leeren Ampullen und legen Sie sich auf eines der freien Betten und schlafen Sie. Wir werden uns erst in einigen Tagen wiedersehen, wenn ich aus Monterrey zurück bin. Also Señor Jensen: Alles Gute.«

Ramón schüttelte Jensen die Hand.

»Und kein Wort zu niemandem.«

»Ich habe verstanden«, sagte Jensen. »Und jetzt lassen Sie uns endlich gehen.«

Ramón aber gab Jensen nicht frei, er zog ihn in einer plötzlichen, kräftigen Bewegung an sich. Während er Jensen umklammert hielt, sagte er leise: »Wir sind nur Geschäftspartner, keine Freunde. Vergiss das nie.«

28

Jensen folgte Ramón hinaus in den Hof, es war dunkel und sehr still; er hörte Ramóns Atem, er roch sein Rasierwasser, etwas knirschte unter Jensens Schuhen, Glassplitter vielleicht. Als sich Jensens Augen an die Dunkelheit gewöhnt hatten, traten aus ihr seltsame Formen hervor, kleine Hügel, von denen längliche Gegenstände aufragten. Nach einer Weile griff Ramón nach ihm und zog ihn näher an die Hausmauer heran.

»Das ist die Tür zum Gebetszimmer«, flüsterte Ramón.

Er drückte Jensen etwas in die Hand, eine Taschenlampe. Schlüssel klirrten, dann quietschte die Tür, und Ramón schob Jensen hinein. Ohne ein weiteres Wort schloss Ramón die Tür wieder, und nun war Jensen allein in dem Raum, den er am Geruch wiedererkannte, das Ozon.

Jensen schaltete die Taschenlampe ein. Er ließ den Lichtstrahl über den Boden und die Wände gleiten, der Raum war vollkommen leer. Jensen richtete den Strahl auf die Tür, die zum Bettenzimmer führte. Er ging darauf zu, die Ampullen klirrten in der Tasche seiner Lederjacke. Jensen lachte leise, es war einfach zu kurios, zu wunderbar, er hatte Crofab! Eine Tasche voll Crofab, hier, mitten in den gottverlassenen mexikanischen Alpen, es war schier unglaublich. Und das alles nur, weil Ramón ein Mistkerl war, ein Geschäftemacher übelster Sorte. Herzlichen Dank, dachte Jensen, denn wenn Ramón, wie man es sich unter anderen Umständen gewünscht hätte, ein ehrlicher, anständiger Mensch gewesen wäre, hätten jetzt die Crofabampullen nicht so herrlich in der Tasche geklirrt. In seltenen Fällen erwiesen Leute wie Ramón der Menschheit gerade durch ihre Skrupellosigkeit einen guten Dienst.

Jensen war bei der Tür angekommen, er öffnete sie vorsichtig und sah O'Hara auf dem Bett liegen. Er schaltete die Taschenlampe aus, sie war nicht mehr nötig, auf einem Wandgestell neben O'Haras Bett brannten mehrere Kerzen. Leise ging Jensen zu ihrem Bett. O'Hara lag unter einer Decke, die stark nach Lavendel roch. Es war ein beruhigender, angenehmer Geruch, und im Schein der Kerzen wirkte O'Haras Gesicht entspannt und friedlich, ihr Mund war sauber, jemand hatte ihr das Blut abgewischt und ihr einen weißen Wollpullover angezogen. Die blutbeschmierte Wetterjacke hing über einer Stuhllehne.

Jensen legte seine Hand auf O'Haras Stirn, sie war warm, aber nicht mehr heiß, und O'Haras Atem ging regelmäßig, sie schien zu schlafen.

»Annick?«, flüsterte er. Er hielt sein Ohr dicht an ihren Mund.

»Annick? Können Sie mich hören?« Er hatte keine Antwort erwartet und bekam auch keine.

»Ich habe ein Gegenmittel, Annick. Ich werde es Ihnen jetzt spritzen, und dann wird es Ihnen besser gehen. Ich sagte doch, alles wird gut, die Sterne leuchten, Annick.«

Mit zitternden Fingern nahm er die erste Ampulle aus der Tasche, er riss den Beutel mit den Spritzen auf. Er hatte noch nie jemandem eine Spritze injiziert, aber so schwer konnte es nicht sein. Dennoch befürchtete er, dass er es nicht schaffen, dass er die Vene nicht treffen würde oder zu tief hineinstach, es gab viele Möglichkeiten, etwas falsch zu machen.

Nimm dich zusammen, dachte er.

Die Nadelspitze in seiner Hand zitterte über dem Ampullenverschluss, er stach zu, die Nadel rutschte ab, erst nach einem weiteren Versuch drang sie durch die Hülle, und nun zog Jensen das Serum langsam in die Spritze. Er hatte das alles noch nie selbst getan, aber es stiegen Bilder in ihm hoch, die meisten stammten aus Filmen. Zuerst musste man die Spritze aufrecht halten und mit dem Kolben die überschüssige Luft aus dem Zylinder drücken, es musste ein wenig Serum vorn herausspritzen, dann konnte man sicher sein, dass sich keine Luft mehr im Zylinder befand.

In der einen Hand hielt Jensen die Spritze, die nun bereit war, mit der anderen schob er die Decke weg, um an O'Haras Vene zu gelangen. Ihr Arm mit den Bisswunden war noch immer geschwollen, aber doch sehr viel weniger als noch vor einer Stunde. Jensen brauchte nun doch beide Hände, um den Pullover hochzurollen. Er nahm die Spritze in den Mund und hielt sie zwischen den Zähnen fest. Als er die Ellbeuge freigelegt hatte, wurde ihm klar, dass er ja jetzt O'Haras Oberarm hätte abbinden müssen, aber womit? Er löste den Schnürsenkel von einem seiner Schuhe, zerrte ihn aus den Schnürlöchern, die Spritze immer noch zwischen den Zähnen, wo hätte er sie denn hinlegen sollen? Auf den Boden? Das wäre zwar bequemer, aber noch unhygienischer gewesen. Er wickelte den Schnürsenkel um O'Haras Arm, nicht zu straff, nicht zu locker, jetzt trat die Vene etwas deutlicher hervor.

Schräg, dachte Jensen. In spitzem Winkel musste die Nadel eingeführt werden, Schweiß rann ihm die Augen. Die Nadel drang ein, mühelos, und ohne im Geringsten zu wissen, ob die Nadel richtig saß, drückte Jensen den Kolben hinunter; langsam, Markierung für Markierung, entleerte sich der Zylinder. Als Jensen die Nadel mit einem Ruck herauszog, trat nur ein Pünktchen Blut aus der Vene, er wertete das als Zeichen, dass alles in Ordnung war. Er zog die nächste Spritze auf, ihm fiel ein, dass die Einstichstelle ja nicht desinfiziert worden war, er hatte nichts dabei, um das zu tun, noch nicht einmal einen sterilen Tupfer, um vor der nächsten Injektion das Blut wegzuwischen. Schließlich leckte er es mit der Zunge ab, wichtig war doch nur, dass das gesamte Serum in O'Haras Blutbahn eingespeist wurde. Nach der dritten Spritze quoll beunruhigend viel Blut aus der Einstichstelle, Jensen band den Schnürsenkel enger, die letzten drei Spritzen setzte er etwas höher, über der blutenden Stelle. Einmal spürte er einen Widerstand, ein Muskel wahrscheinlich, er zog die Spritze heraus und versuchte es erneut.

Als es endlich getan war, löste er den Schnürsenkel von O'Haras Arm, er steckte ihn in die Tasche seiner Jacke zu den Spritzen und den leeren Ampullen, die Hälfte des Serums, so hoffte er, hatte den Weg in O'Haras Kreislauf gefunden, der Rest war wahrscheinlich irgendwo danebengegangen. Ein letztes Mal leckte Jensen das Blut von den Einstichstellen, er rollte den Ärmel des Pullovers darüber und versteckte alles unter der nach Lavendel duftenden Decke. Er konnte nur hoffen, dass Esperanza Aguilar am Morgen nichts von alledem bemerkte.

Und wenn schon, dachte Jensen. Er war vollkommen erschöpft, bis ins Mark, er wankte zu einem der leeren Betten, bäuchlings ließ er sich darauf fallen und schlief ein, noch bevor er den Gedanken, dass er auf dem Bauch nicht würde schlafen können, zu Ende gedacht hatte.

29

Jemand zwickte ihn in die Wange, es war die alte Frau mit den Zöpfen, und sie ließ Jensen keine Zeit, richtig zu erwachen, fast stieß sie ihn vom Bett herunter. Sie sprach auf Spanisch auf ihn ein, da, schau es dir an, schien sie zu sagen, du kannst hier nicht liegenbleiben, schau dir die vielen Leute an, der Tag hat begonnen!

Das Zimmer war voller Menschen, die sich scheu in den Ecken versammelten, manche waren in Decken gehüllt, einige beteten mit geschlossenen Augen den Rosenkranz; ein alter Mann wurde von zwei jüngeren gestützt, Blut rann ihm aus der Nase.

Maria Pilar, so hieß sie, Jensen erinnerte sich, Maria Pilar, die Mutter von Esperanza und Ramón, zeigte auf die Tür, die offen stand. Geh, hinaus mit dir, sie wedelte mit den Händen wie um eine Fliege zu verscheuchen.

»Si«, sagte Jensen. »Nur einen Moment noch.« Er zeigte auf O'Hara.

Maria Pilar verzog den Mund, na gut, eine Minute, sie streckte den Zeigefinger hoch, und dann gehst du.

Die Kranken, selbst die schwächsten, die sich inzwischen auf den Boden gesetzt hatten, vergaßen ihr Leid für einen Moment, ihre ganze Aufmerksamkeit widmeten sie den seltsamen Fremden, dem Americano, der sich über das Bett beugte, auf dem die Frau lag, die Frau mit der Sonnenbrille, die blinde Gringa, die von einer

Schlange gebissen worden war, bestimmt hatte es sich inzwischen herumgesprochen.

»Annick«, sagte Jensen. »Sind Sie wach? Können Sie mich hören?«

»Ja«, sagte O'Hara. »Ja. Es geht mir besser. Viel besser.«

Als die Leute sie sprechen hörten, ging ein andächtiges Murmeln durch ihre Reihen, jemand klatschte, ein Mann mit halbseitig gelähmtem Gesicht hob die Arme und rief Gott an, Jesus Christus und die Heilige Mutter Gottes. Viele bekreuzigten sich nun, sie nickten, ja, ein weiteres Wunder war geschehen, sieben Mal hatte die Schlange zugebissen, und dennoch lebte die Gringa. Jensen sah, wie die Körper der Kranken sich vor Hoffnung strafften: Wenn diese Frau geheilt worden war, dann waren auch sie selbst gerettet. Für einen Moment vergaß Jensen O'Hara, er blickte in die knochigen Gesichter, auf die abgearbeiteten Hände dieser Menschen, die sich keinen Arzt leisten konnten, und deren einzige Chance darin bestand, dass ihr Glaube ihre Selbstheilungskräfte aktivierte. O'Hara lebte, sie konnte wieder sprechen, das Fieber war gesunken, ihr Arm abgeschwollen, weil er, Jensen, das Crofab hatte bezahlen können, dreitausend Dollar, so viel verdienten diese Menschen in einem Jahr nicht. Aus Dankbarkeit und aus Scham beschloss Jensen, diesen Leuten zu helfen, indem er ihren Glauben an die Heilkräfte von Esperanza Aguilar stärkte.

»Annick«, sagte er. »Können Sie sich im Bett aufrichten? Nur einen kurzen Moment lang? Ich werde Sie stützen.«

»Ja«, sagte sie. Sie hob den Kopf, stützte sich auf die Ellbogen. Jensen legte seinen Arm um ihre Schultern und zog sie vorsichtig hoch.

Die Leute sahen sie nun aufrecht im Bett sitzen. In einem Tag, einer Stunde, einer Minute vielleicht sogar würde diese Frau, die gestern noch todkrank war, das Bett schon wieder verlassen können. Es war jetzt vollkommen still im Zimmer. Einige der Kranken lächelten, als sei ihnen ein Engel erschienen. Eine Frau, abgemagert bis auf die Knochen, zitterte am ganzen Leib, sie faltete die Hände und weinte. Die alte Maria Pilar blickte Jensen an, sie schien verstanden zu haben, um was es ihm ging. Sie nickte anerkennend und hob drei Finger in die Luft. Jensen deutete es so, dass ihm nun drei Minuten geschenkt waren, um mit O'Hara zu sprechen.

»Ich möchte mich jetzt wieder hinlegen«, sagte O'Hara.

»Ja, natürlich. Legen Sie sich hin. Sie brauchen jetzt viel Ruhe. Sind Sie durstig? Haben Sie Hunger? Ich werde Ihnen etwas bringen.«

O'Hara schüttelte den Kopf.

»Es geht mir gut«, sagte sie. »Ich bin nur noch sehr schwach.«

»Haben Sie noch Schmerzen?«

»Nein. Nur mein Arm tut weh.«

»Ich werde es mir ansehen.«

Verstohlen blickte Jensen sich nach Maria Pilar um, die ihn aber nicht mehr beachtete, sie war mit den Kranken beschäftigt, erteilte ihnen Anweisungen. Jensen fiel auf, dass einige der Kranken Maria Pilar am Arm berührten, nur ganz kurz und nicht, um ihre Aufmerksamkeit auf sich zu lenken, sondern so, wie Gläubige die Füße einer Madonnenstatue küssen.

Jensen schlug die Decke zurück, unter der O'Hara lag, und sah, dass sich auf dem weißen Pullover ein großer Blutfleck gebildet hatte, die Folge der Injektionen gestern Nacht.

»Tut es Ihnen hier weh?«, fragte er und berührte leicht die Stelle.

»Ja«, sagte sie.

»Ich werde jetzt den Ärmel Ihres Pullovers hochrollen«, sagte er. »Ich möchte mir das genauer ansehen.«

Er schob den Ärmel hoch und stellte erleichtert fest, dass das Blut eingetrocknet war, es sickerte nichts mehr aus den Einstichstellen. O'Haras Ellbeuge war ein wenig geschwollen, aber das machte ihm keine Sorgen. Das Crofab hatte gewirkt und es gab keine Anzeichen für eine Blutvergiftung. Der Blutfleck hingegen war verräterisch. Esperanza Aguilar würde ihn natürlich entdecken. Eigentlich hätte Jensen O'Hara ins Vertrauen ziehen müssen, damit sie den Arm möglichst unter der Decke verborgen hielt. Aber es widerstrebte ihm, O'Hara jetzt alles erklären zu müssen, er wollte sie damit nicht belasten, sie brauchte Ruhe. Und was ging es ihn eigentlich an? Er war Ramón zu nichts verpflichtet, es war ein Geschäft gewesen, ein für Ramón sehr lukratives, sollte dieser doch mit seiner Schwester allein zurechtkommen.

»Es ist alles in Ordnung«, sagte Jensen. »Der Arm wird Ihnen bald nicht mehr wehtun. Und in wenigen Tagen werden Sie wieder auf den Beinen sein. Ich muss Sie jetzt leider allein lassen. Es sind viele Kranke hier, und ich störe nur. Aber sobald ich kann, werde ...«

»Jensen«, sagte O'Hara. Sie legte ihre Hand auf seinen Arm. »Sie hat mich geheilt. Esperanza Toscano Aguilar hat mich geheilt.«

Sie sagte es in eindringlichem Ton, es reizte Jensen, ihr zu widersprechen.

»Ja«, sagte er. »Es geht Ihnen jedenfalls besser, sehr viel besser.«

»Nein, Sie verstehen nicht. Ich weiß es. Sie hat mich geheilt, gestern Nacht, in diesem dunklen Zimmer. Ich kann es nicht erklären. Ich weiß es einfach.«

»Ja. Sie müssen sich jetzt ausruhen.« Jensen merkte, dass es ihn ein wenig kränkte. Das Crofab, er hatte sie geheilt, später würde sie das erfahren, später, nicht jetzt, er musste sich gedulden.

»Aber das ändert nichts«, sagte sie, ihre Stimme wurde schwächer, so als rede sie im Halbschlaf.

»Nein, es ändert nichts«, sagte er.

Maria Pilar hielt ihm ihre Hand vors Gesicht, fertig, bedeutete das, jetzt geh hinaus. Die Kranken stritten sich um die Betten, es waren ja nur zwei übrig; jene zwei jungen Männer, die den Alten stützten, verschafften sich mit den Ellbogen Respekt, um ihre Last auf eines der Betten zu legen.

»Ich muss jetzt gehen«, sagte Jensen.

»Es ändert nichts«, sagte O'Hara. »Ich kann das nicht ändern.«

Jensen stand auf, sie hielt seinen Arm fest.

»Meine Jacke«, sagte sie. »Ich muss meine Jacke haben. Wo ist sie?«

Sie lag noch immer über der Stuhllehne in der Nähe ihres Bettes.

»Ich bringe sie Ihnen.«

Jensen gab sie ihr, und sie griff mit beiden Händen nach der Jacke und drückte sie an sich.

»Danke«, sagte sie.

»Ich komme in einer Stunde wieder«, sagte er.

»Warten Sie. Mein Name«, sagte sie. »Sagen Sie niemandem, wie ich heiße. Bitte. Das ist sehr wichtig.«

»You!«, rief Maria Pilar. Sie zerrte Jensen am Arm, ihre Geduld war erschöpft. »Go! Go!« Sie stieß ihn vor sich her, und Jensen verstand es ja, er war nicht krank, und das hier war das Krankenzimmer, er störte nur. O'Haras Bitte beunruhigte ihn, er hätte gern noch mit ihr darüber gesprochen, doch Maria Pilar gab ihn erst frei, als er draußen auf dem Vorplatz stand, unter einer kalten Sonne, die gerade die Berggipfel erklommen hatte.

Auch draußen vor dem Haus standen Leute, zehn oder zwanzig vielleicht, manche rauchten, andere tranken Schnaps. Wahrscheinlich waren es Angehörige, die ihre kranken Familienmitglieder hierher begleitet hatten und die nun neugierig Jensen bei jedem seiner Schritte beobachteten. Um ihren Blicken zu entgehen, entfernte sich Jensen vom Haus, welches, wie er nun bemerkte, auf einem Plateau gebaut worden war, von dem aus man weiten Blick hatte hinunter in die Schründe, die zerklüfteten Steinwelten, durch die sie gestern Nacht mit Pedro hier hinaufgestiegen waren. Tief unten war ein lichtes Wäldchen zu sehen, Kiefern oder sogar Tannen vielleicht. Zwischen den Bäumen lösten sich Nebelschwaden auf.

Einer der Nebelfetzen hinterließ eine dünne Spur in der Luft, wie ein Proton, das von einem Physiker durch den Ethanoldampf einer Nebelkammer geschossen wurde, um es sichtbar zu machen. Aber sichtbar wird nie das Proton selbst, dachte Jensen, sondern stets nur die Spur, die es hinterlässt. Und auch diese Spur war unzuverlässig, denn die bestand aus Kondenströpfchen, die viel größer waren als das Proton selbst. Man wusste nicht, wo genau innerhalb einer Spur das Proton sich befunden hatte. Der Blick auf die Welt wurde umso unschärfer, je genauer man hinblickte.

Jensen setzte sich am Fuß eines großen Felsbrockens hin, er lehnte seinen Rücken an den noch kalten Stein, der sich aber bald erwärmen würde, die Sonne gewann schnell an Kraft. Das Motorrad, das er gestern in der Nähe des Hauses gesehen hatte, war weg, Ramón hatte sich wahrscheinlich schon vor Sonnenaufgang auf den Weg nach Monterrey gemacht; ein geländegängiges Motorrad war in dieser unwegsamen Gegend ein vorzügliches Transportmittel. Selbst die verschüttete Stelle unten in der Nähe von Nuevas Tazas würde für Ramón kein Hindernis sein.

Jensen war müde, seinem Gefühl nach hatte er die Nacht mit offenen Augen verbracht, und der Stein, an den er sich lehnte, war bequem, der Fels war glatt und leicht nach hinten geneigt wie ein etwas harter Liegestuhl, es wäre ein guter Platz für ein Nickerchen gewesen.

Aber etwas stimmte nicht, er musste darüber nachdenken. Gestern hatte er aus einem ihm unerklärlichen Misstrauen heraus Ramón belogen, ihm einen falschen Namen genannt, Annick Stassen. Und jetzt erwies sich, dass er gewissermaßen schlafwandlerisch O'Haras Wunsch erfüllt hatte: Sie wollte ihren Namen tatsächlich geheim halten. Ich suche eine ganz andere Art von Heilung, das hatte sie gestern Morgen gesagt, kurz nach der Abfahrt aus Veinte de Noviembre. Und nun glaubte sie, dass Esperanza Aguilar sie geheilt hatte, gerettet aus einer unvorhersehbaren Lebensgefahr, aber das änderte offenbar nichts, so hatte es O'Hara vorhin ausgedrückt: Es ändert nichts. Ich kann das nicht ändern.

Wind kam auf und vertrieb die Sonnenwärme, Jensen setzte sich auf die windgeschützte Seite des Felsblocks.

Was kann sie nicht ändern? dachte er. Und warum hatte sie so dringend ihre Jacke gewollt? Es machte doch keinen Sinn. Die Jacke war schmutzig, verschmiert von dem Blut, das sie gestern erbrochen hatte. Eine ganz andere Art von Heilung, vielleicht meinte sie damit Genugtuung, Gerechtigkeit, warum nicht. Rache, ja, man musste es in Erwägung ziehen. O'Hara hatte diesen Ort hier verbissen gesucht, sie hatte mit Dunbar geschlafen, um zu erfahren, wo Esperanza Aguilar sich aufhielt, und sie hatte Botella die Finger gebrochen, um ihn daran zu hindern, gleichfalls hierher zu gelangen.

Du hast noch immer den Polizisten in dir, dachte Jensen. Was glaubst du denn, was da in ihrer Jacke steckt, eine Pistole?

Wenn man Gefahr lief, sich in Mutmaßungen zu versteigen, war es manchmal hilfreich, das denkbar Verrückteste, Unwahrscheinlichste anzunehmen; das half einem üblicherweise auf den Boden zurück. Gut, also eine Pistole, nur einmal angenommen. Eine Pistole und ihr Wunsch, dass ihr richtiger Name geheim blieb: Beides machte nur Sinn, wenn man O'Haras Mann in die Überlegungen miteinbezog. Er war vor zwei Jahren hier gewesen, er hatte Esperanza Aguilar kennengelernt, er hatte sich ihr vorgestellt, sie kannte also seinen Namen. Er wollte ihre Heilungen untersuchen, das behagte ihr nicht, sie lehnte es ab, mit ihm darüber zu sprechen. Kurz vor seiner Rückreise starb er, O'Hara hatte nie erwähnt, auf welche Weise.

Jensen erinnerte sich an das Messer, das Esperanza Aguilar ihm gestern an den Hals gehalten hatte.

Unsinn, dachte er.

Es war seine Müdigkeit, sie gaukelte ihm albtraumhafte Vorgänge vor, Esperanza Aguilar, die O'Haras Mann aus irgendeinem Grund erstochen hatte, vor zwei Jahren, und eine Witwe, O'Hara, die von Rache getrieben mit einer Pistole in der Wetterjacke die Mörderin verfolgte, um ihr eine Kugel zwischen die Augen zu treiben, blind, wohlbemerkt. Selbst wenn O'Hara diese Pistole gehabt hätte, wäre es für sie nahezu unmöglich gewesen, eine bestimmte Person damit zu erschießen. Eine banale Schlussfolgerung, und sie beruhigte Jensen, gerade weil sie so simpel war. Am Ende war immer alles viel einfacher als man es sich insgeheim vielleicht sogar wünschte. Aus welchen Gründen O'Hara auch immer hierhergekommen sein mochte, bestimmt nicht, um jemanden zu erschießen. Sondern um sich auszuruhen, dachte Jensen.

Ausruhen.

Ihm fielen die Augen zu. Nur ein bisschen schlafen, und dann heimgehen, nach Brügge. Er sah das dunkle, stille Wasser des Dijverkanals, das Blatt einer Pappel schwamm darauf, wie ein Schiffchen, beladen mit Tautropfen. Aber es herrschte Flaute, das Blatt kam nicht vom Fleck; es war Herbst, die schönste Jahreszeit in Brügge, die Schritte verhallten nachts in den Gassen, die Nischenmadonna am Spiegelrei segnete die Einsamkeit jener, die hinter den Fenstern saßen und darauf warteten, dass eine Katze über das nasse Kopfsteinpflaster huschte.

30

»Sie wachen auf.«

Jensen öffnete die Augen. Esperanza Aguilar stand vor ihm, die Sonne saß auf ihrer Schulter. Er kniff geblendet die Augen zusammen.

»Ich will mit Ihnen sprechen«, sagte sie und setzte sich neben ihn auf den Boden.

»Ja«, sagte Jensen. Er war einen Moment lang desorientiert, konnte sich nicht erinnern, wie er hierhergekommen war. Sein Rücken schmerzte. »Ich habe geschlafen«, sagte er. Er räusperte sich.

»Es ist Mittag«, sagte Esperanza Aguilar. »Ich habe Zeit, eine halbe Stunde. Dann muss ich wieder gehen. Sie hören mir nur zu, dann verlieren wir keine Zeit.«

Sie strich sich eine Haarsträhne aus der Stirn. Sie hatte schöne Hände, lange, schlanke Finger. Ihr Gesicht war ernst, aber es hätte sich verwandeln können, jederzeit, ihre Lippen hätten sich geöffnet und der Kummer wäre aus ihren Augen gewichen. Sie trug denselben Rock wie gestern, den mit den Schmetterlingen, und wenn sie sich auf einer Wiese im Kreis gedreht hätte, wären die Schmetterlinge vielleicht aufgeflogen, ein Schwarm aus Farben.

»Ich höre zu«, sagte Jensen.

»Sie haben ein Versprechen gegeben«, sagte sie. »Und ich habe gesagt, ich würde töten dafür, dass Sie es halten. Sie wollen wissen, warum. Ich sage es Ihnen.«

Sie blickte Jensen in die Augen. Es war ein zwingender, betörender Blick. Es schien ihm, als hätten ihre Augen kein Zentrum, er verlor sich darin, und als er, weil es ihm unangenehm war, seinen Blick abwandte, war es wie die Rückkehr aus einer Tiefe.

»Sie schauen mich an«, sagte sie und schlug ihm leicht auf den Arm. »Sie schauen mir in die Augen. Ich will, dass Sie sehen, dass ich die Wahrheit sage.«

»Gut«, sagte er. Er schaute ihr wieder in die Augen.

»Diese Leute«, sagte Esperanza Aguilar, »waren nicht die richtigen Eltern von Ricco und Oliver. Sie haben sie angenommen, als Ricco und Oliver noch sehr klein waren. Diese Leute, Sie wissen, wer. Joan Ritter und Brian Ritter. Diese Leute, die jetzt tot sind. Sie hatten keine Kinder, und sie wollten unbedingt Zwillinge. Ich sage Ihnen jetzt, warum sie Zwillinge wollten. Ich bin vor zwei Jahren in ihr Haus gekommen, ich habe mich um Ricco und Oliver gekümmert. Sie sagten, du bist das Kindermädchen, du bringst die beiden ins Bett, du ziehst sie immer gut an. Sie dürfen zwei Stunden fernsehen und eine Stunde mit dem Computer spielen, du sorgst für sie, wenn wir weg sind, und du sorgst für sie, wenn wir da sind. Und das habe ich getan. Ich habe für Ricco und Oliver gesorgt. Ich habe mit ihnen gesprochen, jeden Tag, und ich habe ihre Wunden gesehen. Ich habe mit ihnen darüber gesprochen, und sie haben mich angelogen. Es waren kleine Wunden an den Armen.« Esperanza Aguilar deutete auf ihre Ellbeuge. »Hier waren die Wunden«, sagte sie. »Kleine Stiche. Jede Woche neue Stiche. Und jede Woche fragte ich die Kinder: Was ist das? Weshalb habt ihr diese Stiche? Ein Jahr lang haben sie mich angelogen. Aus Angst. Und dann habe ich mit ihnen gebetet. Ich habe ihnen erzählt vom Quis ut deus, El Angel. Ich habe sie das Beten gelehrt. Und ich habe ihnen versprochen, dass El Angel, der rote Engel, sie beschützen wird. Denn niemand sagt die Wahrheit, wenn er nicht sicher sein kann, dass er beschützt wird. Und als Ricco und Oliver fühlten, dass Quis ut deus bei ihnen ist, sagten sie mir die Wahrheit. Sie sagten, dass ihr Onkel, der Bruder ihrer Mutter, ihnen gedroht hat, dass er sie töten wird, wenn sie jemandem davon erzählen. Ich habe diesen Mann oft gesehen im Haus, er heißt Frank Wayman. Sie kennen ihn. Sie kennen diesen Mann.«

»Frank Wayman? Nein«, sagte Jensen. »Der Name sagt mir nichts.«

»Sie haben vor zwei Tagen mit ihm gegessen«, sagte Esperanza Aguilar. »Sie glauben, dass er Botella heißt. Aber das ist nur ein Lügenname. Er hat Sie belogen. Er heißt Frank Wayman, und seine Seele ist krank, ein schwarzer Schatten, ein stinkender Tümpel, ein Geier, der rückwärts fliegt.«

»Botella?«, fragte Jensen. »Botella ist der Bruder von Joan Ritter? Und woher wissen Sie, dass er mit uns gegessen hat?«

Esperanza Aguilar hob beschwörend ihre Hände.

»Ich sehe alles«, flüsterte sie. »Und ich weiß alles. Ich bin eine weiße Hexe.«

Sie ist verrückt, dachte Jensen.

»Es könnte aber auch sein«, flüsterte Esperanza Aguilar, »dass wir hier oben ein Funkgerät haben.«

Sie lachte hell, sie hielt sich die Hand vor den Mund. »Entschuldigen Sie. Aber Ihr Gesicht«, sagte sie. »Es ist sehr komisch.« Gleich darauf verlor sie ihre mädchenhafte Heiterheit wieder.

»Sie hören mir jetzt zu«, sagte sie. »Fernando Gonzales ist mein Onkel. Er ist nicht einverstanden damit, dass ich heile, aber er ist mein Onkel. Deshalb hat er mir alles erzählt. Er hat gehört, was Frank Wayman Ihnen gesagt hat. Dass ich Ricco und Oliver Blut abnehme, weil ich an einen Heidengott glaube, dass ich das Blut den Kranken zu trinken gebe, und dass ich auch diesen Leuten, die jetzt tot sind, dem Señor und der Señora, das Blut ihrer Kinder zu trinken gegeben habe. Das alles ist wahr, bis auf eines. Er selbst hat das alles getan, Frank Wayman. Er hat Ricco und Oliver mit einer Spritze Blut herausgezogen, immer wieder, und er hat es seiner Schwester und ihrem Mann zu trinken gegeben. Er nannte sich Hmen, wie die alten, heidnischen Priester der Indianer, und er glaubte, dass in sieben Jahren eine große Überschwemmung kommen wird, die alles Leben auslöscht. Und nur, wer das Blut der Zwillinge Hunahpu und Ixbalanke trinkt, wird die Überschwemmung überleben. Er hat diese Leute, die jetzt tot sind, mit seinem gottlosen Geschwätz vergiftet. Er sagte ihnen, Ricco und Oliver sind die Zwillinge Hunahpu und Ixbalanke, ihr müsst ihr Blut trinken, dann werdet ihr gerettet. Doch zuvor müssen die Zwillinge alle fünf Kontinente der Welt betreten haben, sie müssen eine Reise machen mit ihrem Vater, dann enthält ihr Blut die ganze Kraft der Erde.«

Esperanza Aguilar schaute Jensen an, voller Zorn.

»Sie sehen es in meinen Augen«, sagte sie. »Sie sehen, dass ich die Wahrheit sage. Dieser Mann, Frank Wayman, ist ein Kojote, der sich im Kreis dreht. Sagen Sie mir: Haben Sie das schon einmal gesehen?«

»Was?«, fragte Jensen.

»Ein Kojote ist nur ein Tier. Aber auch ein Tier kann den Verstand verlieren. Dann dreht der Kojote sich im Kreis, so als würde er seinen Schwanz jagen. Er dreht sich im Kreis, stundenlang, einen Tag lang, zwei Tage lang, und dann fällt er tot um. Ich habe es schon gesehen. Und ich habe Frank Wayman gesehen. Er hat sich im Kreis gedreht, und seine Schwester und ihr Mann begannen sich mit ihm zu drehen, um Ricco und Oliver herum haben sie sich gedreht. Immer schneller haben sie sich um die beiden Kinder herumgedreht. Das ganze Haus war verpestet mit dem Gestank des Wahnsinns. Ich habe Ricco und Oliver aus dem Kreis herausgeholt. Ich habe sie mit mir genommen, damit sie sich nicht selber zu drehen beginnen, eines Tages, zusammen mit den irrsinnigen Kojoten. Und jetzt werden Sie mir antworten: Habe ich gut gehandelt oder schlecht?«

Der Wind blies schwarze Wolken zusammen, sie türmten sich hinter einem Berggrat auf, bald würde es zu regnen beginnen.

»Es steht Aussage gegen Aussage«, sagte Jensen. »Botella oder Frank Wayman beschuldigt Sie, und Sie beschuldigen ihn. Das ist die rechtliche Situation.«

So ein Unsinn! dachte er. Es gab hier keine rechtliche Situation. Es gab nur Esperanza Aguilars Augen und jenes Gefühl in Jensens Magengrube, das ihn bisher noch selten getäuscht hatte. Und sein Bauch sagte ihm, dass man ihren Augen trauen konnte.

»Aber ich glaube Ihnen«, sagte Jensen. »Sie haben richtig gehandelt. Das Gesetz wird das allerdings anders sehen. Nach dem Tod ihrer Adoptiveltern geht das Sorgerecht für die Kinder meines Wissens auf die nächsten Angehörigen über. Und das wäre in diesem Fall Frank Wayman. Vor dem Gesetz haben Sie sich der Entführung zweier minderjähriger Kinder schuldig gemacht. Ich würde Ihnen deshalb raten, sich an die amerikanische Polizei zu wenden und ihr das zu erzählen, was Sie soeben mir erzählt haben, denn dann …«

Mitten im Satz wurde Jensen bewußt, dass dieser Ratschlag vollkommen weltfremd war. Kein amerikanisches Gericht würde Esperanza Aguilar die Kinder zusprechen, auch dann nicht, wenn erwiesen war, dass Ricco und Oliver von ihren Adoptiveltern und dem Onkel für abstruse religiöse Riten missbraucht worden waren. Man würde die Kinder in ein Heim stecken, neue Pflegeeltern für sie suchen, obwohl sie ja in Esperanza Aguilar jemanden hatten, der sie offenbar liebte und bereit war, für sie zu sorgen.

»Die Polizei«, sagte Esperanza Aguilar, »wird mir die Kinder nur wegnehmen. Sie wissen das.«

Sie stand auf und schaute zu dem Bergkamm hinüber, hinter dem das Unwetter sich sammelte.

»Ich muss jetzt gehen«, sagte sie. »Es ist alles gesagt worden. In zwei Tagen wird Ihre Frau vom Bett aufstehen können. In drei Tagen können Sie weggehen. Mein Bruder Ramón ist nach Monterrey gereist. Sie können bis zu Ihrer Abreise in seinem Büro schlafen. Meine Mutter wird Ihnen zu essen geben. Ricco und Oliver werden Sie nicht mehr sehen. Ich habe sie an einen anderen Ort geschickt. Nicht wegen Ihnen. Sie haben ein Versprechen gegeben, und ich vertraue Ihnen.«

Sie bückte sich, hob einen Stein auf und warf ihn hinunter auf den Pfad, der zum Plateau hochführte.

»Aber dort, wo dieser Stein jetzt liegt«, sagte sie, »wird Frank Wayman stehen. Nicht heute, nicht morgen, aber irgendwann. Deshalb habe ich die Kinder weggeschickt für einige Zeit.«

»Und was werden Sie tun, wenn Frank Wayman kommt?«, fragte Jensen.

»Ich werde beten.«

Ja, dachte Jensen. Das muss noch besprochen werden. Darauf brauche ich eine Antwort.

Esperanza Aguilar wandte sich zum Gehen, aber Jensen sagte: »Nur eine Frage noch. Joan und Brian Ritter sind beide an einer merkwürdigen Krankheit gestorben. Haben Sie davon gehört?«

»Nein«, sagte sie nur und ging.

»Bitte warten Sie«, sagte Jensen. Er stand nun gleichfalls auf und folgte ihr. »Ich habe meine Frage noch nicht gestellt. Sie heilen doch Menschen, indem Sie beten. Ich habe diese Menschen gesehen, Sie kommen zu Ihnen, weil sie glauben, dass Ihre Gebete ihnen helfen. Ist es nicht so?«

Sie blieb stehen und drehte sich zu ihm um.

»Es ist so«, sagte sie.

»Wenn es nun aber Gebete gibt, die heilen, könnte es dann nicht auch Gebete geben, die das Gegenteil bewirken? Gebete, die jemandem Schaden zufügen?«

Esperanza Aguilar schüttelte tadelnd den Kopf.

»Wenn man jemandem Schaden zufügen will«, sagte sie, »wozu dann beten? Man kauft sich besser Benzin und zündet das Haus des Feindes an. Oder man besorgt sich ein Messer. Wenn unser Haus hier oben ein Krankenhaus wäre und ich Medizin hätte und die Leute sich diese Medizin kaufen könnten, glauben Sie, ich würde dann beten, um die Kranken zu heilen? Man betet, wenn man keine andere Möglichkeit hat, um jemandem zu helfen oder ihn oder sich selbst zu trösten. Wenn man aber jemandem schaden will, gibt es immer eine andere Möglichkeit als zu beten, und jede ist besser. Sie denken, ich habe diese Leute, die jetzt tot sind, umgebracht? Mein Onkel sagte mir, dass Sie ein kluger Mann sind. Aber wenn Sie solche Dinge denken, dann muss er sich getäuscht haben. Denn dann glauben Sie an Hexerei. Sie glauben, dass man mit Gebeten Menschen töten kann. Warum? Warum glauben Sie das?«

»Als Kind habe ich es geglaubt«, sagte Jensen. »Ich habe befürchtet, dass es so sein könnte.«

Es überraschte ihn selbst, dass er so freimütig darüber sprach. Aber es schien ihm, als müsse jetzt, in diesem Moment, in Gegenwart von Esperanza Aguilar etwas erledigt werden, endgültig.

»Sie verstehen von solchen Dingen etwas«, sagte er, sie war doch eine Beterin, ihr konnte man sich in dieser Sache anvertrauen. »Meine Mutter«, fuhr er fort, »war eine Trinkerin. Es war sehr schwierig, mit ihr zu leben, und manchmal war es unerträglich. Eines Nachts, ich war elf Jahre alt, habe ich gebetet, ich betete, bitte, Gott, mach dass sie stirbt. Und am nächsten Tag war sie tot. Ich weiß natürlich, dass es nicht an meinem Gebet lag, aber damals wusste ich es lange Zeit nicht, und ich ...«

Esperanza Aguilar legte ihre Hand auf seine Stirn. Es war nur das, nur diese sanfte Berührung. Der Wind rauschte in den Blättern der Sträucher, die Sonne verdunkelte sich. Es roch nach Regen, Donner war zu hören, noch weit entfernt. Jensen schloss die Augen. Esperanzas Hand auf seiner Stirn war warm und tröstend, und er hätte gerne noch lange einfach nur so dagestanden, in der Obhut dieser Hand.

Ohne ein weiteres Wort drehte Esperanza Aguilar sich um und ging. Jensen schaute ihr nach, ihr Rock mit den Schmetterlingen wogte hin und her, denn sie hatte es eilig, die Kranken warteten auf sie.

Nach einer Weile setzte Jensen sich wieder hin, er lehnte den Rücken an den Felsen und wartete auf den Regen. Manchmal musste man sich eben untreu werden. Die Physik erklärte einem die Bahnen der Gestirne, die Entstehung der Sonnen, sie ließ einen verstehen, warum im Kosmos Leben entstanden war und woraus dieses

Leben im Innersten bestand, sie schenkte einem die Wahrheit, aber sie legte einem nicht die Hand auf die Stirn, wenn man Vergebung suchte.

Der Regen kam, Jensen stand auf und eilte zurück zum Haus, zur Kaserne, unter deren Vordach die Kranken sich drängten. Einige nickten Jensen zu, und er winkte im Vorbeigehen, obwohl er ihren Gruß nicht recht verstand. Vielleicht waren es Leute, die am Morgen im Bettenzimmer Zeugen von O'Haras Genesung geworden waren. Er erinnerte sich nicht mehr an ihre Gesichter, aber sie sich offenbar an das seine. Die schwarzen Wolken, die dem Tag das Licht raubten, regneten sich jetzt heftig aus, Jensen sprang unter das Vordach und ging denselben Weg wie gestern Nacht zu Ramóns Büro, die Tür war unverschlossen. Es behagte Jensen nicht, dass er ausgerechnet in Ramóns Büro einquartiert worden war, das Zimmer roch nach dessen Rasierwasser, und man konnte nirgendwo hinblicken, ohne nicht einen behelmten Totenkopf aus Hartplastik zu sehen oder eines dieser prahlerischen Poster, die man sich als Fünfzehnjähriger an die Wand hängte, um sich stärker zu fühlen als man je sein würde. Mit angehaltenem Atem legte Jensen sich auf das Sofa, er versuchte zu schlafen, er sagte sich, dass Ramón erst in einigen Tagen aus Monterrey zurück sein würde, ungern wäre er von ihm hier überrascht worden.

Als er erwachte, war es vollkommen dunkel und still im Zimmer. Jensen hatte jedes Zeitgefühl verloren, er stand vom Sofa auf und öffnete die Tür. Draußen flackerten die Glühbirnen, hinter der schwarzen Wand der Berge leuchteten einige Sterne.

Jensen war hungrig, er ging hinüber zum Hauptraum, klopfte an die Tür und trat ein. Maria Pilar saß vor dem Fernseher, der wie schon gestern Abend kein taugliches

Bild lieferte, die Antenne war zu schwach. Als sie Jensen bemerkte, stand Maria Pilar auf und hob gebieterisch die Hand zum Zeichen, dass er hier warten solle. Sie verschwand durch eine Tür, nicht durch die, die in den Bettenraum führte, sondern durch die andere, die private Tür. Dorthin waren Rick und Oliver gestern im Wettlauf gesprungen, übermütig und voller Freude über Jensens Versprechen, dass sie hierbleiben durften. Er hätte mit den Kindern gern noch einmal gesprochen, nicht weil er an Esperanza Aguilars Aufrichtigkeit zweifelte, einfach nur, um sich zu vergewissern, dass sie die Dinge auf dieselbe Weise sahen wie Esperanza. Vor allem hätte ihn interessiert, wie sie über Ramón dachten. Ihm allein hätte man die Kinder gewiss nicht anvertrauen dürfen. Er hätte sogar das Futter des Hundes verkauft, den man während eines Urlaubs seiner Obhut überlassen hatte. Jensen konnte nur hoffen, dass Esperanza Aguilar über ihren Bruder Bescheid wusste, dass sie ihn im Zaum und Rick und Oliver möglichst von ihm fern hielt.

Maria Pilar kam zurück, sie brachte Jensen einen Teller mit kleinen, runden Fladen, Tortillas wahrscheinlich, und mit Ziegenkäse und einigen Streifen Trockenfleisch. Er nahm den Teller entgegen, gracias, muchas gracias, zu trinken schien es nichts zu geben.

»Señora«, sagte Jensen und deutete auf die Tür zum Bettenzimmer. Er war hungrig, das war das eine, aber er konnte warten mit Essen, er wollte zuvor noch zu O'Hara, um zu sehen, wie es ihr ging.

»No!«, sagte Maria Pilar. Sie faltete die Hände und legte sie an ihre Wange, die Señora schläft, du darfst sie jetzt nicht stören.

»Go! You go!«

Sie berührte Jensen am Arm und nickte in Richtung der Tür.

Also ging er wieder, und da es draußen zu kalt war, trug er den Teller in Ramóns Büro und setzte sich aufs Sofa. Das Sofa war der einzige Platz in diesem Zimmer, an dem er sich einigermaßen wohl fühlte. Mit den Fingern aß er die Tortillas, danach den Käse, zu spät fiel ihm ein, dass es wohl besser geschmeckt hätte, wenn er Käse und Tortillas zu einer Rolle geformt und zusammen gegessen hätte.

Als der Teller leer war, war Jensen einen Moment lang ratlos, was er als Nächstes tun sollte. Er schätzte, dass es etwa zehn oder elf Uhr abends war, und da er vorhin recht lange geschlafen hatte, war er nicht müde genug, um sich schon wieder hinzulegen. Er ging wieder hinaus, ein kalter Wind war aufgekommen, die Sterne lagen blank und funkelten. Anders als gestern übernachtete heute niemand draußen vor dem Haus, die Kranken waren alle nach Hause gegangen oder lagen vielleicht im Bettenzimmer, zu dem Maria Pilar ihm den Zutritt verwehrt hatte.

Unschlüssig und rastlos ging Jensen auf dem Platz vor dem Haus auf und ab. Gerade, als er der Kälte wegen wieder ins Büro zurückgehen wollte, hörte er eine Tür quietschen.

Esperanza Aguilar kam aus dem Haus, sie blieb unter dem Vordach stehen, eine kleine Flamme leuchtete auf, sie zündete sich eine Zigarette an. Jensen war erfreut, sie zu sehen.

»Guten Abend«, sagte er.

»Ja«, sagte sie nur. Sie blies den Rauch über ihre Schulter, es war eine abweisende Geste.

»Ich hoffe, ich störe Sie nicht«, sagte Jensen.

»Sie können mich nicht stören«, sagte sie. Ihre Stimme klang merkwürdig. »Mein Onkel sagte mir, dass Sie über viele Dinge Bescheid wissen. Dass unsere Hände aus Wellen bestehen. Und dass diese Wellen aber auch kleine Stückchen sind. Stimmt das?«

»Ja«, sagte Jensen. »So könnte man es ausdrücken.« Man musste manchmal auch fähig sein, eine unexakte Aussage einfach auf sich beruhen zu lassen. »Und wie geht es Annick?«, fragte er. »Ich wollte zu ihr, aber Ihre Mutter hat mir zu verstehen gegeben, dass das im Augenblick nicht möglich ist.«

»Es geht ihr gut. In zwei Tagen können Sie abreisen. Sie hat mit mir gesprochen. Sie hat es sich anders überlegt. Es ist alles erledigt. Es ist alles gesagt worden.«

Den letzten Satz stieß sie hervor, es klang, als würde sie ihn ausspucken. Sie wandte Jensen ihr Gesicht zu, in einer heftigen Bewegung, es war zu dunkel, er konnte ihre Augen nicht sehen, aber er spürte ihren Blick, sie war zornig, er spürte es deutlich.

»Ist etwas nicht in Ordnung?«, fragte er.

»Sie haben mir heute etwas gesagt, über Ihre Mutter. Sie haben es mir gesagt, weil Sie denken, dass ich etwas davon verstehe. Mein Onkel sagte mir, dass Sie etwas vom Universum verstehen. Vom Leben, und weshalb es Menschen gibt. Ich werde Ihnen nun auch etwas erzählen, denn wenn mein Onkel recht hat, werden Sie es verstehen. Als ich sechs Jahre alt war, erfasste mich ein Windstoß. Für eine kurze Zeit sah ich mich selbst von außen. Und als es vorbei war, wusste ich alles. Ich wusste, weshalb es Menschen gibt, Pflanzen, Tiere, alles. Es kommt alles von den zwei Engeln. Sie sind die zwei Kräfte im Universum.«

Sie warf die Zigarette auf den Boden und zertrat sie, sehr gründlich.

»Der eine Engel besteht aus Wasser«, fuhr sie fort, »und der andere aus Eisen. Sie ringen miteinander, aber es ist kein Kampf. Sie ringen miteinander, weil sie lebende Dinge hervorbringen wollen. Aber das geht nur, wenn beide Engel gleich stark sind. Der Engel aus Wasser will Unordnung, immer mehr Unordnung. Der Engel aus Eisen will Ordnung, er will, dass sich nichts mehr bewegt. Keiner der beiden darf stärker sein als der andere, denn alle lebenden Dinge entspringen der Mitte. Sie können weder in der Ordnung noch in der Unordnung leben, sondern nur in der Mitte von beidem. Das ist alles, was ich weiß.«

Jensen verstand nicht, weshalb sie ihm das erzählte, aber das spielte keine Rolle. Sie hatte soeben eine der fundamentalsten Erkenntnisse der Physik formuliert. Aus ihrem Mund klang es zwar wie ein Märchen, aber das änderte nichts daran, dass sie grundsätzlich vollkommen richtig das Gleichgewicht zwischen der starken Kernkraft und der Entropie beschrieben hatte.

»Sie wissen viel«, sagte er. »Und Sie haben vollkommen recht. Der Engel aus Wasser, wie Sie es genannt haben, wird in der Physik als Entropie bezeichnet. Wie Sie sehr richtig sagten, strebt die Entropie größtmögliche Unordnung an. Sie möchte, dass sich alle Atome des Weltraums gleichmäßig im ganzen Universum verteilen. Aber dann könnten sich keine Strukturen bilden, keine Sonnen, keine Planeten, keine Menschen. Wenn die Entropie gewinnen würde, wäre das Universum einfach voll mit Wasserstoffatomen. Es wäre, als würde man dieses Haus hier Stein für Stein zerlegen und die Steine gleichmäßig über das ganze Land verteilen. Es gäbe dann nur diese über das Land zerstreuten Steine, aber kein Haus mehr.«

Es mochte sein, dass seine Ausführungen Esperanza Aguilar nicht interessierten, er hatte sogar den starken Eindruck, dass es so war, obwohl oder weil sie schwieg. Aber es drängte ihn einfach, ihr Wissen, das sie zweifellos besaß, in wissenschaftlichere Bahnen zu lenken.

»Die andere Kraft«, sagte er, »die der Entropie, dem Engel aus Wasser entgegenwirkt, nennt man starke Kernkraft. Sie haben diese Kraft Engel aus Eisen genannt, und das ist vollkommen exakt. Die starke Kernkraft will genau das Gegenteil der Entropie: Sie will, dass aus dem einfachsten Atom, dem Wasserstoff, schwerere und komplexere Atome entstehen, und sie will, dass diese Atome sich nicht im Universum verteilen, sondern an einem bestimmten Ort versammeln. Sie strebt die größtmögliche Ordnung an. Sie möchte dieses Haus, um bei dem Beispiel zu bleiben, in Eisen verwandeln, denn Eisen ist das stabilste und folglich geordnetste aller Atome. Wenn die starke Kernkraft gewinnen würde, wäre dieses Haus also aus Eisen, die Fensterscheiben, die Türen, Tische, Stühle, alles wäre ein einziger Eisenblock, starr und unzugänglich.«

Das ist unglaublich, dachte Jensen. Wie hatte Esperanza Aguilar als sechsjähriges Mädchen intuitiv zu einer Erkenntnis gelangen können, die das Ergebnis jahrzehntelanger wissenschaftlicher Arbeit war?

»Und nun ist es tatsächlich so«, sagte er, niemand hätte ihn jetzt stoppen können, »dass die Elemente, aus denen sich alle organischen, lebendigen Dinge zusammensetzen, nämlich Kohlenstoff, Sauerstoff, Schwefel und Phosphor, genau aus der Mitte entspringen, wie Sie sehr richtig sagten. Die starke Kernkraft will alles in Eisen, starre Ordnung verwandeln, die Entropie möchte strukturlose Unordnung, das Chaos. Sie und ich, wir bestehen zur Hauptsache aus Kohlenstoffverbindungen. Und Kohlenstoff ist genau das, was entsteht, wenn die Entropie und die starke Kernkraft sich im Gleichgewicht befinden und keine der beiden Kräfte die Oberhand gewinnt. Das Leben ist also ein Kompromiss zwischen chaotischer Unordnung und erstickender Ordnung.«

Esperanza Aguilar begann zu singen, leise, ein trauriges Lied. Jensen hörte ihr betreten zu. Er wusste nicht, was er davon halten sollte, warum sang sie denn jetzt?

Er hatte sich immerhin Mühe gegeben, ihr alles genauestens zu erklären, und nun war ihr das Singen wichtiger.

Sie verstummte mitten in einer Strophe, der Schweif einer Sternschnuppe erlosch am Himmel.

»Und mein Leben«, sagte Esperanza Aguilar, »steht jetzt im Zeichen des Wasserengels. Er will, dass sich alles auflöst, und ich kann es nicht ändern. Die Ziegel dieses Hauses werden schon bald über das ganze Land verteilt sein, ohne jede Ordnung.«

»Aber warum denn?«, fragte Jensen. »Was ist denn geschehen? Hat es etwas mit Annick zu tun?«

»Mit Annick O'Hara.«

Esperanza Aguilar trat nahe an ihn heran, sie legte ihre Arme auf seine Schultern, er fasste sie um die Hüften, um sie auf Distanz zu halten, falls sie was tun würde? Dich küssen? dachte er.

»Sie hat Ihnen ihren Namen gesagt?«, fragte er.

Sie nickte. Sie schmiegte sich an ihn, sie bewegte sich, als wolle sie tanzen, er war vollkommen ratlos, am besten, man ließ es einfach geschehen. Am besten, man redete miteinander.

»Sie hat Ihnen also ihren Namen gesagt. Als sie mit Ihnen gesprochen hat. Und worüber hat Sie mit Ihnen gesprochen?«

»Über Ramón«, sagte Esperanza Aguilar leise. »Ramón.«

Sie sang den Namen, sie wiegte sich in den Hüften, sie wollte mit ihm tanzen, warum nicht. Er folgte ihren Bewegungen, linkisch, ihm war Tanzen seit jeher fremd gewesen.

»Und was ist mit Ramón?«, fragte er, während er sich von ihr führen ließ, ein lautloser Tanz, ihr Atem roch nach Milch, die Holzplanken unter ihren Füßen knarrten. Wahrscheinlich hatte auf ihnen noch nie jemand getanzt, nicht so eng und nicht unter so merkwürdigen Umständen.

»Ramón hat ihn getötet«, flüsterte Esperanza. Sie legte ihren Kopf auf seine Brust. »Er hat den Mann getötet, der vor zwei Jahren hier war. Bevor ich nach Amerika gegangen bin. Sie hat es mir gesagt, und ich glaube ihr. Ramón, mein Bruder Ramón, hat Ihren Ehemann getötet.«

Sie griff nach Jensens Hand, sie streckte seinen Arm aus, fasste Jensen um die Hüften, der Tanz wurde energischer. Sie gab die Schritte vor, Jensen versuchte, dem Diktat zu folgen. Es hielt es jetzt auch für besser, einfach nur zu tanzen, es gab ihm Zeit, nachzudenken. Er hatte jedenfalls das Gefühl, nachdenken zu müssen, aber eigentlich war alles schon gedacht worden, heute morgen, als er am Rand des Plateaus gesessen hatte und Mutmaßungen über O'Hara angestellt hatte, die sich jetzt als richtig erwiesen.

»Und was werden Sie jetzt tun?«, fragte er.

»Weitertanzen«, sagte sie und drehte ihn im Kreis. »Der Wasserengel und der Eisenengel müssen tanzen. Dann kommt alles wieder ins Lot. Vielleicht.«

Sie fuhr mit der Hand über seinen Rücken.

»Sie sind zu starr hier«, sagte sie. »Sie müssen sich lösen. Sie sind der Eisenengel, ich weiß. Sie müssen flüssig werden wie ich. Lassen Sie sich gehen. Werden Sie Wasser. Wir müssen tanzen, Sie und ich.«

Sie summte ein Lied, sie bog Jensen, sie zog ihn an sich, stieß ihn von sich weg, holte ihn wieder zurück, verhakte ihre Finger in den seinen und drehte sich um sich selbst.

Sie sagte: »Sie ist hierhergekommen, um Ramón zu töten. Sie hat es mir offenbart. Aber ich habe sie geheilt, und deshalb kann sie es jetzt nicht mehr tun. Das hat sie mir versprochen.«

Esperanza sang eine Liedzeile, dann flüsterte sie Jensen ins Ohr: »Eisenengel, du hörst mir jetzt zu. Du musst dafür sorgen, dass sie ihr Versprechen hält. Und sie hält es nur, wenn sie denkt, dass sie in meiner Schuld steht. Du hörst mir zu: Sie darf nichts erfahren von den Spritzen. Du hast ihr gestern etwas gespritzt, ich will nicht wissen, was es war. Aber ich will, dass sie es nicht erfährt. Denn wenn sie zu denken beginnt, dass nicht ich, sondern die Spritzen sie geheilt haben, wird sie ihr Versprechen nicht halten. Sie wird Ramón töten. Es wäre mir gleich. Aber ich will nicht, dass sie seinetwegen Schuld auf sich lädt. Du wirst also über die Spritzen schweigen. Und in zwei Tagen musst du mit ihr abreisen, denn in vier Tagen wird Ramón zurück sein. Bring sie nach Hause und schweig.«

»Und was wird der Wasserengel tun?«, fragte Jensen. Er war betört von Esperanzas Nähe, das ließ sich nun einmal nicht ändern, aber deswegen musste er ja nicht in diese Sprache verfallen. »Was werden Sie tun?«, korrigierte er sich.

»Wenn du tust, was ich dir gesagt habe, werde ich mit meiner Mutter sprechen. Ich werde ihr sagen, was Ramón getan hat.«

»Und was wird dann geschehen?«

Esperanza löste sich von Jensen, sie ließ ihn mitten in einer Drehung stehen.

»Sie wird ihn vor allen Leuten verfluchen«, sagte sie mit tonloser Stimme.

»Und was bedeutet das für ihn?«

»Es bedeutet, dass sich niemand mehr an ihn erinnern wird. Er wird an diese Tür klopfen, aber wir werden ihn nicht erkennen. Er wird mit den Leuten in Nuevas Tazas, in Veinte de Noviembre sprechen, aber sie werden ihn nicht hören. Er wird ein Geist sein, der Wind wird ihn forttragen.«

Alttestamentarisch, dachte Jensen. Ein alttestamentarischer Fluch, und er zweifelte nicht daran, dass ein solcher Fluch hier oben in diesen von der Welt vergessenen Bergen jeden mit Schaudern erfüllte, auch Ramón, der sich von dieser Welt zu distanzieren versuchte mit Marilyn Monroe und Heavy Metal, und der trotzdem von ihr nicht loskam.

»Gut«, sagte Jensen. »So soll es sein.«

31

Am Morgen ihrer Abreise regnete es. Pedro, der mit seinem wackeren Maulesel und dem Karren schon früh aus Nuevas Tazas aufgebrochen war, um sie abzuholen, trug ein neues weißes Hemd und neue Hosen, doch alles war durchnässt, auch der neue Hut, den er jetzt, als er Jensen und O'Hara kommen sah, vom Kopf nahm und sich an die Brust drückte. O'Hara stützte sich auf Jensen, sie war noch schwach, und sie zitterte in der Kälte. Jensen hob sie auf den Karren, Pedro legte ihr eine Decke um die Schultern. Er hatte an alles gedacht, er reichte Jensen einen großen, schwarzen Regenschirm und klopfte mit der Hand auf die Ladefläche des Karrens, zum Zeichen dafür, dass Jensen sich neben O'Hara setzen sollte. Also stieg Jensen gleichfalls auf den Karren und spannte den Schirm auf. Er rückte nahe an O'Hara heran, damit auch er unter dem Schirm ein wenig trocken blieb. Pedro schnalzte mit der Zunge, der Maulesel setzte sich in Bewegung.

»Sie ist nicht gekommen«, sagte Jensen, der noch immer Ausschau hielt nach Esperanza Aguilar. Er hätte sich gern von ihr verabschiedet, aber in den vergangenen zwei Tagen hatte sie sich ihm entzogen, das Betreten des Haupthauses war ihm von Maria Pilar verboten worden.

»Es ist besser so«, sagte O'Hara.

Der Regen prasselte auf den Schirm, der Karren schwankte, die Räder knarrten, ein schon vertrautes Geräusch, und als sie den Rand des Plateaus erreichten, warf Jensen einen letzten Blick auf das steinerne Haus, auf das Vordach, unter dem er mit Esperanza getanzt hatte in jener eigenartigen Nacht.

Der Pfad führte jetzt steil abwärts, Pedro, der neben dem Karren herging, drückte mit beiden Händen den Hebel des hölzernen Bremsklotzes nach hinten; die vorderen Räder blockierten, der Karren rutschte zur Seite, so dass Pedro den Bremshebel nun loslassen und sich seitwärts gegen den Karren stemmen musste. Dabei lächelte er aber, die Anstrengung schien ihm nichts auszumachen, er fand sogar Zeit, Jensen auf die Schulter zu tippen, und dann zeigte er auf den Schirm. Pedro sagte etwas, offenbar hatte er vergessen, dass Jensen kein Spanisch verstand.

»Was hat er gesagt?«, fragte er O'Hara.

»Dass es ein guter Schirm ist. Er gehört seinem Bruder.«

»Sagen Sie ihm bitte, dass wir uns bedanken, für alles.«

O'Hara sagte einige Worte zu ihm.

»De nada. De nada«, sagte Pedro.

»Wo bringt er uns überhaupt hin?«, fragte Jensen. »Nach Nuevas Tazas?« Er hatte sich das noch gar nicht überlegt, aber O'Hara würde unmöglich den ganzen Weg von Nuevas Tazas zum Wagen zurück zu Fuß gehen können.

»Maria Pilar hat für alles gesorgt«, sagte O'Hara. »Entspannen Sie sich.«

Eine seltsame Aufforderung, fand Jensen. O'Hara hatte den Reißverschluss ihrer Wetterjacke bis zum Hals hochgezogen, die Decke lag nur nachlässig über ihren Schultern, man konnte die eingetrockneten Blutschlieren auf ihrer Jacke sehen, und irgendwo in einer Innentasche, dachte Jensen, steckt die Pistole. Jensen dachte an Maria Pilar, die jetzt da droben, in dem Haus, das nicht mehr zu sehen war, von allem noch nichts wusste. Aber vielleicht noch heute, vielleicht auch erst morgen, würde sie von ihrer Tochter erfahren, dass ihr Sohn ein Mörder war und jetzt dazu bestimmt, ein Geist zu werden, den der Wind forttrug.

»Hat sie es Ihnen gesagt?«, fragte O'Hara. Sie hielt sich an der Karrenwand fest.

»Ja. Sie hat es mir gesagt.«

»Legen Sie den Arm um mich«, sagte sie. »Halten Sie mich fest. Es rüttelt zu sehr.«

Jensen nahm den Schirm in die rechte Hand und legte dann den Arm um sie. Es war eine unbequeme Stellung, denn er musste nun den Schirm von rechts über sie halten. Und gleichzeitig musste er ihr diese Frage jetzt stellen, es duldete keinen Aufschub.

»Hätten Sie es getan? Hätten Sie Ramón getötet, wenn nichts dazwischengekommen wäre?«

»Deswegen bin ich hierhergekommen«, sagte sie. Sie fuhren an Kiefern vorbei, ihre nassen Stämme glänzten rosarot. Eine seltsame Farbe, dachte Jensen, aber nicht seltsamer als alles hier.

»Ja«, sagte sie. »Ich hätte es getan. Als ich am Morgen nach der Heilung erwachte, wollte ich es erst recht tun. Eine Schlange und ein Wolf, es war absurd, sich von zwei Tieren verbieten zu lassen, jemanden zu töten, der einem das Wichtigste genommen hat, das Kostbarste. Und Ramón wusste es nicht einmal. Er wusste nicht, wie sehr ich meinen Mann geliebt habe. Er wusste nicht, dass es mich überhaupt gab. Er hat meinen Mann einfach getötet, ich weiß nicht einmal, warum genau, wahrscheinlich, um an sein Geld zu kommen, das bisschen Geld, das er bei sich hatte. Für Ramón war es, als würde er ein Insekt zertreten. Für ihn war es nebensächlich, ein Mord im Vorbeigehen. Weder mich noch meinen Mann hat er gekannt, er hat nicht aus Hass oder Eifersucht getötet, es war nichts Persönliches. Verstehen Sie, Jensen? Es war nichts Persönliches, es war nur unendlich sinnlos und banal. Deswegen wollte ich ihn töten. Ich wollte, dass er in der letzten Sekunde vor seinem Tod begreift, dass dieser Fremde, den er vor zwei Jahren einfach über eine Felskante gestoßen hat, ein Mensch war. Ein Mensch, der von jemandem geliebt worden war. Ein Mensch der Patrik O'Hara hieß, und der nicht allein war, auch nach seinem Tod nicht.«

O'Hara öffnete den Reißverschluss ihrer Jacke. Sie zog eine kleine Pistole heraus, eine Walther, wie Jensen erkannte, Kleinkaliber, auf kurze Distanz gleichwohl tödlich. Und natürlich hätte O'Hara auf kurze Distanz geschossen, sie hätte Ramón die Pistole in einem geeigneten Moment an die Brust gesetzt, auf diese Weise wäre es ihr auch blind möglich gewesen, ihn entscheidend zu verletzen.

O'Hara hielt die Pistole über die Karrenwand und ließ sie fallen. Pedro drehte sich zu ihr um, das Geräusch war ihm aufgefallen, Jensen schüttelte den Kopf.

»Nada«, sagte Jensen. »Nada.«

Pedro nickte und schaute wieder nach vorn, achtete auf den Weg, während die Pistole wie ein schwarzes Unglücksmal hinter dem Karrenende auf dem Boden auftauchte und langsam kleiner wurde, im Schritttempo des Maulesels.

»Aber dann haben Sie es sich anders überlegt«, sagte Jensen.

»Ramón verdankt sein Leben einer Schlange, bezeichnenderweise. Und ich verdanke mein Leben seiner Schwester. Ich weiß nicht, wie sie es gemacht hat. Ich erinnere mich nur, dass ich aufwachte, und sie gab mir Wasser zu trinken. Sie sagte: Wenn Sie die ganze Schale trinken können, werden Sie in drei Tagen gesund sein. Und ich konnte die ganze Schale trinken. Ich trank alles, und ich wusste, dass ich gesund werden würde. Sie hat mich geheilt, und später wurde mir bewusst, was das bedeutet. Es bedeutet, dass wir quitt sind. Mein Leben gegen das von Ramón. Ich weiß nicht, ob sie ihren Bruder liebt. Als ich ihr erzählte, was er getan hat, kam es mir nicht so vor. Ich glaube, sie wusste schon lange, was für ein Mensch er ist. Aber das ändert nichts daran, dass er ihr Bruder ist. Und ich kann nicht den Bruder der Frau töten, die mir das Leben gerettet hat. Leider. Ich kann es nicht.«

Sie schwieg, und Jensen schaute zu den Bergen hinauf. Ihre Gipfel schienen sich unter den Wolken wegzubewegen, so konnte man es auch sehen, die Berge bewegten sich, die Wolken standen still. O'Hara war überzeugt, dass sie ihr Leben Esperanza verdankte, und dabei wird es auch bleiben, dachte Jensen. Aber natürlich irrte sie sich, es war alles viel schicksalhafter, als sie es sich je hätte vorstellen können. Ramón hatte ihr das Leben gerettet, ausgerechnet er. Er hatte es aus Geldgier getan, ohne jedes Wollen, aber gerade darin lag eine seltsame Ironie. Aus Geldgier hatte er ihren Mann getötet, aber in ihrem Fall hatte Ramón aus demselben Motiv heraus etwas Gutes bewirkt. Wenn die Sonne aufging, starb der eine in der Hitze, und der andere wurde vor dem Erfrieren bewahrt; nichts anderes war hier geschehen, etwas Kosmisches geradezu. Weder Ramón noch O'Hara kannten die Zusammenhänge, sie waren beide Spielbälle einer Wechselwirkung, die ihnen nicht bewusst war. Ja, dachte Jensen, sie sind quitt, anders als sie glaubt, aber das ändert nichts. Aus Jensens Sicht war es eine zwar unmoralische, aber dennoch auf eine Weise befriedigende Lösung. Das Gleichgewicht war wiederhergestellt, der Kreis hatte sich geschlossen.

»Wie haben Sie eigentlich herausgefunden«, fragte er, »dass Ramón Ihren Mann umgebracht hat?«

»Das Diktiergerät«, sagte sie. »Patrik hatte auf Reisen immer ein Diktiergerät bei sich, er schrieb nicht gern. Er machte sich nie Notizen. Wenn er etwas festhalten wollte, sprach er es auf das Diktiergerät. Vor vier Monaten hat man seine Leiche gefunden, hier in der Sierra Madre, in einer Schlucht in der Nähe von Monterrey. Man hat auch das Diktiergerät gefunden. Es waren seine letzten Worten darauf. Patrik war sehr an Gerechtigkeit interessiert gewesen, immer schon. Der Bruder der Heilerin. Vier Wörter, ich habe sie mir immer und immer wieder angehört. Der Bruder der Heilerin. Er muss, bevor er starb, noch die Kraft gehabt haben, diese vier Wörter auf das Gerät zu sprechen. Er wollte seinen Mörder anklagen. Es war ...« Sie schüttelte den Kopf. »Es tut mir leid«, sagte sie. »Ich kann jetzt nicht weitersprechen.«

»Ja«, sagte Jensen. »Das verstehe ich.«

Sie schwiegen wieder, doch dann sagte sie, und sie sprach sehr schnell, als wolle sie alles loswerden, bevor sie es sich anders überlegte: »Er ist von der Reise nicht zurückgekommen. Vor zwei Jahren, er ist einfach nicht zurückgekommen. Er hat in Monterrey in einem Hotel gewohnt, das war alles, was ich wusste. Er hat mich angerufen, kurz bevor er verschwand. Er sagte, die Heilerin, Esperanza, wolle nicht mit ihm sprechen, er werde in zwei Tagen zurückfliegen. Er ist so viel auf Reisen gewesen, es war ganz normal. Ich wusste oft nicht genau, wo er am nächsten Tag sein würde, wenn er im Ausland war. Aber diesmal kam er nicht zurück, und ich wusste nur, dass er zuletzt in Monterrey gewesen war. Ich rief die mexikanische Polizei an. Die Polizisten waren sehr hilfsbereit. Aber sie sagten, wenn wir nicht wissen, wo wir suchen sollen, wo sollen wir dann suchen?« Sie hatte die letzten Worte sehr leise gesagt, mit kraftloser Stimme, und nun musste sie sich ausruhen, sie schwieg lange.

Dann sagte sie: »Ich kann nicht mehr weinen, Jensen.«

Sie wandte ihm ihr Gesicht zu. Jensen sah sich selbst gespiegelt in ihrer dunklen Sonnenbrille, sein Kopf war konvex verzerrt.

»Ich kann nicht mehr weinen«, sagte sie. Jensen erinnerte sich an die seltsam zähen, bläulichen Tränen, die er einmal auf ihrer Wange gesehen hatte. Wahrscheinlich meinte sie es wörtlich, sie konnte nicht mehr weinen, weil ihre Augen verletzt waren.

»Fragen Sie mich jetzt bitte nichts mehr«, sagte sie. »Ich werde es Ihnen eines Tages erzählen, alles. Ich verspreche es Ihnen. Aber nicht jetzt.«

»Ich kann warten«, sagte Jensen. »Es muss nicht immer alles erklärt werden.« Und für manches gibt es keine Erklärung, dachte er.

»Nuevas Tazas!«, rief Pedro. Er streckte den Arm aus, er wollte, dass sie es beide wussten, dort vorn war Nuevas Tazas, seine Heimat.

»Veinte de Noviembre«, sagte Pedro und zeigte in eine andere Richtung.

»Die Sterne leuchten«, sagte O'Hara.

»Sie können sich daran erinnern?«

»Sie haben mit mir gesprochen«, sagte sie. »Ich habe Ihre Stimme gehört. Es war seltsam, ich konnte es hören, aber ich konnte nicht antworten. Sie sagten: Annick, die Sterne leuchten. Und ich konnte die Sterne sehen. Ich kann sie auch jetzt noch sehen. Es war schön, diesen Satz zu hören. Es ist ein guter Satz für eine Blinde. Ich möchte Ihnen dafür danken.«

Jensen wusste nicht, was er sagen sollte.

»Und was werden Sie tun«, fragte er, »wenn Sie wieder in Brügge sind?«

»Was werden Sie tun?«

»Ich weiß nicht«, sagte er, und seine Antwort erstaunte ihn. Das Doppelspaltexperiment, er hatte doch darauf hingelebt. Er würde, wenn er wieder zu Hause war, sich eine Elektronenkanone besorgen und einen Detektorschirm, und dann würde er sich ganz diesem Experiment widmen. Jedenfalls hatte er das vorgehabt. Aber nun saß er mit O'Hara unter dem Schirm, sein Arm lag über ihrer Schulter, er spürte, wie sie atmete, manchmal wehte ihm der Wind ihre Haare ins Gesicht. Der Gedanke, nach dieser Reise allein in seine Wohnung zurückzukommen, betrübte ihn. Diese Reise machte überhaupt nur dann einen Sinn, wenn sich dadurch etwas änderte, in seinem Leben und zwischen ihm und O'Hara. Und vielleicht hing ja beides auch zusammen, sein Leben und O'Hara.

»Ich weiß nicht«, sagte er wieder. »Vielleicht kommen Sie einmal zum Tee. Schwarztee. Und diesmal wird er frisch sein, ich werde neuen kaufen.«

»Ja«, sagte sie. »Ja, das ist eine gute Idee. Lassen Sie uns miteinander Tee trinken. Gleich wenn wir zurückkommen. Wir fahren vom Flughafen in Ihre Wohnung, Sie kaufen Darjeeling, Tippy Golden Flowery Pekoe, und dann zeige ich Ihnen, wie man ihn richtig brüht. Es ist ein sehr guter Tee, man sollte da nichts falsch machen. Und wir werden nicht mehr über diese Reise sprechen. Wir werden sie gemeinsam vergessen. Wir sitzen auf Ihrem Sofa, wir trinken Tee und versuchen, ins Plus zu kommen. Sie erinnern sich doch, wir sind immer noch im Minus. Ich möchte nicht, dass das so bleibt. Ich glaube, ich möchte Sie jetzt kennenlernen, Hannes. Was halten Sie davon?«

Für Lisa, Fabia und Beda (in order of appearance)

Dank an Hanspeter, Chili Shorthair, Esther Kormann
und Wolfgang Hörner